拿什么拯救你，我的爱人

海 岩 著

浙江人民出版社

图书在版编目（CIP）数据

拿什么拯救你，我的爱人 / 海岩著. -- 杭州 : 浙江人民出版社，2017.4

ISBN 978-7-213-07902-3

Ⅰ. ①拿… Ⅱ. ①海… Ⅲ. ①长篇小说 - 中国 - 当代 Ⅳ. ①I247.5

中国版本图书馆CIP数据核字（2017）第013214号

拿什么拯救你，我的爱人

海岩　著

出版发行　浙江人民出版社（杭州市体育场路347号　邮编310006）
责任编辑　徐　婷　陈巧丽
责任校对　陈　春
封面设计　林　丽
电脑制版　书情文化
印　　刷　北京嘉业印刷厂
开　　本　700毫米 × 980毫米　1/16
印　　张　26.75
字　　数　353千字
版　　次　2017年4月第1版
印　　次　2017年4月第1次印刷
书　　号　ISBN 978-7-213-07902-3
定　　价　49.80元

心中的梦想
——代总序

我二十多岁时开始进行业余文学创作，断断续续，全凭兴之所至。有时三五个月写一个长篇，一蹴而就；有时数年投笔，不着一字。概括来看，我的写作不过是为丰富个人业余生活且偶尔为之的一种自娱自乐，因此连“业余作家”的称号都有些愧不敢当。我经历中的正式职业是士兵、警察、企业干部和其他，这些职业提供给我的环境，与文学相去甚远。多年以来，我身边甚至连一个够得上文学爱好者的同事都没有。如果在办公室里突然和人谈论一下文学，你自己都会觉得酸腐和神经，至少不像谈足球什么的那么自然。

文学确实越来越曲高和寡了。在20世纪50、60、70年代曾经延续或爆发过的那种对小说、散文和诗歌的狂热，以及由这狂热所虚构的文学的崇高地位，已是依稀旧事。大众获得知识和信息的渠道，早被电视、电影、电脑之类的时髦传媒统治起来，便捷得令人瞠目。埋头读书不仅枯燥乏味，而且简直有些呆傻的嫌疑。社会与时代愈演愈烈的物质化和功利化倾向，也促使许多人渐渐远离了自己的精神家园。有多少人还在固执地爱着文学呢?

因此，也很少有像我一样在企业界做到高职还在为没能圆了作家梦而时时遗憾的人了。当个职业作家是我自小的志愿。不仅这个志愿没有实现，而且自小学四年级因故辍学后，我就几乎再也没有进过任何一间课堂，也未再参加过任何系统的学习。一个现代都市人连小学毕业的文凭都没有，一直令我为之汗颜。前些年，知识界有几位前辈对作家中的非学者化现象发出批评，更使我掩面过市，真的怀疑自己在作家和企业家这一文一武两个行列中，都是个滥竽充数者。

没受过多少教育也能混入文学界，是我多年以前偶然发现的秘密。把个人的见闻、经验、阅历，甚至道听途说，敷衍成章，稍稍绘形绘色，便成了小说。再把人物的内心独白变成动作和表情，重新分分场景和章节，小说又成了剧本，似乎一切都那么简便易行。文学固然神秘，但薄得就像一层窗户纸，一捅就破，一破就变得任人亲近。尽管我是一个俗务缠身的人，在众人眼里，几乎没有思考和写作的时间，但这些年，连小说带剧本，居然能完成近三百万字的作品。有人不免惊讶和疑心，或恭我废寝忘食、艰辛刻苦，或贬我用秘书捉刀代笔。他们都不知道，文学对我来说，其实犹如思想和呼吸那样自然、随意和快乐。

当然，文学是有优劣文野之分的。像我这样从自己的精神需要出发，依据生活印象和想象妄自涂抹的小说，当然不可能成为上品和精品。何况有些作品明显沾染了当代人流行的浮躁，一看就知道是速成的东西。我所占的便宜，是从小喜欢听故事，听罢又喜欢卖弄给别人，经此锻炼，摸到了几处推波助澜、一唱三叹的窍门。可惜我的性子有些急，所以小说里的那些故事常进展得太过仓促，以致不能尽情展开人物的面貌和情致，当然更谈不上文笔的灵性和深奥。而我的写作又多是于每晚睡前，书成之后，不免总能让人看到字里行间的困乏潦草，如此我也就不敢在文学上有什么目标和抱负，在文学圈里则把自己归为“票友”，聊以自嘲。

读者当然能看到，我的目光总是留恋着那个激情时代，青春的纯情、浪漫、率真、挚爱、狂放不羁，甚至苦难，都是我倾心向往却终不可得的。因为我们被太多现实的烦恼纠缠着，有时会忘记了人的本质。烦恼皆由欲望产生。和我的成长年代相比，20 世纪 90 年代的各种物质欲望实在是太泛滥了，令人在精神上感到无尽的失落。而我抵抗这种失落的武器，就是让笔下的人物充满人文主义的情感，他们的错误，也因他们的单纯而变得美丽！于是，这些作品的风格貌似写实、贴近生活，实际上都是些幻想和童话，读者喜爱的人物几乎都理想得无法存在。而以我的成见，文学既可以是生活实景的逼真描摹，也可以把生活瞬间地理想化，诱发人们内心深处的梦想。有许多在现实中得不到的感受、做不到的事情，却常常令我们憧憬一生。也恰恰是那些无法身体力行的境界，才最让人激动！

在这些作品中，警察是我最热衷表现的人物。与其说是缘于我对警察生活的熟悉，不如说是我对这个职业的迷恋。在和平年代，很少能找到另一种职业比它更酷！这个职业就像一个引力强大的“场”，有一种深刻的向心力在凝聚着你，使你即使远离了它也依旧恋恋不舍地想再贡献点什么。

谨为序。

海　岩

一

韩丁第一次见到罗晶晶是在平岭世纪大饭店的发型表演晚会上，罗晶晶第一个出场，她那天晚上艳惊四座的表演让韩丁一生难忘。

在此之前他没想到小小的平岭竟有如此华丽高雅的晚会，在这座并不出名的城市里，竟会藏着如此令人赏心悦目的女孩。

这一天他记得很清楚，因为这是二十世纪最后一个春节假期的最后一天。假期现在成了北京一年中最为干净的一段时间，没有了尾气污染的天空刚一放亮就蓝得耀眼。出租车在空旷的机场高速路上开得意气风发，途中延绵不断的枯槐写意出冬天特有的迷离。韩丁赶到机场时才发现自己到得太早，才想起用手机打电话向爸爸妈妈告别。爸爸妈妈利用假期去海南岛晒太阳了，明天才能回来，他在他们的电话里留了言，告诉他们他去平岭市出差了，可能有半个月不在北京。这是他从大学毕业应聘到中亚律师事务所之后的第一次出差。爸爸妈妈大概不难在他的这通留言中听出他声音中的兴奋。

打完电话，他又到机场大厅的书店里转了一圈，买了本刚刚新鲜出炉的

《时尚》杂志，封面上那位不知名的女孩的脸上，挂着韩丁在见到罗晶晶之前最让他觉得自然顺眼的微笑。他站在国内旅客入口的显眼处，差不多把那一脸微笑看烦了，林必成才摇晃着骨瘦如柴的身板，拖着一只和他的体重不成比例的大皮箱，像个刀螂似的来了。林必成是中亚律师事务所的元老，也是事务所的合伙人之一。事务所草创时那七八个成员都是合伙人，除了董事长兼执行总裁兼管委会主任老齐外，其余人排名不分先后。

他们这个事务所成立至今，也只有七八年的历史，那七八个创始人到现在也三四十岁的年纪。林必成最大，今年四十一岁，比韩丁大十九岁，韩丁叫他叔叔不为过，叫大哥也凑合。好在所里人互相都以老小相称，他叫林必成老林，林必成叫他小韩，既亲切又正规，韩丁觉得这样挺好的。

韩丁看见林必成来了，就收起《时尚》杂志叫了一声老林。林必成漫不经心地回叫一声小韩。两人一起办完登机手续，走到候机厅，坐在指定的登机口前，林必成才清清嗓子，向韩丁交代此行的任务。

"咱们这趟去，是平岭保春制药厂的一个案子。去年底他们厂有个女孩在厂里的扩建工地上被人杀了。那女的是浙江绍兴去的民工，才二十一岁。十九岁出来的，想挣钱，才两年，钱没挣着，人倒搭上了。"

林必成在所里是很出名的滥情书生，身边常常女人如云。韩丁一直纳闷以他这种性格，这么多年的律师是怎么当的，天天替那些杀人越货的罪犯开脱辩解，不知那丰富的情感都给谁了。他笑笑说："既然这女的这么不幸，那咱也别给那杀人犯辩了，辩了半天不也得枪毙嘛。咱干脆省了这趟回家得了，把二十世纪最后一个春节过完了再说。"

"杀人犯？"林必成摆摆手，"哪儿啊，这案子还没破呢，咱们接的是民事赔偿这一块。这女的家属要求制药厂赔四十万，制药厂不承认有责任，一分不想赔。法院已经调解一次了。现在工地上一帮绍兴籍民工闹得很厉害，法院最后再调解一次，调解不成就进入诉讼程序开庭判。我这都是第二次去平岭了。”

韩丁是昨天下午才接到老林的通知让他跟着去一趟平岭的。听林必成如上一说他倒有点奇怪：“这女的不就是一民工嘛，有多少家底肯花钱到北京请律师打这种没底的官司？”

林必成又摆摆手：“哪儿啊，咱们是受保春制药厂的委托，和受害者的家属办交涉去。”

韩丁这才明白过来：“噢，咱们是被告。”

这一天首都机场候机厅里的乘客并不拥挤，飞机准点离港。韩丁歪在座位上，把早上没有睡完的觉睡完了，醒来时飞机已经降落在平岭机场。走出机舱门走下舷梯韩丁才发现平岭的天空阴云密布。从机场到市区的路上，可以看到沿途的田野已被化雪渗透，在满天的阴云下显得又黑又潮。他们乘坐的那辆车子的玻璃上，也结了一层似雾似霜的水汽，和窗外的道路一样，看上去格外肮脏。

这是一辆半新不旧的奔驰轿车，车子里面保养得倒还干净，脚下还垫着厚厚的小毛毯，在阴冷潮湿的天气中，让人觉出几分干燥和温暖。来接他们的是制药厂董事长罗保春的办公室主任，姓王，是一位四十多岁外表沉稳的本地人，一见面就口口声声代表罗总欢迎欢迎，罗总正在医院吊盐水呢，要不然他会亲自来接你们。老林也一通客气：“哟，罗老板生病啦，不要紧吧，要不要先去看看他？”好在那位王主任把老林的这份关切确实当成了客套，连声说：“不要紧不要紧，我们罗总心脏不大好，公司里事情多，这几天那帮民工又来闹，从早上就堵在大门口，罗总是走后门才去的医院。我是送完了罗总又赶过来接你们的，幸亏飞机晚点了，要不然，可真就接应不上您二位了。”

互相客套着，他们进了市区，拉到了老牌的平岭宾馆。下午韩丁和老林就在客房里看材料，材料主要是上次法院调解时形成的一些文字记载，还有死者亲属写给制药厂领导的信，以及对方律师的律师函，还有前一阶段平岭的新闻媒体对这个案子的一些报道，等等。不过在飞机上老林就说过，报纸上那些耸人听闻的描述看不看两可。平岭市公安局负责这个案子的小头目恰巧是老林中学的同学，上次他来平岭时还找这位同学打听情况来着，与小报炒作出来的那些新闻是驴唇不对马嘴。

他们到达平岭的第一顿晚饭是和制药厂的董事长罗保春一起吃的。这位罗董事长虽然有心脏病，但不顾王主任劝阻，依然要了白酒和他们频频干杯。这顿饭大概是韩丁吃过的最丰盛的晚餐，鱼翅龙虾都上了。酒过三巡，罗保春开始和老林交谈这个案子，韩丁听得出来，他是坚决不打算向死者家属让步的，而且言语腔调相当激烈："那些绍兴人，简直就是黑社会！他们是存心敲诈我。他们的头头叫大雄，私下里跑来和我做交易，让我出十万块摆平这件事，说只要给他们十万就可以放过我，就不再帮四萍的家属闹事。我这个人做事光明磊落，虽然我这个厂现在很困难，但只要是该赔的，我卖房子卖汽车也会赔。四萍是我们工地上的民工，她的丧葬费补助费我都按规定出了，她又不是工伤死亡的，凭什么要我出四十万赔她！就算公安局最后查出是我杀了她，我赔她命，也不赔她钱！"

这位罗董事长说这话时已喝了数杯猛酒，脸孔蹿红，眼睛也红着。老林原打算说几句劝他让步的话，看他的神经已被酒精搞浑了，只好含糊地点着头，顾左右而言他。

这顿饭除了罗保春借着酒劲儿发泄愤慨之外，别人并不多话。韩丁在大家眼里还是孩子，更没有说话的份儿了，只是默默地倾听，拘谨地吃饭，吃完了饭草草散席。王主任匆匆招呼韩丁和老林去世纪大饭店看发型表演，说有很多名模参加，还请了日本著名的理发美容大师到场助兴，一定盛况空前。这场大型表演的赞助品牌之一就有他们厂的保春口服液。保春口服液是专门养颜乌发的天然药物，所以和发型表演正好紧密结合。罗保春又特别补充地向老林和韩丁介绍了他和这场表演的关系："请你们去看，最主要的是因为今天表演的模特里，有一位就是我女儿，她个子高，所以从小喜欢干这个。”

王主任也不无溜须地添彩道：“我们罗总的女儿，在我们平岭算得上头牌名模了，在全省都数得着的！”

老林赶紧应景地做出惊讶状：“哟，是吗，那我们一定要看看，一定要看看。”

于是他们告别了罗保春，由王主任陪着，驱车前往世纪大饭店。据说世纪大饭店不仅是平岭市，也是全省版图内最豪华的涉外饭店，才盖好，刚营业，报了五星还没有批下来。世纪大饭店里有一个世纪堂，发型表演晚会就在这间可以容纳六百多名观众的大厅里举行。在世纪堂的门口，竖着一幅巨大的广告牌，上面依序写着十几家赞助企业或赞助品牌的名单。韩丁他们赶到时表演已经开始，他们匆匆交了票进去，根本无暇顾及广告牌上有没有“保春口服液”的字样。大厅里的灯光刚刚转暗，音乐乍起，昏暗中可以看到这里几乎座无虚席。韩丁跟在王主任和老林的屁股后面，正低头找座，T 型台上突然亮起一束强光。一位头顶梳着高高的扇形发式的少女，金裹银束，梦幻般地出现在 T 型台的天幕下。她踩着音乐，迎着光束，向突然静下来的观众，向几百双惊讶的眼睛，款款走来。韩丁在那一刹那全身僵直，每一根神经都被台上那位迎面而来的少女牵住，他敢说这是他一生中经历的最心动的时刻。和一般模特相比，那女孩的身材略显娇小，但那张眉目如画的面孔，却有着令人不敢相信的美艳。在强光的照射下，少女脸色苍白，眉宇间顾盼生辉，进退中的一动一静不疾不徐，目光中的一丝冷漠若隐若现，看得韩丁目不暇接，颇有灵魂出窍的感觉。

韩丁想，但愿她就是罗保春董事长的那位千金。

韩丁昨晚没有睡好，饭前就已哈欠连天，原本对看什么发型表演毫无兴趣，老林要来，王主任又盛请，他就舍命陪君子地来了，没想到今夜会如此不凡。他们好不容易在后排找到了座位，挤着坐下来，伸着脖子从人缝中往前看。转眼之间T型台上已是佳丽如云，个个发型奇异，风情万种，虹云流转般地来去如仙。韩丁看得脖子发麻，腰背发酸，才又盼到第一个出场的女孩重新登台。那女孩一亮相台下便隐隐骚动，那一头如扇的长发又变成了刺猬似的短发，极尽新奇怪异之至，步态表情也与发式一样，刻求欢快活泼至极。韩丁的目光片刻不离地追随着她，他肯定他的感觉百分百地代表了台下每个男人的心声：这女孩的扮相无论古典还是新潮，在满台五光十色的模特中，她无疑是最为光彩夺目的一个！是全场瞩目的中心！

韩丁鼓起勇气，向王主任打听："哪个是罗总的女儿？"他问这话时已做好了最坏的思想准备——说不定就是台边上最难看的那个，那个发式平庸的女孩身材高大挺拔，脸却像个丑角。王主任手往台上一指："就是那个。"

"哪个？"

"那个！像个小刺猬的那个……"

像小刺猬的那个？真的？

韩丁心里狂跳起来，他本能地觉得今晚也许是他人生中的一个奇缘。

韩丁从小生得唇红齿白，打从上小学开始就是周围女孩们秋波频送的目标。在中学和大学时期，更是学校里的大众情人。他上中学时的外号叫作"吴奇隆"，上大学后又变成"谢霆锋"，好多朋友都怂恿他去电视台玩儿一把谢霆锋的模仿秀呢。好在韩丁自懂人事起便不近女色，对泡妞一向没有兴趣。说好听点是洁身自好，说难听点是在这方面还没开窍。可以说，在平岭这个发型表演的晚会前，他还从没对哪个女孩动心过。

从世纪大饭店看完发型表演回到宾馆，韩丁很晚没有睡着，除老林鼾声的骚扰外，就是那张标致如画的脸，总在眼前浮现，闭上眼也看得见。这个夜晚他始终焦灼地翻动身体，在床垫弹簧隆隆作响的声音中盼着黎明。因为按照日程的安排，天一亮王主任就要接他们到罗保春家去商议参加法院调解的具体方案。罗保春家除罗保春之外，当然还住着罗保春的女儿，所以，日出东方就成了韩丁的一个期待和幻想，在这个幻想中，事情正顺着一条最快的捷径浪漫地发展。

黎明前他搞不清是怎么睡着的，还莫名其妙地做了一个杂乱无章的梦，似乎梦见了那个女孩，但面目已模糊不清，梦的情节在他被老林摇醒时也忘得一干二净。他睁开眼，看到天已大亮。连忙肿着眼下床洗漱，洗漱完毕跟着老林在楼下的咖啡厅吃了早饭，早饭完毕看到王主任的车准时开到了宾馆门口。韩丁拎着装满文件的一只公文箱，跟在老林身后上了车。车在早已热闹起来的街道上三拐两拐，出了市区，再沿一条康庄大道行驶五分钟，便进入了有名的黄鹤湖风景区。正值深冬时节，前几天的那场落雪早就化了，湖面虽然没有结冰，但在清冽的寒气中也被冻成一潭死水，深沉得看不见一丝微澜，只有道路两旁的树林因化雪的潮气滋润，抖擞出几分生机，隐约蒸发出一点早春的气息。据王主任说，现在并不是黄鹤湖的最佳季节，所以，沿湖而行的道路上，看不到多少游人。他们的车子在依山临湖、树木环抱的一个小院前停住，院内有一幢老旧的双层小楼，楼前楼后种了几棵阴森的古槐，虽然老皮生鳞，悬根出土，却依然枝杈峥嵘，华盖遮天……王主任在路上就介绍了，罗董事长的家是新中国成立前国民党平岭市警备司令的官邸，后来是解放军攻打平岭的一个前沿指挥所。半个世纪弹指而过，黄鹤湖风景依旧，小楼却已然成了文物，现在归风景区管理处所有，去年被罗保春长期租下来，做了罗家的别墅。罗保春原本在城里有个住处，租下这幢老房后，就一直住在这里，主要是图个清静。

韩丁从下了汽车，走进院子，走进这幢老旧别墅的那一刻起就心无旁骛，只惦记着能否见到那位梦中女孩。但出来招呼他们的，除了刚刚睡醒两眼浮肿的罗保春外，就是他家那位瘦小干枯的老年保姆。老保姆给主宾四人倒了四杯泡不开的茶水，又给罗保春端来煮好的稀饭和两碟咸菜，便退出客厅。罗保春边吃边谈，态度一如昨天酒后那样激烈，对老林试探着提出在坚持不承担赔偿责任的基础上也适当做些让步，给死者亲属一些道义上的援助，以软化对方态度的建议，竟不假思索地予以否定。他把粥碗重重地放在茶几上，粗声说道："这么多年我办这个厂，白手起家，我吃了多少苦，熬了多少夜，我才四十多岁你看我这头发，还有几根黑的！我太太病了，病得死了，我都没钱救她！钱都押在这个厂子里了！这么多年，谁给我道义上的援助了？谁！保春制药厂的每一分钱，都是我的血汗！现在，保春口服液的牌子打出来了，消费者认了，这时候谁要是想整垮我，没那么容易！他们是土匪！我要是冲他们软一下，他们就会没完没了地吃上我！所以，我不能让步。我不让步，他们又能怎么样？我不相信法律会向着他们。对我们这种民营企业，法律应该是大力保护的！"

他这样说，老林也无奈。韩丁昨天看过材料，对这案子的来龙去脉已大体清楚。被杀的女孩名叫祝四萍，是保春制药厂雇的临时工，在制药厂厂区扩建工地上搞统计，去年年底发现被人杀死在工地的办公室里。韩丁手中的材料只是这个案子民事赔偿纠纷的相关文件，对四萍被杀的细节并无太多说明。但从这些材料的只言片语中，仍可了解四萍死得相当悲惨。这个二十来岁的女孩先被木棒重殴头部，然后身中三刀而亡。她的父母都是下岗工人，来自江南古城绍兴，他们把刚刚成年的女儿送出去挣钱，接回来的却是孩子的一捧寒灰。此情此景也确实令人同情。但韩丁心想，他们不是来扶贫的，他们是律师，他们的任务就是要让死者的亲属知道，尽管四萍是死在厂区，死在办公室里，但要因此认定厂方负有不可推卸的责任，并且必须支付四十万元巨额赔偿，是缺乏法律依据的。韩丁记得前不久在北京一家迪斯科舞厅的厕所里发生了一件客人被杀的案子，死者的亲属要求舞厅赔偿，舞厅认为自己并无责任而拒绝赔偿，结果闹到法院，审判的结果是死者的亲属最终败诉。这件舞厅杀人案和四萍被杀案在性质上十分相像，所以，老林也认为四萍的亲属以及那些助威同乡的诉讼要求法院一般不会支持。但上次他来平岭参加第一次法庭调解时，已经感觉到平岭市法院显然希望保春制药厂再额外补加一些抚恤，花钱买个太平，平息事态，而不希望激化矛盾，给社会安定增加隐患，所以，这次调解也难保不在钱的方面向着弱者一方说话。四萍的父母现在连下岗工资都不能按时拿到，他们的生活状况也确实非常不好，法院对有困难的一方给予一些调解上的倾斜，是很可能发生的情况。

老林把他的担心说了，但罗保春不听。他固执地认为："这年头困难的人有的是，法院要都管，管得过来吗？我还困难呢，我厂里的产品积压太多卖不出去，资金周转不过来，贷款到期还不上，谁援助援助我呀！法院要杀富济贫也杀不到我的头上。要是我的厂子倒闭了，市里的税收减少了，上千工人失业了，找政府闹事要饭吃去了，给我供货帮我销售的企业都拿不到钱拿不到货都受影响了，本钱小的也跟着倒闭了，法院是不是都援助啊？法院难道唯恐天下不乱吗！"

罗保春越说越气，脸色涨红，就像昨天晚上喝多了酒一样。老林也就不再多说，律师在民事诉讼中只是受当事人委托担当代理人而已，只要不违反法律，都要按当事人的意愿办事。韩丁也不多嘴，他这时的念头，只盼着能在这里见到罗保春的女儿。他隐隐听到隔壁屋里，总有一个轻盈的脚步在不时地走动；在客厅通往后院的走廊上，好像也常能看到一个依稀的影子在墙上薄薄地掠过。在老林与罗保春交谈时，韩丁始终神不守舍，始终幻想着也许下一秒钟那女孩便会穿过走廊，或者推开与客厅相通的某一扇屋门，步履轻捷地走出来呢。

可惜直到接近中午，他们谈完了话，喝光了茶，起座与罗保春告辞并且乘车离开这幢别墅的时候，也没见到什么人从走廊端头和那些紧闭的屋门里走出来。在返回市区的路上，韩丁忍不住问王主任："这么大一个别墅，就罗董事长一个人住吗，他也不嫌寂寞？"王主任笑笑，说："你们也应该看出来了，我们罗总，脾气很古怪的，特别是他太太几年前病故以后，就更听不进别人的话了，自己想定的事，十头牛也拉不回来。我们也劝他，一个人住这么远太不方便，也很不安全，万一有个急病什么的，周围连个帮忙的人都没有，身边就那个只会做饭的老太太，有什么三长两短非耽误了不可。”

王主任的这一席话，终于让韩丁有机会把他最想问又最不便开口的话问出来了：“那他女儿呢，他不是有个当模特的女儿吗，不和他住一起？”

“啊，你是说罗晶晶呀，她住在城里，罗总在城里有房子。”

老林笑笑，插话道：“确实有这么一种人，孤僻惯了，连老婆孩子在身边都烦，就喜欢一个人独处，有这种人。”

王主任也笑：“那倒不是，罗总对别人烦，可是最心疼他这个宝贝女儿了，含在嘴里怕化了，捧在手里怕摔了，百依百顺，要怎样就怎样。是罗晶晶自己不喜欢和她爸爸一起住，她爸爸也只好随她去。现在的年轻人，都不愿受管束。”

老林深有同感地随声附和：“对呀，现在的年轻人，哪会为大人想那么多！你们应该劝劝罗总，年纪大了还是得找个老伴儿。生老病死身边还是得有个人伺候，孩子再亲也没用。《红楼梦》里的‘好了歌’早有定论：痴心父母古来多，孝顺子孙谁见了！”

王主任也感慨：“劝也没用。事业成功的人，生活上都是最难伺候的，有成就的人都是既孤僻又孤独的……”

两人越说越投机的样子，替古人担忧似的长吁短叹。韩丁对罗保春怎么样防病、怎样养老毫无兴趣，他心里想的是罗保春的宝贝女儿罗晶晶，她究竟住在城中的哪个角落呢？一个独居的女孩，一个漂亮的模特，一个有钱人家的孩子，她每天过的都是怎样一种生活？她有男朋友吗？她年纪这么小一个人怎么照顾自己呢？他真想走近她，走近她的日常起居，仔细看个究竟。

在回城的路上，在汽车里，韩丁看着窗外的残冬心不在焉，路边一些春暖的迹象也令他无动于衷。春天还早呢，他想，可心里却很不安分地在蠢蠢欲动。他那时无论如何也不可能料到大约在二十个小时之后，也就是在第二天的早上，他真的在一个意想不到的场面下，见到了那位在T型台的聚光灯里让他一瞬间着了迷的女孩——罗晶晶。

二

人生难料，世事如梦。韩丁碰上的都是些难料的事情。

那天下午他们按约定的时间准时来到平岭市城北区人民法院，参加法院主持的庭外调解会。在这里，韩丁看到了那位死难女工的父母和陪着他们一起来的十几个同乡。那十几个同乡都是和死者一起到平岭来打工的年轻人，为首的一位粗壮汉子，年龄略大些，也不过三十岁模样。韩丁听到那些人都管他叫大雄，据王主任在老林耳边的嘀咕，这位大雄就是制药厂扩建工地上的一个工头，也是那些绍兴籍民工的首领。大雄这天穿了一身西服，还打了一根领带，但他和他的那帮临场助阵的民工还是被法警拦在了法庭的门外，只放了死者的父母和他们的律师进去了。对制药厂方面的人，则未加阻拦，一行四人全部放入。在法院狭窄的走廊里，这帮高高矮矮的民工看着罗保春和王主任鱼贯而过，个个怒目而视，连对老林和韩丁，也是一副绝不饶恕的神情，恶狠狠地目送他们走进了那间并不算大的调解庭。

韩丁在大学实习期间参加和观摩过一些案件的庭审，但还从未经历过法院的调解过程。今天庭上的气氛与他原来的想象相比，远没那么正规。首先是这间被称作法庭的屋子，实在寒酸得可以，其破旧程度在韩丁看来简直有损法律的尊严。二是主持调解的那位法官年龄太小，几乎是一个比他大不了多少岁的小姑娘，样子还不如做记录的那位同为女性的书记员显得成熟。调解双方隔着一张掉了漆的长桌左右而坐，年轻女法官居中发问，口气刻板得几乎像一个学生在课堂上背书。她说："今天叫你们双方当事人来，咱们就祝四萍抚恤赔偿的问题再做一次调解。上次调解过一回，但双方态度都不太好。这回希望你们都能本着解决问题的态度，多站在对方的角度换位思考，多想想对方的困难，也多为社会的安定团结考虑，让国家、单位、个人，都尽量不受损失，或少受损失。啊，怎么样，你们双方这些天都是怎么考虑的？要想解决这件事双方都要有让步的态度，打官司对双方都没好处。我们现在大案子都忙不过来，我们也不希望你们没完没了地拖下去。"

法官的开场白刚刚说完，几乎不留空隙地又开始做双方的劝导工作，她先面向四萍的父母："你们二位这么老远跑到平岭来，吃住都要花钱，打官司也要花钱，拖长了对你们没什么好处。女儿不在了，我们也很同情，厂里也很同情，但你们也不能狮子大开口，提的要求不合理也不一定能办到。我上次把道理都跟你们说了，你们这次是怎么考虑的？"

法官看着他们，等着回答。四萍的父母一看就知道是小地方来的穷苦人，做父亲的很壮实，体力劳动者的样子。做母亲的很瘦弱，面目善良忧郁。他们都把目光投向他们身边的律师。那律师是从本地请的，男的，四十来岁，开口代言："我觉得这个事情吧，其实挺简单，赔多少钱不是最主要的。这件事首先要弄清的是，保春制药厂对自己雇用的工人在厂里工作时被人杀死，是不是一点过错都没有，一点责任都不承担？厂里的保安措施是不是绝对没问题，工人在厂里工作的人身安全是不是完全有保障，四萍死在厂里是不是完全属于她自己负责的事，和厂里无关？这些问题是一个前提，这个前提必须先说清。至于到底应该赔偿多少数额，厂里到底有什么困难，能不能给这么多，这个当然可以商量，可以商量。”

法官的脸又转向制药厂这一方，老林咳嗽了一下，刚要发言，罗保春却抢了先。他虎着面孔冲对方的律师说：“刚才你在外面的走廊上被人杀了，你说是让凶手赔你，还是让法院赔你？”

罗保春的话一下子把调解的气氛变成了吵架的气氛。对方律师毫不示弱地同样抬高了腔调：“如果是在公共区域发生的事情，法院可以不负责任。如果是在法院的工作区域，比如在这个会议室里，我被杀了，那就要看法院的保安警卫工作有没有漏洞。如果法院的保安警卫工作和你们保春制药厂一样有那么多漏洞的话，当然要承担责任！”

调解还没开始就如此剑拔弩张，似乎连法官都没想到。老林一看这架势，试图把对方律师的话接过来，但此时罗保春的脸已经涨红，像喝了酒似的，情绪已经失控，他大声吼道：“哪一个地方的保安没有漏洞，犯罪分子要成心杀人，在哪里下不了手？你们就是想借着死人对企业进行敲诈，我不是出不起这四十万块钱，我们保春制药厂的总资产，加上我们的品牌声誉无形资产，有一两个亿，我不是赔不起这四十万！前几天你们不是还有人私下里找我，让我出十万块就摆平这个事吗，我不出！合理的赔偿，我一百万也出得起，不合理的赔偿，我一分钱都不出！这些人，说难听了简直就是黑社会，我就是不相信政府和法院对我们民营企业的合法权利会不保护！”

对方律师两手张开，看着那位有些手足无措控制不了场面的年轻法官，表情和声音都表现出极度的愤慨，他说：“四萍和这些民工远离自己的家乡亲人到平岭来，为保春制药厂做出了那么大的贡献，最后死在工作岗位上，连把她从小养大的父母都没能见上一面。保春公司作为一家知名的民营企业，竟然如此没有同情心，没有起码的道义！为了不赔钱，不但不对这个年纪轻轻的女孩遭遇这么不幸的事表示怜悯，不对家属表示同情，反而还要污蔑他们是黑社会的。你再这样讲，我们要控告你诽谤侮辱公民的人格。我的当事人虽然很贫穷，他们死去的女儿和她的伙伴虽然也很贫穷，但他们也有人格，也有保护自己名誉的权利……”

随着律师的强烈抗议，四萍母亲的脸上热泪纵横；四萍父亲的额头青筋毕露，他用带着口音的粗声大嗓吼叫起来：“你们还是人吗？你们还能代表共产党吗，啊？”

罗保春毫不客气地回绝过去：“我只代表我的厂，我又不是政府，我不代表共产党！”

四萍的父亲声嘶力竭：“你那个厂，还……还他娘的是共产党的天下吗？你他娘的比资本家、比过去的恶霸地主还狠，你的良心让狗吃了吗？啊！”

四萍的母亲一边流泪一边劝阻丈夫：“……你不要讲，让律师讲，你讲不清楚的……”

而丈夫的情绪已经难以控制：“我有什么讲不清楚！我就要问问他们还讲不讲公理！”

罗保春也尽全力把声音抬高：“给你钱就是公理吗？不给你钱就是不讲公理吗！你就是公理吗？”

会议室被争吵和哭声搞乱了套，年轻的法官终于表现出迟到的果断，她厉声说道：“既然你们双方是这么一个态度，说明你们没有调解的诚意。我最后再问你们一次，请问原告方有没有调解意愿，有没有新的调解方案？”

对方律师也已非常激动，死者父母的骂声哭声更激起了他的义愤，他像吵架似的回答法官：“我们的立场刚才已经做了陈述，如果被告一方是这样一种无赖的态度，我们只好把官司打到底了！”

法官不多啰唆地把最后的问话转向制药厂一方：“被告方还愿不愿意调解，有没有新的调解方案？”

不容老林开口，罗保春拍案而起：“我奉陪到底！我们法庭见！”

法官被罗保春的态度激怒，正色地呵斥道：“罗保春，这里是法庭！不是你的办公室，你拍什么桌子！”

罗保春喘着气，愣了一下，居然没有顶嘴，又坐下了。

法官皱着眉，满脸不快地说了收场的话：“好，我宣布，祝四萍死亡赔偿案第二次调解失败，本案依法进入诉讼程序。请原告方将起诉书在规定时间送交本院，择期开庭！”

法官话音刚落，四萍父亲骂声又起，罗保春起身离座，板脸就走。老林和韩丁面面相觑，大概连老林这种有点资历的律师也没有经历过这样的调解：作为一方的律师，他连话都没有来得及说一句，调解便结束了，他和韩丁甚至都来不及一下咂摸滋味，局面便已不可收拾。他们当然想不到更严重的还在后面，在大家纷纷离座的混乱中，在死者父亲越来越难懂的骂声中，他们看到罗保春走向门口的身躯突然晃了一下，脚下打了个趔趄，手往前伸着像是要抓住什么东西似的，但什么也没抓住，整个人便轰一声倒下来了，连带着弄翻了几把木制的椅子。

韩丁和老林吓了一跳，以为他是被什么东西绊倒了，不约而同探过身去想扶他起来，可马上他们又不约而同地，看到了罗保春的那张脸。那张脸上的颜色已经由赤红变成了灰白，眉头紧皱，牙根紧咬，两颊的肌肉扭曲出痛苦万状的表情。韩丁吓坏了，他把一只手抄在罗保春的身下，想扶他起来，被老林喊了一声：别动他！王主任推开韩丁，手忙脚乱地在罗保春西服上衣的内兜里翻找着什么，翻到第二个兜果然翻出一小瓶药来。看到那瓶药韩丁才明白罗保春是心脏病发作了。他看着王主任倒出药粒，使劲儿塞进罗保春的嘴里，罗保春嘴里含着药，脸上依然是那副痛苦不堪的死相。年轻的法官和中年的书记员都愣在原位，可能因为她们是女的，所以在这个突发事态中都有点手足无措。对方的律师倒是站了起来，朝这边看，脸上应景地表现出一些人道主义的关切。四萍的母亲还在双手掩面地哭泣着，她的丈夫也不劝她，但止住了骂声，目光冰冷地看着这边的混乱。韩丁从未目睹心脏病发作的样子，但隐约记得在电视上见过的抢救方式，一个人骑在患者的身上，以手压胸，做人工呼吸；还要抓着病人的双手像做广播操那样做扩胸运动；还要嘴对嘴地往里吹气……他本想提议采取这样的措施，但同时意识到自己在这群人中最为年轻，对这种“体力活儿”似乎应该有个自告奋勇的态度，想想要和罗保春嘴对嘴地吹气，他又本能地犹豫了几秒钟。还没等他开口，王主任已经冲他发令：“快去打电话叫救护车来！”这一喊把两位女法官也提醒了，一齐跑出会议室去打电话。等她们打完电话再回到会议室时，罗保春已经有了微弱的呼吸，脸上也有了一些让人能意会到的血色。韩丁这时才知道心脏病发作的人就得让他安静躺着，不到万不得已千万不可乱动，否则适得其反。他不无后怕地想到刚才他要是真的自告奋勇冲上去给罗保春做人工呼吸，最后把他折腾死了，岂不坐蜡！

救护车来了，医生赶到会议室里，对平躺在地上的罗保春做了检查，给他打了一针，然后表示可以抬下楼了。韩丁和王主任用担架把罗保春抬起来，抬下楼，抬出法院，抬上救护车，然后他们跟了救护车一起去医院。老林则被法官留下来在调解记录上签字，以及处理其他一些程序性的问题。

去医院的路上，王主任用手持电话想把情况通知罗保春唯一的亲属，也就是他的女儿罗晶晶，但电话打不通，对方始终“不在服务区”。王主任又打其他电话询问罗晶晶的下落，问了半天才知道罗晶晶今天恰巧随发型表演团到南京演出去了，已经搭乘早上头一班飞机离开了平岭。

救护车到了医院，罗保春被送进了急救室。王主任的手机也没电了，他急慌慌地不知跑到哪里去找电话，急救室外只剩下韩丁一人。这儿连个椅子都没有，韩丁只好原地踱步。偶尔有医生护士进出，都是手执器械行色匆匆，没人理他。也不知过了多久，突然有一位男医生走出来，当头便问：“你是病人的亲属吗？”韩丁摇头说不是。医生又问：“病人亲属来没来？”韩丁摇头说没来。医生再问："那你是病人的什么人？"韩丁说我是他的律师。医生马上说："律师？那正好，你进来一下，病人有话要跟你说。"

韩丁跟在医生后面，进了急救室。急救室的门里是一条又短又宽的走廊，头一间是一个手术室，四门大敞，里边除了一张床和一些仪器外，空着没人。再往里走，是一间医生的办公室。过了这间办公室就是病人观察室了。韩丁跟医生径直走进了这间观察室。

观察室里有三张床，两张空着，最外面的一张床上，就躺着刚刚经过抢救的罗保春。罗保春的脸色依然难看，呼吸虚弱，但生命的迹象比送进来的时候明显多了。医生行至床前，附耳在罗保春的身边轻轻说道："你要找的人来了，你要说话吗？"

韩丁连忙趋至床前，探身去看罗保春。罗保春艰难地睁开双眼，韩丁马上开口："罗总，我是韩丁，北京中亚律师事务所的律师，您还认得我吗？"

其实韩丁刚刚大学毕业，他只是个实习律师，但他没说实习二字。罗保春的目光浑浊，眉心发暗，睁眼无神地看着韩丁。韩丁以为他认不出自己了，可没想到罗保春突然颤抖地抬起一只手，像是要比画什么的意思，又像是要拉他靠近一点，韩丁俯下身去，他的脸和那浑浊的目光咫尺之遥。

他把声音抬高了一些，再问："您要说什么话吗？"

罗保春的嘴角动了动，颤抖地说了句："厂……"

韩丁竭力靠近他，竭力想听懂他的意思："您说什么，厂？"

罗保春用抬起的那只手在韩丁眼前画了个哆哆嗦嗦的圆圈，用同样哆嗦得难以为继的气力，又挤出几个字来：

"厂……还有……都给晶晶……"

韩丁似乎明白了他的意思，这区区几个字几乎像是罗保春在交代遗言。意识到遗言韩丁马上联想到了死亡，联想到死亡他马上下意识地说了安慰的话："您没事的罗总，您好好养病，很快就会好起来的，您放心……"

医生观察着罗保春的脸色，及时制止了他还想开口的表示：“好了，你好好休息吧，睡一会儿，睡一会儿再说。”然后用眼神示意韩丁退下，韩丁就退下来了。

韩丁出了观察室，低头想一想，想自己毕竟是个律师，如果，万一罗保春真的不治，刚才那几个字，岂不真的成了临终嘱托？他猛醒于自己的身份职责，对罗保春刚才嘴里那断断续续的几个字是不能听完算完的，于是他从自己随身携带的皮包里，取出了纸笔，写下这么一行字来：

“我决定平岭市保春制药有限公司全部财产及我的其他财产由我的女儿罗晶晶继承。”

他叫住那位从观察室里刚刚走出来的男医生，说：“病人刚才留下了遗言，我作为他的律师，补做了一个记录。现在趁病人头脑还清醒，需要马上请他本人过一下目，签个字。”

医生往他的办公室里走，一边走一边摆手：“不行不行，现在病人不能再说话了，说话多了太危险。”

韩丁说：“他可以不说话，我把这个给他看，他点个头签个字就行。”

医生瞪眼道：“你看他那样，还能签字吗？”

韩丁说：“我看能！”

医生说：“现在要尽量避免让病人激动，他现在必须安静，你这么折腾他，万一病情恶化，你负责吗？”

韩丁说：“万一他不行了，他的亲属，他单位里的人现在都不在，将来对遗嘱发生争议，你负责吗？将来他们吵起来我让他们找你好不好！”

急救室重地，墙上大写着“安静”二字，所以，他们的争执都压着声音。但医生办公室里的一个上了点年纪的女医生还是从他们彼此的表情上，看出有点不对劲了。她从用大玻璃隔出来的办公室里走出来，问怎么了，争论的双方像是都找到了一个裁判，如此这般争先恐后地陈述自己的观点，同时晓以利害。女医生似乎是那个男医生的上司，她几乎还没听完就低声对男医生说：“你带他去吧，让他简单一点，趁病人现在还清醒……”这话刚才韩丁也说过，但现在从女医生口中说出来韩丁心里竟咯噔了一下，大有凶多吉少的感觉。但他没时间多想，紧随在那位一脸不快的男医生的身后，重新进了观察室。

观察室里，罗保春仍然双目紧闭，面色灰白。他们走到他的床前，韩丁随即开口，呼唤罗保春：“罗董事长，罗老板！”

罗保春没有睁眼，没有应答。

韩丁不敢放大声音，继续呼唤：“罗老板，我是律师韩丁！”

罗保春的眼睛慢慢开了一条缝。韩丁连忙把他写好那句话的白纸在他眼前展开，说：“罗总，您刚才跟我说的，是这个意思吗？”

罗保春的眼球真的动了一下，盯住了那张纸，看了一会儿，他用眼神微微点头。韩丁和那位男医生都感觉到了——罗保春在点头。

韩丁说：“您能签字吗，我需要您在这上面签字，您能吗？”

男医生态度还算配合，用比韩丁大一些的声音，也问了一句：“你能签字吗？”

罗保春依然用眼神点头，韩丁顺手拿过男医生腋下的一只病历夹，把纸垫在上面，放在罗保春的手边，然后把自己的笔从罗保春食指和拇指的缝中穿进去。罗保春虚虚地拿着那支笔，停了少顷，居然颤巍巍地，在那张只写了那一句话的白纸上，歪歪扭扭，颤颤抖抖，游龙走凤，像写天书似的写下了“罗保春”三个难认的大字。

韩丁如释重负。

他和男医生走出观察室，将罗保春签过字的那一纸遗书对折叠好，仔细地放进皮包，这时他唯一担心的，倒是罗保春的安危。但情形并没有韩丁以为的那样坏，天黑之前，罗保春的病情终于稳定下来，并开始好转，血压、心率等各项指标渐渐向正常值靠近。韩丁一直没有离开医院，王主任也打完不知多少个电话回到了急救室外。保春制药厂的厂长——一位戴眼镜的知识分子模样的中年人也带了几个厂里的干部赶来了，一到医院就由王主任领着找医生问情况去了，其余人都在急救室的门外等着。韩丁和这些人都不认识，互不搭腔。他也没把罗保春留下遗言的事跟任何人讲。因为从医生的口气上听，罗保春似乎问题不大了，厂长和王主任与医生谈话回来后的表情，也似乎在告诉大家危险已经过去，一切都会好的。但按医生的意见，罗保春还需在观察室里住上一夜，待第二天才能转到病房去。王主任已经与远在南京的罗保春的女儿罗晶晶联系上了，据他说，如果罗晶晶能买到飞机票的话，今晚就会赶回来。韩丁想，如果一切正常，那份遗嘱也就无须拿出来示众了。

天黑以后，制药厂的厂长安排了两个干部留下来轮流值班，以防万一有事好随时与厂领导保持联系，其余人，连他和王主任在内，都回家吃饭休息。韩丁尽管很想留下来——因为晚上说不定会见到从南京赶回来的罗晶晶——但似乎没有留下来的理由，他用手机与老林通过电话之后，便随众人离开医院回宾馆去了。

晚上，老林那位在平岭公安局当刑警的老同学开车来到宾馆，非要拉着老林和韩丁出去吃饭不可。老林白天在法院着了点凉，身上发冷，所以他那位老同学便拉他们上附近的一家川菜馆吃火锅，让老林发发汗。老林的同学姓姚，叫姚大维，相貌与名字很般配，生得既斯斯文文，又高高大大，虽然在平岭公安局已有二十年警龄，但仅仅在刑侦大队的一个分队里混到个二把手的职位，算是副科级干部。不过，这位姚大维职位虽不大，口气却不小，让老林随便有什么困难都可以找他，在平岭这个地盘上，没有摆不平的事情。老林问他四萍被杀这个案子有什么进展吗，到底能破不能破。姚大维不知是喝多了夸海口还是真的有把握，笑着说："这种案子，十有八九是内部人干的，好破！”老林问：“是不是有线索了？”姚大维说：“人早就对上号了，只是还没抓到。我今天上午还到平岭生物制品研究所的梁教授家去取证呢，梁教授是保春制药厂的特聘专家，四萍死以前就在梁家做小时工。”姚大维话到此处，戛然而止，可以看出他的酒量远未见底，虽已面红耳赤，但还不至于把案情泄露太多，没等老林再问便主动转移话题，约老林办完了事一起上黄鹤湖风景区玩玩去。老林也懂规矩不再追问，和姚大维碰杯喝酒说：“好啊，我正有此兴。”

饭没吃完，姚大维就被一个电话叫走了，韩丁听出来是什么案子出现了紧急情况要马上处理，心想干公安的也真是辛苦不容易。姚大维走后，残汤剩菜前只有他和老林二人，他便把罗保春签了字的遗嘱拿出来给老林过目。老林没说什么，只是对罗保春今天在法院调解时的态度发表了些不以为然的看法，或叫牢骚吧，也是无可奈何的口气。老林说：“以罗保春这样的老板脾气，就是他这次出了院，将来法院判决下来万一对他不利，他还是得气死！”

话音没落，老林的手机就响了，是王主任打来的。老林接了电话，用伤风上火的鼻子“嗯嗯，噢噢”地应和着王主任在电话里的一大通话，最后说了句好，明天见，便挂上了电话。他低头喝了一口热汤，然后才慢慢抬头，对韩丁说了句：

“罗保春去世了。”

韩丁正嚼着一口粉丝，那缕粉丝一半在里一半在外地挂在嘴边，他愣愣地说：“啊？”

老林低头喝汤，不再说话，好像罗保春是被他刚才那句话咒死了似的，好像自己这张嘴今天晚上不大吉利似的。他不说话，韩丁也就不说话，他们默默无语地吃完了饭，回到宾馆，韩丁打开电视想看新闻，见老林连澡都不洗倒头便睡，便把电视关了，和他一样熄灯上床。

前半夜韩丁睡不着，想着罗保春的死，竟如此突然，几小时以前还是那样慷慨激昂、面红耳赤的一条汉子，现在却已飘然离世，往另一个世界轮回去了。韩丁岁数小，这是他第一次切身感受到生命的脆弱和无常，免不了在被窝里反复感慨。但更多的是感慨罗保春的那位宝贝女儿罗晶晶，刚刚长大成人便孑然一身无亲无靠，刚刚走上社会便拥有了上亿的身家和一个知名的企业，这样的女孩，不知今后该是怎样一种人生？她是继续当她的模特呢，还是继承父业坐上保春制药公司董事长的宝座？在她父亲的企业王国里，她这个新主人会显露出王者之相并且像她父亲那样叱咤风云吗？韩丁就这样胡思乱想着，想到下半夜他睡着了。刚睡一会儿天就亮了。旁边的老林见他翻身，就发声叫他："韩丁！"韩丁迷迷糊糊地答应："啊？"老林的声音全哑了，有气无力地说："你找服务员再要床被子，我有点冷。"

韩丁起来，打电话找服务员要被子，打完电话先把自己的被子给老林压上，顺手摸老林的额头，额头热得烫手。

韩丁说："你发烧了！"

韩丁扶老林赶到医院时医院还没上班呢，他们看了急诊。医生给老林打了针，又安排老林住院。安顿好老林的病房，看着老林昏昏睡去之后，韩丁就用手机打电话向所里的头头汇报了情况：一、当事人死了；二、老林病了；三、他现在怎么办？所里的头头让韩丁先留在平岭照顾老林，案子的事如果法院和原告有什么说法，或者制药厂有什么新的态度，再及时报告。

刚打完北京的电话，制药公司的王主任就把电话打进来了。

说要过来接他们到罗保春的别墅去，王主任说："罗晶晶昨天夜里从南京赶回来了，已经见过她父亲的遗体了。今天上午厂里的领导也都过去，到罗总家一起商量一下后事，也包括那个案子，下一步怎么处理，厂长说请你们一起过去合计合计。"

韩丁问："今天上午罗晶晶在吗？"

王主任在电话里说：“当然在，怎么了？”

韩丁说：“我去了再说吧，我也有事要找你们呢。”

韩丁走出医院时刮起了风，他在风里站了大约十分钟王主任才把车开过来。他们同车出城，到了黄鹤湖罗保春的别墅时，看到别墅的门口已经停了两辆汽车。冬天的太阳刚刚挂在幽静的湖面上，他们走进别墅的客厅时，阳光正透过细长的老式花窗照射进屋子。屋里凌乱不堪，每个人的脸上都沐浴着阳光，但都像蜡人一样了无生气。

韩丁环视一圈，客厅里都是男人，他没等他们开口寒暄便问：“罗晶晶在吗？我有事要见她一面。”

屋里一时无人应声，几秒钟之后，制药厂的那位厂长开口问道：“什么事？”

韩丁在昨天一见到这位戴眼镜的厂长就有点讨厌他，说不清原因，总觉得他有点小人得志的味道。他本想正色地说：我要向她，也向你们，宣布罗保春的遗嘱，从今天起，保春制药厂和罗保春的一切动产不动产，都归罗晶晶拥有！但话到嘴边他又收住了，没有说。他对这一屋子的陌生男人有种本能的警惕，谁知道他们是可以托孤的一门忠良，还是图谋废主自立，取而代之的奸佞！

于是他尽量不动声色地说：“罗保春昨天清醒的时候有几句话嘱咐他女儿的，我想转告她。”

厂长转脸对身边一位手下人低声说：“你去看看她好一点没有。”

手下人到隔壁的书房去了。厂长不屑于与韩丁多谈的样子，转脸问王主任：“那位林律师呢？”

王主任赶紧答：“病了，在医院呢。”

“噢。”厂长点了一下头，也朝书房那边走去，走了几步转头看一眼韩丁，神态变得友善了些，说，“罗总走得比较突然，他女儿感情上一时接受不了，这毕竟是她唯一的亲人，如果有太刺激她感情的话，等过几天再说比较好。你一起来吧。”

他带着韩丁走进书房，书房的样子显得比客厅还要古旧，四面墙壁都用深色的木板装饰着，书架是固定的，边角有繁复的木雕镶嵌。窗帘半开不开，光线半亮不亮，每个人的脸都因此而显得半明半暗。但韩丁一走进这间昏晦的书房还是一眼就找到了中心——书房的正中，一张旧式的写字台后面，坐着一个女孩，脸被哭脏了，头发也乱了，神色憔悴恍惚，但容貌依然耀眼。她的身边，站着罗家那位老保姆和另一位慈眉善目的中年女人，她们正劝着她。见有人进来，女孩抬起双眼，在同时走进书房的四五个男人中，盯住了韩丁。也许因为他最陌生，也许因为他最年轻，也许因为，他显然是这一群人当中的主角。

韩丁和罗晶晶对视片刻，他开口问道：“你是罗晶晶吗？”

罗晶晶没有回答，目光带了些疑惑地继续看他。那位保姆和那个中年女人也抬头看他，一起进来的男人们全都看着他。

韩丁接下去说：“我是北京中亚律师事务所的律师韩丁，你父亲去世前，有一份由他亲笔签名的遗嘱，我现在要当着你的面，向在场的各位宣读！”

三

老林得的是急性肺炎，高烧连着几天不退。老林和老婆正办离婚，所以在他入院后的第三天从北京匆匆赶来的，是和老林相好并且以后可能成为他儿子后妈的那位“第三者”。同一天所里也来了电话，对韩丁的去留做了指示：既然法院表示近期不会开庭，所里也就不再另外派人来了。所里让韩丁听取一下制药厂对这个赔偿案下一步的打算，然后和老林的女朋友交接一下老林，就可以回来了。

于是，韩丁就去找制药厂的那位厂长谈了一下，问他厂里对赔偿案的立场有无变化。对此，厂长未做任何答复。罗保春一死，制药厂天下无主，连厂长也说不清这个厂子下一步该怎么办，谁还有心思琢磨这个小案子。他颇不耐烦地对韩丁说：“厂里这些天上上下下都在忙罗老板的后事，我看你们先回去吧。原来罗老板同意你们坐飞机还是坐火车？坐飞机？那好，你就买机票吧，回去以后把机票寄回来我们给你报。”

于是，韩丁就去买了飞机票。走前他独自去黄鹤湖风景区玩儿了一趟，花了两个小时爬上了并不算高但需要慢慢盘桓而上的移来峰。站在移来峰的山顶向南远眺，几乎可以看到黄鹤湖风景区的全貌，当然，也可以看到罗保春那幢别墅灰色的屋顶。山上的空气很清凉。远远地看，湖面上罩了一层雾一样的低云，黄鹤湖的形貌就在这层云雾中若隐若现。也许正是这种难以一目了然的朦胧造就了黄鹤湖的美丽，这让韩丁想到了罗晶晶，那个让他关注并为之担忧的神秘的女孩，不知此时会是何种心情。那份突然而来的财富会消解她突然而来的悲痛吗？会消解她今后永远的孤独吗？

从山上下来，回到城里，韩丁心里怅怅然没有着落。不知自己真的悲天悯人，还是害了单相思。晚上独自在街上吃了点饭，回宾馆后百无聊赖，也没兴趣看电视，洗了澡就想睡觉，刚上了床还没关灯，电话铃就响了。

来电话的是制药公司的王主任。

王主任在电话里的声音有点鬼鬼祟祟，他先问："你是韩丁吗？"

韩丁说："是啊。"

王主任又问："屋里就你一个人？"

韩丁说："对，就我一个人。"

王主任说："我有点事想找你谈谈，你能出来一下吗？"

韩丁说："出来？上哪儿啊？"

王主任说："你到元府大桥这边来，桥头路东有个滨河茶舍。你找个出租车，说去元府大桥司机都知道。"

韩丁觉得王主任的口气有点反常，加上自己刚刚洗完了澡懒得动，于是便说："不好意思，我已经睡了，要不是什么急事明天再说行吗？明天我下午才走呢。"

王主任在电话里的声音既客气又执着："真对不起了韩律师，我找你还真是有个重要的事。林律师病了，我现在只有找你了。"

韩丁说："到底什么事啊？"

王主任说："我们还是见面谈吧。"

韩丁想了想，这几天与这位王主任接触，感觉他总的来说还算是个沉稳正派的人，看看时间也不过才九点多一点，人家约他出去谈事情，似乎犯不上这样疑神疑鬼。于是他再次问了那个什么大桥和桥边的那家茶舍的方位，约了不见不散，便挂了电话，起身穿衣，关上门出来了。

他按照王主任的指点，在宾馆门口叫了一辆出租车，让司机开到元府大桥去。他以为去元府大桥要走半个城呢，没想到只绕了两个弯，总共不到五分钟的路程。平岭本来就不大，五分钟足以把韩丁从灯火辉煌的市中心带到一处说不清是哪儿的边缘角落。这里除了大桥上的路灯之外周围很暗，而这座元府大桥似乎也并非城里人出来过夜生活的往返之途，因此桥头路东的那间茶舍自然极其肃静萧条。韩丁推门进去，昏暗的烛光中，只有两桌客人守着角落，一桌在交头接耳，声音压得很低很低，另一桌在赌着纸牌，只出牌不出声。韩丁站在门口四下寻找，不见王主任的踪影。一个穿中式大褂的茶童走过来躬身询问："先生一位？"韩丁说："我找人。"茶童说："您是韩先生吗？"韩丁说是。茶童马上转身引路："噢，韩先生请这边走，您的朋友在楼上。"韩丁这才发现左手方向还隐蔽着一处险隘，那是一扇小门连着的一条小夹道，夹道里藏着个"一夫当关，万夫莫开"的楼梯。他跟在茶童身后，沿着这条又窄又陡的木板楼梯上了二楼，进了一个日本榻榻米式的包间。包间很小，进屋要先脱鞋。屋子中间摆了一张炕桌，炕桌上点了一盏油灯，油灯边上已经坐了一个人，见韩丁进来，忙起身来迎，把韩丁让到桌前坐下。好在炕桌下面是空的，可以把脚放进去。韩丁最怕像日本人那样盘腿或跪着。

等茶童上了茶和几样小吃，关门退下，韩丁才环顾四壁，半笑着问道："你找我什么事啊，还至于到这么个神神秘秘的地方见面？跟特务接头似的。"

王主任没笑，低头思忖少许，抬头开口："韩律师，不是我要找你，是另一个人要找你，我是代替这个人来和你见面的。”

韩丁收了笑：“谁呀？谁要见我？”

王主任说：“我们罗董事长的女儿，罗晶晶。”

罗晶晶？

韩丁吓了一跳，脸上不露声色，心里有点激动，他竭力平静地问：“罗晶晶，她干吗要见我？”

王主任未即答言，一副说来话长的表情，先是深深叹气，然后慢慢开口：“这几天，我们公司真是乱套了，几个头头谁也没有心思抓生产抓销售，都忙着争权夺利了，再闹下去真要把工厂拆了分产到户了。”

韩丁诧异地问：“怎么会呢，我不是已经宣读了罗老板的临终遗言了吗？这个厂已经归他女儿罗晶晶了。罗晶晶是他唯一的亲人，本来就是法定继承人，现在又是遗产继承人，她的继承权无可争议！”

王主任摇头道：“她一个还没长大的女孩子，本来就不清楚公司里的事情，现在突然经历丧父之痛，哪还有心情管公司的事。今天我听她家保姆说，前些天她男朋友又不辞而别，把她给蹬了。她都快崩溃了，哪还能再管公司里的事啊。”

韩丁愣了一下，话头不由自主地离开了继承权问题，移向他最敏感的方向：“她有男朋友？干吗的？”

“谁知道，我也没见过，是听保姆这么说的。”

韩丁穷追不舍地盯住这个话题，问：“她男朋友为什么把她蹬了，就因为她父亲死了？”

王主任说：“那还能因为什么，罗老板一死，下面众叛亲离，罗晶晶根本控制不了局面。现在谁都看得出来，这公司说垮就垮。树倒猢狲散，这在咱们社会里还不是常有的事吗。”

韩丁沉思下来，心里琢磨着王主任的话——罗晶晶有男朋友，吹了。这对韩丁来说，不知算是好消息还是坏消息。他脑子里杂乱无章地思索着，嘴上刻意掩饰地喃喃：“挺大的公司，怎么会说垮就垮呢……”

王主任的声音倒是很镇定：“我们公司的情况也确实比较复杂，财务上这几年一直比较紧张，搞扩建工程又借了银行不少钱。公司虽说是罗保春的，实际上像厂长、总会计师这些人，罗总过去都答应过给他们干股的，听说罗总和他们之间有过口头协议的。这几天外边也都知道罗总不在了，银行、供货商都来人逼债。昨天是厂里发工资的日子，工资不知为什么没发，工人们今天都不干活了，从厂部到车间，谣言四起，说什么的都有。甚至说罗晶晶不想办这个厂了，想卷了钱一走了之。工人们都急了，厂里的东西见什么拿什么。厂长和总会计师他们几个人也放出话来，说他们会全力保护所有职工的合法利益，还说这厂子是他们辛苦干出来的，绝不能让一个黄毛丫头想怎么着就怎么着地给毁了。罗晶晶现在连公司都不敢去，她这两天就躲在她爸的别墅里哭。那别墅也是租的，下个月五日又该付今年的租金了，厂长和总会计师给不给付还不知道呢。不给付人家风景区管理处就往外轰人了。罗晶晶哪里斗得过他们，她还是个孩子呢。”

韩丁听着，愣了半天，问：“那她找我干什么？”

王主任盯着韩丁，没有马上回答，那一刻四周静得只剩下灯捻爆破的噼啪声。油灯发红的光芒使他脸上的五官深陷，并且微微颤抖，那悠长的沉默让韩丁捉摸不透。

王主任慢慢开口：“她要我找你，是希望通过你，请你们的律师事务所接受她的委托，作为她的代理人，接管保春制药有限公司！”

韩丁睁大了眼，半张着嘴没说出话来。他的心被屋顶那片阴影抖得有几分激动。他镇定了一下，开口问道：“是她要找我的，还是你要她找我的？”

王主任答道：“是她要找你的。”停了片刻，又补充道，“是我建议她找你的。”

韩丁一时不知该怎么回答，愣了片刻，才说："这种事，你们完全可以找本地的律师事务所，本地律师可能对这儿的工商财政税务司法等部门更熟悉，接管企业这种事少不了当地这些部门的支持，否则根本办不了。"

王主任摇头："这里的律师事务所和我们厂长他们，和那些供货商，和银行，都太熟了。平岭这地方太小，在场面上混的人三绕两绕都能搭上朋友，和这些人有冲突的事，我们不敢找当地的律师。而且，请你们北京的律师出面办事，这边的执法部门也不敢乱来。对北京来的人他们毕竟会相当小心，因为他们觉得北京的人多少都有些背景的，说不好哪一个就有通天的门路！"

王主任说完，透过油灯的火苗看韩丁，等着他表态。韩丁说："那这样吧，我回去把你们的想法向我们所里报告一下。据我知道，我们就是接受了你们的委托，作为一家律师事务所，也不可能直接去接管一家企业。不过，我们可以作为业主的代理人来组织这项工作，代表你们委托会计师事务所查账封账，委托资产管理公司把企业的财产和日常的经营运作管起来。管理的期限可以根据情况由业主来决定。也就是说，由罗晶晶来决定。"

韩丁的这一席话，都是以前在学校里听课听来的，但如此一说，让王主任的面孔立刻开朗起来，脸上露出了宽慰的笑容："对啊，我就是这个意思，就是这个意思。"

意思说到了一块儿，两个人的神情都放松下来，又如此这般地切磋了一阵，看看时间不早了，便由王主任喊茶童来结了账，两人一前一后下得楼来，楼下的那两桌客人不知何时已经人走茶凉作鸟兽散。韩丁和王主任并肩走出茶舍。握手告别时，韩丁突然想起什么来，郑重地说道："噢，对了王主任，罗晶晶如果确实有意要委托我们的话，还需要她出具一个正式的委托书，这份委托书要由她亲笔签名。也就是说，她无论委托我们什么，都必须是出自她本人的真实意愿。"

韩丁的这段话以及这段话所包含的那层不放心的意思，王主任当然听得明白，连连点头说：“那当然，那当然。这样吧，你明天不是下午的飞机吗，明天上午我把罗晶晶叫出来，让她和你见个面，你们当面谈一谈，怎么样？”

韩丁本来想客气一句“这倒不必”，但话到嘴边，迟疑一下，说出口却是，“好……好啊”。

于是，就这么说定了。他们简短地约定了第二天和罗晶晶会面的时间和地点：时间是上午十点整，地点是市郊的石佛古刹华严寺。在韩丁听来，和今天一样，也有些特务会面或地下党接头的味道。

直到分手之后，在回宾馆的路上，韩丁才真正地兴奋起来。他没想到居然会有这样一个凭空而降的机会，让他在明天，并且在以后，和罗晶晶发生如此近且直接的交往。如果他们以后真能成为朋友，甚至互相走进对方生活的话，那么今夜，他和王主任在平岭元府大桥桥头路东河滨茶舍楼上单间的密晤，就成了一个值得永远纪念的时刻。

当天夜里韩丁入梦，梦见一片璀璨的强光将他笼罩，在眼花缭乱之际他看到一位盛装少女人面桃花一闪即逝。醒来之后他竭力追想梦中的这个刹那，他断定那正是在平岭世纪大饭店的发型晚会上第一眼看到的罗晶晶。这个在聚光灯的辉煌中色彩强烈的印象，在韩丁心中始终是一个灿烂的艺术而非一个生活的现实，连梦见她时也是这样。

第二天，韩丁如昨晚之约准时去了位于平岭南郊的华严寺。

华严寺里空气清幽，古木参天，游人寥落。寺的后院，有一座大殿倚山壁而建，殿内供奉着一座石佛。从殿前碑刻的简介上看，这座石佛身世古老，史迹宛然，还有几段民间的传说作为正史的点缀，因而成为整座华严宝刹的主题所在。只有在这里，韩丁才看到几个善男信女焚香跪拜，几拨儿外地游人驻足流连。韩丁不信佛，也不懂佛，但知道进了庙门，崇敬之心是必须有的，否则说不定下山时就会倒霉摔断胳膊。于是他一本正经地站在石佛前，毕恭毕敬地抬头瞻仰，直到后颈发酸才收回目光，收回目光后连慢慢转身的动作也尽量避免潦草，整套动作完成后，他才恰逢其时地看到了从大殿门口的山雾中姗姗而来的王主任，以及他身边亭亭玉立的罗晶晶。

他注视着罗晶晶，想看看那张脸与T型台上和昨夜梦中有何不同。但罗晶晶背光而立，脸的轮廓被混合了阳光的雾气镀了一层金色的虚边，五官的细部难以看清。罗晶晶也看了他一眼，旋即移开眼眸，仰脸正视殿中的石佛。她走进大殿，目不旁顾地行至佛前，王主任随后把在庙门口买好的香柱递给她，并且帮她把香焚好，教她双手持香，低头默祷，跪拜如仪，然后把香插在香炉里，每一步动作都由王主任指导，罗晶晶亦步亦趋，像个小孩子那样做得认真却毫无主见。

拜完了佛，罗晶晶的目光再次与韩丁相遇，看了一下又转头求教似的去看王主任。王主任这才和韩丁打了个招呼："来啦？"

韩丁点了一下头。

王主任说："咱们到外面谈吧。"

石佛殿外，院墙高高，左面是松林，右面是竹林。竹林里不是北京常见的那种细细的翠竹，而是一片高大结实的紫竹。寒冬并没有给这片紫竹带来丝毫枯败萎靡之象，反而使它俨然多了些沉稳厚重的气质。他们顺着林中无人的小径蜿蜒漫步，也不知该由谁先说点什么。和罗晶晶并肩而行让韩丁估出了她的身高，在一米七到一米七五之间，是韩丁最喜欢的女孩的身高。韩丁自己一米八二，他一向觉得男女相差十厘米最为般配。

时间不多，还是由王主任打破沉默先开了口："晶晶，韩律师今天下午就要回北京了，有什么话你就说吧。"

罗晶晶站下了，瞥了一眼韩丁，低了头。她脸上的妆化得恰到好处，把女孩的娇嫩和艳丽都表现出来了，也比较自然。但那匆匆一瞥，还是能让韩丁从眼神中看出她这些天的憔悴来。

罗晶晶带着明显的拘谨，哑声说道："韩律师，请你帮忙。"

王主任笑笑，说："这孩子，见生，不会说话。"

韩丁其实很喜欢罗晶晶这样，女孩就是女孩，就应该有女孩特有的软弱和羞涩。他用欣赏的目光微笑着，本想用片刻的沉默留住这种好感，但因为时间所迫他不得不尽快开始今天的提问。

"罗小姐，你能告诉我你需要我们为你做什么吗，你在哪些方面希望委托我们帮忙？"

罗晶晶抬头，还是把依赖的目光投向王主任。王主任刚要替她回答，被韩丁打断："罗小姐，你是不是希望我们做你的代理人，由我们代表你聘请国家注册会计师和资产经营公司对应当由你继承的保春制药有限公司进行资产清理和经营管理，你是这个意思吗？"

罗晶晶又看王主任，王主任鼓励地说："晶晶，只有你才是真正合法的委托人，所以，韩律师必须当面问问你。你如果希望委托他们你就答是，不希望你就答不是。"

罗晶晶把脸转向韩丁，点头答："是。"

韩丁也点了点头，说："好。"他又转脸对王主任说，"如果我们事务所接受委托，下次会再派人到平岭来，和你们签订正式的委托协议。"

王主任先是笑了一下，继而脸色凝重，说："麻烦你了小韩，希望你们尽快过来。"

他们三人沿竹林小径，不知不觉走到了华严寺的大门口。韩丁知道到了该分手的时候了，他先和王主任握手告别，然后转向罗晶晶，说了安慰和劝她节哀的话，说完便以一种很男人的果断，扭头跨出庙门。可这时，他没想到，罗晶晶突然开口叫住了他。

"韩律师……"

韩丁站住了，他站在寺庙门口的阳光下，回头与罗晶晶目光相接，罗晶晶问道："下次你会来吗？"

韩丁冲她笑了一笑，反问道："你希望我来吗？"

罗晶晶说："希望。"

韩丁说："那我争取来。"

从华严寺回城的路上，韩丁心里反复咀嚼着他和罗晶晶最后的这两句对话。这两句话听上去仿佛是两个年轻人之间的一个私下约定，一份私人的邀请和朋友的承诺。在罗晶晶孩子般的语气中所表达出来的那种依赖和信任，令人激动。韩丁兴冲冲地回到城里，先去医院向老林告别。老林的肺炎还未全消，还躺在床上吊瓶子。他在床边向老林简短地汇报了与王主任和罗晶晶见面的情形，老林对他回去向所里如何汇报又做了些嘱咐。要不是老林的女朋友不让他多说话，他唠唠叨叨几乎要误了韩丁的飞机。

韩丁还得回宾馆取行李呢。

韩丁离开平岭回到北京以后的事情，就过程而言，一切都在预料之中。他把平岭之行及罗保春的猝死及制药厂的内乱及罗晶晶的委托，一一做了汇报。所里的头头经过一番研究和讨论，最后决定接下这个想必有点油水，而且也比较有利于提高事务所知名度的案子。于是，在韩丁回京述职的第三天，他又陪同所里另一位合伙人级的资深律师老钱，一行二人再度来到平岭。到机场来接他们的仍然是那位老成持重的王主任，仍然是那辆半新不旧的奔驰车。不同的是，从机场到市区的沿途大概刚刚进行过治理整顿，变得干净整洁起来，而那辆奔驰车里却显得又脏又乱，与上次来时的样子截然不同。车子的卫生状况仿佛是制药厂现状的一个缩影，让人明显觉出一些败象来。碍着司机的面，王主任和韩丁只是相视一笑，心照不宣，并不多言。

他们到达平岭的当天晚上，在他们下榻的旅馆房间里，罗晶晶在中亚律师事务所为她准备好的委托书上签上了名字。在这一天之后的若干天里，她又在其他许多需要她签名的文件上签上了名字。这些文件对保春制药有限公司来说，都是重大的决定，具有重要的意义。根据这些文件的授权，一家有资质的会计师事务所开始进驻制药厂，着手核实账目和清查财产；一家有经验的资产经营公司也派出一个精干的班子对制药厂进行了托管。罗晶晶还根据律师和托管班子的建议，签字免掉了原来的厂长和总会计师，免掉了只有她才有权免掉的其他高层管理干部。那些天老林的病基本上好了，便也参加进了老钱和韩丁他们的工作。老林老钱和托管公司认为应该免谁，应该采取什么措施，就拟出一份决定，交给罗晶晶签字。罗晶晶已不再参加模特演出，整天躲在家里闭门不出。罗保春在黄鹤湖风景区租住的别墅已经被罗晶晶退掉，她就一个人住在城区她家原来的小院里，没有亲戚，没有朋友，这样孤独的生活对一个未经世事的小姑娘来说，看上去很可怜。那些天韩丁和她又见过几面，都是送文件去她家让她签字时见的。她家屋里屋外都乱糟糟的，很久无人打理的样子，罗晶晶本人也是病恹恹的，少言寡语，衣冠不整。韩丁看她似读未读地浏览文件，看她签字，也不多说什么。突遇丧父之痛又遭男友抛弃，这样的低潮大概只有随着时间的流逝才能度过，之前任何劝慰和开导都无济于事。

韩丁在这个案子的工作中，是个一仆二主的苦力角色。抄抄写写，跑跑颠颠，大量事务性的工作都压在他一个人的身上，每天让老林老钱支使得四脚朝天，疲劳和琐碎使他对工作的感觉变得寡然无味起来，唯一让他感到刺激的事，就是罗晶晶一次主动的求助。那天晚上罗晶晶被喝醉了酒的大雄带着一帮浙江籍的民工堵在家里索要四萍的赔偿钱，吓得直哭，打电话到韩丁的旅馆，那时老林老钱都在和银行谈制药厂的债务没有回来，韩丁只能大义凛然地只身前往。这场英雄救美的历险来得非常突然，很让韩丁有一种受命于危难之时的英勇壮烈，但结束得却过于潦草，潦草得日后想来竟像一场闹剧。韩丁赶到罗晶晶家时大雄们的酒劲已经过去，闹得没趣正要离开，韩丁向他们亮了自己的律师身份，奉劝他们不要以身试法。虽然他的义正词严招来那帮民工的一阵哄笑，但他们笑过之后居然被大雄招呼着，扔下几句空洞的威胁和下流的脏话休战而去。他们一走，罗家的小院便突然安静下来，只剩下韩丁和罗晶晶两个人相顾无言。这个两人独处的机会是韩丁意想不到的，他甚至还被罗晶晶邀请在她家那间凌乱的客厅里坐了一会儿，喝了一杯饮料，然后他反过来邀请罗晶晶跟他到他们的旅馆去。一个女孩子住在这样独立的小院里太不安全了，说不定大雄那帮人什么时候一高兴又杀回来捣乱，男人喝多了酒保不准会干出什么荒唐的事来。就算他们不来，制药厂这些天改朝换代，不知多少人怀恨在心，找罗晶晶报复一下也未可知，所以，还是躲一躲为好，比较安全。罗晶晶被韩丁这么一说，居然真的默默地跟上他弃家而走。两人坐上一辆出租车，就到韩丁他们的旅馆来了。

那天晚上韩丁挤到老林的房里去住，把他住的那间小屋让给了罗晶晶。在向罗晶晶说晚安的时候他看出这女孩对他有了好感，感激中含了些亲切，亲切里藏了点羞涩。她说："再见韩丁！"她叫了他的名字。韩丁也不再称其为罗小姐，也直呼其名："好好睡吧罗晶晶，咱们明天见。"韩丁觉得，两人道别时的神情都有点依依不舍。韩丁原以为，如果罗晶晶真的对他有好感了，也许会把这间旅馆当作一个避难所，就势住下去。可惜不知为什么，罗晶晶并没有这样做，她在第二天的早饭之后就搬走了，搬到她的一个同学家去了。但她把地址告诉了韩丁，嘱咐韩丁别告诉别人。

除了这件事使他和罗晶晶之间的关系有了一点暂时还看不清意义的进展外，在他们替罗晶晶捍卫权利的战役过程中，就几乎再也没有发生过其他激动人心的事情。整个战役的进展倒比韩丁原来的预想更加容易和迅速，那个戴眼镜的厂长被免职后拿走了应当支付给他的工资，从此再未露面。总会计师不辞而别，自己打了辞职报告。比较麻烦的是那些普通职工，因为厂里拖欠了他们两个月的工资，所以，几乎闹到去市政府静坐示威的地步。罗保春在世时在厂里多少有些威望，过去欠发几天工资的事也是有的，工人们也没闹过什么事。罗保春一死，职工们的心理承受力发生了变化，要求厂里立即兑现欠付的工资，厂里不能兑现，便群情激愤，上市政府、上市人大、上电视台去闹事，把事情闹得很大。大雄那帮民工也凑热闹算上一份，还是争四萍赔偿的事。整个保春制药厂很快瘫痪下来，资产托管公司派的那几个人根本号令不灵，唯一能做的工作是雇了一帮保安把厂子保护起来。保春制药厂是市里多年的纳税模范、明星企业，因此，这场劳资纠纷市里的领导也很重视，市长和市委书记都有批示，批了些什么老林、老钱似有耳闻，韩丁不得而知。

在职工们四处串联，团结一致，准备掀起新一轮更大的请愿浪潮时，仿佛是咣的一声，由罗保春之死而引发的整个事件突然尘埃落定，一下子走到了尽头！一个所有人最初都没有想到的结局，轰然浮出水面。

那就是：保春制药有限公司宣告破产！

其实，在罗保春死前，公司的财务就已经周转不灵了，主要原因就是那个贪大冒进的扩建工程，拖累了全公司的现金周转。公司的积累全都投进去不算，又向银行举债三千多万。罗保春原来的依仗，就是库里还存着价值五千多万元的保春口服液待售，但远水不解近渴，他不死，一切还能维持，他一死，大家全都沉不住气地闹起来。工人要结清工资，不发钱就罢工不干；银行不再延期，要求厂里按时还贷；厂里的那些原料供应商也不愿再赊欠货款，纷纷上门逼债要钱，有好几家供应商已经送了诉状，把保春公司告上了法庭……保春公司在几面夹攻之下，无路可走，经老林、老钱、资产管理公司与银行等债权人再三协商不成，万般无奈之下，只得建议罗晶晶自动破产。把保春制药有限公司的资产交由平岭市中级人民法院主持拍卖抵债。

本来是挺好的厂房，挺好的设备，并不过期的存货，可放在台子上一拍卖，马上就不值钱了。罗保春辛苦二十年，号称身家亿万，但落槌的结果却令人齿寒：保春制药有限公司的全部资产最后只拍得五千三百万元，按规定首先支付拖欠的职工工资和破产安置费，再偿还了欠缴的国家税款，余下的钱银行和各家供货商远远不够分。罗保春的车子和罗晶晶住的那个小院，产权也都是登记在制药公司名下的，属于公司财产，因此，也一并列在拍卖清单中落槌而去。老林、老钱和韩丁他们为拯救保春公司忙活了两个多月，最终落得这样一个意想不到的结局，连他们的律师费代理费也都分文无着。他们只能摇头叹气地把整个案件的相关材料该交给法院的交给法院，该还给罗晶晶本人的还给罗晶晶本人，把事情尽快脱手，然后收拾行装，买了车票，垂头丧气，离开平岭，没精打采、两手空空、自认倒霉地回到北京来了。

离开平岭之前，韩丁没再见到罗晶晶。在他们走的前一天，他陪老林去罗晶晶的同学家找过她一次，退还材料并向她告辞，但她不在。她的那位女同学说她两天没有回来了，弄不清去了哪里。老林就把那些反正也无关紧要的材料留给她的同学托她代为转交，又留了他们律师事务所的电话号码，然后就和韩丁一起出来了。

这天晚上，韩丁借口要给父母买点平岭特产什么的，说要上街转转，和老林打了声招呼便离开旅馆。他坐了辆出租车，一个人悄悄上罗晶晶的同学家来了。他期望着能在最后的这个晚上，和罗晶晶见上一面。

罗晶晶的同学家就住在城东的工人新村里。那片建筑是二十世纪五十年代末“大跃进”的产物，当年大概也是一派新气，如今可都旧得像个贫民窟了，好在屋里刚刚装修过，吸吸鼻子还能闻到一股油漆的味道。罗晶晶的这位最要好的女同学比罗晶晶大，显得比较成熟，言谈话语，举手投足，都透出几分与年龄不符的泼辣老到，和韩丁说话居然还有几分大姐的派头。

“你说什么？她男朋友？不会！”这位女生摇着头说，“罗晶晶不会在她男朋友那里，绝对不会。”

“这么说，她现在还有男朋友？”韩丁掩饰着失望，问，“你知道她男朋友在哪儿住吗？”他看那女生沉吟不语，又补充一句，“我们有些材料需要当面交给罗晶晶。”

女生说：“你见过她男朋友吗？”

韩丁犹豫一下，摇头。

女生说：“她和她男朋友以前倒是天天在一起的，可她爸爸是不知道的。除了我谁也不知道的。”

韩丁眼睛一暗，心里不知是一下子被掏空了还是被什么东西生硬地塞满了，他情绪黯然地再次问道：“她男朋友住哪儿？”

女生说：“她爸爸出事之前，她男朋友就不辞而别了。罗晶晶差点疯了！”

韩丁愣愣地，说：“她男朋友为什么离开她了？”

女生说：“谁知道为什么，罗晶晶也没说为什么。”

韩丁沉默片刻，问：“他们很相爱吗？”

女生说：“应该是吧。那男孩一走我才知道罗晶晶为他已经死去活来了。”

那女生家里这时又到了几个客人，主人忙于应酬去了。韩丁只好起身告辞，他留了自己的手机号码和他北京家里的电话号码，托那位女生务必转交给罗晶晶，然后怏怏而别。

第二天清晨，天上下起了平岭开春以来的第一场雨，韩丁随老林、老钱搭乘一列火车离开了被雨水泡得模模糊糊的平岭。当火车开动时，韩丁想到他也许永远没有机会再来这座城市了，这座城市的一切在他的脑海里立刻变得清晰难忘起来。最难忘的当然就是那个美丽的女孩——罗晶晶，她在一个短短的瞬间经历了许多人一生都不会遭遇的沧桑巨变，从无忧无虑变成了无依无靠；从家财万贯变成了无家可归。她怎么承受这一切呢，她到哪里去了呢，她孤独吗，难过吗，她此时正躲在某个不为人知的角落里，悄悄地哭吗?

四

韩丁回到了北京，唯一的这次长差使他对一向待腻的北京有了一种从未体验过的亲切感情，他从未发觉北京原来是那么阔大、雍容、有文化。而且，也比平岭显得干净。

平岭，也许让他唯一不能忘记的，只有那位既美丽又不幸的女孩罗晶晶。没错，在韩丁眼里，这女孩的魅力不仅仅在于她的美丽，更重要的，是她的不幸。她的表情和言语看上去都有些麻木，但韩丁认为，只有悲伤到麻木的状态才能显示出悲伤的深度。也许正是罗晶晶那一脸麻木的表情和木讷的言语，才让韩丁的心前所未有地柔软起来，前所未有！

回到北京很久以后，罗晶晶一直是韩丁每晚睡前为之辗转反侧的影子。他从此对身边的一切女孩无心问柳，甚至对泡吧、蹦迪这种结识女孩的机会都失去兴趣。他陷入一种病态的单恋之中。好在韩丁一向属于理智型人，尤其对男女之事，心里的抓挠一般不会挂在脸上，更不至于影响日常的工作。他每天照样上班，情绪依然饱满，隔两三天去看一次父母，在父母家吃一顿晚饭，饭间陪父母聊聊新闻，然后坐地铁回自己的住处。他父母家住在五棵松，下楼出了街口就是地铁车站，上了地铁半小时左右就到崇文门了。他就住在崇文门。而五棵松和崇文门之间的中心点是复兴门，他们中亚律师事务所就在复兴门的国企大厦里，三点一线。每日晨昏，韩丁就在这条北京最长的，据说也是全中国和全世界最长最宽的阳光大道的地下，定时往返。每天的生活都这样周而复始，过得平淡而规律。

平淡而规律的生活常常令人疲倦，尤其是在韩丁这样蠢蠢欲动的年纪。于是有一天他突然决定再去一次平岭。在做出这个决定时他脑子里甚至没有明确的目的，是想找到罗晶晶然后和她成为朋友吗？这个听起来既天真又冒失的念头实在幼稚至极，可他自己也搞不清为什么就是想去。

他向所里请了事假，说父母那边有点事。可在父母面前他又说是所里安排出差不去不行。总之谎撒得还算周密。两面瞒好之后，他独自一人乘上火车，在一个阴冷的黄昏启程。他整整一宿没有合眼，默默地看着列车的窗外，看着夜幕中什么也看不清的旷野在不变的恒速中无声地后退，仿佛黑夜也跟着一并退去，让前方的黎明越来越近。列车在抵达黎明时也抵达了平岭，他还从未注意过平岭的拂晓如此安静。这不像北京，比北京好，北京天还没亮街上便开始吵闹喧嚷，而在平岭火车站前的晨雾里，几乎没有太多的行人，也没有太多的声音。偶尔能见到一两辆孤独的汽车，也是压着声音悄悄地开过，好像生怕骚扰了这个尚未醒来的城市。

韩丁走向街口，他的肩上背着一个挎包，像个正要上学的学生。他走完一条街便停下来，在街边的一个刚刚开张的早点摊上吃了一碗冒着热气的馄饨。然后，他叫住了一辆出租车，说了大致的方向，让司机带他去。罗晶晶家的详细地址他说不太准了，但大致的方向和街道的样子还记忆犹新。

所幸的是，罗晶晶家的院子和几个月前几乎没有任何变化，感观上唯一的不同也许是那片今年夏天才滋蔓出来的绿油油的爬山虎。韩丁找到这里时天已大亮，车从门前开过时恰逢一位中年的妇人从小院走出来取门口信箱里的报纸，韩丁没让司机停车，任眼前那片茂密的爬山虎和那位取报的妇人在他的视线里轻轻滑过。十五分钟后，出租车把他拉到了城东的工人新村，拉到了和罗晶晶最要好的那位女生家的门口。他下车上楼，敲了那个女生的门。那位模样早熟的女生记性不错，还能一眼认出他来。也许因为他的身份是罗晶晶的律师，所以，那位女生没有任何戒心地把他让到屋里，很热情也很真实地向他介绍了罗晶晶的情况。她介绍的情况比韩丁一路上所能想象到的所有可能发生的情况还要令人失望——罗晶晶不见了，她有两个月都没露面了。两个月前她向她这位同学借了五百块钱离开了这里，从此音信全无。有人猜她去南方了，依据是她以前随发型表演团巡演过广州和深圳，那边有个很大的模特公司曾想签她。

“她会不会是找她那个男朋友去了？”

韩丁还是本能地做了这样的推测，他这样推测的目的也许是希望听到否定的回答。果然，那女生如他期望的那样断然摇头：“不会的，她男朋友是外地人，估计早就回老家去了。”

“那罗晶晶会不会到他老家去找他？”

“肯定不会！那男孩很穷的，罗晶晶找他干什么。”

“也许罗晶晶对他还有些感情的……”

“感情？感情是吃完饭以后没事了才谈的事情，罗晶晶现在要解决的是吃饭问题，是生存问题，她没条件谈什么感情。”

韩丁心里好受多了，他点头说：“也是。”

还有谁能知道罗晶晶的去向吗？没有了。韩丁和罗晶晶的这位同学都想不出还有什么人可以告诉他们罗晶晶的下落。走出那片工人新村，韩丁傻傻地站在街上，街上终于热闹起来了，人来车往，但韩丁觉得很孤独。他孤独极了。因为他仿佛体会到了罗晶晶的孤独，那孤独挺深刻的。他想罗晶晶连对她最要好最信任的同学都没有辞行说一声再见就走了，她去了哪里，去干什么了，她未来怎么生活……她的心情和打算难道没有任何人可以告白和倾诉吗？他仿佛看见了罗晶晶细弱的背影，她才刚刚二十岁，却有了这么彻底的孤独，这让韩丁心潮难平。

从下了火车到此时，韩丁的这趟激情之旅仅仅用了两个小时便无果而终。也许该一同终止的还有他的梦，还有那个做梦的年龄。从平岭回到北京以后，他的心情真的慢慢平静下来，他没有把他的这场没有结果的单恋告诉任何人，包括朋友和父母。他刚刚体会到了孤独的美丽，有了一种脱胎换骨的成熟感。他更加踏实地上班，除了出去办事之外，每天依然两点一线或三点一线，心无旁骛地在长安大道的“心腹”中往返穿行。根据父母的建议和安排，他决定去考托福然后到美国留学，他有个大伯在美国开餐厅，那些天他每天连坐地铁都捧着本英语书在背单词。他的毅力一向不好，对未来也没设立既定的目标，可现在的心情似乎不同了，他长大了，该懂事了，不能总像一个只顾眼前开心的孩子！

可就在他确定了目标，并且真的身体力行想要改头换面重新做人的时候，一个命中的偶然再次扰乱了他的方向，那段刚刚被他反省并且唾弃的生活轨道让他像梦游一样，转了一圈又回到了原地。

这个命中的偶然就出现在他每天必然经过的地铁里，出现在一个看似平凡的黄昏，这个黄昏他和往常一样下班回家，和往常一样走进复兴门的地铁车站，和往常不一样的是，他在这天的黄昏幻觉般地看见了“罗晶晶”。

那天他是准备去父母家吃晚饭的，他利用等车的时间靠在柱子上看英语。车到了，东西两个方向的车同时进站，在他收好书本准备上车的刹那，偶然一瞥看到对面那辆车的车厢门口，一个女孩在登车前无意地回望，那瞬间的回望让韩丁眼前掠过一道耀眼的强光，强光下罗晶晶梳着扇形发式的面容夺目地一闪，把韩丁闪得全身发麻。此时正是下班的时间，地铁站里人流如潮，那个女孩只是一闪，便在人头攒动中湮没不见了。韩丁惊醒地直奔过去，将到对面那辆车厢的门口时，门关上了，列车随即启动，快速而无声地开走了。

两面的车同时离站，拥挤的站台转眼间清静下来，偌大的站台上，仿佛只剩下韩丁一人，站在空洞无物的轨道前发呆。

那天他没再到父母家去，失魂落魄地回到自己的住处。晚上无心看书，睡得很早，但几乎一夜都是似睡似醒。有好几次，半梦半真地，又看到了T型台上的罗晶晶，看到那张强光下美艳绝伦的面容。那面容在他长久以来的想象中，已经像一个固定不变的图像符号，眉眼、表情和色泽，如同一座永恒的雕塑。那雕塑的动人之处，在于她不笑、不怒，永远无法捉摸。

这个偶遇扰乱了他的心情，打乱了父母对他的部署，他几乎没有力气继续埋头在那一堆艰涩的英语单词中。他总是固执地相信，他在车站上见到的，就是罗晶晶。

从那天起他每次上下班都要在复兴门地铁站徘徊良久，用一种近乎守株待兔式的愚昧，期望奇迹发生。他的苦闷只对老林说过，或者说，只被老林识破。那天下班前老林把一份正要发出的律师函扔在他的桌上，一脸不快地说："你这几天跟谁过不去了，三页纸的东西打错了四处。"韩丁看那律师函，懵懵懂懂地说是吗，不会吧。老林一扭头走了。韩丁没敢走，加班把稿子上的错误一一改过，校对清楚重新打好，第二天老林刚一上班就放在了他的办公桌上。老林看了稿子，问韩丁："怎么着，是不是晚上背单词背的？"韩丁说："没有，这几天没睡好。"老林见他情绪低落，便调笑了一句："不会是失恋了吧？"韩丁说："差不多。"老林做惊讶状："你什么时候谈恋爱啦？和谁？我怎么不知道。"韩丁说："所里又没规定这事也得汇报。"老林半信不信的："不会吧，这么帅的小伙子，也会被人甩了？"韩丁苦笑，不知从何说起。那天晚上老林叫韩丁上自己家吃饭去，说好好聊聊，好好聊聊。韩丁那一刻突然渴望倾诉，于是，就去了。

老林家住在礼士路附近，宽大的三房一厅，原来住着老林夫妇和他们的儿子，还有一只活泼可爱的西施犬。现在，夫妻离异，爱犬送人，送给了那位侃起猫狗比侃法律条文还要滚瓜烂熟的老钱。剩下老林父子二人，在这套房里颇有些形单影只。老林工作上是个极其认真的人，对女人却似乎缺乏责任心。他和太太虽然刚刚离婚，但所里人都知道他从没闲着。上次他在平岭生病赶过去照顾他的，据说只是老林众多女友中的一个。韩丁一直奇怪，老林其貌不扬，为什么都是女人追他？也许是因为老林生活细致，会心疼人，又会烧一手好菜，对喜欢的女人也肯花钱，所以，很能感动那些年过“三张”的妇女。世纪之交的女人都开始崇尚阴柔，也许个性粗放而且不懂生活的男子，早就不受待见了。

那天老林和韩丁都喝了些酒，韩丁虽然并未喝醉，但还是当着老林那个已经上了中学的儿子的面大暴隐私。他向老林承认他陷入了一场难有结局的单相思中，承认他暗恋一个女孩暗恋得死去活来而那女孩却浑然不知。老林已经是四十不惑的人了，对热恋暗恋单恋失恋等方面均有心得，他让韩丁说出那女孩是谁，在哪儿，自告奋勇表示愿做月老，将韩丁的苦恋转告于她，说不定还能成全好事。韩丁半醉不醉地、腼腆地笑着，说：“这个人，你认识。”老林说：“哟，是吗，谁呀？”韩丁突然脱口：“就是罗保春的女儿罗晶晶！”

“罗晶晶？”老林万万没想到似的张大了嘴，“她在北京？”

“没有。”韩丁说，“啊，也许吧，我也不知道她在哪儿。”

“都不知道在哪儿你就这么要死要活啦？”老林直摸韩丁脑门，“你真是病得不轻！”

韩丁也知道他病得不轻，他病得真是不轻！

他明知自己病得不轻，但每天上下班还是那样执着地在复兴门地铁站里刻意盘桓，他想也许这个时段这个地点也是罗晶晶每天从某地到某地的一个中转站。他满心盼望他的痴心等待会使偶然变成必然。等了两个星期之后他才开始灰心，才渐渐不再把幻想浪费在人潮流动的站台上。但这两个星期已经在他的下意识中落下了病根，每天他在这里上下车时，总还是免不了扭头侧目，向对面张望一眼。

周末，爸爸妈妈去保利剧场看芭蕾舞去了。韩丁无事可做，被老林抓差，带他儿子到国贸地下商城的溜冰场溜冰去了。那一阵老林正有新欢，儿子便成了累赘，所以，他不得不常托韩丁帮忙。好在这孩子最近刚刚迷上溜冰，骄阳盛夏能到国贸去溜室内冰，对孩子来说当然是件奢侈的事情，老林若非为了晚上的幽会也不会对儿子如此开恩。韩丁和这小子其实根本玩儿不到一块儿，只是当任务一样陪他。他们溜完了冰，还了冰鞋，沿着地下溜冰场外面纵横交错的商店街往电梯那边走。那小子边走边逛，走走停停。韩丁亦步亦趋，百无聊赖。路过一个音像商店时，老林的儿子一头钻进那些摆满 CD 唱盘的货架子里不肯出来，韩丁等烦了就信步在周围几家小店的门前浏览。他看到一家经营中式家具的商店前，有不少人围观在橱窗外，便信步过去看热闹，走近才发现那橱窗里有个模特原来竟是真人。韩丁的好奇心一向很节制，对任何别出心裁的商业广告都觉得有点哗众取宠，观念上比较反感。但看那橱窗中的女孩，端坐于红花梨木的官帽椅上，穿一身大摆宽袖的旗人服装，服装的面料以饱满的黑红相配，手上轻执一把精致的团扇，团扇以清白的薄纱织成，再搭配了女孩盛装之下的桃花粉面和纤纤玉手上的一只翠镯，那感觉竟如一幅重彩暗调的油画，韵味浓厚。韩丁一下子被吸引了。他又往前走了几步，想看得再仔细些，几步之后却蓦然定住，他以为自己又是走火入魔了，看到橱窗里端坐的女孩竟然也是罗晶晶的模样！他定神移步，最大限度地靠近窗前，几乎趴在玻璃上盯着她看。那女孩似乎也注意到了他，抬了一下眼，他们彼此相视了瞬间。这瞬间的对视让韩丁几乎叫出声来，他顾不得身后的人对他的行径如何诧异和讥笑，竟然用手使劲儿地敲起了玻璃，同时真的大声地喊了起来："罗晶晶，罗晶晶！"

窗里的模特没有回答，甚至没再抬眼看他，甚至还略略低眉颔首，用那把白纱半透的团扇，遮了半个粉脸。这时店里有一位工作人员走出来干预了："喂，先生，对不起，劳驾，请您往后站，往后站。"

韩丁讪讪退离橱窗，他环顾左右，看到无数嘲讽的窃笑和厌恶的交头接耳。他红着脸挤出人群，飞快地跑回附近的音像店，老林的儿子正戴着耳机守在试听机前，脑袋一顿一顿地不知陶醉在哪首流行的"摇滚"里，韩丁喘着气跟他说道："嘿，小林，我碰上了个熟人，我先走了。你待会儿自己回家吧。"

小林正痴迷于耳机中的节奏，头也没抬地应了一声。韩丁刚要走，他突然想起什么，抬头叫住了他。"哎，你今天不是说带我吃比萨饼吗？"

韩丁愣了一下，连忙返回身，从身上掏出一百块钱，塞给小林，说："你自己吃去吧，比萨饼店出门往西一走就是。"

韩丁塞完钱便跑，小林在身后又叫了他一声，他也没应。

韩丁快步返回那个家具商店，橱窗里的模特端坐依然，但这么一眨眼的工夫却已改头换面，换上了另一个陌生的女孩。韩丁急急地找到店里，见人就问："刚才那个模特呢？"被问的人直发愣："哪个模特？"韩丁也不知该怎么说："就是刚才那个，刚才坐在橱窗里的那个！""啊，那个呀，"店里的人说，"已经走了。""走了？上哪去了？"韩丁脑门上的青筋都跳出来了。可对方的表情却冷冷淡淡："我们也不知道上哪儿去了，你是她什么人呀？"韩丁口吃了一下，说："我是她朋友。"对方无所谓似的，用手胡乱往外一指，"噢，可能她在那边洗手间卸妆呢。"

韩丁飞也似的往洗手间的方向跑，快要到时恰巧看见罗晶晶换了自己的衣服，背着一只小巧的背包，从洗手间出来往另一个方向走去。韩丁大喜过望，快步追上叫了她一声："罗晶晶！"

罗晶晶站住了，转身看他，她终于认出他了，脸上随即挂出了一丝刻板的笑意："你……你是那个韩律师吧？"

罗晶晶还能记得他的姓氏，这让韩丁异常欢喜，他差点说了句："你让我找得好苦！"好在话没出口，理智地改成："你怎么在这儿？"

对这场邂逅罗晶晶似乎并不惊喜，但她对韩丁的惊喜报以礼貌的回应："刚才敲玻璃的是你吗？我当时听不清你说什么，没想起来你是谁。"

韩丁压抑着内心的兴奋，问道："你什么时候来北京的？你是不是签了北京的哪家模特公司了？"

韩丁从一开始就是这样推测的，罗晶晶一定是签了某家模特公司才来到北京的。不过，从她在商店橱窗里做活体广告的情形来看，她签的显然不是一家有档次有实力的大公司。

但罗晶晶的境况似乎比韩丁的推测还要不济，她有些难堪地忸怩了一下，还是如实介绍了自己，她现在还没签给哪家公司呢，现在是自己找活儿，反正有活儿就干，没活儿就待着。

女孩子，尤其是漂亮的女孩子，都是在乎面子的，韩丁知道模特和演员不一样，现在演员干个体是个时髦的事，而模特要是没公司签就很难有活儿，甚至很难被人称作模特，人们最多管他们叫"野模"！"野模"当然是一个贬义词。

所以，韩丁只是笑笑，没再多问。罗晶晶的处境再次诱发了他的同情心，他很久以后才明白，他对罗晶晶的暗恋，其实在很大成分上是缘于一种怜悯。他在本性上其实是一个特别怜香惜玉的人，这一点他起初是不自知的。

他们一路走一路聊，聊到国贸商城的大门口，初见时彼此之间都有的那点生涩，已荡然不见。站在长安大道的端头，眼前一派车水马龙，正是华灯初上时分，灿烂而又华丽的灯光使这座城市活力四射。这样的夜晚对年轻人总有着难以言说的魅力，这种魅力能让你充满信心，又让你在不知不觉中接受某种欲望的诱惑，让你绝对不愿在街灯燃亮之后还待在家里……

他们站在国贸商城船形的出口，在灯火阑珊处沉默片刻，在这片刻之后还是韩丁开口先问："你去哪儿？"

罗晶晶没有回答，她或许正在斟酌该去哪里。

韩丁没等她回答又紧接了一句："一起吃饭好吗？"

韩丁发出这个邀请的口气听上去很随意，其实心里紧张至极。他看到罗晶晶低头沉默，她的沉默让他难堪得面红耳赤。幸而，在他断定自己肯定会被拒绝的同时他听到了那声如愿以偿的答复："好啊。"

韩丁获救般地把顶在喉咙里的那口气松弛下来，随之开心地笑了，他快活地问道："那，你想吃什么？"

罗晶晶说："都行。"

韩丁问："你吃过比萨饼吗？"

问完这话他有点后悔，像罗晶晶这样漂亮的女孩子，也许每天晚上都有饭局的，也许她吃过的好东西比他还多呢。他以为罗晶晶会说：你把我当土老帽儿了吧！但她没有这样说，让韩丁出乎意料的是她居然像孩子那样摇了摇头，老实地说道："比萨饼？没吃过，好吃吗？"

韩丁再次轻松下来，他对罗晶晶的回答，几乎带了些感激的心理，情绪高涨地说道："好吃啊，不信你今天尝尝！"

他带着罗晶晶，打车往西，到了建国门外的"必胜客"。在这家最有名的比萨店里他们没有碰见老林的儿子。韩丁早料定那小子拿了一百块钱去玩儿电脑或者干脆买光盘了，他才不会把钱花在比萨上呢。

那天晚上，韩丁要了厚薄两种比萨，还要了大杯的可乐，他吃得很香，很饱。但罗晶晶只是喝光了可乐，对比萨的口味却不太习惯，最后有将近一半的比萨吃不完让韩丁打了包。韩丁奇怪：比萨是现在年轻人中最流行的口味你怎么不爱吃呢？可罗晶晶说："西餐我都不爱吃，我吃不惯的。"

很久以后韩丁才知道，别看罗晶晶天生丽质，出身富有，可她在饮食方面却是一个没见过世面的人。她从小长大的平岭，到现在也没有一家比萨店。另外，罗晶晶个性内向，不善交际，来北京好几个月了也没交上什么朋友，平时确实没什么饭局，一日三餐有一顿没一顿的，吃的内容也是随便凑合，可以说，她在北京过的是一种狼狈不堪的日子。

那天晚上他们吃完了饭，韩丁提议找个酒吧坐坐去，罗晶晶像个听话的孩子，点头说好吧。韩丁发现罗晶晶的个性比他原来想象的要随和得多，她连去比萨店和酒吧这种地方都有几分拘谨，这种拘谨给人的感觉很特别，让人觉得这女孩怎么那么好呀，那么厚道和本分。

他们找了一个人少的"静吧"，喝着饮料聊天。聊的内容很宽泛，话题基本由韩丁主导。他给她讲北京的各类酒吧和其他好玩儿的去处，讲北京的官场笑话和年轻人时髦的口头语。罗晶晶兴趣盎然地听着，按照韩丁的期待做出惊讶的、领会的或茅塞顿开的表情，这表情让韩丁满心欢喜，刺激着他越发滔滔不绝。

韩丁也问了她很多问题。关于罗晶晶个人和家庭的情况是韩丁最想窥探的内容。罗晶晶的回答总是简短而直接，既不躲闪，也不渲染。她说她爸爸很疼她，她母亲病逝后爸爸就更疼她；她说她在平岭没有亲人了，所以不会再回去；她说她是一个没有家的人，走到哪里想待下来了，哪里就是家了……

韩丁问："那你现在住在哪儿呢，是住朋友家还是自己租房子？"

罗晶晶说："我和另外两个朋友一块儿租了一套房子。"

韩丁问："也是你们一起的模特？"

罗晶晶说："那两个女孩一个是歌手，一个在公司里做秘书。我和那个唱歌的女孩是演出的时候认识的，她和那个做秘书的女孩合住那套房子，后来她们让我也住进去了，这样每人每月出四百块钱就行了。”

那天他们从酒吧出来，韩丁要了一辆出租车，一直把罗晶晶送到了她们三个女孩合住的那幢居民楼下。那是天宁寺附近一条小巷里的一座旧楼，巷口有夜市，车子进不去，韩丁不管罗晶晶怎么客气，执意下车送她走进那条肮脏的小巷，一直把她送到那幢六层的红砖楼下。他们在楼门口告了别，韩丁期待罗晶晶能开口邀请他上楼坐坐，他很想看看这三个女孩温馨的小窝，但罗晶晶没有邀请，她只是对韩丁说了感激的话和道别的话，然后就消失在那个连灯都没有的楼门里。

韩丁独自回家，路上他把今天晚上邂逅罗晶晶的每一个细节以及他们相处的每一分钟，像反刍似的重新咀嚼了一遍。让他特别费劲琢磨的是他们分手告别时罗晶晶对他表示的感谢，那感谢究竟代表了发自内心的好感呢，还是仅仅出于一种礼貌？但无论如何，这个晚上的愉快是出人意料的，他和罗晶晶头一次交往抵达的深度也是出人意料的，所以，这个晚上对韩丁来说，无疑是非常有意义也非常有收获的。

带着这样的心情，他这天夜里睡得很香。在这个连睡眠都出人意料地完美的夜晚之后，他一连多日神清气爽，他一连多日天天到国贸商城去，与从那里下班的罗晶晶相会，然后一起吃晚饭，吃完饭再找地方聊天或者去电影院看电影，聊完天看完电影再打车送罗晶晶去天宁寺，到天宁寺后再下车把她送进小巷，送到楼门口，再一直目送她消失在楼门洞的那片黑影里。

他们相处得很好，越来越融洽，越来越轻松。而且，终于有一天晚上，罗晶晶在那个黑洞洞的楼门口声音腼腆地开口邀请韩丁上楼坐坐。他就上去了。三个女孩住的屋子比他想象的差得多：小，只有一房一厅，而且很乱，尤其是客厅。现在年轻人都不大讲公德的，只要是集体的地方，卫生很少有人负责，和韩丁在大学的那间宿舍差不多。连女生宿舍韩丁都领教过，现在的女孩个个都懒得没法说。

屋子里没有别人，罗晶晶告诉韩丁：那位在公司当秘书的女孩出差去了，当歌手的女孩晚上在歌厅里唱歌，每天夜里一两点钟才能回来呢。于是韩丁就放心大胆地坐下来，东看西看，东聊西聊。他那天在罗晶晶的小屋里待到很晚，当然，只是喝茶，聊天，没有其他故事发生。

但是在这个晚上，在罗晶晶和其他女孩合居的这间小屋里，韩丁终于向她问了他一直想问，又一直忍着没问的那个问题。

他问道："晶晶，你是这么好的一个女孩，我一直想不明白，为什么你的男朋友要把你甩了？"

罗晶晶显然对这个突如其来的问题缺乏心理准备，她愣了一下，这个表情早在韩丁的意料之中，他不动声色地看她，等她回答。罗晶晶似乎是想了一会儿，突然反问韩丁："你听谁说我有男朋友？"

这个回答也是韩丁意料之中的，他不慌不忙地笑了一下，平平静静地说："听王主任说的。"

"王主任？"

"就是你爸手下的那个办公室主任。"

"王主任……他听谁说的？"

"听你们家保姆说的。"

罗晶晶转了脸，看别处，默不作声。韩丁想问下去，又不忍再问。穷追不舍地去揭一个女孩的伤疤未免太狠，太不善良，所以他住了嘴，他甚至在琢磨马上找一个其他话题岔开罗晶晶的沉默。在话题尚未找到之前罗晶晶突然又开了口，她沉默之后又突然开口，则是在韩丁意料之外的。

"过去的事，我都忘了。我真的都忘了。"

韩丁和罗晶晶一样，一起沉默下来。罗晶晶的语意表面上简单轻松，但韩丁听得出来，这表面的简单轻松显然是一种逃避，显然遮掩着某种伤感和忧愁。他想他没再问下去是对的。他也学着罗晶晶的样子，故作轻松地随声附和：“没错，懂得忘记的人，才会有新的生活！”

他说了这句开解的话，做了赞赏的表情，但罗晶晶反而陷入了更深的沉默。韩丁不得不小心翼翼地斟酌着自己的言语，生怕哪句无意的只言片语会一下子把她弄哭了。

他问：“怎么了，你生气了吗？”

罗晶晶的反应似乎慢了半拍，她抬头看韩丁：“什么？啊，没有。”

两人都有些尴尬，像是各怀心事似的，话题难以为继。韩丁拙于辞令地又说了些宽慰的话，他能拿出来宽慰别人的，也只是些听起来时髦动听，实际上了无新意的套话，诸如：咱们都年轻，年轻人的财富就是拥有明天；只要自己开心就好，等等。但是那天晚上的沉闷已注定无可挽救，韩丁的那个提问毁了这个他好不容易等来的美妙的夜晚。他从这间小屋告辞的时候看出罗晶晶显然盼他早点离开，她在入夜之前显然希望一人独处。

从天宁寺这条旧巷出来时韩丁的内心冲动着一种难以名状的激情，他决心动员起自己全部的热情和持久的耐心，去化解这个女孩难言的不幸。经历了不幸的人最懂得珍惜未来的幸福，他坚信这一点。他坚信他就是那个能给予罗晶晶未来幸福的人。他在这个晚上清楚地看到了他们的缘分，不仅是看到了这个缘分的因果关系，更重要的，是触摸到了那当中奇妙的感觉。

五

在那个失败的窥探之后，韩丁没有再做类似的尝试，而他的失败反而增加了他对罗晶晶的好感，因为恋人的魅力往往来自适度的神秘。韩丁觉得只有那种浅薄的女孩才喜欢在男人面前大倒苦水，才喜欢公开过去的情史。罗晶晶不浅薄，她几乎每时每刻都那么自然、本真，她的一动一静，一颦一笑，韩丁都满心喜欢。他照例天天下了班就到国贸商城去接上罗晶晶，然后和她一起消磨掉整个晚上。这样的美好时光又持续了一周，罗晶晶就结束了在国贸那家商店的工作，她拿到了十五天的工资共计三千元整。拿到钱的这一天她显得非常高兴，主动提出要请韩丁吃顿晚饭。这些天她一直是吃韩丁的。韩丁刚从大学毕业，还算实习律师，一个月的工资也只有两千元，好在他们单位每天提供免费午餐，晚上他再隔三岔五地回父母家白吃一顿，连他住的那套两房一厅的房子也是父母买的公房，每月的物业管理费都是父母单位按规定报销的。他那两千块钱实际上等于他每月的零花钱。

罗晶晶请他吃饭，他当然高兴，挑了一个便宜的馆子，两人吃了感觉不同以往的一顿。虽说罗晶晶半个月就能挣到韩丁一个半月的钱，但她这种个体模特都是三天打鱼，两天晒网，有了上顿没下顿的，干完了这一单活儿，说不定什么时候再有人找你呢。干模特的年轻人在“北漂一族”中，是最艰苦最没保障的一群。韩丁同意罗晶晶请他吃饭，只是喜欢她为他花钱的这种感觉，并不在乎吃的什么。

这顿饭吃到一半的时候，韩丁提议：“这里离我家特近，要不要去我那儿看看？”

韩丁提议之后，罗晶晶的样子有几分胆怯，有几分犹豫，还有几分不知所措，她说：“啊？去你家？你爸爸妈妈厉害吗？我见了他们说什么？”

韩丁说：“放心，我们家就我一个人，我单住。去吗？”

罗晶晶看表：“太晚了吧？”其实韩丁从她说这话的神情上，就知道她已经同意了。

决定了去他家，这顿饭马上吃得潦草起来。他们匆匆结了账，坐上餐厅门口的公共汽车，往东走，走了两站，便到了。韩丁的家就住在离公共汽车站不远的一座居民楼里，两房一厅，双气电话，刚刚装修不到一年，家具都是在“宜家”买的，样式比较潮流。除了今天早上韩丁起晚了没叠被子之外，屋里显得整洁干净，这显然让过着北漂生活的罗晶晶感到无比舒适和喜欢，韩丁看得出来。

他把罗晶晶安顿在宽大暖和的沙发里，然后去厨房煮了咖啡。咖啡是纯正的意大利货，牌子韩丁叫不出来但知道是个名牌。这是一位日本老板送给老林，老林又送给他的。老林喝不惯这些西洋玩意儿。

他很精心地煮了咖啡，但接下来他才想起煮咖啡的情调固然好，恐怕罗晶晶又是喝不惯。他忘了她也是不喜欢这类洋玩意儿的。果然她一边喝一边皱眉叫着太苦了太苦了……但她还是坚持喝光了它。罗晶晶对比萨和咖啡的态度让韩丁进一步确认这女孩虽然过去家里有钱，但仍然是一个非常土气的小丫头。那点天真的土气使罗晶晶在韩丁眼里，不仅增添了独特的趣味，而且，也增加了韩丁与她相处的信心。

喝着咖啡，韩丁再次和她聊起她的过去，话题是从日常生活和个人爱好这些怎么问都无伤大碍的内容问起的。他问罗晶晶小时候最爱玩儿什么，最喜欢什么东西，什么事情留给她的印象最深，哪件事情让她最高兴，哪件事情让她最伤心，等等。罗晶晶很配合，认真答道：她小时候最爱玩儿的是“过家家”，是她一个人玩儿。她，还有她的好多布娃娃和塑料娃娃，她和它们组成一个几代同堂的大家庭，由她摆布和指挥着，进行各种诸如吃饭、睡觉、喂奶、打架之类的起居行为。她说她好像天生有做母亲呵护孩子的乐趣，也有做孩子让母亲呵护的乐趣，甚至，也有做婴儿让大人喂奶的乐趣。罗晶晶说她一直到十四五岁了还和自己的娃娃玩儿这种“过家家”呢。

至于罗晶晶最喜欢的东西，那无疑是穿的衣服了。她对吃无所谓，对穿的东西却十分着迷。喜欢打扮本来是女孩子都有的天性，但罗晶晶对自己的穿着服饰，却有超过一般天性的爱好。在穿衣方面她不仅不土气而且简直可以说是非常大手大脚。她说她过去花了很多钱买衣服，多得家里放不下了就送同学，她的很多同学都穿过她送的衣服，都是好衣服。韩丁问：“现在你那些衣服呢，都放到哪儿去了，你在平岭是不是还有个存东西的地方？”罗晶晶说：“没有啊，那些衣服我都不要了，都过时了，没法穿了。我家在平岭什么地方都没有了，家里的东西都卖了，卖完了东西还完了债我就来北京了。”

让罗晶晶最费思量的，是要她说出一件印象最深的事情。她的神态专注而投入，想了半天，才想出这样一个让人啼笑皆非的故事：她五岁的时候爬到一个拉菜的平板车上玩，车主叫她下来她不下来，车主便问她将来想不想当空军。她说想，车主说：“当空军得从小锻炼，你敢锻炼吗？”她说：“敢。”车主说：“那你往下跳，你跳一个我看看。”她就往下一跳，结果摔了一个重重的屁墩儿，摔得她第一次知道什么叫眼冒金星。车主笑着问：“摔疼了吗，没有吧？好，以后长大了让你当空军。”说完骑上那辆平板车，走了。

最让罗晶晶高兴的事也是罗晶晶回答最快的事，那就是她第一次走上T型台，第一次迎着强烈的聚光灯走向黑压压的观众。“我才一米七二，这么矮的个子能当上模特太不容易了，我从小就梦想当模特，我想当一名世界名模！”

韩丁笑了，续完了这个女孩的人生大志：“后来你梦想成真，终于当了模特，离世界名模只差一步了。”

罗晶晶当然开心地笑起来，说：“对，我是世界名模，你是世界大律师！”

两人笑了半天，之后，韩丁突然问了几乎被他们共同遗忘了的最后一个问题：“你还记得你最伤心的事情吗？有没有什么事曾经让你痛不欲生？”

其实他无意刺痛罗晶晶，他是完全无意的。他问这个问题是从刚才那一堆问题中延续下来的，是那个系列当中的一个。但罗晶晶突然住了口，她看了他一眼，快活的笑容来不及收去，全部僵滞在脸上。

她移开目光，躲避了韩丁的注视，用含混的声音、潦草的语速，低声答复：“我的伤心事……你不是都知道吗？”

韩丁话刚出口就意识到他不该问这个的，他意识到自己真是有毛病，哪壶不开提哪壶。他马上抱歉道：“对不起，我还以为，我还以为过去的事……过去的事你已经不那么伤心了。”

罗晶晶沉默一会儿，点头，说：“对，我已经不伤心了，我不再想那些伤心的事了。我爸去世那些天，我都不想活了。我唯一的亲人，还有……还有我最好的好朋友，一下子，都离开我了。”

韩丁马上表现出同情的态度，也表现出愤慨的态度，他说：“因为你爸爸去世了，因为你家的公司破产了，所以，你的那个朋友就离开你了，对吗？

这种男人不值得你难过，他离开你其实是好事情，让你把他的本性看清了，其实是好事情！”

韩丁说完，观察着罗晶晶的反应，他期待着罗晶晶发表同感，哪怕只是一个认同的表情。但罗晶晶视线游离，不知在看哪里，少顷，她终于开口回应了，她说：“今天太晚了，我该走了。”

她说完就站起来，拿了她的衣服和背包。罗晶晶的几次反应都证明她确实不想谈她的不幸。谈她父亲的过世尚可，谈那个可恶的男人不行。韩丁想，这女孩是个记仇的人。

罗晶晶是记仇的人，同时也是易受情绪支配的人。易受情绪支配的人肯定也是健忘的人。第二天韩丁再见罗晶晶时，她又自动恢复了平时的快乐和随和，像个孩子似的对韩丁有问必答，百依百顺。两天后韩丁受所里差遣去重庆，为期一周。这一周独身在外的生活对刚刚陷入热恋的韩丁来说，无疑是一种煎熬。离开了罗晶晶韩丁才发觉到这女孩真是个妖精，她的美貌、她的天真、她的温顺、她偶尔流露的忧郁与沉默，以及她过去的不幸，已经让韩丁彻底感动，已经把他撩拨得神魂离窍。他显然已经离不开她了。现在要是罗晶晶突然不理他了，他得跳楼去！

一周后他从重庆回到北京，从北京西客站出来时已是晚上九点多钟。他叫了出租车本来想回家去的，快到天宁寺时突然转念，让司机把车开到了罗晶晶住的小巷前。他下了车走进巷内，边走边给罗晶晶打电话，电话接通了他也走到了罗晶晶的楼下，他一边向楼上那扇亮着灯的窗户上看，一边跟罗晶晶通电话。他说：“喂，你干吗呢？”罗晶晶说：“我想你呢。”韩丁全身每根筋骨都酥软了，只有笑的份儿：“说真的，你干吗呢？”罗晶晶说：“我刚才特别困，刚躺下。”韩丁说：“你猜得着我现在在哪儿吗？”罗晶晶说：“猜得着，你在重庆呢。”韩丁说：“不对，你再猜。”罗晶晶说：“在火车上！”韩丁说：“不对，再猜，再给你三次机会。”罗晶晶说：“在轮船上，你是不是游三峡去了？”韩丁说：“再猜！”罗晶晶泄气道：“我猜不出来了，我笨。”韩丁一笑，轻轻说：“真是笨，我在你楼下呢。”

罗晶晶在电话里似乎是愣了一下，有点急地问：“你在我楼下？在哪个楼下？”

韩丁说：“就在你住的这个楼的楼下，我刚下火车。”

罗晶晶说：“你是说天宁寺那里吗，我不在那里住了，我搬出来了。”

韩丁有点意外，他抬头看三楼的那扇窗户，灯火通明，他几乎不相信罗晶晶竟然不在那片温暖的灯光下。他问：“你搬了？什么时候搬的，为什么？”

罗晶晶没有回答为什么，但她说：“我想你了，我想见你。”

韩丁马上说：“好。你在哪里，我去找你。”

那天晚上韩丁是在离三元桥不远的一个公共汽车站上见到罗晶晶的。罗晶晶从公共汽车上一下来，看了一眼韩丁，就往路口的方向走。韩丁跟在她的身后，尾随她快步走进黑黝黝的路口，他们步入的是一片幽静的外国使馆区，沿街的梧桐树遮住了路灯微薄的光芒，阴影下除了他们看不到一个行人。

但韩丁知道这里是最安全的一条街，每个相隔不远的使馆门口都有武警士兵束枪默立。罗晶晶突然站住了，她突然转过身，抱住了跟过来的韩丁。韩丁一下被她弄蒙了。这是他第一次与罗晶晶抱在一起，罗晶晶抱住他的同时竟然出声地哭了。

罗晶晶的哭泣并未让韩丁为之惊慌，相反，接受这种哭泣的感觉充满幸福。这幸福感是因为他长久以来的梦境，终于在这风清月朗的梧桐树下成为现实——有这样一个女孩抱着你，她脸上的泪水擦在你的胸前，软弱的身体、委屈的抽泣，让你鼓起男人的勇气。韩丁感觉自己就是一棵结实的梧桐树，他应当保护和荫蔽这个想要依靠他的女孩，他用他有力的怀抱，让罗晶晶慢慢地安静下来。然后，他问她到底怎么了，在他离开北京的这些天里，到底发生了什么事情。

罗晶晶万般委屈地用孩子似的哭腔声音断续地向他诉说遭遇。韩丁开始有些紧张，听着听着神经放松下来，他松开罗晶晶，笑道："这你哭什么，她要这样你搬出来不就得了。"

原来事情很简单，罗晶晶同屋那个在外企当秘书的女孩从外地出差回来，说她的一条项链找不到了，她的高级护手霜也莫名其妙地少了半瓶，于是她先是怀疑那位夜总会的歌手，在两人吵了一架进行沟通之后，又把疑点移向罗晶晶。那女秘书偷偷翻罗晶晶的背包时让罗晶晶恰巧撞见，两人言语不和，当秘书的女孩说了些侮辱性的话，罗晶晶就受不了啦，一气之下搬出来了，她搬到了另一个当模特的女孩那里，那女孩在三元桥东边住一间九平方米的平房，这两天罗晶晶就和她挤在一张床上。

韩丁也看出来了，罗晶晶肯定是从小让她爸爸惯坏了，让丰衣足食的生活惯坏了，人固然纯朴，却是没受过一点委屈的，对人世的险恶与薄情缺乏适应。他劝了罗晶晶老半天，替她骂了那个当秘书的女孩是小人，是让那外企老板管得变态了的家伙——"她准是还没男朋友吧，我一猜就是，这种小肚鸡肠多疑自私的女孩，白给我我都不要！"韩丁说到这儿终于让罗晶晶破涕为笑："臭美，谁白给你呀。"韩丁见她笑了，便转移话题："你吃饭了吗？"他问这话纯粹为了转移话题，他没注意到现在已经是晚上十点多了。

没想到罗晶晶竟然回答："没有。"韩丁心疼地直摸她的脸："怎么啦，干吗饿着，没钱了吗，没钱你告诉我！"罗晶晶低了头，什么也不说。韩丁把她往怀里揽，转身朝灯光明亮的三环路边走，他说："走，咱们去吃饭！"

他们在三环路边上的一家小饭馆里吃了顿热腾腾的饺子。一共六两饺子他们要了三种馅，三鲜的、韭菜的，还有西葫芦的。吃完饺子已经快半夜十二点了，服务员过来要结账，韩丁故意问："嘿，你结还是我结？"罗晶晶有点难堪，问：“多少钱？我不知道我的钱还够不够。”韩丁伸手：“你钱包呢，我看看。”罗晶晶果真把钱包拿出来让他看。韩丁先付了账打发走了服务员，然后把身上剩下的几百块钱全拿出来，塞进了罗晶晶的钱包里。罗晶晶叫起来，想夺回钱包：“不要不要，我还有钱呢！”但韩丁还是把钱塞了进去。

罗晶晶的钱包真是瘪瘪的，韩丁没仔细看也知道里边已经没什么钱了。他往里放钱时手指触到了一个硬硬的小圆球，引起了他的好奇心。他把藏在钱包里的那个小圆球拿出来，在灯下看，原来是一颗晶莹冷艳的大珍珠。韩丁不懂这东西，玩弄于手指之间，问：“这是珍珠吗？是真的还是假的？”罗晶晶先从他手里接过了那颗珠子，然后才拿回钱包，把珠子重新放进钱包的最深处，才抬头答道：“当然是真的。”韩丁看她对那珠子万般珍重的样子，顺嘴又问：“是不是很值钱？”换了个方式他又问：“能卖多少钱？”罗晶晶没有答，脸上一下子变得很呆板，她还呆板地说了句：“不是什么东西都能有价钱的。”韩丁见她这么严肃就笑笑，调侃地说：“噢，看来是无价之宝了，那你千万要收好，千万别丢了。”

两人说着话，一起走出小饭馆，站在昏黄的路灯下，才发觉谁也不知道该去哪儿。夜色已深的饭馆前，行人稀少，灯火阑珊，韩丁鼓了半天勇气，终于说出了这样的话：“晶晶，要不然，你搬到我那儿去住吧。”

韩丁知道，这无论是对他还是对罗晶晶还是对他们两人的关系来说，都是一句非同寻常的话，他在说出这话之前想了很多遍，在心里和嗓子眼儿里重复了很多遍，可一旦说出口还是有点心慌意乱。如果以他和罗晶晶相处的时间论，两人住在一起的时机也许还不到瓜熟蒂落的程度，但以罗晶晶现在的处境论，他提这样的建议并未显得不合情理。

罗晶晶的反应则是韩丁没想到的，她瞪大眼睛看韩丁，不是疑问，亦非诧异，而是惊喜！韩丁看得出来，那是惊喜的表情。他没想到罗晶晶居然会惊喜地反问：“真的吗？你真的让我到你家住吗？”

韩丁被她的受宠若惊，被她的不敢相信弄得不敢相信了，他愣愣地说：“当然啦，我是怕你不愿和我住一起。”

罗晶晶说：“我住你那儿，你方便吗？”

韩丁说：“有什么不方便的，你觉得不方便吗？”

罗晶晶说：“那你爸爸妈妈同意吗？你们单位，还有你们邻居，知道了不会说你闲话吗？”

韩丁笑了：“他们管得着吗！那是我自己的地方，我又没领你上我爸爸妈妈那儿住去，又没领你上我们单位和我们邻居家住去，咱们又没招他们惹他们，他们管得着吗？”

罗晶晶说：“我住在你们家最小的那间就行，我可以交给你一份房租的，等我挣了钱我就交，现在先欠着行吗？”

韩丁一下子愣住了，他没想到罗晶晶会说出这样的话来，他没想到罗晶晶的兴奋原来仅仅是因为找到了一个可供落脚的地方，找到了一个慈眉善目的房东。他反应了半天才说：“我请你去，是想和你在一起，我能照顾你，我们也能互相照顾，我不是租房子。”

罗晶晶显然看出韩丁有点不高兴了。韩丁的不高兴是因为他那突如其来的兴奋被突如其来地挫伤了，他不知道怎样控制自己失望的心情。他说：“你自己决定吧，愿意到我那儿去住就去，你非要交房租的话就算了。”

罗晶晶低了头，不再多说话。他们走到大街上，谁也不先表示上哪儿去。一辆出租车看他们站在路边，试探着停下来。韩丁走下马路，拉开车门，回头看，罗晶晶还站在便道上一动不动地看他。他把声音放得温和了，说道：“走吧，别站着啦。”

夜里十二点钟，韩丁把罗晶晶接到了自己的家里。他家有两房一厅，一间是卧室，一间是书房。书房很小，只摆下一张放电脑的小桌和一把配套的转椅，以及靠墙的一个书架。而卧室很大，有十八平方米，摆了一张标准尺寸的双人床，还放得下立柜和一对沙发。在罗晶晶洗澡的时候，韩丁把床上的被子和床单都换上干净的，然后把原来床上的那套铺盖抱到书房，挪开转椅，在地毯上打了一个地铺。罗晶晶洗完澡，散着头发站在书房门口，看韩丁撅着屁股忙活，就说："就这样吧，挺好的，比我在那边睡的地方好多了。"韩丁直起腰，拉着她进了卧室，指着那一床已经铺好的干净的被褥，说："这是你的地儿，你睡这儿！"

韩丁看得出来，罗晶晶让他的好客弄得有点手足无措，她愣愣地说："这怎么行，我怎么能占你的床，我来已经给你添麻烦了。"韩丁说："我是男的，男的理应照顾女的；我是主人，主人理应优先客人。"两人推推搡搡，客气了几个回合，最后，罗晶晶还是拗不过韩丁睡进了卧室。在罗晶晶洗澡的时候，韩丁早把床头柜里的那两本同学看够了送给他的外国黄色杂志拿出来，拿到书房里藏妥帖了。过去每天睡前他常要翻翻那两本东西，可自从和罗晶晶交往以后，他就再也没有动过它们，他再也没兴趣翻那里面的女人。

韩丁的幸福生活从今夜开始。幸福是什么呢？幸福在每个人心里的定义都是不同的。古代人吃到一块半焦的烧肉和现代人吃到一顿满汉全席的满足感是一样的。所以，在韩丁看来，幸福其实就是幸福感而已。

韩丁的幸福感就在于，他和罗晶晶终于开始了他梦想已久的共同生活，哪怕这种同居关系看上去完全是一对朋友之间的友情互助。他躺在书房的地铺上，兴奋地把这种幸福咀嚼了很久。他想好了，他从此以后一定要与罗晶晶一起，认真地过好每一天，每一个时辰。他会想办法让罗晶晶在这片屋檐下，生活出一种家的温馨，让他们这种无性的同居生活，充满性感的激情。幸福其实就是这样的情景——一间小屋和一个与你相依为命的女孩，既简单又迷人。

这一夜他睡得很迟，直到凌晨他还在为想象中的未来而兴奋。他把未来的很多细节都想到了，他没想到的是，第一个家的感觉竟是罗晶晶带给他的。早上七点他被罗晶晶的敲门声叫醒，罗晶晶推开一道门缝，探进半张脸来轻轻地问他：“你不上班了吗？起床吧。”他看看表，哈欠连天地起来，故意半裸着身子跑进客厅打电话，跑到卧室拿衣服。罗晶晶也无所谓似的，既不多看也无羞涩感。天哪！韩丁几乎不敢相信，客厅的桌上已经摆好了一顿很像样的早餐，有炒面、果汁和煎鸡蛋，鸡蛋被煎得有些焦煳而且形状难看，但桌上的一切分明给了他一种家的温暖。

罗晶晶脸上的羞涩是韩丁投向餐桌的目光引发的，她说：“我看见冰箱里有，就替你做来着。我会做饭的，会做南方口味的饭，你吃得惯南方口味的饭吗？”

第一个清晨降临得如此动人。从此以后的每天早上，罗晶晶都早早起床做饭，除牛奶鸡蛋之外，有时还煮稀饭或下楼到附近的永和豆浆店去买豆浆和油条。韩丁吃完早饭去上班以后，她就接着上床睡觉。她是一个贪睡的女孩，如果白天没有活儿干，她常常就一直睡到下午。下午她醒了会给韩丁打电话，问他晚上干什么，几点回家。如果韩丁晚上没事，她就把饭做上。韩丁也教过她几手，像老北京的炸酱面什么的。罗晶晶迷上了做饭，厨艺日新月异，南北口味兼收并蓄，每晚在饭桌上还要逼着韩丁对饭菜的色香味提出意见，目的是让韩丁夸她。韩丁于是就夸她。当然偶尔也故意批评挖苦，目的是看她生气，她生气的手法是发誓不再给他做饭，然后韩丁再哄她，让罗晶晶转怒为喜的过程令韩丁赏心悦目。后来两人都发觉了这一点，从此便常常故意找碴儿贬损对方，待对方佯怒后再极尽安抚哄劝之能事，成为一种配合默契有规有矩的情爱游戏，使本该枯燥的两人世界充满无端的战争与和平，其乐无穷。

罗晶晶这样的女孩竟有做家庭主妇的心情，这是韩丁始料未及的，他在惊喜中享受了一切，他本以为两人同居后他要花很大精力去照顾这位肩不能挑、手不能提的千金小姐，没想到他自己倒成了受照顾者。每天衣来伸手饭来张口地让罗晶晶伺候得浑身舒坦。罗晶晶甚至还帮他洗头呢，她用女孩脆弱的指甲轻轻抓挠韩丁的头皮，那感觉居然唤起了韩丁的性欲，舒适的享受后来竟变成了艰难的克制。韩丁过生日那天，他在所里打电话给罗晶晶，告诉她今天是他的二十三岁大寿，罗晶晶埋怨他为什么不早说，她什么都没准备呢。韩丁说："你不是看过我的身份证吗，我的生辰年月你都知道，我还以为你早准备好了呢。"罗晶晶说："那我现在就去找你，你先借我点钱我去给你买个生日礼物吧。"韩丁说："我早看好一样生日礼物了，你送我那个就行。"罗晶晶问："什么礼物？"韩丁说："你在家等着，回家我再告诉你。"

那天韩丁的父母打电话到所里，让韩丁晚上到他们那儿吃生日饭去，韩丁借口说晚上要加班回不去，生日饭免了吧或者改日吧。下了班韩丁匆匆坐地铁回了崇文门，一进家门就听见厨房里响着油锅炒菜的声音，桌上已经摆了几样冷菜，还有啤酒。等他洗完澡换好干净内衣坐在餐桌前时，连米饭都已盛在碗里了。他们面对面地坐好，举杯对饮，互相夹菜。罗晶晶祝他生日快乐，事业发达，他祝罗晶晶早日成为世界名模。他祝酒的时候其实心里暗想，罗晶晶这样整天睡觉，买菜做饭，晚上光知道看电视也不学习，也不出去找活儿，要是能当上世界名模那才真是见鬼！但一想现在这样也好，她要真当了世界名模还能守在这里陪自己过日子吗！

吃完了饭，两人一块儿洗了碗，收拾停当之后一块儿坐在沙发上看电视，看了一会儿罗晶晶突然才想起来问："哎，对了，你说你想要什么生日礼物来着？"

韩丁看她一眼，说："算了，要了你也舍不得给，还是以后再说吧。"

罗晶晶百思不解地想了一下："我没什么值钱东西呀，你不会是要我那颗小珠子吧，那个我不能给，那是我随身带的吉祥物。"

韩丁摇头："谁要那玩意儿呀，别说一颗小珍珠，就是一颗大钻石，我也没兴趣！"

罗晶晶推他一把，着急地问：“那你说，你快说，你到底想要什么呀？”

韩丁还是不说，态度暧昧地笑笑：“你太拿这东西当回事，我开口要了，你再不给，这不是臊着我吗，还是算了吧。什么时候你自己愿意了，我不要你都会给我的，顺其自然吧。”

罗晶晶眼睛直直地看着他，他故意不看她，视线始终停在电视的屏幕上。但他突然听到罗晶晶说了句：“你要吗？你要，我就给你！”

韩丁转过脸，他的目光和罗晶晶相遇，他还没有来得及看清罗晶晶眼中的光芒，她的嘴唇就凑上来了。那一瞬间，韩丁几乎窒息过去。罗晶晶的动作并不疯狂热烈，他们的初吻是那么温情有度，双方都有意克制似的，吻得很轻，点到即止，是韩丁自己的心跳窒息了他的呼吸！

他们的初夜如同他们的初吻，轻柔而节制，彼此都像陌生人。这样的快乐当然是短暂的，但因此更加让人回味。韩丁不是处男，罗晶晶——在韩丁的判断上——也不是处女。她以前不是有个男朋友吗？但是当韩丁紧紧地搂着身下这个赤裸的女孩时，从心底里觉得她是那么纯洁、干净，她的每一个快乐和疼痛的悸动，都让韩丁热血沸腾。韩丁强迫自己的动作尽量小心，尽量缓慢，因为他觉得罗晶晶喜欢这样。她喜欢像孩子似的，被大人无微不至地保护和爱抚。

从那一天起他们开始毫无羞涩地睡在同一张床上，身体的交融让他们的关系乃至每个互相的注视和微笑都有了不同的含义。韩丁在与罗晶晶身心结合之后，并没有急于发表什么山盟海誓，但在他的下意识里，这个不同寻常的夜晚就定了他的终身！

六

俗话说的是：祸不单行，福无双至。可在二十世纪的最后这一年里，韩丁不仅心想事成，而且好事成双。他在美国的大伯因病过世之后，在遗嘱中把他在青岛的一幢海边的别墅指名分给韩丁继承，韩丁的爸妈为这事专门去了一趟青岛，把那幢旧房子卖了八十万元人民币。韩丁一夜之间变成了一个富翁，他把这事告诉罗晶晶的那天晚上，他们两人到五星级的王府饭店痛快地饱餐了一顿自助，以庆祝他们即将到来的丰衣足食。

韩丁的父母把钱存在韩丁名下，把存单交给了韩丁。按照父母的意见，现在把这个钱存起来，是为了韩丁考完托福出国后，拿这钱换成美元带出去。除了出国学习之外，韩丁将来总要结婚的，总会有孩子的，这些人生大事都需要钱。四十岁以上的人都保留着储蓄的习惯，以丰补歉，以防万一，过着今天的日子，担心的却是明天。而韩丁这种年轻人却不屑于整天工于算计地生活，他们更重视现在的享乐，抵抗不了眼前的诱惑，未来的事未来再说吧。何况，自从他和罗晶晶相逢并且相爱以后，他早就打消了去美国留学的念头，更何况他准备去投奔的大伯也不在美国了。他先用这笔钱把父母看了十几年的二十五英寸彩电换成了三十四英寸的，又给他妈买了一枚翡翠戒指，给他爸买了一套精装《二十四史》，然后就是给罗晶晶买东西。罗晶晶说过，她对吃无所谓，她喜欢穿。她的衣服都过时了，所以，他们就去买衣服，去国贸地下、去王府地下、去赛特、去燕莎、去恒基、去丰联，北京的高档商场他们都去遍了。罗晶晶扎进时装堆里的那份兴高采烈的样子让韩丁心里无比舒服。是的，他发过誓，他要让这个不幸的女孩过得比谁都幸福！

穿戴齐全之后，就轮到脸上的脂粉。韩丁这才知道罗晶晶这么细嫩的皮肤敢情都是用最名贵的化妆品保养出来的。他这才知道罗晶晶以前最常用的搽脸油名叫倩碧，罗晶晶张口就能说出它的价钱——三百六十元！三百六十元，听上去尚可接受，但一买才知道，那竟是很小的一瓶，要是韩丁搽脸也就够搽半个月的。还有香水，她喜欢的牌子叫香奈儿。香奈儿！韩丁觉得那是英国王妃和丹麦公主才用的牌子。他这才知道他发的那点横财其实是养不起真正的罗晶晶的。

他们第一次红脸的爆发点就发生在香水上，那是在中粮广场的香水柜台前，罗晶晶让售货员拿了那瓶六百多元的香奈儿，喷了一点在自己的左腕上，用右腕摩擦着闻。韩丁看了看价牌，马上婉转地表示太贵了咱们别买了。罗晶晶果然一句话不说地把香水退了回去，这让韩丁非常感动，于是主动拉着她到另一个柜台去又买了一瓶倩碧，上次买的那瓶倩碧差不多快用完了。他们买完倩碧又去看服装，转了半小时后罗晶晶居然又回到香水柜台，执意要买那瓶香奈儿。韩丁真的生气了，当着售货员的面质问罗晶晶："咱们刚才不是说好不买了吗？"罗晶晶脸上下不来，还没等售货员把香水拿出来，她便红着脸跑开了。在回家的路上也不和韩丁说话。晚上虽然照常给韩丁做了饭，但只是热剩饭而已。韩丁吃完饭，利用帮罗晶晶洗澡的机会温存了半天，才把罗晶晶逗笑了。到晚上上了床韩丁才和她心平气和地讨论白天的纠纷，他说：“我倒不是真花不起这六百多块钱，我生气是咱们都说好不买了你转一大圈回去又要买，说话太不算话了。”罗晶晶说：“我又没说不买，买香水都是先喷一点在手腕上，半小时以后再闻，合适了再买。这个香型我以前没用过，哪有当场买的。”韩丁这才明白罗晶晶在商场里转来转去是等着手腕上的香水挥发得恰到好处时再闻、再买。韩丁真是长见识了，不仅知道了香水该怎么买，而且，他从罗晶晶内行的阐述中，真正领教了她这千金小姐确实不是假的。

是的，罗晶晶显然从小养尊处优惯了，虽然她很喜欢模特这个工作，但韩丁发现她很少自己主动出去找活儿，韩丁有钱之后她更是懒得动弹。他发现这个从小吃穿不愁的女孩特别缺乏事业心和危机感。她每天除了给韩丁做饭，做各种好吃的东西之外，就是睡觉。睡觉之后，就是逛街，逛各种名牌商店。有一次有个商店又想找几个橱窗里的活体模特，把电话打过来叫她去，她一口推掉了。这种在橱窗里摆姿势的活儿，又累又不体面，她不到饿肚子的那一步是绝对不干的。干十天半个月不就才两三千块吗？宁可少喷一点香奈儿也不去。

罗晶晶的这些毛病、缺点，在他们彼此熟悉之后，在韩丁突然有钱之后，终于一一浮现出来，但为时已晚，韩丁已经爱上了这个女孩。爱是排斥理性的。罗晶晶的种种缺点就算韩丁全都了然在目，心里却产生不了一点厌恶。他明明知道罗晶晶的购物欲和虚荣心是不对的，但他仍然勤勤恳恳地陪她逛店，为她喜欢的那些不实用的名牌掏钱。有钱之后，他们常常不在家吃饭，晚上想吃什么，打辆出租车就去了。有时他们会花上三十多块钱的车费去吃一顿二十多块钱的面条，就跟抽风似的。周末他们常常会一起到舞厅、迪吧这类地方去玩儿。其实，韩丁并不喜欢这种闹哄哄的地方，他去这种地方不是为了寻找兴奋，他的兴奋点在于与罗晶晶金童玉女般地出双入对，引来无数羡慕的、惊异的、色眯眯的目光，这些目光能让韩丁感到非常得意。

罗晶晶也喜欢不动声色地出这种风头，每次出去玩儿之前总要花很长时间刻意打扮。令韩丁放心的是，罗晶晶的名牌时装和名牌香水并不是为了向男孩招蜂引蝶，而是为了和女孩争奇斗艳。在那些夜生活的场所里，女孩和女孩之间从来互不搭腔，其实心里都是互相打量较着劲儿的。

除此之外，罗晶晶身上剩下的就都是优点了。她的缺点是因为她从小无忧无虑的生活环境，同样，她的优点也缘于此。比起那些从小面临生存竞争的人来说，罗晶晶的个性要单纯得多，厚道得多。她不善钻营，不那么势利，比较善良，富于同情心，这些优点是好多事业心强的女孩所没有的。韩丁觉得他爸爸以前总说的那句话真是放之四海而皆准：一个人的优点必然包含了一个人的缺点；相反，一个人的缺点也常常包含了他的优点。他第一次带罗晶晶回家去见“公婆”时，就是这样跟他爸评价罗晶晶的。他说：“爸，您说的好多话都过时了，可这句话绝对至理名言！”他爸白了他一眼：“废话，这话是列宁说的！”

韩丁带罗晶晶去见“公婆”，要是按过去的传统，就算是订婚了。可现在的年轻人，头脑里没那么多程序，而且谁愿意那么早就结婚呢。婚姻对他们来说，已不那么重要，重要的是他们彼此相爱。更重要也更本质的是，韩丁是在罗晶晶一无所有之后才爱上她的，而罗晶晶，则是在韩丁突发横财之前爱上他的，这样的相爱难道还不纯洁吗？还不牢靠吗？还需要怀疑吗？

他们的爱情已经无须用婚姻来加以巩固和证明，何况，他们的年龄，加到一起还不到四十五岁，还不到谈婚论嫁的时候。韩丁的父母也希望儿子目前专注于学业或者事业，如果韩丁不愿意出国留学的话，也可以考研，现在是知识经济的时代，学历越高越吃香。不愿考研的话，也可以集中精力好好工作，在所里把基础打好，多积累实践经验，在实践中也同样可以成就一番事业。而罗晶晶，以韩丁父母的意见，也应该去补习一下考个大学什么的，还来得及。无奈长辈言之谆谆，晚辈听之藐藐，听了点头称是，其实并不上心。虽然韩丁平时也总劝罗晶晶去学点文化，至少看点书什么的，看什么都行，只要是书，必定开卷有益！但他也知道这年月漂亮的女孩子，特别是那些搞艺术当模特做明星梦的女孩子，有几个爱看书的？瞧瞧那些已经成了腕儿的明星，那些大明星，有多少是靠文化，靠功力，靠刻苦，靠积累才成星的？不多！多的是靠一部戏、一首歌、一个节目，甚至靠几句贫嘴，一夜成名。好多港台明星连话都说不清楚，不也照样红吗！现实的榜样是不可抗拒的，是任何道理都解释不了的。他们给无数仰慕者提供了一个现成的启示和明确的方向——机会才最重要！只要有了机会，本事平平也照样黄金万两！罗晶晶的问题是，她连机会都懒得去争，她自恃天生丽质，老是等着别人找上门来怜香惜玉。所以，韩丁想，她这个样子，多晚也出不了名。不过，正如列宁说的，一个人的缺点必然包含了一个人的优点。比起那些过于争名夺利甚至不惜拿身体脸盘儿做代价的女孩子来说，韩丁宁可罗晶晶养在深闺一事无成，也绝不容许她为了事业以身相许！他有时甚至为罗晶晶的缺点而沾沾窃喜：这年头能有这样一个漂亮女孩不图名不图利不泡吧不泡那些男人的饭局踏踏实实地守着你，每天早上送你出门，晚上等你回家，回家帮你宽衣、帮你擦脸、帮你洗头，然后一起吃饭、一起看电视、一起聊天、一起上床云雨恩爱……有这样的女孩你还不知足吗！

如果说，父母对韩丁和罗晶晶学业事业上的劝诫可以权当耳旁风的话，那么，他们对韩丁罗晶晶同居生活的干预，则确实给了韩丁很大压力。父母为这事找韩丁唠叨了多次，也正式谈过话，态度很强硬：你和她并没有结婚，你们结婚也还早，怎么能如此堂而皇之地住到一起去呢。韩丁父亲的话更坦率："你和罗晶晶，你们是不是整天泡在一起，你们有没有婚前性行为，这我们都不干涉，我们也干涉不了。时代变了，我们的意见只能是供你们参考。但你们现在住的是我和你妈单位分的房子，你周围左右的邻居都是我们单位里的同事，人家会怎么议论、怎么看待我们？这不仅仅是你们年轻人自己的私事，而是要影响到我和你妈在单位里的形象，我们当然要干涉！”韩丁的父母都是知识分子，在单位又是头头，他们的单位又是那种风气古板的地方，于是韩丁不得不回家与罗晶晶商量。韩丁的妈妈给韩丁出了一个主意，她说可以让罗晶晶先住到他们那里去。韩丁妈妈挺喜欢罗晶晶，也愿意和她做伴互相有个照应。但韩丁不同意，罗晶晶当然也不愿意。他们生活在一起快半年了，正迷恋在美妙的二人世界里，谁也不想打破现状分居单过。韩丁想了半天，最后找到了一条两全其美的出路。他对罗晶晶说："这是唯一的出路了，既可以保全父母的面子，又可以将我们两个人现在的幸福进行到底，就看你同意不同意了。"

罗晶晶说："好啊，我当然同意了，你快说你快说到底是什么主意？"

韩丁说："结婚！"

罗晶晶吓了一跳："结婚？"

韩丁说："咱们已经过了法定的年龄，索性就结婚，正大光明地住在一起！"

罗晶晶愣了半天，才惊讶地说："这……这么早就结婚？"

罗晶晶这个态度，让韩丁有点意外，有点尴尬，甚至，也有点恼火。但他用一种平和的口气掩饰了心里的不快，他问："那你打算什么时候结婚？"

罗晶晶丝毫没有意识到她的回答让韩丁不高兴了，还理直气壮地顶嘴道："干吗非要结婚，不结婚就不能住在一起吗，住在一起互相照顾，干吗一定要去拿一张结婚证？"

韩丁索性摊开了问："你是不是有什么别的想法？是不想现在结婚，还是根本就不想结婚，还是仅仅不想和我结婚？"

罗晶晶说："我不想现在结婚。"

韩丁又问："那你到底爱不爱我？"

罗晶晶说："我不爱你干吗跟你在一起！"

韩丁紧逼了一句："你打算跟我在一起多长时间，暂时还是永远？"

罗晶晶说："那要看你了，看你对我怎么样。"

韩丁说："那你说我对你怎么样？"

罗晶晶说："还行吧。"

"还行吧？"韩丁有点激动了，"我说真的我都不知道怎么爱你了，对你来说就是还行吧，你他妈有没有良心！"

罗晶晶毫不示弱地反击："你对我好，我对你就差吗，我每天在家收拾屋子、做饭、拖地板，我还老给你洗头呢！过去都是人家伺候我，我伺候过谁呀！像我这样对你好的人你到哪儿找去？你说你对我好，你对我好在哪儿啊？"

韩丁终于忍不住发了脾气，他长这么大，从来没对任何人这么百依百顺过，他百依百顺得都放弃了自己的是非原则——他不赞成罗晶晶整天赖在床上睡大觉，她非要睡，也就随她；他不赞成她那么不爱学习那么没有事业心，她就这样，也就算了；他不赞成她买这样那样不实惠还死贵的东西，她非买，也就买了。如果没有爱，没有和她厮守一辈子的期待，他才容忍不了一个有这么多毛病的女孩呢。他知道罗晶晶最初对他一直是被动的、无心的，她最初喜欢跟他在一块儿玩儿并不是为了爱，现在的女孩身边总要有几个异性的玩伴陪着她玩儿的。但要找一个能对她这样迁就顺从，能像他这么全心全意对她好的男的，就不容易了。男人渴望的是女人的身体，一朝得手就算达到目的，再往下男人如果还在乎你，那就全靠爱了。爱这个字眼儿在好多男人嘴里，是个牙碜的话题。

韩丁生气，是因为罗晶晶对和他结婚的态度，并没有他原想的那么热烈。他的气愤缘于他的失望。他这么多天对她全心全意，本以为精诚所至，金石为开。而且，罗晶晶对他的好，对他的那份温情，给了他一个错觉，让他以为他一提出和她结为夫妻白头到老她就会热泪盈眶扑进他的怀里轻声问他：这是真的吗，你决定了吗？他再深情地说：对！我决定了！然后两人一起花前月下，山盟海誓一番……

但情形完全不是这样！

罗晶晶让韩丁受了刺伤，他气闷了半天，才沉着声音说道：“你不想结就算了，你不想结我不能勉强你。”停了一下，他几乎像背书一样把婚姻法理论中最经典的一段背诵出来，“婚姻是一男一女以爱情为基础，以长久共同生活为目的的自主自愿的结合。你如果不是自主自愿的，我不会勉强！”

说完，他穿上衣服，红着脸走出了屋子。罗晶晶没有说抱歉的话、哄他的话，甚至没有一句解释或辩白，她静静地待在他的身后，一声不响地看着他独自出门而去。

韩丁下了楼往街口走，地上湿漉漉的，刚才不知何时下了场阵雨，雨后的空气清新湿润，但有点冷。现在已经是秋天了，韩丁从心里往外打着抖，他掏出香烟，点上一根，用力吸，感觉上暖和了少许。烟经过肺部，吐出来时变得青虚虚的，在潮湿的微风中张皇地散去。他一连抽了两根烟，心里渐渐安静下来，后悔刚才对罗晶晶发火。一个无亲无靠、寄人篱下的女孩，对别人的脸色肯定是敏感的。他想着罗晶晶在他怒气冲冲的身后默然不语，一定是伤心难过了……韩丁越想越悔，他扔了烟，转回身，快步向家里走去。

他回到家时家里依然亮着灯，但已不见罗晶晶的踪影。他屋里屋外找了两遍才确信罗晶晶已经走了。在得到这个确信的刹那他吓坏了，他以为罗晶晶咽不下这口气弃他而走了。他手忙脚乱地跑进卧室，拉开立柜的柜门，看到罗晶晶的衣服都在柜里好好地挂着。他到壁橱里看，罗晶晶的皮箱也好好地放着，他这才喘息稍定，这才想起拨打罗晶晶的手机。

罗晶晶的手机关着。

韩丁穿上一件御寒的短大衣，再次跑出家门。他去了罗晶晶在三元桥那个当模特的朋友的住处。那是一间小平房，韩丁以前曾陪罗晶晶来这里取过她的东西。此时小平房的房门紧紧地关着，窗帘严严地拉着，但韩丁还是能轻易看到门缝里泄露出来的灯光，能听到小屋里有两个女人的声音哝哝低语。他轻轻地、礼貌地、带着些歉意地敲门。

门里的说话声戛然而止，片刻的静默之后，一个女孩的声音问："谁？"

韩丁说："我。"

屋里警觉地问："你是谁？"

韩丁说："我是来找罗晶晶的。"

屋里马上说："她不在这儿了，她早走了。"

韩丁说："你知道她现在在哪儿吗？"

屋门终于打开了，那个当模特的女孩探出头来，在这一瞬间韩丁一眼瞥见这间十米见方的小屋里，还坐着另一个女孩子，是个陌生的女孩子。他的心一下子落空了。开门的女孩说："罗晶晶搬到她男朋友那里去了，在崇文门那边吧，你认识她男朋友吗？"

韩丁谢了那个女孩，低头往回走，走到大街上发觉自己除了回家没有去向。因为他不知道在这个规模浩大的城市中，除了他们在崇文门的那个温暖的家，罗晶晶还能投奔何处。

韩丁坐了出租车，神魂恍惚地回到了崇文门。一进家门发现屋里有些异样，他走时灯是开着的，可回来时已漆黑一片。这一片漆黑却把韩丁心头轰地一下照亮了。他快步走进卧室，打开灯，看见罗晶晶已经躺在被窝里睡了。她显然知道他进来了，但还背朝他一动不动地装着睡。韩丁脱了衣服，上了床才说："你以后出去，去哪儿跟我说一声。"罗晶晶依然没有回身，但却回了嘴："你出去也没跟我说呀。"韩丁说："我就在门口站了一会儿。你去哪儿了？"罗晶晶说："我出去喝酒去了。"韩丁问："你到哪儿喝酒去了？"罗晶晶爱搭不理地说："上酒吧喝酒去了。"韩丁坐起来，抬高声音说："你去酒吧那种地方不怕学坏吗？酒吧里的男人有多少正经的！"罗晶晶没有和他争吵，从床上起身，打开衣柜，一声不响地拿出另一套被褥，一声不响地抱着被褥走出卧室。韩丁问：“你干什么去？”罗晶晶也不理他。韩丁追出去，见她走进书房，并且砰的一声，把门关上并且反锁住了。

一连两天他们都各睡各的。一连两天罗晶晶都不做饭，都是韩丁下了班回家后再出去买了饭回来，买回来她也不吃。她只是在书房里待着，听音乐、上网。她最近迷上了上网聊天。上网聊天在韩丁看来是最无聊的事情，而网络爱情在韩丁看来连无聊都不是，简直就是无耻，见都没见过谈什么恋爱？网络爱情只是让那些无聊的人发泄一下自己的性幻想罢了，和自慰差不多。他每次把买来的饭菜在微波炉里加了热，放在书房的桌子上时，罗晶晶连看都不看，也不主动和他说话，他问她一句，便答一句，而且是应付差事故作冷淡地答一句。韩丁在她身后转两圈，无话可说，臊眉搭眼地退出去，也不敢干预她的“聊天”。他退到客厅去看电视，那一阵电视里正播一部青春剧，男男女女老大不小了还在里面撒娇装嫩，他耳朵留意着书房里的动静，而对屏幕上的装嫩一族则不知所云。

如果他困得熬不住，就自己走到卧室去睡。早上起床他走时罗晶晶还没起，书房的门还关着。这样的冷战持续到第三天，第三天的晚上韩丁回家时终于又听到了厨房里锅碗瓢盆的碰撞声和蔬菜下锅的吱啦声，这些热闹的声音和飘溢出来的香味把一股浓浓的温情熨进韩丁的心坎里。他走进厨房，从身后轻轻地抱住正在炒菜的罗晶晶，罗晶晶用胳膊肘把他顶开了。

“别闹，小心烫着我！”

他们重归于好。一起吃了晚饭，一起看了电视，罗晶晶重新搬回卧室睡觉，韩丁也没有再提结婚的事情。

生活恢复了往日的宁静，像过去那样，每天清晨韩丁一睁开眼睛，各种幸福的细节和细节中的温存便周而复始。但韩丁心里从此多了一层阴影，他搞不清罗晶晶为什么不愿和他结婚。第一，她肯定不是不爱他，她不爱他就不会和他住在一起，何况，他们在一起是多么和谐啊，这和谐装是装不出来的；第二，肯定也不是为了事业，她整天逛街、睡觉、看电视、上网聊天，她有什么事业；第三，也不是受什么人影响，她无亲无友，她除了韩丁之外几乎再没有其他社会关系。那又为什么呢？韩丁百思不得其解。

几天之后，当韩丁确认前几天的不快已经事过境迁，他还是心平气和地、故作随意地，在晚间的饭桌上，再次和罗晶晶提起了这个事情。

他说："你要不想结婚的话，也行，那你住到我爸爸妈妈那边去怎么样，我下了班也过去。"

罗晶晶正低头吃饭，闻此言便果断抬头，回了一句："我不去。"韩丁也不想她去，他要的是二人世界，爸爸妈妈就是再好再亲，也不比两人单住活得放松。但他还是劝道："我爸妈人特好，你不是也说他们特好吗？"

罗晶晶皱着眉看他，说："我和我爸都不住在一块，我就喜欢一个人自由自在。"

韩丁抬杠道："那你干吗和我住一块儿？"

罗晶晶满口是饭，白了他一眼："废话。"

"废话？废话你不和我结婚！"

"我不是不和你结婚，我是不想这么急就结婚。"

"为什么？我搞不懂为什么！"

罗晶晶闷了片刻，哑声说："我心里乱着呢，我忘不了过去的好多事，没心情结婚。"

韩丁似乎有些感应，但仍然似懂非懂，他让自己的声调尽量亲切，尽量充满体贴和同情："你还在想你爸，啊？"

罗晶晶先是摇头："不是！"继而又点头，"也想。"

韩丁忍不住追问了一句："那你想什么？什么东西让你忘不掉呢？"

罗晶晶低头不语，嘴巴一动一动的，机械地空口嚼着米饭，这种暧昧的沉默加重了韩丁的疑惑，他狠狠地说了一句：“你还忘不掉你以前那个情人！”

罗晶晶霍然抬头，脸色一下子白得吓人，韩丁本以为她要大声发作，可她没有，她的眼泪像水一样流下来，她大概想说：“不是……”但声音哽咽变形无法听清。她大概不想让韩丁看到她这个样子，推开椅子快步走到卧室去了。

韩丁呆呆地坐着，面对一桌吃到一半的饭菜，他也不知道该怎样收拾残局。他无心吃完，草草收拾了桌子，在厨房里洗了碗，走到卧室。罗晶晶还躺在床上，韩丁上去抱抱她，柔声说：“别生气了，我不是有意的。”

罗晶晶的情绪显然缓解下来，她没说什么，但韩丁能看出来她平静多了，爬起来去卫生间擤鼻涕，然后又到厨房里找饭吃。她还没吃饱呢。韩丁仰面朝天躺在床上，心里说不清哪里堵得慌，他说不清他从情理上该不该谅解罗晶晶的心情，她和他生活半年了，但依然忘不了那个把她抛弃了的旧情人。在这半年中，韩丁好几次半开玩笑地向罗晶晶刺探过她那位旧情人的底细，罗晶晶总是顾左右而言他，始终只字不提。韩丁也只是问问，并不刨根问底，他问问也只是一种兴趣罢了，最多把那小子和自己做个对比，别无他虑。他确实没以为那个早就在罗晶晶的生活中自动消失了的家伙还能成为自己精神上的情敌！

从感情上说，他接受不了这个现实。但他竭力克制住自己的愤怒，他竭力强迫自己从道理出发，去理解这个现实。如果你真的爱一个人，那就接受她的历史吧，连她过去的快乐和忧伤，连她心里的阴影，统统接受吧，你爱的是这个人，而不是她的一部分。

虽然道理想通了，可韩丁心里依然不是滋味，晚上虽然与罗晶晶早早地熄灯上床，但韩丁辗转难眠，一宿没有睡好，与身边同样假睡的罗晶晶，不知是否同床异梦。第二天上班后，韩丁一脸青灰。老林正准备去上海出差，走前看着韩丁的脸色直发愣，他问：“哟，怎么啦，韩丁？”韩丁说：“没怎么。”老林问：“没怎么这是怎么了？”韩丁说：“昨天没睡好。”老林笑道：“罗晶晶不让你睡吧，你可留心，别把身子搞坏了。”韩丁没笑，他没心情回应老林的谐谑，他只是没精打采地说：“你还不走，几点的飞机？”老林磨磨蹭蹭，说：“听说你要结婚了，你不打算出国了吗？”韩丁愣了一会儿，不知该怎么回答。他是因为要出国考托福，所以所里才照顾他，一般不安排他到外地出差，每天给他的事儿也不繁重。他现在要是又说不打算出国了，老林他们准认为他以前的出国计划是为了偷懒的骗局呢。他支吾了一下，说：“啊，没有，还没定呢。就是结了婚也能出国呀。”老林笑笑，拎起出差的箱子，拍拍韩丁的肩膀，说道：“又结婚又出国，一心二用，你精力真好。”说完走了。

这两天韩丁上班没有太多的事，帮其他律师打了两份文件之后，手头便空下来。他上网看了会儿新闻，又进入一个法律网站浏览了几篇专业论文。中午胃口不开，饭吃得很少。下午他去司法局取文件，路上堵车，取到文件后已是五点多了，他决定直接回家。路过中粮广场时他下车进去，把罗晶晶一直想买他一直不同意买，后来两人因此还吵了一架的那瓶六百多块钱的香奈儿牌的香水买了。走出中粮广场后他用手机给家里打了个电话，电话没人接，不知罗晶晶去了哪里。韩丁已经习惯每天下班时罗晶晶在家等他，已经习惯每天在下班的路上给罗晶晶打电话，告诉她他马上就回来啦，然后问她晚上咱们吃什么呀？罗晶晶一般会反问你想吃什么呀，韩丁就再反问你想吃什么呀……你来我往，互相反问好几遍也定不下来到底吃什么。在这个时间韩丁打电话如果发现罗晶晶不在家的话，他就会异常焦急，也说不清他到底急什么，说不清缘由的。也许是隐隐担心罗晶晶出门让车撞了，或者认识了什么男人跟他走了，他明明知道这都是胡思乱想可还是禁不住要想。

罗晶晶不在家，韩丁就打她手机，手机响了半天，但无人接听。这让韩丁心里越发七上八下，他在街头叫了一辆出租车，匆匆往崇文门方向赶去。车到崇文门时堵在了十字路口，他在车里又打电话。家里的电话还是没人接听；打手机，手机竟然关了。路口的拥堵不见丝毫缓解，他匆匆付了车钱，索性下车步行回家。刚刚过了路口，无意间抬眼，他的双腿一下子定在了马路上，他的全部神经和感官都在辨认着他视线中的那个人，究竟是不是罗晶晶。

在马路的对面，他看到罗晶晶和一个年轻的男人正在神情紧张地说着什么，然后他们拦住一辆出租车，面色凝重地钻进去，车子旋即开走了。韩丁这才如梦方醒，他一把推开路边一个刚拉开车门正要上车的中年人，抢着钻进了那辆出租车，顾不得冲那位目瞪口呆的知识分子道歉就大声命令司机开车。他递给司机一张百元的钞票，让他跟上前边那辆夏利。透过那辆夏利的后窗，他看到罗晶晶和那个年轻男人并排坐在车子的后座，他们似乎不再说什么，但坐得很近，近得几乎紧紧地靠在一起。他们的车开得又快又狡猾，尽管韩丁再次塞给司机一百块钱，但他还是眼睁睁看着前面的车越走越远。他眼睁睁地看着，他心爱的女孩，被那个突然出现的陌生男人带进茫茫人海。他不肯放弃地盯着她的背影，那背影若隐若现，像一个飘向外空的脱线风筝，在他的视线中渐渐模糊不清，直到彻底消失在一个车水马龙的十字街头。

七

直到这个傍晚韩丁才注意到街上不知什么时候变得这样冷了，简直像是冬天。

他一个人回了家。

寒冷把韩丁的心情弄得瑟缩起来，他的身体也瑟缩着，走进冷清的家门时连他的手足几乎都僵滞不前。他的大脑被刚才街头的一幕占据着，只残留下很小的空间，那残留的空间里，也充塞着愤怒和失望。他让愤怒和失望煎迫着，坐立不安！

如果说，在没进家门之前他还有些张皇无措的话，那么，在走进家门之后他的头脑已经能够开始思索。他把他认识罗晶晶以后，特别是把她接进家门以后，他为她做的每一件事，他对她的每一份关爱，都一股脑地想起来了，事情多得数不清似的。他这样想是要告诉自己，也希望全世界的人都能证明和公断，他对罗晶晶，是够意思的，他对她没有一点亏欠。他看着那瓶六百多块钱的香奈儿，越看越觉得自己是一桩不公平交易的受害者，是一个自作多情的马戏团的丑角！他卖力气地逗别人笑，别人开心地笑完之后要做的事，只不过是鼓鼓掌，然后扬长而去！

在愤怒的烧灼下，他开始设计谴责和羞辱罗晶晶的方案。他想了一个又一个不同的方案，一个比一个厉害，一个比一个解气，甚至连所要使用的语言，连罗晶晶回来后他第一句说什么，都想了好几个版本。

但罗晶晶似乎预感到了他的严阵以待，所以，一直没有回来。

到了晚上快十点钟了，无论韩丁怎样聚精会神，却始终听不到门外的一丝动静。他渐渐沉不住气了。在这之前，他实际上已经平静下来，脑子里更多想到的，是罗晶晶的美丽、单纯和她每天早晚对他的服侍。还有，他们的生活，他们半年的朝夕相处，不和谐吗？不快乐吗？他的这份快乐，他得到的这份幸福，是谁给的？是罗晶晶。

罗晶晶不回来，韩丁真的有点着急了。他这时已不去想罗晶晶跟那个男的究竟干什么去了，是不是去做什么见不得人的勾当了，而是突然担心罗晶晶太缺乏社会经验了，会不会是被坏人诱拐了？这时他才开始仔细回想那个男人的模样，那是个二十出头的年轻人，和自己的年龄差不多，穿得很一般，一般得几乎有点寒酸；相貌虽然算得上英俊，但有点脏，从衣着和相貌上都看得出他是一个外地人。这让韩丁感觉罗晶晶很危险，不知那外地人用什么花言巧语或感人的遭遇将她骗上了出租车……这样一想，韩丁几乎从沙发上跳起来扑向电话机，他想打 110 报警，又想 110 肯定得问他罗晶晶在哪儿或者那辆出租车的号码，于是，他转念拨了 114，查到了崇文门地区公安派出所的电话。但查完以后他又犹豫，他不知道自己的反应是不是过于强烈了，也许罗晶晶是和以前的什么熟人办什么事去了，也许是她的一个同学或者老师到北京来病倒在什么地方了，也许也许，都说不定的。

韩丁又打了一次罗晶晶的手机，手机依然关着。他只能让自己耐下心来慢慢地等。他一耐下心来不到十分钟，罗晶晶就回来了，她用钥匙开门的声音让韩丁一颗悬起来的心砰一声落了地。他克制住自己的兴奋，故意一动不动地坐在沙发上，还匆忙找了一本书拿在手上装相。罗晶晶进来了，样子很不自然，韩丁能感觉到的。罗晶晶说："哟，你都回来啦。"这是很矫饰的话，韩丁想：我平时几点回来你还不知道吗。所以，他面无表情地问："现在几点了？"罗晶晶低头装着看表，表情更不自然。韩丁又问："你上哪儿去了？"这句话同样没有表情。罗晶晶说："今天有个公司要用模特，让我们几个人去走走场。"韩丁一听就是假的，不动声色地问："哪个公司呀？"罗晶晶明显地支吾了一下，继续撒谎道："一个服装公司。"韩丁不动声色，但刨根问底："哪个服装公司？"罗晶晶一脸倦态，身心俱疲地走进卧室，她说："你是不是以为我骗你？"韩丁跟进卧室，他也懒得再绕圈子，索性挑明说："你就是在骗我，我今天下班的时候都看见你了。"罗晶晶站住了，脸上终于露出一丝惊慌，口气也明显含混了一些："你在哪儿看见我了？"韩丁心里冷笑，他知道罗晶晶这种女孩还没练好撒谎的本领，就是撒了谎让人一逼也会马上露馅。韩丁见她慌张，越发沉得住气，不紧不慢地说："就在崇文门路口，你和一个男的。"

罗晶晶僵直地站在那儿，张口结舌。韩丁掩饰着内心的得胜感，他的视线毫不留情地逼住罗晶晶试图躲闪的目光。

他问："那男的是谁？"

罗晶晶像一个被严厉的老师抓住错处的小学生，脸色惨白，愣了半天，才怯生生地答道："是、是王小红的男朋友。王小红叫他带我去那家服装公司的，她怕我不认识。"

这回轮到韩丁愣住了，他一时分辨不出罗晶晶这个说法的真伪。王小红也是个野模特，是罗晶晶在北京很少的几个伙伴之一，罗晶晶经常和韩丁提起她，也带她到他们的家里来过，但韩丁没见过。

韩丁当然希望他在黄昏的街口所看到的情形就是这样一个原委，但他还是不甘罢休地追问了一句："到底什么服装公司，你去走台，连什么公司都不清楚吗？"

罗晶晶似乎已经镇定下来，声音也变得理直气壮多了："我只知道他们是一家服装公司，我匆匆忙忙去走了两圈台，我打听那么多干什么。"

"那你怎么才回来？"

"我跟王小红一起吃饭来着。"

"你们在哪儿吃的？"

"在宣武门那边有个小饭馆，我请王小红吃的。"

"你干吗把手机关了？"

"我手机没电了。"

似乎所有疑问都有了合理的解释，韩丁很想让罗晶晶把手机拿出来看看是不是真的没电了，但这样做有点过分。他只好松了口气，说："你把我急坏了，我还以为你跟了一个男的跑了呢。"

罗晶晶似乎也松了口气，她低了头，同时低声地说了句："啊，没有。"

然后，韩丁主动说开了别的，把他买的香奈儿拿出来给罗晶晶看。再然后，罗晶晶就到厨房里给韩丁下面条，韩丁就在客厅里看电视……在即将夜深人静的时候，他们的家，又像往日一样，看上去祥和安宁。

其实，韩丁并未真的释怀此事，虽然他没有从罗晶晶的回答中找到破绽，但从她的表情神态上，还是可以看出些反常来。比如，当他说他很着急，怕她被一个男人拐跑了的时候，罗晶晶显得心事重重，支支吾吾，要真没事她为什么会这样？他送她香水时她的反应也很平淡，只是心神不定地说了句谢谢，几乎没有表现出一点应有的兴奋来。这不是罗晶晶！罗晶晶是外向的人，她只是在心里有事的时候才会讷于言语。罗晶晶也是心里装不住事的人，如果不是那种很特殊，特殊到难以启齿的事情，她是不会这样装在心里怕人看见的。

韩丁也是一个心里装不住事的人。第二天他一到班上，就向刚刚从上海赶回来的老林倾诉苦闷。老林听到一半就笑着打断他："你怎么跟我老婆似的，你要把罗晶晶这么管着，以后可有折磨给你受的。两个人在一块儿过日子，千万别把对方看得这么紧，我跟我老婆就是这么离婚的。你一点自由空间都不给对方，谁能长期跟你过下去呀。别看罗晶晶还是个小女孩，别看现在是你养着她，可她也得有自己的社交，也得有自己的朋友，谁没有几个来来往往吃吃喝喝的好朋友？"

老林的话，道理是不错的。可韩丁此时的脑子里，全是感性的画面。他眼前总是浮现出罗晶晶与那个英俊的青年在嘈杂的街头神态紧张地交谈着，浮现出他们面色凝重地上了出租车……他眼前总是晃着他们在出租车的后座上紧紧依靠着并肩而坐的样子，他看到他们向着夕阳低垂的方向，越走越远。他固执地想，罗晶晶和那个男的，肯定有事。那个男的，肯定不是什么王小红的男朋友。

这天下班前韩丁早早地给罗晶晶打电话，罗晶晶又不在家，韩丁打她手机，手机又关着，这一切再次证实了韩丁的怀疑并非毫无道理的多疑。下班后韩丁回到家时，罗晶晶已经回来了，看那样子也是刚回来，还没有做饭。韩丁问她今天都干吗了，她说没干吗呀。问她今天都去哪儿了，她说没去哪儿呀。韩丁本想说：那我打电话家里怎么没人接。但面对罗晶晶如此坚决而且不假犹豫的撒谎，韩丁就把那句质问咽回去了。事情既然这样，他就什么都没说。

平常，韩丁和罗晶晶上床后总要互相聊天或者在被窝里互相打闹几下的，要么，就是做爱。但这天晚上罗晶晶一上床就说困，然后就背冲韩丁关灯睡觉了。她是在装睡，韩丁看得出来的。她的呼吸沉重得让韩丁想哭！从一本杂志上韩丁看到过这样的知识：当一个人有了外遇之后，对自己的老婆或者丈夫的肉体就绝对没有兴趣了。于是韩丁有意靠近罗晶晶，伸手搂着她上下抚摸，做出爱的表示，但罗晶晶果然摆动了一下身体拒绝了他，她说：“别闹了，我困着呢。”

韩丁明白，他和她之间，真的有什么事情发生了。

第二天，罗晶晶像往常一样，起床出门给韩丁打了豆浆买了油条。韩丁也像往常一样起床洗漱吃饭然后出门上班。上班前他在门口像往常一样吻了罗晶晶。吻完之后，他问：“你今天打算干什么？”

她答：“不干什么。”

他问：“你出去吗？”

她答：“看情况吧。”

韩丁点点头，走了。

他其实没有走，他出门以后用手机给单位打了个电话，请了半天的事假。然后过了街，坐在街对面那家永和豆浆店里，要了一碗面条，然后把目光透过豆浆店的大玻璃窗，投向他家那片楼区的路口。过了十分钟，顶多就过了十分钟，他就看到了罗晶晶。

罗晶晶行色匆匆地走出路口，快步向地铁站的方向走去。韩丁扔下那碗只象征性地动了一下筷子的面条，起座离店，尾随了上去。

正是上班时间，马路上，地铁里，行人如潮。这大大掩护了韩丁的跟踪。他低眉缩肩，沿地铁环线一路向东跟到国贸站。在国贸站上下车的人太多了，他下了车被站台上的人前后一拥，目光瞬间失去方向，钻出人群时罗晶晶早从视线中走脱。他在楼梯上奔跑着冲上地面，才侥幸地看到罗晶晶在阳光反照下轮廓模糊的背影。他远远地跟着她，进了国贸商场，刚刚开门的商场里顾客不多，四通八达的人行通道显得空空荡荡。韩丁为避免暴露，不敢跟得太近。他的步伐忽快忽慢，时进时顿，瞄着前方急急行走的罗晶晶一直往里去。终于，他看到罗晶晶走进了一间咖啡座。韩丁放慢脚步，一步一步走近那间咖啡座，透过咖啡座的玻璃窗，他终于看见了他预料到的，也是他所能预料到的最坏的结果——罗晶晶背对门口，坐在一张角落里的小桌前，在她的对面，已经坐了一个男的。一点没错，正是韩丁在崇文门路口的夕阳下，看到的那个年轻人。

韩丁那一刻忽然心头疼痛，说不清是伤心还是愤怒。他不想再看下去，不想知道他们接下来还要干什么。他转回身，快步离开了这间咖啡座，他漫无方向地夺路而走，头脑里混乱的意识仅够维持着自己混乱的脚步。

突然，他的脚步猛然刹住了，他惊异地看到眼前那家中式家具店的橱窗里，幻象般地坐着少女打扮的罗晶晶，他定了定神才看清那是个假人，是个逼真的木头模特。它穿着韩丁第一次在这里见到罗晶晶时那身上红下黑的真丝裙褂，手中半透的团扇在黑红之间洁净不染。罗晶晶在韩丁的心目中一直就像这只白色的团扇，是个安详单纯、从未污染的女儿物。半年来他一直生活在这样的童话中，日出而作，日落而归，家中有个干净的女孩在静静地等他。家是什么？家对男人来说，就是每天下班之后有个女人在倚门等你。他本以为这样天真无邪的生活会持久下去，转眼竟发现这个女孩其实不仅仅属于自己，不永远属于自己，这时候他才刻骨铭心地意识到，他爱死她了！

他凝视着橱窗里的那个假人，罗晶晶原本清晰的形象在他脑子里刹那间模糊起来，他一下竟分不清哪一个罗晶晶才是真的。他想象不出能鬼鬼祟祟地跑出来和一个鬼鬼祟祟的男人幽会的罗晶晶，在与他半年的厮守中怎么会表现得那么单纯、柔情，如同孩子般天真。

他想回家，坐了来时的地铁往回走。车到崇文门时他没有下来，那是他和罗晶晶两个人的家，这个家在他此时的心目中，已经残破冰冷。车继续往前开，到了复兴门他下来了，他只请了半天假，他想既然生活和爱情是如此变幻莫测，正应了以前在同学中那句耳熟能详的老话：对男人来说，事业永远是第一位的！

他来到所里上班时老林也才来不久，见他的脸色不好便疑惑地问他：“怎么啦，是不是不舒服？”韩丁说：“没有，就是缺觉。”老林联想到韩丁昨天的情绪，便用长辈的口气关切地询问：“和罗晶晶的事，解决了？”韩丁果断地点头：“解决了，只要她没表示离开我，她爱和谁来往和谁来往，我也管不着。我原来总觉得找个女孩起码她得纯，得专心一意地守着我，现在想想，这年月这种女孩哪儿找去。男女都一样，男人做不到的事，就别强迫女人能做到。”老林笑了，说：“没错，好多女的比男的还花呢，至少比男的更能撒谎，女人编起谎话来，那叫一个圆……”

韩丁愣了半天，不知是顿悟还是解嘲，突然自信了许多：“她既然想骗我，想瞒着我，怕我知道，就说明她还爱我，还在乎我……”

老林击掌附和：“没错，就是这个道理！”

韩丁转头看窗外，低声自语：“那就行了。”

老林的脸色也不好，但他刚离婚，生活上很自由，所以，他的憔悴绝非为“伊人”。虽说老林还在找“傍家儿”，但他这个岁数的“过来人”，对女人已有平常心，好则聚不好则散，爱情上不说了无牵挂，至少不会死去活来。老林脸上的苍白，全是纵酒无度。他昨天晚上陪一个客户一直喝到夜里三点，要不是今天有事必须到所里来，他大概能睡到后天去。

其实，老林和韩丁在办公室谈女人的时候，他今天约好要来的两位访客已经等在隔壁的会议室了。老林过去和他们谈了大约半小时，送客回来后韩丁才知道这两位客人与他也有关。那两人是平岭市公安局的，来北京找他们了解一下罗保春与制药厂扩建工程的部分绍兴籍工人因为四萍之死而引发的那场纠纷。

因为涉及罗保春，所以，韩丁关心地问：“他们说了些什么？”

老林说：“就是问问情况，没说什么。杀四萍的人已经查出是谁了，你知道是谁吗？就是他们绍兴民工一伙的。”

韩丁拍案惊奇，说：“前两天我在网上还看了一个调查，凶杀案当中，有一半以上是亲属、同乡、熟人、朋友之间的恩怨所致，你说这世道怎么会这样？”

老林笑笑，说：“你知道为什么吗？”

韩丁说：“为什么？”

老林收了笑：“国外犯罪学专家做过类似的调查统计，得出一个结论，凶杀犯罪最常见的动机有两个，占了凶杀动机的百分之九十，而这两个动机说白了就是两个字，这两个字大都是在熟人之间产生的，所以你说的现象不奇怪。”

韩丁问：“哪两个字？”

老林正在点烟，没有马上回答韩丁。这个无意的停顿却给了韩丁一丝刻意的深奥，他静静地看着老林点上烟，喷了一口，然后慢悠悠地说：

“第一个，就是一个‘情’字。”

韩丁因为与罗晶晶之间的龃龉，闻此言不觉悚然一惊，皮肤上都惊出了一片麻酥酥的感觉。他沉默了片刻，才问：

“第二个字呢？”

“钱！”

老林干脆果断地说了这一句，别无啰唆。

这一天从这一刻开始，韩丁心情变得更加败坏，连他自己都说不清从何而来的，对未来有种恐惧感。在下班回家的路上，他没有习惯地给家里打电话，他有点害怕听到家里电话无人应答的嘟嘟声，那嘟嘟声会加剧他的恐惧感。他也没有给罗晶晶的手机打电话，他不想逼她再编造出什么笨拙的谎言。

他到了家，用钥匙开门时心里暖了一下，门没有彻底锁死，这表明罗晶晶在家呢。他推门进去，客厅没人，他走到卧室，看到罗晶晶正在翻箱倒柜地找东西，见他回来便急急地问：“你见到我的珠子吗？”韩丁冷淡地说：

“珠子？什么珠子？”罗晶晶说：“我放在钱包里的珠子，你见过的。你没拿吗？”韩丁别有用心地反问：“那珠子，是你最值钱的东西，是你最心爱的东西，是无价之宝，我会拿吗？”

罗晶晶似乎听出了韩丁话中的刺，不再向他追问，起身走到书房去了。韩丁走进卧室，上床躺下，听着罗晶晶从书房出来又走进卫生间，还在翻东找西。不知过了多久，外面静下来，没了声音。又过了一会儿，他听到罗晶晶在卧室外面问他：“晚上你想吃什么？”韩丁说了句：“随便。”屋外便没了回音。

韩丁侧耳倾听，隐约听到厨房里锅勺响动，罗晶晶开始做饭了。韩丁的眼睛忽地一下湿润起来，厨房里的声音告诉他，他们的生活有多么美好，罗晶晶带给他的幸福，带给他的二人世界，这二人世界中那份相亲相爱的感觉，让他万般难舍！

饭做好了，有新做的饭菜，也有以前剩的。罗晶晶把以前剩的饭菜折在一个碗里，自己吃了。韩丁说：“我吃剩的吧。”罗晶晶没给他，说：“新蒸的饭太烫了，我不爱吃太烫的。”

于是，他吃新的，罗晶晶吃剩的。饭间几乎无人言语。饭后，韩丁主动洗了碗，然后问罗晶晶：“那珠子你找到了吗？”罗晶晶答：“啊，找到了。”韩丁又问：“你想看电视吗？”罗晶晶很沉闷地说：“我有点累了，我想早点睡。”韩丁和她对视片刻，在这片刻他差一点就把上午看到的一切脱口而出。他一直在琢磨到底是用义愤填膺的还是苦闷伤心的还是冷静理智的态度向罗晶晶摊开来质询此事。但他终于没有开口，说不清是没有准备好还是缺乏把一切捅破的勇气，他只是点点头说：“好，那咱们睡吧。”

他们上了床，罗晶晶一上床就闭眼，但韩丁没有，没闭眼也没关灯。他静静地平躺了一会儿，听着罗晶晶心事重重的呼吸，他缓缓地开了口。“晶晶，你估计，咱们俩到底能好多久？”

这话他问过罗晶晶好多次了，罗晶晶总是回答：“那看你了，看你对我怎么样了。”但今天韩丁老话重提显然别有意义，而罗晶晶的回答也和以前截然不同。她沉默了一会儿才回答道：“你干吗老问这个？”

她这样回答显然就是不想回答这个问题了。韩丁的语气依然缓缓的，说：“要是咱俩以后分手了，你会再找一个什么样的人？”

罗晶晶没有转身，背朝着韩丁，所以，韩丁看不见她的表情，但听得出她声音中竭力矫饰出来的轻松，她假装撒娇地说：“咱们别说这些了，我困着呢。”

韩丁没有住口，他继续让自己的声音心平气和：“你现在特别不爱跟我说话，对吗？”

罗晶晶仍然回避着韩丁平静中的锋芒，她嘟哝着说：“我困了。”

韩丁说：“我听人说，男的和女的在一块儿待半年，就该烦了。你现在跟我在一块儿，是不是烦了？”

罗晶晶依然不回头，死不认账地敷衍着：“没有。”

韩丁停了一会儿，说：“那你睡吧。”

他把床头灯关了。

韩丁睡不着觉，他知道罗晶晶同样睡不着觉，这又是同床异梦的一夜。韩丁原想抱抱罗晶晶，想用这样的方式表示他还爱她，但他最后没有这样做。

清晨来得很蹒跚，天亮时罗晶晶早早地起了床，像往常一样去给韩丁买豆浆。韩丁起床，洗漱，换了衬衣。罗晶晶回来后，他吃了她买回来的早饭，然后，照例在门口吻了罗晶晶。他说：“你昨晚要是没睡好就再睡睡吧，我上班去了。”

罗晶晶低头说：“好吧。”

韩丁出了楼门口。

他没去上班。

他和昨天一样，在街口对面的永和豆浆店里，要了一碗牛肉面……

和昨天一样，那碗牛肉面还没动一筷子，罗晶晶就在街口露面了，她还是行色匆匆地往地铁车站的方向去。

早晨的街头和昨天一样嘈杂，地铁车站和昨天一样拥挤，唯一和昨天不同的是，罗晶晶搭了相反方向的车。她今天的方向是往西。韩丁和她挤在同一个车厢里，车厢里人很多，罗晶晶很难发现他。罗晶晶低头坐着，目不旁视。车子过了复兴门，过了城乡贸易中心，罗晶晶始终一动不动。车到五棵松，她突然站起来，下了车。

他们俩一前一后，裹在下车的人群中往地面上走。出口后罗晶晶步行了将近十分钟，拐进一条小街里，但她没往街的深处走，进了街口的一片楼区后，就走进了其中一座塔楼里。韩丁见那门口的灯箱上写着“爱群旅馆”四个字。他犹豫了一下，还是走了进去，发现这旅馆是设在这塔楼的地下室里的。地下室深得吓人，大概是这片楼区的人防工程，韩丁走下去以后才知道里面甬道纵横，像《水浒传》扈家庄的盘陀阵似的错综复杂，韩丁探头探脑走了两个拐弯，已有迷路之感。这样寻找罗晶晶，不是找不到就是迎面被她撞上。韩丁只好放弃，从原路退回，顺着长长的楼梯回到了地面。他不想与罗晶晶在这种肮脏的地方狭路相逢，他想给她也给自己都留个面子。

他脸色阴沉，心跳迟缓，重新回到地铁车站，他乘车到了复兴门，在上午十点之前，来到了事务所的办公室。

老林不在。

老林给他留了个条子，吩咐他要办的几件事情，主要是让他到法律网站上下载一些文件。他打开电脑，看着屏幕上的花花绿绿，脑子里却是一片茫然。他手指机械地点击着鼠标，盲目地浏览着屏幕上滚动的字幕，他已无心工作！他的胸口已经乱得难以正常地呼吸。

突然，在画面的滚动中，一张图片快速划过他的眼幕，他脑子里不知哪一根神经动了一下，让他停住鼠标，把图片退回来看。那是一个人的照片，没有什么。他游动鼠标，继续滚动画面，但那根尚未麻木的神经再次鬼使神差，让他把那张图片再次滚了回来。那是个年轻男人的照片，一张标准的证件照，照片上那双有些拘谨的眼睛和韩丁对视着，韩丁已经失常的呼吸在刹那间几乎停止。

他看到的这个人，就是和罗晶晶频频幽会的那个男人！难道他会看错吗！他的目光在那张刻板的脸上呆滞了片刻，随即向下移动，快速地向照片下面的那片文字扫过去。他看到一半才明白他正在阅读的，是一份网上追逃的通缉令！

“龙小羽，男，二十二岁，浙江绍兴人，身高一米七九，略瘦，皮肤略黑，眉心有一颗小痣，说话嗓音略哑。能说流利的普通话。该犯罪嫌疑人于一九九八年十二月二十六日在平岭市保春制药厂扩建工地办公室内将一名二十一岁女工杀死，然后潜逃。潜逃时身穿深蓝色的休闲套头装，脚穿耐克牌运动鞋……”

八

韩丁从震惊中猛醒之后的第一个反应是用发抖的手指快速地拨打他桌上的那部电话，他一连拨错了两次才拨通了罗晶晶的手机。手机拨通后里面传来的声音并不是罗晶晶的，而是另一个女人字正腔圆的朗读："……对不起，您呼叫的电话不在服务区，请稍后再拨……"韩丁猜想罗晶晶此时说不定和那个杀人犯还鬼混在那间肮脏的地下旅馆呢，在那么深的钢筋水泥的人防工程中，手机肯定是接不通的。

韩丁挂断了电话，脑子里乱无头绪，镇定了片刻，他想起应该马上报警。他迅速拨打了 110 报警电话，电话那边很快传来一个女人温和的声音。

"你好，这里是 110 报警服务台。"

接下来还有英语的重复，声音同样温和得让人不敢相信这就是公安局。但这声音还是让韩丁犹豫了一下，不知怎么就把电话又挂上了。

他搞不清他是突然清醒了还是突然糊涂了，他在开口报警的最后一刻变得犹豫起来，他不得不顾及此时正和那个家伙待在一起，而且不知道和那家伙到底是什么关系的罗晶晶。他们是偶然邂逅还是早已相识，是一般故旧还是犯罪的同伙……他这样报警，会最终牵连到罗晶晶吗？韩丁想，无论如何他必须马上见到罗晶晶，把那个人的真相告诉她。不管她是不是真的看上那家伙了，甚至和那家伙已经有了什么关系，她现在都必须悬崖勒马！他必须告诉她，那家伙是被公安机关通缉在逃一年之久的杀人犯。杀人犯有时也会把自己伪装得忠厚善良，含情脉脉。虽然韩丁一直把这个问题想象得尽量严重，其实，他始终相信还是存在着另一种可能，那就是罗晶晶和这个人的关系，并不是外遇的性质，也没有感情的成分，她和那小子说不定只是某种正常的关系。比如，那男孩是她的一个亲戚，或者是同学，而他们可疑的行迹，是因为她知道这男孩犯了什么事……如果让韩丁选择的话，他宁可选择罗晶晶违犯法律对一个犯了罪的亲戚或同学知情不举，而不希望他们的鬼鬼祟祟是因为她和那小子的关系暧昧。

现在，唯一的办法是立即到五棵松那家地下旅馆去找罗晶晶。韩丁扔了电话起身出门，他几乎是奔跑着冲出办公大楼，他冲到街上叫住一辆刚巧经过的出租车，让出租车把他拉到不过数百米之遥的复兴门地铁站。这时正是上午十一点钟，地铁站里的乘客不多，车也来得快，所以，大概只用了不到二十分钟，他已经从五棵松地铁站快步爬上了地面。他一路跑着向那家爱群旅馆奔去，一边跑脑子里一边胡乱地想着该怎样把罗晶晶从那个阴气重重的地下室里找出来，如果她确实和那个男的在一起的话，他该找个什么借口，才能把她从那小子身边不动声色地拉开。

他突然恨恨地想，他干吗要找借口呢，他是罗晶晶光明正大的男朋友，他不是什么需要躲躲藏藏的第三者，如果有第三者的话，那只能是畏缩在地下室里的那个小子。如果在那个地下室里他们三头对六面地狭路相逢的话，无地自容的该是他们！包括欺骗了他的罗晶晶！而且，如果韩丁没有看错，那小子果真是一个亡命死囚的话，他岂止是无地自容，他应该惊慌失措、落荒而逃才对！

带着这样的自尊、义愤，和被这义愤激发出来的胆量，韩丁迈开大步走近爱群旅馆简陋的门脸。他差点忘了他来这里其实仅仅是为了罗晶晶，为了把她从这个杀人犯的手中解救出来，把她从违法犯罪的边缘解救出来！

他走进旅馆狭窄的门厅，和刚才他来时如入无人之境的情形不同，他一进门便有一位中年妇女迎上来盘问。

“找人吗？”那女的态度很生硬。

“找人！”韩丁同样生硬地回答。

“找谁呀？”

那女人的态度岂止生硬，简直就是凶狠。她的身后还有两个穿皮夹克的男人，也都一脸公事地把审视的目光投在韩丁的身上。

韩丁依然理直气壮：“找我女朋友！”

“住几号房？”

韩丁还来不及语塞，就听到身边通往地下的楼梯上，传来一片低沉压抑的咆哮。那中年妇女身后的两个汉子闻声而动，一齐冲向楼梯的入口。在混乱的人缝里，韩丁目瞪口呆地看清了眼前发生的事情——六七个公安便衣拧着一个上了手铐的男人从狭窄的楼梯口挤出来，像老鹰抓小鸡似的，把那个有着一张年轻面孔的捕获物拎出了旅馆的大门。那张面孔虽然只在韩丁眼前一掠而过，但他还是一眼认出他正是被网上通缉的那个逃犯。

这一幕来得如此突然，韩丁瞪着眼睛站在混乱的门厅，他身边所有人都瞪着眼闪在一边，似乎那上了手铐的罪犯路过自己身边时仍会挣脱束缚把谁杀死似的——杀人犯在普通人的想象中总能人所不能——直到他被便衣警察们押出大门，押上了一辆显然早就隐蔽在附近的警车，大家才松口气跟出去，望着警车的后尘发表些无谓的言辞。

这时韩丁也清醒了，他三步并作两步地冲下楼梯，冲进地下室。因为是白天，旅客大都出去了，地下室纵横交错的走廊里冷冷清清，空气潮湿而冰冷，还有一股发霉的馊味。韩丁像没头苍蝇似的到处乱走，嘴里不管不顾地大声呼喊起来：“晶晶！晶晶！罗晶晶！”

他的声音在空荡荡的走廊里，回声很大，惊得不少人打开房门探头探脑。一个女服务员操着外地口音试图用更大的声音来制止他：“你找谁呀？”但无效，他理都不理她，一路喊下去，在一个拐弯的路口，他的喊声才戛然而止。

他看到了他要找的罗晶晶。

罗晶晶是从这路口拐出来的，她显然早就听到了他的呼喊，但没想到会在这个隘口迎面相逢。

她和他对视一眼，低头从他身边走过去，没做半句解释。他在她身后愤怒地叫一声罗晶晶！也没能让她稍作停留，她反而加快了脚步奔跑起来。韩丁几步追上去拽住她，扳过她的身子大声质问：“你到这儿干什么来了，啊？”

罗晶晶不回答，甚至，扭过脸不看他。但韩丁的手一下子软下来，因为他看到了罗晶晶满脸的泪水。他松了手，呆呆地看着罗晶晶转身向楼梯跑去。

韩丁没再追她。

他一步一步蹒跚地爬上楼梯走到地面，罗晶晶已经不知去向。他走出这间爱群旅馆的大门时，逼近正午的太阳正是刺眼的位置。他闭上眩晕的双眼在街边站了一会儿，让心情稍稍平静。他拿出电话，拨了罗晶晶的手机。

罗晶晶的手机出人意料地一下就拨通了，他听着呼叫的铃声一遍又一遍响着，但始终没人接听。韩丁收起手机，独自走进地铁车站。午间的地铁站里，乘客照例拥挤。他下意识地想在站台的人群中发现罗晶晶，同时也明白那是徒劳的。他登上东去的列车，路过复兴门时他坐着没动，他甚至连眼睛都没有睁一下，他觉得很累很累，好像这一天的体力都在这来来往往的地铁上消耗殆尽。

他在崇文门下了车。

他下车后直接回了家。

他没吃中午饭。

他还有心吃饭吗！他一点不饿。

回家后，他用家里的电话又拨了一遍罗晶晶的手机，他猜到罗晶晶依然不会接的，他只是想让她看到这个号码知道他现在已经回家了。可惜他连这个目的也没有达到，罗晶晶把手机关了。罗晶晶的这个样子已经足够证实，她和那个杀人犯之间肯定有事，他们之间的关系显然不是韩丁善良愿望的那样，是什么亲朋好友、是什么同学故旧！

正午的太阳在客厅里收缩得只剩下窗台上一条亮亮的细边，整个屋子反而显得暗淡无光。而韩丁的眼前，似乎连窗台上那一丝耀眼的明亮都举目难见，他用哭泣的声音在心中自问："我还要这个女孩吗？我还要这个不贞不忠不自爱的女孩吗？"当他心里终于问出这句话的时候，那声一直堵在胸口的哽咽破喉而出，但很快他就克制住了。他擦掉了眼泪，他命令自己不许为这样的女孩哭！

为了克制自己的脆弱，韩丁重新回到了熙熙攘攘的街上，他从崇文门盲目地往北走，一直走到了宽阔的长安大道。他又下意识地往西走。西面是天安门，是整个长安街也是整个北京的正中心。他居然步行到了天安门。除了在大学放暑假时他去泰山尝试过一次背包旅游外，他似乎从没走过这么长的路。他在天安门城楼下站了一会儿，买了张门票进了中山公园。公园里游人很少，这里的冷清使他终于镇定下来，他试图让自己恢复理智的思考，把自他见到那个逃犯之后罗晶晶的种种表现从头到尾细想一遍，细想一遍后他还是非常气愤，感觉难以接受。他想，应该结束了。当他意识到"结束"这个字眼似乎意味着一个决定的时候，他的心抖得很厉害，他试着鼓起力气把这两个字说出声来，但没有成功。他的内心深处总有另一个声音在顽固地、大声地挽留着什么，那声音杂乱无章，含混不清，把过去他和罗晶晶的每一天发生的每件事，把他们共同经历的每一个快乐时光，每一个细小的话语，每一次见面前的期待，每一次分别时的亲吻，都一一地呼唤出来……这就是他的初恋！初恋的感觉和它的珍贵是无法磨灭和轻易取代的，难道就这样放弃了吗？就真的不能挽救了吗？就真的不能忘掉这一段横生出来的不快，想办法重新开始吗？

他从中山公园的正门进去，后门出来。出来时他的步履变得轻捷有力。感情最终战胜了理念。他想通了，他不是为了空洞的理念和一时的面子而生活。对他来说，最有价值、最难舍弃的，是他已经抓住并且已经拥有的那份幸福。

他在公园的后门叫了一辆出租车，坐车回家去，路上感觉心里不那么沉重了。他没让司机把他送到家门口，开到崇文门他提前下了车。他在路口的菜市场买了些罗晶晶爱吃的果菜食品，想好了回家亲自为他们两人做一顿晚饭。他甚至想好了今天晚上如果罗晶晶回来不想向他做出解释，他就绝不主动问起白天的事。

他一回到家就动手准备晚上的饭，他为自己能做到如此胸怀宽大而感到充实和满足。一个人能够，或者说敢于原谅他人，是强者才有的能耐，是能者才有的美德。他不知道自己这样想是不是一种自找台阶自我平衡的阿Q精神。但无论如何，学会宽容怎么说也是一种成熟的象征。

他认真细致地做着这顿丰盛的晚饭，炖了一只肥鸡，用鸡汤煲了些白萝卜和鲜芹菜——这是他妈妈多年以来的保留菜目——还炒了一个肉丝豆芽，煎了一条鱼，用糖醋汁浇上。晚上六点半，新蒸的米饭出锅，他估计罗晶晶也该回来了，便把菜和汤都盛出来，很像样地摆在桌子上。然后，他洗了手，坐在沙发上心不在焉地看电视，心神不定地等她开门。

天很快黑了，韩丁看完了中央台的《新闻联播》，罗晶晶也没有回来。桌上的菜早凉了。韩丁几次打开门向外张望，但听不到楼梯上的一丝动静。晚上八点，他再次拨了罗晶晶的手机，手机依然关着。到了晚上十点韩丁才不得不意识到，罗晶晶也许是不回来了。晚上十点半，韩丁终于耐不住，决定出去找她。他要去的，也是唯一能去的地方，还是住在三元桥的那个模特家。他坐一辆出租车赶到三元桥并且找到那个女孩住的小平房时，已经是大多数北京人洗漱上床关灯睡觉的点了。

他敲开了那间小平房的门，第一眼就看到了坐在床上的罗晶晶。

开门的就是和罗晶晶一样当模特的那个女孩子，她一看见韩丁站在门外就松了口气，回头看一眼罗晶晶，说："瞧，他来了。"

罗晶晶看了韩丁一眼，目光向一边移开。

那位当模特的女孩转脸问韩丁："你们不是挺好的吗，今天是因为什么吵架呀。晶晶多老实呀，你平常多让着她点不就得了。"

韩丁没接女孩的话，他看着罗晶晶，说："晶晶，回家吧。"

女孩也说："晶晶，你说你们俩多好呀，我都羡慕死你们了，连你们吵架我都羡慕。瞧，早上刚吵了两句，晚上人家就这么老远地跑来找你了。我要是跟谁吵了架，谁能搭理我呀！"她过去推推罗晶晶："走吧走吧，还赌什么气呀，快点跟韩丁回去吧。"

罗晶晶没说话，站起来往门外走。韩丁冲那位模特女孩笑笑道了谢，跟在罗晶晶身后走出这片低矮的平房区。他们走到大街上，韩丁叫了出租车，拉开车门让罗晶晶先上去，罗晶晶低头上去了，一路上始终看窗外，韩丁也什么都不说，但他的神情和动作尽量表现得很温情，以传达出他的谅解来。

他们回了家。

进门前，在楼梯上，韩丁问的第一句话是："你吃饭了吗？"

罗晶晶说："没有。"

韩丁打开门，拉开灯，罗晶晶马上看到了桌上摆着的菜肴，脸上闪过一丝意外的神情，但很快过去了。她低头走进卫生间，卫生间里传来流水声。韩丁侧耳，若有若无听到的流水声里，有罗晶晶隐约的啜泣。他愣愣地站在卫生间的门外，一时竟搞不清自己是何种心情，是同情还是气恼，是可怜罗晶晶还是可怜自己。他知道现在的女孩比男孩更有叛逆心，很多女孩会爱上一个坏男人。报纸上说一个十八岁的女孩爱上了抢银行的通天要犯，韩丁当时看了还感慨一番，觉得新新人类少女一族怎么都疯了，他没想到连罗晶晶这样老老实实的女孩子，居然也疯了！

韩丁默默地到厨房去热了饭菜，重新摆上桌。深夜一点钟，他和罗晶晶面对面地，坐在桌前，吃了滋味难品的这顿晚饭。这是韩丁早饭之后的第一次进食。他真是饿了，大口吞咽，但嘴里一点感觉没有。吃完饭，他正要收拾碗筷，这时罗晶晶开口说话了。

她说："我洗吧。"

韩丁就让她洗。

罗晶晶在厨房里洗得很慢。韩丁在客厅里等她，他改了主意，他不想再拖延，他要严肃认真地，同时又心平气和地和罗晶晶把事情谈开。他已经不能忍受他为之付出了自己全部爱心的那个女孩，在自己的家里，为另一个男人哭泣。

罗晶晶终于洗完了碗。韩丁知道，她这样磨磨蹭蹭是害怕早早地出来面对他的质问，但她终究是要出来的。她走出厨房，不知是因为双手都湿着还是因为局促，那两只手竟不知放在何处。她的目光，依然躲闪着韩丁的注视，尽管那注视看上去是那么平和。

韩丁坐在沙发上，他问她："你困了吗？"

罗晶晶没有回答。

韩丁用手拍拍沙发，说：“过来，跟我坐在一起好吗？”

罗晶晶走过来，她没有像韩丁要求的那样挨着他坐，而是坐在了韩丁侧面的另一只沙发上。

韩丁说：“咱们在一块儿生活半年多了吧？生活每天都这样周而复始，确实挺平淡的，你是不是早就过腻了？你要是过腻了你应该早点跟我说，我们可以想办法调整的。比如说，咱们合伙做点什么事。再比如说，哪怕咱们分开一段时间各自住，你住在这里，我去我爸爸妈妈家，分开一段时间是可以重新建立新鲜感的。”

罗晶晶眼圈红了，但没落泪。她的嗓子变得沙哑起来，说话时的呼吸带出了刻意压抑的颤悸。

“我没有……没有过腻。韩丁，你对我好我知道，你是我爸不在以后对我最好的人，我真的想好好感谢你。真的，我真的很想对你好，我真的很想天天像过去那样和你在一起，让你照顾我，我也照顾你。可我……可我现在，我真的不知道该怎么办了……”

韩丁的眼睛也有些潮湿了，因为他这两天无论看到了什么，也没有预想到罗晶晶会痛苦万状地跟他说这些话。韩丁心颤地问：“你是说，咱们以后没法在一起生活了，是吗？”

罗晶晶没有回答。但韩丁不知为什么觉得她是回答了：“是因为那个男的吗？”韩丁问，“你不想跟我在一起了是不是因为你又遇到另一个人了？你觉得他比我好，比我刺激，对吗？”

韩丁的腔调有点激动了，他看到罗晶晶开口想说什么，想做出解释，但他终于忍不住了，他克制不住自己压抑了很久的激动。他不让罗晶晶开口，不想听她解释，他不加停顿地说下去：

“你知道你看上的那个人是谁吗？啊！我真想不到天下居然这么小，就是这个人，这个你看上的人，杀了四萍，你知道吗？他杀了四萍所以逼死了你爸爸，他害得你家破人亡！害得你现在连一个亲人都没有了！他现在又来勾引你，他是一个被通缉的逃犯你知道吗！他是个丧家之犬，躲躲藏藏一年多了他会有心思跟你谈情说爱？他会吗？他是想利用你保护他帮他的忙，你知道吗？”

罗晶晶的眼泪流出来了，从韩丁的第一句质问开始她的眼泪就流出来了。那眼泪并不代表韩丁想要看到的震惊和悔悟，相反，那两行热泪告诉他，他所说的这一切她早就知道！但韩丁依然一句一句地问下去：“你知道吗？你知道吗？”他的质问已经仅仅是在表达一种愤怒！罗晶晶终于哭出声来，她哭着对韩丁说：“不是这样的，他是冤枉的，我了解他，他不会杀人的，他是一个非常好的人，非常好的人……”

韩丁一挺身站起来，气急败坏地吼一声：“你怎么了解他？你根据什么你了解他？”

罗晶晶也放声哭叫起来：“他是我男朋友！是我的男朋友！”见韩丁一下子愣得没了声，罗晶晶泪随呜咽，刹那间变得精疲力竭，她似乎已经没有力气继续说下去：“……他，他是我过去的男朋友……”

韩丁一屁股坐回到沙发上，在坐下去的同时他似乎明白了一切，明白了一切之后他无话可说。

罗晶晶压住自己的哭声，她大概也有着那种本能的顾忌——在一个爱着她的男人面前，她不能放声地为另一个男人而哭，因此她的哭泣在胸腔里被压迫成一片急促气竭的喘息：

“……他，他对我好，他对我好，我不能忘了他……就像你对我好，我也不会忘了你……”

在罗晶晶的泪水面前，韩丁几乎成了一个失语者。他找不到话语来解释眼前的一切，他分辨不了罗晶晶是对是错，他安慰不了她也安抚不了自己。他只是凭着脑子里混乱不清的下意识，唠叨出几句喃喃不清的自语。

“你现在还爱他？你还爱他吗……那你为什么，你为什么还要和我在一起？”

“他离开我了，他受了冤枉，他一时洗脱不了自己，所以，他就离开我了，他怕连累我，他一直都怕连累我……”

“这都是他告诉你的？晶晶，你是一个大人了，你怎么能这么轻信别人！难道公安局抓他会没有证据吗？我是搞法律的，我知道公安局要是通缉他，抓他，那必须是有充分证据的！你难道只相信他自己的辩解，就不相信法律吗？”

韩丁没想到这句话让罗晶晶突然离开沙发，双膝一跪匍匐在韩丁面前。她抱着韩丁的双膝和双手，用眼泪挤出一脸乞求的笑意：“韩丁，你是懂法律的，你是律师，你在公安局肯定认识人的，你在法院肯定认识人的，你能为他辩护吗？他真的是一个好人，我了解他，韩丁你就相信我一次行吗？”

韩丁摇摇头，他推开罗晶晶站起来，他不想再看她脸上那片凌乱的泪痕，那些泪痕冲开了皮肤上的脂粉，把一张美丽的小脸弄得肮脏不堪。

韩丁冷冷地说：“他是杀了人的，他犯了这样的大罪，无论你认识谁，无论谁为他辩护，他都难逃一死。杀人偿命，这是铁定的法律！谁也救不了他的！”

罗晶晶跪在沙发前，继续哭着哀求他：“你救救他吧，就算是为了我，行吗？就算我求你，行吗？”

韩丁不知从哪里来的一股怒火，一掌把餐桌上的一只花瓶横扫在地，他再也不想压抑数日来积聚在心中的那腔怨气。花瓶在地板上的破碎声让罗晶晶面色惨白，哭声骤止，瞪着一双惊恐的眼睛看他。韩丁与罗晶晶相识以来，还从来没在她的面前如此发火，他在她面前一直是一个谦谦学子，温良恭俭让的形象。虽然罗晶晶吓呆的样子让韩丁心中忽生片刻的怜悯，但他的愤恨和妒火还是凭着惯性继续发泄出来：

“你让我为你，可你为我吗？我这么爱你，全心全意地爱你，可你见了你的老情人还是投怀送抱。你每天跑出去和他幽会，你以为我不知道是不是！你以为我什么都不知道是不是！我告诉你我什么都知道！我怕你面子不好看，我怕你自尊心受不了，我知道了我也不跟你说，我自己忍着，我难过，我忍着！我就是这样在爱你，可你……”韩丁话到动情之处，禁不住声泪俱下，哽咽得几乎说不下去，“……可你背着我去干了些什么，他杀了人你都不在乎，你……你还让我替你去救他！我凭什么要救他！凭什么？就凭你喜欢他，你舍不得他死，是不是？是不是！”

罗晶晶跪在沙发前，低头听着，不答话，韩丁能看到她的眼泪一颗一颗地掉在沙发的坐垫上。他的心有点软下来，但同时又恨恨地想，这是你自己造成的！他站起来大步走进书房，砰的一声把门关上。

那天夜里罗晶晶离开了他的家。她走的时候韩丁知道，但他没有走出书房拦她。等那声幽怨的关门声响过之后，客厅里就再也没有了一点动静。很久以后韩丁才走出书房，他以为罗晶晶会留下一张伤心欲绝的字条作为和他的诀别，但找了一圈发现没有。整个屋子没有一点声响，整幢大楼没有一点声响，安静极了，寂寞极了。韩丁这才意识到此时已经过了午夜三刻。

九

一连两天罗晶晶没有回家，韩丁也不出去找她。他知道罗晶晶在北京无亲无靠，能借以栖身的大约只有三元桥她朋友那片聊遮风雨的小屋，但他这回没有到那儿找她。他有点赌气，有点和她暗中较劲儿，他倒要看看罗晶晶能坚持多久不回来。他估计罗晶晶走的时候身上只有两百块钱，他估计她用不了多久就会弹尽粮绝，走投无路，拿红脸当白旗，自己回家。

到了第三天依然没有动静，韩丁有点沉不住气了。想拨罗晶晶的电话，拨了一半又停下来，想想已经坚持三天了，不能半途而废，而且这次争吵又不是自己的错，干吗要饶她。但这时的韩丁，已是色厉内荏。表面上和往常一样，上班准时来，下班准时走，实际上早就惶惶不可终日，干什么事的心情都没有了。

第四天的傍晚，下班之前，他接了一个电话，一听是个女孩的声音，马上兴奋起来，本能地感觉和罗晶晶有关。果然，电话是三元桥那个女模特打来的。她约他下班后见个面，说是要跟他谈谈罗晶晶的事情。

韩丁不由紧张起来，身上哗一下出了汗，拿着电话的手也有些发抖，他问：“罗晶晶怎么了，没出什么事吧？”

对方在电话里支吾了一下，没有正面回答，只是说：“咱们见了面再说吧，电话里说不方便。”

对方越是吞吞吐吐，韩丁越是疑鬼疑神。他和那女孩约在燕莎商城的大门口见，然后立即动身往那边赶。那天路上的车特别堵，他赶到时那女孩已经等得不耐烦了。可韩丁连道歉的心情都没有，上来就急急地问她，罗晶晶现在住她那儿吗？她怎么了，没出什么事吧？女孩往左右看看，左右都是人。韩丁明白，一摆头，说：“到这边来。”他把女孩带到了商城左侧的一间咖啡厅里，为自己和女孩各要了一杯热咖啡，然后，女孩才慢慢开了口。

“你跟罗晶晶，你们到底吹没吹？”

“罗晶晶怎么跟你说的？”

“她没怎么说。你告诉我你们到底吹没吹？”

“那她都跟你说什么了？”

“她说她有一个好朋友栽到公安局里去了，她想挣点钱给那个人请律师，她说她得救他。”

韩丁低了头。不知道该说什么。

女孩接着说：“我问她你怎么不去找韩丁呀，韩丁不是个律师吗？再说韩丁也不是没有钱。”

韩丁抬头，看着女孩，他没搭腔但他急切地想知道罗晶晶是怎样回答她的。

女孩说：“可她说她不想再让你养着她了，她要自力更生。她问我干什么来钱最快。哼，一个女孩子，要想来钱快还能干什么，你说还能干什么？”

韩丁明明知道她的意思，明明知道她指的是什么，但他还是下意识地问：“她想干什么？”

女孩看着他，以为他傻，咧开嘴冷笑，说：“你要跟她吹了，那她爱干什么干什么去，跟你就没关系了。你要跟她没吹，那你自己琢磨吧，你希望她干什么不希望她干什么你应该很清楚，别跟我装傻。”

韩丁沉默了一下，问：“她怎么跟你说的，她说跟我吹了吗？”

女孩很干脆地摇摇头：“她不愿意跟我说你们的事。”

韩丁低头，喝干了杯里的咖啡，然后抬头，说：“你去告诉她，她需要我帮她什么忙，可以来找我，只要我能帮得上，我会认真考虑的。”

女孩看着韩丁，似乎想在他严肃的表情上，找到进一步的答案似的，她看了好半天，才愣愣地问：“你们到底怎么啦？”

韩丁没有回答。

在燕莎商城咖啡店的这场谈话之后的整整两天里，那个当模特的女孩再没有和韩丁联系。韩丁也再没有听到有关罗晶晶的任何消息。这两天的等待让韩丁度日如年。他不得不在内心里投降般地承认他受不了这种折磨，他不得不承认不是罗晶晶离不开他，而是他离不开罗晶晶。当他的气消了，当他的面子问题随着时间的推移而淡化得无关紧要，剩下的就只有他的真情实感，那就是，哪怕罗晶晶欺骗了他，哪怕她背着他还在偷偷地惦记她过去的情人，可他还是爱她，还是舍不得放弃她。他对她的思念随着他们分别时间的延长而日益加剧。到第七天的早上他打了那个女模特的手机，他一上来就问：“罗晶晶呢？”女孩说：“挣钱去了。”韩丁几乎叫起来：“你干吗不拉住她，你让她上哪儿挣钱去了！”女孩也抬高了嗓门儿：“我不早告诉你了吗，你不管人家了还不允许人家自己管自己呀。”韩丁吵架似的吼道：“谁说我不管她了，我说我不管她了吗？”那女孩见韩丁这么气急败坏，也火了，啪一下把电话挂了。韩丁骂了一句：“操！”他再打过去，声音却是放软了，带着恳求的腔调，低声问：“对不起，麻烦你告诉我她到底干什么去了，她到底上哪儿挣钱去了？”女孩在电话那头沉默了一会儿，说：“今天静安路百货商场搞内衣秀，她一早就去了。”

韩丁没去上班，离开家直奔静安路商场来了。从崇文门到位于朝阳区国际展览中心的静安路本来也就是半小时的车程，但这天国际展览中心有个冬季房展，那一带的道路堵得水泄不通。韩丁到达静安路商场时，商场已经开门营业，在二楼的服装区临时搭出来的一个简陋的T型台上，所谓的内衣秀也已经粉墨登场，几个相貌平平的女孩半露着瘦骨嶙峋的胸肋和四肢，在台上走来走去。楼里虽然开足暖气，但围观在T型台周围那些身穿厚厚的棉衣皮猴儿的顾客，还是替她们冷得一个个后背生风。韩丁挤在人群中，踮着脚尖向台上望，当他看到罗晶晶穿着不知什么牌子的低档内衣半裸着身体走出来时，全身也禁不住打了一个冷战，继而心酸得几乎双目湿润。罗晶晶的相貌和身材当然是这台模特中最无可挑剔的一个。韩丁知道以她的外形条件，过去是绝不会干这种活儿的。干这种活儿和出卖色相有什么不同！他知道罗晶晶在北京一直没签约到一家正规的模特公司，除了因为初来乍到人地生疏外，主要是因为她的性格内向，不善钻营，另外个子也矮了点。模特的圈子小得很，而且和文艺圈差不多，也是一个名利场，没有关系又不善钻营的人，很难凭实力得到机会。在认识韩丁后，她衣食不愁更是懒得出去走动了。罗晶晶从小到大养尊处优，生活条件的优越使她对名利二字没有太多的认识和足够的渴求，也没学会相应的手腕。

韩丁挤出人群，他不忍再看下去，只有他才能从罗晶晶那张无甚表情的脸上，看出沉重、看出悲惨、看出绝望。他还爱她，他还应该算是她的男朋友，他怎么能让她落到这个地步！他绕到前边，拼命从人缝中挤到T型台的出口，迎着从台端拿捏着猫步往回走的罗晶晶，大声叫她：“罗晶晶！罗晶晶！”

罗晶晶看见他了，脸色飞红，步子有点乱，韩丁又叫：“你下来，跟我回家！”

罗晶晶下意识地想要环顾左右，但克制住了，目光也迅速从韩丁脸上移开，坚持走完全程进了后台。后台是用临时性的围板围出来的，还有保安把守，韩丁想进去，过去对保安说："劳驾你叫一下罗晶晶好吗？"

保安是个外地来的壮汉，一脸公事地问他："你有什么事，有事找她们领导去说。"

韩丁说："谁是她们领导？"

保安说："我也不清楚，你到前边看看。"

韩丁再次挤到前面，但已无法靠近T型台，越来越多的顾客无不伸长了脖子，恨不得用眼睛把那几个半裸的女模吃了。韩丁在人圈外猴急地转了两圈，也只能束手无策地吞气苦等，等着这场低俗的商家炒作快些结束。

表演终于结束了，观众连掌声都没有，旋即作鸟兽散。而模特们却一个都没有出来，都挤在围挡着的小小的后台里，不知是在领钱还是在开会。韩丁在围挡外面一直等到几个工人过来叮叮当当开始拆板子了，罗晶晶才和那几个女孩穿好衣服走出来。韩丁身心交瘁，用目光迎住罗晶晶，他的目光在告诉她，她刚才在台上的那种表演，让他难过，让他心疼，让他受辱！罗晶晶回避了他的注视，并不说话，低头走。韩丁就跟着她走，一直走到商场的大门口，韩丁抢在罗晶晶前面叫了出租车，拉开门让罗晶晶上，罗晶晶迟疑了一下，终于上了车。

韩丁也上了车，上了车就冲司机说："崇文门！"

车行一路，两人都没说什么话。到家之后，罗晶晶径直进了卫生间，韩丁站在卫生间的门外，想等她出来后和她一起坐下来好好谈谈，但又觉得气氛不在火候上，何况他也并没完全想好话该从何说起。他只是用平和的声音隔着门对罗晶晶说了句："你累了吧，累了就躺会儿去吧。"然后就到厨房做饭。他和罗晶晶同居之后是很少下厨的，只在两人吵架之后才会越俎代庖。下厨给罗晶晶做饭一向是他求和示好的一种表示，而罗晶晶在饭菜做好之后上桌来吃，也是一种接受和解的姿态。这是他们之间早有的默契。

韩丁在厨房做饭，他能听到罗晶晶出了卫生间，进了卧室，在卧室里给什么人打电话，好像是约什么人过来。韩丁把饭菜做好之后，依次摆上桌子，正要叫罗晶晶出来吃时，那位当模特的女孩带着另一个韩丁从未见过的女孩一起来了。她们一进门就在卧室里和罗晶晶叽叽咕咕地谈着什么，谈到一半又一起出来，到卫生间去看罗晶晶那些名牌的化妆品。韩丁听了半天，不甚了了。又看她们从卫生间出来回到卧室，再看罗晶晶拿着那些化妆品比比画画地向她们介绍，那两个女孩把她从衣柜里翻出来的每一件名牌而且时髦的衣服在自己身上试穿，一一对镜打量，他才恍然醒悟过来——原来罗晶晶是在向这两个女孩推销她的这些家当呢，如果她们看上了哪一件衣服或哪一样化妆品，说个价钱立马儿就能拿走！

罗晶晶当然不是个生意人，平时嘻嘻哈哈还行，一谈生意马上言语木讷起来，韩丁看着她笨拙地推销着自己心爱的东西，把这么长时间韩丁陪着她陆陆续续挑选买来的那些衣服、首饰和化妆品，一件一件贱卖给那两个贪婪而又小气的女孩，他心里突然想哭！他走过去把罗晶晶拉开，把那个女模特拿在手上颠来倒去挑剔的一条围脖一把扯过来，又把另一个女孩已经戴在头上的一顶帽子也摘下来，他的声音控制不住地激动着，他说："对不起小姐，你们走吧，这东西不卖！"

两个女孩愣了，转头去看罗晶晶。罗晶晶也愣着，不知说什么好。女模特有点下不来台，不满地问她："怎么回事，你到底卖不卖？"

韩丁不容罗晶晶开口，抢过来说："不卖！"

女模特立起眉毛还是冲着罗晶晶说："不卖你叫我们来干什么？"

罗晶晶伸手想夺过韩丁手上的东西："你给我，这是我的东西！"

韩丁推开她的手，吼了一声："你先把我卖了！我也是你的东西！"

罗晶晶含泪，低头走出卧室，快步走进书房，然后把书房的门砰的一声关上。

韩丁这才转脸，对两个女孩做了抱歉的表示，说：“麻烦你们今天白跑一趟，以后我请客给你们赔罪行？对不起，对不起！”他用一连串的对不起把两个一脸悻悻然的女孩请出了家门，然后，把手上的东西放在沙发上，轻轻推开了书房的门。

罗晶晶在书房里哭，见他进来便起身夺路，被他堵在门口。他拉住罗晶晶，一把把她拉进怀里，紧紧地把罗晶晶抱住。他抱住这个满脸是泪的伤心女孩，他也想流泪，但他用男人的气概止住了，他说：“你干吗要这么做，我还是不是你男朋友了？你有什么难处我可以帮你！”

罗晶晶想不哭，韩丁看出来她竭力想用平静的话语来压制自己的抽泣：“我……必须救他，我不能忘了他，他那么好怎么会去杀人！我想请律师帮他打官司。他除了我没有别的亲人了，没有别的朋友了……他也没钱请律师，我不帮他就没人帮他了……”

韩丁搂着罗晶晶听她在抽泣中时断时续的话语，他用自己的知识宽慰她：“法律有规定的，如果被告人自己不请律师或者请不起律师，法院可以为他指定律师的。”

罗晶晶固执地摇头：“没有钱，律师会好好给他辩护吗？现在没钱能做什么！我不相信！”

韩丁松开罗晶晶，看着她的眼睛，就这么定定地看她，直到她止住了哭泣，韩丁才慢慢发话：“好，那我答应你，我去做他的辩护律师，你相信我吗？”

罗晶晶也看着他的眼睛，他们在互相的注视中都渴望看到对方的内心。罗晶晶说：“我知道，你恨他，你并不希望他被放出来，这我都想过，我都想过的。”

“可我爱你！”韩丁说，“我特别爱你晶晶，你相信吗？爱是自私的，也是无私的。我要真爱你，就能为你牺牲我自己，就能为你考虑，你相信吗？”

罗晶晶没有回答，她没有回答相信还是不相信，她的眼泪滚落下来，她用手去擦，眼泪却是越擦越多。她最后只能用手捂住自己的眼睛和自己的脸，那张脸已经被泪水浸泡得像一朵纷乱无形的花。

这一天的下午，韩丁去了单位。不是去上班，而是去请假。中亚律师事务所是一个以承办经济案子为主的事务所，因为代理刑事案件的收费低，所以，所里一向是不轻易接的。如果韩丁以中亚律师事务所律师的名义去承接这个杀人案的话，所里即便破例同意，他该向所里交多少钱呢？所以，他找到老林，他为自己提出的方案是请假。他请了假，以个人的名义去打这场官司，输赢都与所里的声誉无关，他自己的钱也足够支付这场官司的费用了。老林一见他的面，本来准备好好批评他一顿的，他这几天上班极不规律，说不来就不来了，所里的人已经有所非议。老林刚一张嘴韩丁就打断他，他向老林一五一十地说了他这几天遇到的事，说了他的打算。老林很意外地眨了半天眼，先不说准假不准假，先说：“这官司你必输无疑啊，我那同学就分管这个案子，没有证据不会抓人的，你这种辩护只能说说他年轻无知，不懂法律，找点客观原因什么的，请求法院从轻量刑。但他毕竟是杀人啊，想免了他的死罪那是不可能的事！”

韩丁叹口气，说：“我原来没想到罗晶晶和这小子的感情有这么深了，我要是不帮这小子，罗晶晶连卖身挣钱捞他的事都干得出来。我是为了罗晶晶！”

老林又愣了半天，不知是被罗晶晶对龙小羽的情义所感，还是被韩丁对罗晶晶的情义所感，终于同情地点了点头，说：“你要是真爱她，那就替他辩吧，也算是为罗晶晶尽一点力。不过，你得跟她说清楚，这种案子，九死一生，一生他妈也生不了！咱们尽人事，她可得信天命，别到时候救不活龙小羽她再怪你。”

韩丁低头：“这我会说的。”

这个下午老林手头也没什么事，他和韩丁就在他俩那间办公室里，在窗帘上惨白的阳光前，长吁短叹地聊了很久。老林甚至同意韩丁以中亚律师事务所的名义去担任龙小羽案的辩护人，费用以后再说，不行就从他的工资里零打碎敲地每月扣一点，象征性地交那么一点。因为以正式律师的身份去担任辩护人有权查阅案件的正式档案，而以普通公民的身份担任辩护人按规定只能经检察院批准后才能查阅案卷了解案情，相对比较麻烦。

韩丁对老林的态度感激万般。老林是事务所的资深律师，又是草创时期的合伙人，这种事如果由老林出面和所里的管委会打个招呼，肯定是算数的。老林不但允许韩丁使用中亚律师事务所的名义，还答应韩丁如有疑难问题他会在背后帮忙出主意，必要时还可以和他那位在平岭当刑警小头目的同学打个招呼，让他们支持韩丁正当的调查取证，都是老同学，这点面子应该没问题的。尽管韩丁当这个辩护人完全是迫不得已，但老林的支持还是让他倍加感激。

下午两人分手时老林笑笑，说：“你也别谢我，我这也主要是道义上的支持，帮不了太多实际的忙。我这人，你别看平时说起女人来嘴上挺花，其实我挺羡慕你们这样的，真的。”

韩丁问：“我们什么样啊？”

老林说：“你对罗晶晶，罗晶晶对那小子，你们真能为一个人，为那点感情把自己搁进去，现在什么年月呀，这样的不多啦。”

韩丁苦笑：“你是没碰上让你动感情的人，要碰上了一个样！”

“我？”老林也笑，“我还是免了吧。”

韩丁离开事务所回家，在路上他就给家里打了电话。罗晶晶问他：“你说了吗？你们所里同意了吗？”韩丁说：“说了，同意了。”罗晶晶沉默了一会儿，然后说：“噢。”

这天晚上罗晶晶像往常一样给韩丁做了晚饭，像往常一样陪韩丁坐在客厅里看了电视，但整个晚上他们彼此都很沉默，都说不出电视里究竟演了什么。他们比平时更早地上了床，在熄灯前韩丁突然开口：“晶晶，我想知道，你现在，还爱我吗？”

罗晶晶依然沉默，她的沉默在韩丁的意料之中。她回避了他的注视，沉了半天才闷声说：“爱。”

韩丁伸出一只手，轻轻地把罗晶晶的面孔拨向自己，他要她和自己的目光发生交流，他问：“那，你还愿意和我结婚吗？”

罗晶晶的目光无法回避，这是一个比“爱”更加实际的问题，韩丁几乎分辨不出她那凝固的目光代表了思考还是迟疑，他也分辨不出，她那变哑的声音是迟疑还是麻木。

“……愿意。”

“那，我们什么时候结婚，我什么时候才能娶你？”

罗晶晶终于再次把脸转向一边，但她很快地答道：“怎么样都可以，你决定吧，我都可以随你。”

十

这一天清晨，韩丁与罗晶晶一起乘火车抵达平岭。这是罗晶晶离开平岭后第一次回到她的老家，心情不免有些激动。他们从火车站出来就直奔罗晶晶最要好的那个同学的住处落了脚，在出来之前她们通过电话，她同学这一天没去上班，就在家里等她。

到罗晶晶的同学家放下随身的行李，韩丁一个人匆匆出来。他先去了平岭市人民检察院，办理了为龙小羽担任辩护人需要办理的一应手续，然后在检察院的同意下，翻阅了平岭市公安局就龙小羽杀人案向检察院提请起诉的有关案卷材料，这些材料使他对整个案情有了进一步的了解。从警方的现场勘查和侦查调查的报告中他得以知道：案件发生在一个月黑风高的深夜，说是深夜其实夜并不算深，那个时辰平岭的大多数居民都还没有上床休息。龙小羽窜到保春制药厂扩建工地的办公室里，强行与受害人发生两性关系，在与受害人的搏斗中，龙小羽用木棍击打受害人的头部，用尖刀刺入受害人的腹部，连刺三刀导致受害人当场死亡。龙小羽行凶后逃离现场。警方经过严密侦查，于一九九八年十二月二十六日将龙小羽拘留，当日被其逃脱。警方经过多方追缉，于一年后在北京将其抓获，这就是韩丁一个月前在五棵松爱群旅馆所见到的一幕。

从案卷材料中还可以看到，在公安机关的预审中，龙小羽拒不承认被指控的全部罪行，他只承认在四萍被害当晚与四萍见过面，但不承认杀害四萍。公安机关在不能取得口供的情况下，认为其他证据已足够确凿充分，遂向平岭市人民检察院移送此案提请起诉。平岭市人民检察院审查了公安机关的侦查过程及移送的全部证据材料，认为龙小羽杀人案事实清楚，证据充分，已决定向平岭市中级人民法院提出公诉，要求以故意杀人罪对龙小羽进行审判。

在看过案卷材料之后，韩丁对自己此行的意义，有了更加明确的认识。他明确地认识到，他给龙小羽带来的，并不是生存的机会，而只是他应当得到辩护的法定权利。对韩丁而言，与其说他是为龙小羽的权利而来，不如说他是为罗晶晶的托付而来。如果不是罗晶晶，他才不会这么大老远地从北京跑到这儿，一本正经地来走这个过场呢。

在离开北京之前，韩丁把老林拉出来喝了一回酒，为他的平岭之行请教老林。老林酒后真言，点石成金地教授了两个切入的要点：第一，仔细核对警方提出的每一项证据，找出其中细节不符或前后矛盾或难以证实之处，然后攻其一点，不及其余；第二，细究犯罪动机，动机问题虽然不能成为获判无罪的理由，却可能成为被告人犯罪实属事出无奈迫不得已情有可原之类的证明，可以减轻法官和听众对他的憎恨，能如此，也算是辩护的成功了。老林确实是个油子，从律师辩护的技巧上说，犯罪的目的确实常常不被当作辩护的重点，犯罪的目的在法律上的概念，就是犯罪人实施犯罪行为所希望发生的结果，是犯罪人所追求的目标，龙小羽作案的目标已经摆在那儿了，毋须多辩，那就是剥夺被害人的生命。对四萍的法医鉴定将成为不可逆转的呈堂铁证——打两闷棍再捅三刀，谁会相信罪犯追求的目标不是杀人而仅仅是伤害或者是闹着玩儿闹大发了？但龙小羽究竟出于什么动机杀人呢，这就大有文章可做了。动机这个词在法理上的概念，就是犯罪的内心起因，它可以说明罪犯主观恶意的大小。中国法律一向反对“客观归罪”，给一个人定罪量刑，不仅要看他的行为所造成的结果，同时也要看他的主观恶意。主观恶意的大小也是法院决定罪轻罪重的一个重要依据。

韩丁和老林经过一通分析权衡之后，决定选择龙小羽的犯罪动机作为整个辩护的入口和重心，这个方案意味着他为龙小羽选择了罪轻而不是无罪。其实，为这样的案子做律师无论如何都是一个倒霉的角色，是一个早已知晓结局的庭审过场的龙套，在这个过场中总要有人替被告说些话。龙小羽精神健全，受过教育，诸如精神失控和不懂法律之类的开脱之词都是说不得的，唯一能说的就是他以前的品行——一位品行记录一贯良好的青年偶然冲动干了傻事，请人民法院在量刑时予以考虑……但即便如此，杀人偿命是万古不变的天律，龙小羽总归死罪难逃！

但律师的任务就算完成了。

韩丁也可以向罗晶晶“非常抱歉”地交差了。

他可以堂堂皇皇地向罗晶晶说明：“我已经尽力了，但事实是依据，法律是准绳，法律是无情的。”

虽然事先有了这样的基调，但韩丁在检察院看完材料，还是负责任地打电话给老林的同学，那位在平岭市公安局刑侦大队当科长的姚大维，约他中午出来吃饭。姚大维和韩丁有过一面之交，老林又跟他事前通电话打过招呼，所以，很痛快就答应了。韩丁请他在平岭最有名的金海湾海鲜餐厅里吃了顿海鲜，觥筹交错间还谈得挺亲热。韩丁以晚辈的身份，请教的口吻，说了他来平岭要办的事情，请姚大维看老林面子多多帮忙。姚大维是个相貌伟岸、声若洪钟的东北大汉，与干瘦的老林在外形上恰成对照，一看就知道是个豪爽之人，席间当即表了两个态：第一，韩丁既是老林的手下，此来平岭如有难处需要帮衬，他责无旁贷；第二，尽管龙小羽杀人罪在不赦，但韩丁以律师的身份为他辩护，是犯罪嫌疑人应当享有的法定权利。他虽然是侦办龙小羽案的警方人员，但对韩丁站在警方的对立面给警方搜集的证据横挑鼻子竖挑眼表示理解。公安、检察和律师，本来就是同一个程序中的不同方面，互相制约，互相依存，各有使命，各司其职。律师也要吃饭，不打官司你们吃什么，所以完全理解，完全理解。唯一让姚大维百思不解的是：龙小羽和罗保春毕竟不是一个档次的人，他穷得叮当乱响哪儿来的钱把律师专门从北京请了来？

对此，韩丁解释：他是个刚刚大学毕业的新律师，很想找个大点的案子练练手。他们所里从提高年轻律师的业务水平和实际经验方面考虑，也支持他免费接这个案子，就当是为他付点学费锻炼学习吧。

在姚大维面前，他当然没有说，他来平岭，接受这个案子，完全是为了他的女朋友罗晶晶！

他为罗晶晶对龙小羽的情义而来，也为他对罗晶晶的情义而来，这是确定无疑的。他不能确定的是罗晶晶对他，究竟还有没有情义。当龙小羽在他和罗晶晶中间出现之前，他和罗晶晶的生活是多么美好。而在龙小羽出现之后，尽管罗晶晶依然和韩丁住在一起，但韩丁确实能毫不费力地，不容置疑地感觉到，罗晶晶对龙小羽的那份关切与牵挂，是自己从未感受过的，从未得到过的。

是的，他和罗晶晶依然像过去那样住在一起，但再也没有亲热过。来平岭的前一天晚上韩丁有过要求，但因为罗晶晶表现得非常勉强所以也就算了。罗晶晶虽然没有拒绝，但非常勉强，韩丁看得出来的，和以前两人干这事的感觉截然不同。韩丁强迫自己往好处想——她不是不爱他了，她是没有心情，她还在为龙小羽的事发愁呢。可他又想，爱是排他的，一个人的情爱之心能同时收留两个人吗？理论上似乎是不能的，而在现实中，有没有特例呢，譬如像罗晶晶现在这样？韩丁反正不愿得出这样的结论，那就是，罗晶晶已经不爱他了。他想：他和罗晶晶共同生活了这么久，也算相濡以沫，人非草木，总不至于这么快就忘得一干二净了吧。罗晶晶既然能念念不忘龙小羽的前情，也不会断然忘掉他的后爱，这道理似乎无懈可击。

两人的生活看上去确实和过去一样。每天，罗晶晶依然早早起床去给韩丁买早点；晚上韩丁回家，依然能听到厨房里高压锅的喷气声。但那喷气声的味道，似乎大不如前了，已听不出原来那种欢快跳跃的节奏，有时甚至像是什么人在急促地叹息和抽泣。除了再没做爱外，两人之间，都自觉不自觉地客气了许多，倾心交谈越来越少，一开口都是事务性的话题，譬如：菜里要放辣椒吗？你再留点钱吧，家里没饮料了，今天晚上早点睡之类，挺没意思的。

他们到达平岭以后，本来按韩丁的想法，是找个旅馆住，反正平岭的那些小旅馆也没那么正规，两个人住在一起也不必非得查验结婚证。但罗晶晶坚持要去她同学家住，口气是不加商量的，韩丁也就随了她。到了同学家以后，正如韩丁估计的那样，罗晶晶就住进了她同学的卧室里，两人挤在一起睡，而让韩丁自己睡另一间屋子。罗晶晶在向她同学介绍韩丁时只用了"朋友"两个字，前面连个"男"字都没冠，更不用说未婚夫之类了，一句没提，尽管她已经答应嫁给韩丁。她同学早就认识韩丁，知道他是律师，以前帮罗晶晶的爸爸打官司来过平岭，而这次来平岭，则是帮罗晶晶打官司。

韩丁以前只知道罗晶晶的这位同学叫瑶瑶，这次来，听罗晶晶的介绍，才知道她大名叫程瑶，比罗晶晶高三届，今年二十四岁了。与其说是同学，不如说是校友，可和罗晶晶的关系，却比同班同学还好。韩丁从她和罗晶晶言传意会的窃窃私语中，能判断出她是知道龙小羽这个人的，也知道龙小羽与罗晶晶是什么关系。罗晶晶说过，她与龙小羽的交往，是瞒着一切人的，甚至包括她的父亲，但显然，不包括这位名叫程瑶的人。

韩丁这次来，发现程瑶在工人新村的这套房子只有她一个人住，她父母赶上单位福利分房的末班车，搬到离工人新村不远的一幢新楼去了。韩丁到达平岭的这一天忙着到检察院办手续，看案卷，中午又请姚大维吃饭，到晚上天黑了才回到程瑶家。程瑶和罗晶晶已经把饭做好了。三个人一起吃了饭，简单聊着天，聊些无关痛痒的话题。程瑶是搞服装设计的，韩丁就和她聊服装。罗晶晶只是听他们聊，很少插嘴发言。吃完饭，她和程瑶一起在厨房里洗碗，韩丁就在阳台上用手机给老林打电话，汇报到检察院阅卷的情况。他的手机只有到了阳台上信号才勉强出现。

他在电话里向老林说了看卷以后的感想，还说了中午和姚大维交谈的情况。总的看法是，龙小羽杀害祝四萍这件事，肯定是有的。公安机关搜集的证据很全面，有目击证人证明龙小羽在案发时间到过案发现场；有尸检报告证明祝四萍死前曾遭龙小羽强奸；还有现场勘查的报告，记录了龙小羽留在现场的痕迹；还有物证：用来击打祝四萍头部的铁锹柄。现场的鞋印和铁锹柄上的指纹全都清晰无误。在龙小羽的衣服上，有四萍的血迹，衣服藏在龙小羽的宿舍里，在龙小羽脱逃后被警察搜出……这些人证物证足以使任何一个辩护律师望而生畏，使任何推翻杀人指控的意图成为痴心妄想……老林在电话里笑道：“我不早就算定龙小羽九死一生吗，一生也他妈生不了。姚大维我了解，那小子是个很干练的人，他办的案子，一般出不了大错。”韩丁说：“看来还就是得按咱们原来说的，在龙小羽犯罪的原因上找点儿辙了，看看好端端的一个年轻人突然动刀子到底是为了什么，如果不是法盲不是精神上受过什么刺激那到底是为了什么！如果真能找到一个可以让人同情的原因，请法院量刑时予以考虑，也就行了。但这种罪怎么辩都没多大意思，怎么从轻也不能杀人不偿命啊。”老林说：“没错，也只能这么辩，不这么辩也没别的可辩的。”

和老林通完电话，韩丁心里踏实多了。老林在电话里还说了一句话，给韩丁卸下了一个很大的精神包袱。他说："韩丁你得这么想，公安那边的证据充分对你是好事，否则你辩不成功在罗晶晶面前得担多大责任？这种板上钉钉的案子别说咱们只是一个律师，就算咱们是当法官的，就算这个案子由你韩丁亲自主审，对龙小羽也得按律当斩，没别的出路！"

韩丁愣了好一会儿，才吃透这话的奥妙，不由笑一下，也说："可不是，控方太强或者太弱我都好办，就怕势均力敌有一拼！"

老林在电话里还问了问姚大维的反应，问姚大维帮没帮忙。问完还自告奋勇，主动表示："我过一两天要去一趟上海，火车路过平岭我可以下来待一天，再帮你跟姚大维拉拉关系，姚大维在平岭还是能办点事的。"韩丁说："你来一趟也好，不然，我都闷死了。"

打完电话，韩丁回到客厅，看到罗晶晶脸色不好，问她怎么了，罗晶晶不答，反问他跟谁打电话呢。韩丁说跟老林，老林过一两天去上海要路过平岭，他要来帮我研究研究这个案子。罗晶晶还想说什么，程瑶从厨房里走出来，进了客厅，招呼他们吃水果，两人的交谈只得中止。

那天晚上他们睡得很早，吃完水果看了一会儿电视罗晶晶就说不看了，起身进了卧室。程瑶也跟着进了卧室。韩丁一个人在客厅里看完晚间新闻，便也睡了。第二天早上韩丁和姚大维通了电话。姚大维上午有事，约了下午亲自带韩丁去看守所会见龙小羽，顺便把他介绍给看守所的头头，以后韩丁自己去见人送东西什么的也就方便了。

上午没事，程瑶去上班了。韩丁昨晚在阳台上打电话受了凉，原打算洗个热水澡驱驱身上的寒气，但因为罗晶晶提出要到黄鹤湖陵园去给父亲扫墓，需要韩丁同往，所以，热水烧了一半终于没洗。他们乘了一辆出租车往城外开，去黄鹤湖的那条路韩丁还有记忆。去年严冬将尽时他和老林跟着王主任沿着这条光秃秃的环湖公路前去拜谒罗保春，那时和现在一样，湖里尽管没有结冰，却也冻成一潭死水，如今风景依旧，而那位不知何在的王主任却再也没有音信了。

黄鹤湖陵园就在移来峰的山后，这里虽然看不到那一湖死水微澜，却有满山枯枝败叶和天地间的一份宁静。罗保春当然不会想到，他的这块小小的墓地，他此时享用的这份小小的宁静，是他的女儿，他自以为继承了他万贯家财的女儿，用卖掉自己全部私人物品后得到的那一点钱，给他买下的。他的女儿买下这块墓地把他安葬之后所剩下的钱，大概仅仅够买一张离开平岭的火车票。罗晶晶走以前还跟程瑶借了五百块钱呢，后来是韩丁和罗晶晶一起到邮局给程瑶寄还这笔钱的。

清明未到，陵园里静悄悄的。韩丁跟着罗晶晶找到了罗保春的墓，墓碑很小，位置一般，没有墓志铭，只有一行“慈父罗保春之墓”的字样。这是罗晶晶在父亲安葬之后，第一次回乡扫墓，免不了要掉上几滴眼泪。韩丁帮她把在陵园门口买的鲜花摆在墓前，陪着她鞠躬再三，哀悼如仪。然后，他们离开罗保春的墓，沿着寂静无人的松墙窄径往回走，路上，罗晶晶突然问道：“韩丁，你下午就去见龙小羽吗？”

韩丁说：“是啊，怎么了？”

罗晶晶没有停下脚步，说：“你打算……怎么给他辩？”

韩丁想了一下，决定还是不和罗晶晶讲得过细为好。罗晶晶不懂法律，和她讲得过细她会生出很多问题很多主张，解释不清说不服她反而麻烦。

于是韩丁答道：“只能随机应变吧，我昨天看了案卷，从那些材料上看，他这案子还是蛮棘手的……”

罗晶晶问：“材料上都怎么说？昨天当着程瑶的面，我没好问。”

韩丁说：“我主要看了看公安机关提供了哪些证据，从那些证据上看，龙小羽杀人的罪名恐怕是很难推翻的。”

“都有什么证据？”

韩丁停顿了一下，他不忍把案卷中的那些血腥的记载一一道来；他不忍告诉罗晶晶她过去所爱的这个人有多么残忍；他不忍告诉她龙小羽在杀死祝四萍之前还强暴过她；他不忍看到罗晶晶在听到真相后那种心碎的表情；他不忍将这些早该让她知道的真相从自己口中说出！所以，他不得不停顿了一下，才笼统地答道："指纹、脚印，还有其他痕迹，还有目击证人的证词……反正证据挺多的。这些证据都是法定有效的，一旦送到法庭，法庭就必须采信。而我们这一方面，至少到目前为止，还没有一件可以证明他没有杀人的证据，一件都没有。除非今天下午我去见龙小羽的时候，他能给我提供这样的证据。"

罗晶晶的脚步慢下来，停下来。她不看韩丁，只看着周围那些排列有序的墓碑，那些墓碑享受着冬天的暖日，显得舒适而又安详。

罗晶晶问："照你这么说，他是没希望了？"

韩丁说："晶晶，虽然现在还不是下结论的时候，我还会尽最大努力去争取，可你也得有个心理准备，这事本来就是死马当作活马医的。"

罗晶晶抬头，她抬头把视线落在韩丁的脸上，目光中带出了她的怀疑，她用生硬的声音说道："韩丁，我知道，你就没想给他好好辩护，你就没想让他活着！你早就定好了的，他有罪！他必须给祝四萍偿命，你给他辩护只是想研究研究他为什么会去杀人，你早就知道你这么辩法院判他死刑的时候连个磕巴都不会打的！你早就知道！"

韩丁没有料到罗晶晶会突然激动，会突然板着脸提出这样的指责。这指责让他不知是真的生气了还是下意识地做出了气愤的姿态，他口气不快地反驳道："你怎么能这么说，你认为我跟你这么老远跑到平岭来就为了研究研究他为什么杀人？他杀不杀人跟我有什么关系！我凭什么有兴趣研究这个！我是为了你才来的，我已经向你保证过我会尽最大努力的，我会努力争取最好的结果。我昨天一下火车立马就去检察院了，中午我还请公安局的人吃饭呢，昨天晚上我还打电话请教老林呢，还跟他一块儿商量下一步怎么弄呢……”

罗晶晶突然哭了，她哭着打断了他：“我都听见了，我听见你们是怎么商量的。你跟老林说公安局很厉害，不会出错的，你还说他不能杀人不偿命！我都听见了！这都是你们原来就定好的，是你来以前就定好的！”

韩丁这才知道他和老林昨晚通话时忽略了那工人新村的破楼墙薄门窗漏，让罗晶晶隔墙有耳地几乎一字不落地听去了。他愣了半天才恼羞成怒地说：“你既然这么不信任我，那好，我退出，我不当他的律师了，你另请高明吧。我早知道，换任何人来辩，龙小羽就是千刀万剐了，你也没话。只要是我辩，我就是再努力，你还是会怪我！既然这样你干吗不让我避嫌呢？律师有的是，你要是不想用法院指定的，我可以花钱替你请一个，在这儿请回北京请都行！”

自从上次韩丁和罗晶晶发生争吵之后，他曾发誓不再冲她大声嚷嚷了，可这次忍不住又嚷嚷起来。他想他本来就犯不上受这份洋罪，替他的情敌去打这场肯定没有胜果、肯定两面都不讨好的官司。他的脸色随着喊声涨红了，他喊完以后也知道自己的声音失控，但已经喊了。他想说对不起，但碍着面子没说。他知道罗晶晶受不了他这样，她果然流着泪转身跑了，韩丁也没追，看着她跑远后才移动脚步，一个人慢慢走出陵园。站在陵园的门口四下张望，早见不到罗晶晶的身影了，他在路边搭上一辆回城的公共汽车，快到中午的时候才回到了程瑶的家。

程瑶也回来了，她在韩丁敲门后出来给他开了门，进门后韩丁问她：“晶晶回来了吗？”她指指卧室，然后做个手势把韩丁叫到厨房，悄声问道：“你跟我说句实话，小韩，你真的喜欢晶晶吗？”韩丁说：“喜欢。”程瑶说：“你了解她的过去吗？她和龙小羽的那一段经历，你了解吗？”

韩丁沉默，不知该怎么回答，该说了解还是该说不了解。他沉默了一会儿，摇了摇头。

程瑶叹了口气，说："晶晶和那小孩爱得太深了，他们是爱得死去活来的时候那小孩突然留了一个字条就跑了。晶晶是受刺激了，又赶上她爸爸那时候去世，那时候的情况你都知道。我昨天和晶晶聊了一晚上，晶晶知道你对她好，她本来也想好好对你的。晶晶这孩子我知道，对人很讲情义的，她要说对你好，肯定就会对你好。可不知怎么搞的龙小羽又找到她了，她一下子就乱了。她忘不了她和龙小羽的那一段，那一段毕竟是他们的初恋。噢，龙小羽以前倒是也跟过别的女孩，可他是罗晶晶爱上的第一个男孩子，晶晶有点拔不出来了。龙小羽那孩子我见过，长得没你这么文质彬彬，可也是清清秀秀一个小伙子的样儿，上过大学，又在社会上干过苦力，他那气质，那身板，一般女孩儿都会喜欢。罗晶晶第一次带他到我家来的时候我就看出来她是迷上他了。龙小羽毕竟在社会上摔打过，该说什么不该说什么很有心计，他和晶晶在一起说话不多，不过，我也能看出来他是个心里有数的人。他对晶晶也真是好。晶晶到现在一直忘不了他我挺理解的。你能理解吗？"

程瑶反问韩丁，韩丁当然能理解，但他无法高兴，这事对他来说，不是能不能理解的问题。他真想问问程瑶，也问问晶晶：你们能理解我吗？我只是爱一个女孩，我为她做了我应该做的，可她却不忘旧爱，还想吃回头草，还要我表示理解，我招谁惹谁了！程瑶马上看出了韩丁心里的不快，她的态度也显得更加语重心长："韩丁，你要真爱晶晶就得容忍她。你得知道，她比你小，没你有文化，又是个女的，女孩子控制自己感情的能力都比男的差，跟女孩儿有时候不能光讲道理，女孩儿常常不跟道理走，而是跟着感情走。女人比男人更感性，男人比女人更理性，这是男女的差别，人人都是这样的，所以，你得容她，得让着她。"

程瑶既然这样说，韩丁也只能无话。

见韩丁的表情平静下来，程瑶露出些放心的微笑，说："你待会儿好好劝劝她，说点宽慰她的话，她现在需要这些。中午你们出去吃也行，在家热热剩菜也行，你下午不是还要去见龙小羽吗，早点走，别耽误了。”

韩丁点点头，对程瑶的这一番苦口婆心报以感激的笑意，他问：“中午你不在家吃饭吗？”

程瑶一边摇头一边走出厨房，说：“我是回来取东西的，我中午有人请客。”

程瑶又冲他朝卧室那边努了努嘴，然后行色匆匆地走了。韩丁先回了自己睡觉的房间，把外衣脱下。他想程瑶的话是对的，程瑶的话让他的愤怒和委屈在冷静中平息下来。他冷静地反观自己，反问自己：你爱罗晶晶吗？离开她你受得了吗？冷静之后他只需要一秒钟就能回答自己：他爱她，真的爱她，真的离不开她，离开她他会难过的。所以，他应该帮她，她还是一个小女孩，她不想看到她爱过的人死去，她希望她曾经爱的那个生命继续和她存活在同一个世界中，同一片蓝天下，哪怕这个人将一辈子待在与世隔绝的监狱里，她的心就不会被那么重重地创痛……这就是女孩子的心。程瑶说得对，你要真爱这个女孩子，就得容忍她。

韩丁拉开房门想到罗晶晶的屋里去。他拉开房门的同时就听到了罗晶晶在厨房里做饭的声音。到厨房做饭一向是他和罗晶晶吵架后互相和解的方式。他听着高压锅一蹿一蹿的喷气声，心里的鼓舞和暖意油然而起。中午他们除去昨天的剩饭之外，还吃了罗晶晶新炒的一盘虾仁。虾仁的营养最是补脑，罗晶晶以前就说过的。他们吃饭的时候罗晶晶在煤气上烧了两大壶开水，饭后倒进浴盆给韩丁洗澡。韩丁说了句时间来不及了。她说了句来得及你泡一会儿吧。韩丁泡在热水里，全身紧张的筋骨舒展多了。罗晶晶轻手轻脚地走进卫生间，静静地在浴盆的边沿坐下来，在他头上涂了些发液，然后慢慢揉开，她细细的手指缓缓穿过韩丁的发丛，用女孩脆弱的指甲轻挠着韩丁的发根……韩丁闭着眼，除去水的波动之外，他们之间默默无言。

十一

平岭市公安局预审处看守所位于平岭市郊区一条很僻静的小街上，要不是姚大维亲自带他来，韩丁坐公共汽车或出租车也许要找上半个下午。看守所的那帮民警和姚大维看上去非常熟络，因而对韩丁也比较热情，说说笑笑当自己人似的。韩丁还和姚大维一起在看守所民警办公室里和那帮看守聊了一会儿，不无讨好地主动说些北京的小道新闻给他们听。话题间顿的片刻，姚大维说有事先走了，看守所的民警才领着韩丁到后面的监区去。

这是一个异常晴朗的午后，太阳的光线白得刺眼，监区的院子被照得很亮很亮，明亮的视觉使整个院子显得空无一物。而当韩丁穿过院子走进一条长长的甬道后，又像走进了一个阴气重重的地下室，皮肤上立刻激出了一片鸡皮疙瘩。阴暗的甬道不停地拐着弯，走不远就有一座铁门，韩丁记不清到底有多少铁门在他面前打开，又在他身后关上，铁门开关的碰撞声在无人的甬道里传递着此起彼伏的回响，让韩丁甚至怀疑自己还能否从这座深牢里走出去。

终于，他被带到一间宽大的房间里，他马上意识到这就是他的目的地。在这个空荡荡的房间的中央，只摆了一张宽大的长桌，他要会见的当事人龙小羽，已经端正地坐在长桌的一侧，正把拘谨的目光投在他的身上。韩丁能从那目光中察觉到一丝意外，他知道龙小羽也许没想到他的这位律师竟和自己一样年轻。

这间谈话室的光线和甬道一样昏暗，只有一缕不甚清晰的阳光从龙小羽头顶处的一扇高高在上的窗户外投射进来，把背光而坐的龙小羽衬得眉目不清。韩丁走到那张长桌前，隔着桌子站在他的对面，陪韩丁进来的那位警察径直走到长桌的里端，一声不响地坐下来，那架势是要旁听的。尽管律师有权单独会见委托人，但警察既然什么都没说就坐下来了，韩丁也就坐下来，没有要求警察离开，免得惹他不高兴今后麻烦。他坐下来的同时还客气地看了那警察一眼，那警察也看他，他知道这场谈话应该就此开始了。

这是他与龙小羽的第一次对话。他带着对罗晶晶的深厚感情和罗晶晶对他的殷切期待而来，但当此刻真的面对龙小羽时，他心里油然而生的，并不是解救的愿望，而是莫名的厌恶。他不得不用律师应有的敬业精神和同情的姿态，来遮掩这种厌恶的心情。好在最初的问话都是程序性的，无须带有任何感情色彩，他只须用冷静平实的腔调，像背书那样一丝不苟地发问：

“你是龙小羽吗？”

他问了第一句话，问完之后并没有等待龙小羽的回答，因为他不想把接下来双方都必须以诚相待的谈话弄得像一场居高临下的审讯，所以，他没留空隙地接着问出了第二句话：

“我是北京中亚律师事务所的律师韩丁，我受你的朋友的委托，担任你的辩护人。你对由我担任辩护人有什么异议吗？”

龙小羽说：“没有。”

韩丁按部就班地说下去：“如果你没有异议，那就请你在这份委托书上签个字吧。”

他把预先打印好的一份委托书贴着桌子推到龙小羽面前，然后又把一支钢笔也递了过去。

龙小羽把一直放在桌子下面的双手挪上了桌面，韩丁这才看到他的手腕上戴着一副发着暗光的手铐，这副手铐给韩丁的神经一个暗暗的刺激，提醒他别忘了对面这个老老实实的小伙子是一个杀人嫌犯，是一个危险分子，所以，他必须戴着戒具。韩丁看他有点费劲儿地在委托书上签了字，签完之后才快速地看了一遍委托书上简短的内容表述。韩丁等他看完了，才把委托书和钢笔一起收了回来。

他说："龙小羽，在我和你就你的案子交换意见之前，我想向你提一个要求，我作为你的律师，有权利提出这样的要求，那就是：我有权知道真相，如果你对我说假话，我就很难为你辩护了。你能答应我的这个要求吗？"

龙小羽闷声说道："能。"

韩丁说："还有，我在以后的问话中，可能涉及你和你家庭的有关情况，涉及你的一些个人隐私，表面上看和你这个案子没什么关系，但对我的辩护可能会有帮助，所以，希望你能积极配合，如实回答这些问题，你同意吗？"

龙小羽低了头，声音依然沉闷着，他的沉闷使他的回答听上去有些勉强："同意。"

韩丁点了一下头："好，那我们现在开始吧。我首先要了解有关你……"

这时龙小羽突然抬起头，开口打断了他："律师，我也想先问一个问题，可以吗？"

韩丁愣了一下，但他的声音是从容的："可以。你问什么问题？""是我哪一个朋友让你来的？"

韩丁沉默了片刻，他自己也不知道为什么要沉默这个片刻。

“罗晶晶。”韩丁冷冷地说，“她是你朋友吗？”

对韩丁的这个回答，龙小羽按说早该猜到的，他也许只是需要再证实一下。但韩丁仍然看到，在听到罗晶晶三个字时，龙小羽的眼里立刻涌起发亮的泪水，脸庞也开始微微抖动。韩丁对他的激动故意视而不见，无动于衷地再次问了一句：“她是你朋友吗？”

龙小羽则把头仰了起来，大概是为了避免眼泪流下。他说：“对，她是我的女朋友。”

龙小羽的这个回答，没有什么不对，没有歪曲事实，但让韩丁心里非常不快，这个不快的心情，明显地表现在他接下来的口吻中。

“那咱们就先从你的这位女朋友说起吧，你们什么时候认识的？”

龙小羽又抬起头来，看韩丁，他没想到这场谈话竟会从这里开始，他皱眉反问：“难道这也和我的案子有关吗？”

韩丁强硬地说：“我已经说过了，我问你的问题，也许和你的案子没有直接的关系，但对我的辩护可能有所帮助。如果我最后无法找到你无罪的证据，那我就必须从你个人的经历和你所处的环境中，找到能减轻你罪责的因素。我的所有问题，都是为了这个目的而提出的。难道这样一个简单的问题，你都不肯回答吗？”

龙小羽词穷地说道：“啊，没有，我只是问问。”

“好，那我们重新开始吧。”

韩丁打开笔记本，用刚才龙小羽签过字的那支笔，在崭新的一页记下了今天的日期。他在去看守所的路上已经冷静地想过，罗晶晶的眼泪固然是他辩护此案的动力，但眼泪不能代替理智，辩护此案的入口和重心，还是得放在作案的动机上。能让罗晶晶如此痴心相爱的人，总不会从本性上就是杀人不眨眼的坯子吧。

韩丁从笔记本上抬起眼睛，他看到龙小羽的眼睛也在看他。如果真像人们所说的眼睛是心灵的窗口的话，那么龙小羽的心灵会和他的眼睛一样洁净透彻吗？他的眼睛究竟是心灵的窗口还是心灵的伪装？韩丁想，也许没人知道，包括自以为完全了解他的罗晶晶。

谈话室外，不知什么人喊了一声，那位旁听的警察站起来出去了，他们的谈话因此而停顿了片刻，两人不约而同地目送警察走出屋门。之后，龙小羽的眼睛回落到韩丁的脸上，他此刻的语气和他的目光一样，单纯得像个孩子："你刚才问什么来着？"

他反问韩丁，韩丁又重复了一遍："你和罗晶晶是什么时候认识的？"

龙小羽想了一下："前年吧，前年的春天。"

韩丁又问："怎么认识的？"

龙小羽说："我骑车子，她开车路过，把我们撞倒了。"

韩丁问："你们？你们都是谁？她撞了几个人？"

龙小羽说："两个。"

韩丁问："那一个是谁？"

龙小羽沉默了一下，说："是四萍。"

"就是本案的被害人祝四萍吗？"

龙小羽有几分迟钝地说了句："对。"

"当时你和祝四萍是什么关系？"

"我们是……朋友。"

"什么朋友？是普通朋友呢，还是男女朋友？"

"……是男女朋友。"

"也就是说，你和祝四萍之间，你们是恋爱的关系，是吗？"

"就算是吧。"

"别就算，请你肯定地回答：是，还是不是！"

"是。"

韩丁翻动着手边那几份从检察院的卷宗里拷贝来的材料，说：“可从这个案子的案卷中看，公安机关搜集到的很多证人的证言，包括四萍的父母，都否认你和被害人有过恋爱的关系。”

龙小羽低头不语，良久，才说：“他们硬不承认，我也没有办法。”

韩丁想了一下，说：“既然你说你和被害人是恋爱关系，那你就说说你们是怎么恋爱的吧。你们是在平岭认识的，还是在老家认识的？”

“在老家。”

“你们是同学吗？”

“不是。我是从绍兴经济学院退学后才认识她的。”

说到绍兴经济学院，韩丁不得不中断了刚才的问题。在搞清龙小羽与祝四萍的关系之前，他似乎应该首先厘清龙、祝二人的经历。

“对了，我从审讯笔录上看，你上过大学，上了两年又退学了，为什么？”

“我能上大学是因为我爸爸挣钱供我的，我退学是因为我爸爸不在了。”

“怎么不在了？”

“他死了。生病，死了。”

韩丁停顿了一下，又问：“然后你就到平岭来了？来干什么？”

“是四萍叫我来的，她比我早来半年吧，她在平岭认识一个叫大雄的人，说大雄可以帮我找到工作，所以，我就来了。”

“大雄给你找到什么工作了？”

“大雄也是我们绍兴人，来平岭很多年了，在建筑队里当工头，我们那边来的很多人都跟着他干。不过，我刚来的时候他手上正好没什么活儿，大家都闲着，我想找个小工的工作都没有。”

韩丁停下笔，抬头去看对面的龙小羽。此时，他的眼睛已经适应了屋里的昏暗，他已经能够仔细地端详这位被告人在阴影中的面容。应该承认，龙小羽确实有一张能让女孩们为之心仪的脸，眉目清秀但不乏男子气质；皮肤黝黑但健康光洁，虽然坐着，但你仍能感觉到他的身材颀长挺拔，这是一副很容易让女孩产生冲动和幻想的形象。而且，也能看出他受过一定的教育，是有文化的样子。龙小羽的外表与他杀人行为的反差让韩丁更坚定了从作案动机入手的信心。他按照他心里计划好的顺序，从最外围的情节继续问下去："你是一个大学生，就算退学没毕业吧，怎么会想找大雄去当建筑队里的小工？"

对韩丁的疑问，龙小羽的表情是淡淡的，好像这不足为怪："没有办法，人总要吃饭。"

韩丁再将话题拉到四萍的身上："四萍为什么来平岭呢，也是为了找工作？"

龙小羽说："她爸爸妈妈原来都是绍兴风则江造纸厂的职工，因为污染的问题造纸厂关了，她爸爸妈妈都下岗了。她妈有病，家里缺钱，所以，她必须出来找工作。"

问话中断下来，韩丁低头翻看材料，这些材料他已看了三遍，但还没有找出破绽，他似乎还需要专门的时间静下来消化思考。公安机关提交的证据看上去面面俱到：龙小羽作案的时间、地点、过程……以及动机和目的，都被一一列明。有些证据不仅强大得无法颠覆，甚至让你无从质疑，譬如受害人在龙小羽衣服上留下的血迹，龙小羽在受害人体内留下的精液等。按公安机关的判断：龙小羽是在强行与受害人发生性关系时遭到受害人拼死抵抗，随即起意杀死受害人的。对受害人尸检的结论非常确凿——受害人死前不仅与龙小羽发生了性关系，而且受到龙的强暴，尸体上有多种挣扎搏斗的伤痕，铁定地证明了这一点。

韩丁面对这份尸检报告，感觉自己像个动作艰难的爬虫在仰视一座无法逾越的大山。而接下来他的提问，几乎不知是出于辩护的需要，还是出于窥探的目的。

他问：“你喜欢四萍什么？是喜欢这个人，还是喜欢她的肉体？”

龙小羽沉默了一会儿，在这个涉及隐私的，带着研讨腔调的问题前，他显得有些狼狈。

“是四萍先喜欢我的，以前她对我很好，所以，我也应该对她好。”

韩丁毫不客气地逼问了一句：“那你是怎么对她好的？”

龙小羽低头不语。韩丁弄不清他是不想回答，还是无法回答。他带着些施虐的快意，将逼问的话锋进一步深入：“你和四萍，你们之间经常发生性关系吗？”

龙小羽眼睛看别处，低声说：“我不想谈这个。”

韩丁则用目光逼迫：“你必须谈！”

龙小羽眼睛依然看别处，但终于很不情愿地，做了回答：“发生过。”

“发生过多少次？”

“……记不得了。”

“也就是说，很多次，对吗？”

“……”

“最后一次是什么时候？”

龙小羽的目光被这句提问哗的一下拉过来了，他转脸冷冷地看着韩丁，目光中流露出敌意。

韩丁也看他，他此时的自我感觉几乎不像是一个面对委托人的律师，而像是一个面对囚犯的判官。他没等龙小羽回答，就替他做了回答：“就在你杀她的那一天！在把她杀掉之前！对吗？”

龙小羽面色发白，慢慢地开了口：“既然你也认定是我杀的，你还替我辩什么！”

韩丁被问住了，这回是他主动移开目光，不再和龙小羽对视，他盲目地翻看了一下手边的材料，也不知道自己想看什么。他让自己放缓口气，继续问下去。

“那你爱她吗？”

龙小羽没有马上回答，他的沉默代表了他对韩丁这些问题的抵制。韩丁又问了一句：“或者说，你以前……爱过她吗？”

“以前她对我不错的。”龙小羽终于在沉默了一阵之后重新开口，“那时候我爸爸刚刚去世，他死得很突然。我退了学，我没有工作，没有亲人，那时候四萍对我好，我很感动的，我不知道那算不算一种爱。”

韩丁冷嘲一句：“这么说，你并不懂得到底什么叫作爱，对不对？”

龙小羽目视韩丁，并不反驳。

韩丁也目视着他，忍不住突然问道：“那你爱罗晶晶吗？”

龙小羽和罗晶晶的关系似乎离这个案子更远了，但龙小羽没有半点犹豫，也没有半点遮掩，异常迅速也异常坚定地做了回答：

“爱！”

“你不是不懂爱吗？”

“我不懂我爱不爱祝四萍，但我懂我爱罗晶晶。我爱罗晶晶！”

韩丁被龙小羽的坚定顶住了，心里说不清是何种滋味，是感动还是反感，是厌恶还是惊愕，是愤怒还是恶心。他下意识地想离开这个话题，可一张嘴，那一句很可能让他和龙小羽两败俱伤的话，还是脱口而出：

“罗晶晶爱你吗？”

龙小羽的眼里再次闪起了泪光，眼泪在他眼里抖抖的，没有落下。他的声音也变得低沉起来，好像唯有这样才能穿透喉咙里的哽咽：

“爱。”

这个“爱”字仿佛在龙小羽的胸腔和喉咙之间停顿了片刻，它的回声才渐渐消失。龙小羽又说：“但我对不起她，我给她找了麻烦……”

韩丁问：“你和罗晶晶的关系，祝四萍知道不知道？”

龙小羽的回答又变得迟疑了，不太情愿地说：“知道。”

“她是什么态度？”

“她认为我是嫌贫爱富，她觉得我是因为罗晶晶有钱才跟她好的，才甩了她的。”

“你认为你是吗？”

“不是。我爱罗晶晶，我不爱四萍。”

韩丁停下来，他在直觉上，和四萍一样，对龙小羽与罗晶晶的爱，对这个爱的纯洁度和最初动机，非常怀疑。“你和四萍在老家就认识了，算不上青梅竹马，也算是彼此有恩吧，是你自己说的，她是在你最无助的时候对你好的。而你和罗晶晶，只不过是短暂的相识，你的爱难道真的没有一点嫌贫爱富的……味道吗？哪怕仅仅只是一种潜意识，也真的没有吗？你不承认以你的生存状况，以四萍和罗晶晶之间经济地位的巨大差别，你的选择很可能是受了这种潜意识的支配吗？”

龙小羽抬眼看韩丁，他的目光这一刻突然清澈起来，清澈中闪烁着无尽遐想。他的声音也不知不觉地，带了些深情似的，虽然不明显，但韩丁听出来了，他听出龙小羽确实动了感情，这感情是绝不可能做作出来的。

“爱一个人，难道需要这么多原因吗，难道需要这么多理智的分析吗？”龙小羽说，“爱其实是很感性的东西。我爱罗晶晶，是因为她心好，因为她比四萍单纯，她比四萍有文化、有品位、有教养，这当然和她的家庭有关系，和她的经济地位也有关系。她家里很有钱，她生活在城市的上流社会里，所以她才会这样。古人也说过：衣食足而知礼仪。我第一次见到罗晶晶，只知道她挺漂亮的，后来才知道，她和四萍是那么不同，她真的很吸引我，我从没这么真心爱过一个人，我从没这样赤胆忠心地愿为一个人做任何事。你们可以说我之所以这样是因为她有钱，那你们就说吧，我不否认，行了吧，我不否认！毕竟是她让我走进了城市里的上流社会，让我见到了我过去不曾见过的生活，让我看到了我的未来，所以我爱她，她是我生活中的信心，是我的精神支柱……”

韩丁想说：对！因为你认定了罗晶晶能改变你的未来，改变你的生活水平和社会地位，所以她就成了你的精神支柱！但他没有说出口。因为他并不能就此断定，龙小羽对罗晶晶的爱就是虚伪的骗局，就是利用和交易。爱是复杂的，是生理和心理的综合反应，爱的成因和过程也不是一句话说得清的。龙小羽表白出来的心态，韩丁也难以用语言描述它的对错，但能隐隐感觉到其中的真实。是的，一个漂亮的、单纯的、懂礼貌的、有文化品位的——至少和四萍相比——而且，有钱的，过着无忧无虑生活的女孩子，所有这一切都构成了龙小羽眼中的罗晶晶，所以，他爱上了她。这是合理的，是很多因素都起了作用，并非一个钱字了得。韩丁认为。

韩丁与龙小羽第一天谈话的大部分时间都纠缠在龙小羽与祝四萍以及龙小羽与罗晶晶的三角关系中了，这些话题对双方都不轻松。那天晚上韩丁冷静之后客观地回顾了自己白天的心情，进而对自己的人格也进行了一次不太情愿的反省。他不得不暗暗地承认自己骨子里的窥视癖和嫉妒心，已经严重干扰了他作为一名律师所应有的心态，龙小羽一提到罗晶晶他就不舒服，就不由自主地把自己放在了一个被侵犯的位置上，所以他白天的问话就很尖刻，很歹毒，他渴望把龙小羽问得哑口无声。他的兴趣似乎不在问清情况而在于诘难和驳斥，似乎带了些泄私愤的情绪。他甚至说不清假使龙小羽并不是他的情敌的话，他对他的印象会不会好一点，至少不像现在这么反感他。他最憎恶的就是龙小羽在谈到“爱”这个圣洁字眼的时候那副义无反顾的模样，他越义无反顾韩丁越觉得他虚伪，既然你那么爱罗晶晶，为什么又和四萍发生那种身体上的关系？而且在发生关系之后下那样的狠手，用木棍和尖刀，残忍地把她杀死。不管怎么说，她也痴心追求过你，并且和你有过肌肤之亲。人又不是动物，动物也不会这样无情！

除了祝四萍和罗晶晶，第一天的谈话几乎没有其他内容。也许韩丁既定的目标就在这个方向上——不在于龙小羽到底杀没杀四萍，而在于，他为什么杀四萍。其实，即使没有老林的点拨，韩丁也会自觉不自觉地向龙小羽追问他与祝四萍与罗晶晶之间，究竟是怎样一种关系。这既是他的辩护方案，也是他的一种本能，是他作为罗晶晶现在的男朋友必然会有的心态，他非常想知道这些！这也许是他最终答应罗晶晶担任本案辩护人的重要动机！也就是说，这是他最终成为龙小羽辩护人的内心起因之一！

那天傍晚韩丁从看守所一回到工人新村，一直焦急等待的罗晶晶便急切地向他询问龙小羽的情况。韩丁心里强忍不快，把见到龙小羽的情况大致说了说，又回答了罗晶晶随后而来的一大堆问题：他身体还好吗？胖了瘦了？他情绪怎么样，他向你问起我了吗？韩丁一一回答：他身体还好，有点瘦，情绪一般，没问起你。罗晶晶盯住问：他真的没问我吗？一句也没问？韩丁淡淡地说：真的没问，我没必要骗你。罗晶晶愣愣的，脸上有点失望。韩丁也很失望。他失望是失望在心里。他没精打采地对罗晶晶说：什么时候我要是犯点事进了监狱，我看你绝没这么操心。罗晶晶这才转过神，瞪他一眼，嗔怪道：你别老这么胡说，他进去了我就够难受了，你要再出什么事，我真得跳楼去。

韩丁的嘴角这才笑了一下，他想抱一下罗晶晶，但没抱。

罗晶晶对龙小羽的这份出自肺腑的关切，让韩丁在嫉恨之余，也有几分疑惑。他对龙小羽的看法，始终被一个不可调和的矛盾统治着，在龙小羽那张端正朴实的面孔上，确实看不出一丝一毫的凶狠和邪气，那真是一张年轻朝气、健康正派的脸。可恰恰是这样一张脸，这样一个人，却干出了那种禽兽不如的残忍暴行，犯下那样十恶不赦的滔天大罪！韩丁通过第一天谈话便几乎可以确认龙小羽犯罪的真实动机，他杀死四萍不为别的，恰恰就是因为在他的生活中出现了一个罗晶晶，罗晶晶给他带来了精神上和物质上的双重愉悦，也给他带来了对未来的幻想。而四萍，四萍怎么能和罗晶晶比呢，除了一张也还不错的脸盘儿外，她和罗晶晶之间有天壤之别。也许，正是因为四萍并不放过龙小羽，所以成了龙小羽的眼中钉肉中刺，必欲去之而后快！所以他杀了四萍！而警方之所以认定他是对四萍实施强奸时遭到踢打反抗，恼羞成怒才起了杀心，是因为警方不知道龙小羽和罗晶晶有着那样的关系，他们的关系一直掩人耳目，不为人知。罗晶晶和龙小羽的关系为什么要如此秘密，那是韩丁以后才慢慢明白的事情，但最初他对这种关系的感觉，颇有些古怪和可疑。罗晶晶和龙小羽悄悄地来往，悄悄地快乐，悄悄地相爱，甚至，悄悄地生活在一起，完全瞒住了罗保春，也瞒住了王主任和周围一切人。他们几乎互许了终身却做得人神不知，这使他们看上去完全不像一对尚未成熟的少年，而几乎像一对老谋深算的共犯！

在韩丁与龙小羽第一次见面快要结束的时候，他为他们的下一次见面确定了一个新的主题。他对龙小羽说：“今天晚上你要睡不着觉的话，就再想想四萍吧，也想想你的父母、你的老师和同学。我希望我后天再来的时候，你能跟我谈谈你的家乡，谈谈四萍和你经历过的那些往事，你的案卷材料中好像提了一句，说你过去在中学和大学一直都是优秀的学生……过去的事你还都记得吗？”

龙小羽很沉闷，笑了一下：“我过去的事，和我现在的事还有什么关系吗？你真的对我的过去那么有兴趣吗？”

韩丁也笑笑，他用这样一个轻松的笑容，来作为他们第一次谈话的结束：“当然有兴趣，因为我希望能找到一些证据，来证明你过去是一个品学兼优的人，一个孝敬父母的人，一个好学上进的人，一个良知健全的人。我想让起诉你和审判你的人知道，是一些什么样的原因，使得这样一个人站到了今天的被告席上。”

龙小羽盯着他，说：“这就是你要为我做的辩护吗？也就是说，你认为肯定是我，杀了四萍？”

韩丁点了一下头：“我已经翻阅了你的全部案卷，在那些案卷中，警方提出了足以证明你犯下杀人重罪的多项证据。而你，除了否认之外，并没有举出一项能证明自己无辜的事实。至于警方的证据有没有不实之处，我还需要一些时间做进一步的调查和分析，那是我们以后要谈的问题。”

十二

和龙小羽的第二次见面定在两天之后的下午。在这之前老林去上海的火车经过平岭，他如约下车逗留了一夜。韩丁在傍晚时去车站接他，见面后把这两天的情况特别是罗晶晶的情绪向老林做了汇报。他对老林说：“罗晶晶和龙小羽过去感情不错，所以她不相信他会杀人，就是相信了，也不想让他死，这情绪也可以理解。”老林说：“又不是你让他死的，他犯了该死的事，不死成吗。”韩丁低头说：“我只是不希望罗晶晶太伤心，我希望她能理智地面对这个现实。我觉得龙小羽现在在她心里，已经是个被幻觉包装出来的人物。她也许把龙小羽的每一个优点和过去对她的每一份感情，全都汇总在脑子里了，然后产生了她心中现在的龙小羽。”

老林阴阴地想了一下，说：“那好啊，那你就把你在案卷材料上看到的那些事告诉她！你告诉她，她迷恋的这个人只是她的一个不真实的幻觉，只是这个人的美好的外表，你告诉她在这个美好的外表下，包藏着一颗残忍的心。你就问问罗晶晶，你问她知道不知道这个男人在跟她山盟海誓的同时又强迫四萍跟他干那种事！你必须把这些情况揭露出来，必须把龙小羽的变态心理、丑恶面目告诉她。要不然她老是觉得那小子是冤枉的！”

是的，也许老林说得对，只有把龙小羽的形象在罗晶晶心中彻底颠覆，才是拯救罗晶晶的唯一办法。但在那天晚上韩丁拉上罗晶晶跟老林共进晚餐的时候，他并没有急于披露龙小羽的那些丑行，他想还是趁老林在的时候好好和罗晶晶谈一谈，讲讲道理，让她理智地看待和处理这个案子最终可能发生的结局。对罗晶晶来说，老林算是个长辈，又是局外人，他说的话总该是公平的吧。

所以，在吃罢晚饭后三个人坐着喝茶的时候，韩丁以向老林汇报的方式，当着罗晶晶的面简单说了他在法院看到的那一系列证据。老林边听边神态严肃地点头，边发表一两句评论和判断，与韩丁一唱一和，配合既自然又默契。他们都留心观察罗晶晶的反应，看她是否接受了他们的暗示。但罗晶晶的态度让他们有点失望，她丝毫没有一点泄气的表示，口气强硬地坚持说她相信自己的判断，她相信龙小羽必有冤屈！也许她真的迷信自己的判断，也许她早心虚了但还虚张声势，以便督着韩丁不让他退缩。她在听罢韩丁唠叨完那些证据的第一句话就问：“龙小羽自己承认了吗？”韩丁只能如实说没有。但他又补充说明道：“他不承认，可又提不出自己肯定没有作案的证据，他这么死扛着不认是没用的！”罗晶晶突然像一个法律专家似的问了一句很内行的话：“有好多人被冤枉了都找不到解脱自己的证据，他要找不到证据就得向法院认罪吗，就得认罪吗？”

韩丁和老林都愣了，罗晶晶的固执使韩丁真切地认识到程瑶的观点有多正确：男人是理性的而女人是感性的。女人常常从感情出发决定自己的立场，甚至以感情代替理智。

韩丁的语塞，并不仅仅是因为罗晶晶的固执，更因为罗晶晶刚才的那句话，无意中提到了一个重要的诉讼原则。老林也意识到这一点了，开口解释道："小罗，你这话问得好，你实际上问了一个法理问题，那就是，究竟是由原告还是由被告承担举证的责任。按照现代法理中关于无罪推定和疑罪从无的原则，除了巨额财产来源不明罪等少数罪名外，大多数罪名是由原告负举证责任，而被告人是不负举证责任的。只要原告的证据不能完全认定被告有罪，即使被告不能举证证明自己无罪，也不能被判有罪。你想说的是这个意思吧？"见罗晶晶点头，老林笑笑，话锋一转，说道，"其实，龙小羽找不到自己无罪的证据并不是问题的关键，问题的关键是，原告方，也就是平岭市人民检察院提出了充分的有罪证据，足以证明龙小羽有罪！我国法律原则中还有一条，被告人的口供不是定罪的必备条件。我国刑事诉讼法第四十六条规定：没有被告人供述，证据充分确实的，可以认定被告人有罪和处以刑罚。"

好在这话是老林说的，所以，他们的争执当然不至于演变为一场争吵，但整个晚上罗晶晶变得心事重重起来。韩丁为了挑起她的情绪，在把老林送到旅馆之后他们返回工人新村的路上，对罗晶晶表示明天一早要再去检察院看材料。他告诉罗晶晶他要把一些材料复印了带回来慢慢研究，罗晶晶脸上才渐渐有了一丝笑容。她当即拥抱了一下韩丁，就在街上，她拥抱了韩丁。过去，他们常常会在大庭广众之下旁若无人地拥抱一下的，可自从龙小羽出现之后，这是第一次。罗晶晶拥抱了他一下很快就松开了，她对他说："你别放弃，好吗，就算为了我。"

韩丁咽了口气，说："好。"

韩丁第二天一早先到火车站送老林，然后直接去检察院，午饭前才从检察院回来。他让罗晶晶看到，他果然从检察院带回了很多复印的材料，不是全部，只是检察院允许他带回来的那一部分。这些材料让罗晶晶看到了他的态度和他的敬业。在吃过简单的午饭后，罗晶晶陪送韩丁去看守所，下午是韩丁约好与龙小羽第二次见面的时间，第一次见面因为是姚大维开车带韩丁去的，所以，罗晶晶不便陪送。这次没有了姚大维，罗晶晶就非要送他去不可。在走出工人新村去公共汽车站的路上，趁着罗晶晶短暂晴朗的脸色，韩丁又跟她说了些自己辩护的策略和下一步调查取证的方向，实际上还是在暗示和说服罗晶晶要做好思想准备，接受这样一种可能，那就是，龙小羽有罪。如果替他做无罪开脱的成功率只占百分之一或者更小的话，那还不如想想别的办法。他对罗晶晶说："你不是说他人品特别好吗，你不是说他特别刻苦上进吗，那我们能不能找出一些事实来说明他过去是一个多么优秀的人，他犯罪只是一时冲动，是非常偶然的，也许这样辩护还能让法官产生某种原谅的心情，万一能换来一个死缓的判决保住龙小羽的性命，岂不很好？总比一味咬定无罪，徒劳地花费无用之功，到头来反而贻误了本来尚可争取的一线生机强多啦！"

罗晶晶没有说话，看得出来她对韩丁以认罪换性命的辩护计划是不甘心的，但她说不出反对的理由，她也想不出更好的办法，她的沉默事实上等于一种无奈的认可。

罗晶晶把韩丁一直送到了平岭市公安局看守所那扇电动的大铁门前，看着韩丁和传达室的工作人员办交涉，又看着韩丁被人领着，走进那扇缓缓打开的电动铁门里。韩丁回头，在铁门即将关闭的时候他看见罗晶晶还盯着他的背影，在门外一动不动地站着。

韩丁转过头，往里走，听到电动铁门在身后砰然关闭的声音，心里很难过。他清清楚楚地知道，罗晶晶不是送他呢，她是通过他走进铁门的背影，把想象的目光投向他马上就要面对的那个死囚龙小羽。

韩丁走到看守所的民警办公室，填了会见关押人员的登记单。办公室里的民警认出他就是前天刑侦大队姚大维带来的那位小律师，所以客气依然。韩丁像前天一样，很快便穿过长长的甬道和重重的铁门，重新和龙小羽一起，面对面地隔着一条长桌坐在那间光线昏暗的谈话室里了。领韩丁进来的还是前天那位民警，这回并没有像前天那样坐在桌子的一端旁听他们的谈话，而是站在门口的走廊上和另一位民警抽烟闲聊去了。

由于有了和罗晶晶最后的那段沟通，韩丁今天的谈话显得轻松了许多。他坐下来问的第一句话是："昨天你睡好了吗？"语气声调带了第一次谈话所不曾有过的亲切。而龙小羽的神情则似乎和前天一样，沉闷中含着些拘谨，拘谨中藏了些忧郁，无可无不可地点了一下头，说道："还行吧。"

"那我们开始谈吧。"韩丁在椅子上转动了一下身子，让自己坐得更加舒服，他说，"今天谈谈你的过去，你过去的生活和你的家庭。随便谈，说什么都行，好不好？"

他用轻松的微笑注视着龙小羽，想感染和鼓励他也把神经放轻松。但也许龙小羽死囚的身份显然并不能被韩丁几句故作轻松的话语弄得真的轻松下来，他只是应景似的咧了一下嘴，回报了一个笑的意思，仍然拘谨地问："你想知道什么？"

"随便！"韩丁说。停了一下，他索性帮他开了个头，"那就先说说你的老家吧，你是绍兴石桥镇的人？"

说起老家，龙小羽的目光柔和起来，有了一些生气。他慢慢地说："我的老家，都说是山清水秀之乡，历史文物之邦，名人荟萃之地，有两千五百年的历史，出过无数的文人墨客。"

韩丁问："你是说绍兴，还是说石桥镇？"

龙小羽说："当然是绍兴，我们石桥镇就是属于绍兴的，离绍兴城很近。我上大学也是在绍兴城里，我上的是绍兴经济学院，学了两年经济管理。"

韩丁问："你爸爸妈妈是做什么的？"

龙小羽说："我爸爸以前在一家锡器厂当工人。绍兴人过去一到年关大节都要祭祀祖先祭拜神灵，家家都搞，很隆重的。用的蜡烛台、香炉、酒壶、罐子这些，都是用锡做的。可最近这些年这种仪式很少有人搞了，只有少数老一辈的公公婆婆还把祭祖拜神当一回事。所以，锡器厂生意越来越难做，后来开不下去就把工人都裁了，我爸爸也就不干了。他从小喜欢听绍剧，自己也唱，从锡器厂出来以后就找了几个人凑钱拉了个绍剧班子。绍兴人都喜欢看戏的，鲁迅先生不是还专门写过绍兴的社戏吗，那篇小说很有名的。”

韩丁笑笑说：“哟，你爸爸还是个艺术家呢，真不错。”

龙小羽没笑，说：“他爱好这个，所以就去干了。什么艺术家，艺术家演戏都是在剧场礼堂里演，可我们那里的绍剧，都是到乡下去，在露天的台子上唱。得扯开嗓子唱，要不然场子后面的人听不见，所以把嗓子都练出来了。他们还看不起那些在剧场礼堂里唱戏的人呢，我爸爸说当年绍剧最有名的钢嗓子陈鹤皋，还有绍剧的金嗓子汪筱奎在台上一唱，方圆几里地都听得见的。过去还没有扩音喇叭呢。”

“对，那是要凭底气的。”韩丁附和了一句，又问，“你妈呢，她也喜欢艺术吗？”

龙小羽说：“我妈和我爸早分开了，我六岁那年我妈认识了一个有钱人，在一个下雨天什么都没拿就跟他走掉了，一走再没音信。可这么多年我爸一直想着她，她走的时候留下了她每天都戴着的那串珍珠手链，我爸后来一直戴在自己的手上，连洗澡睡觉都不摘下来。我对我妈长什么样都没印象了，可我也一直很想她，可能每个人都觉得自己应该有个母亲吧。”

韩丁不无同情地把话停了一下，才继续问道：“你爸对你怎么样，他没再给你娶一个后妈？”

龙小羽摇头：“没有。怕不是亲生的对我不好。所以，这些年我爸既当爹又当妈，不容易。我小时候跟着我爸到处走村串户去演出，我的小学就是在戏班子里上的。从书店里买了小学课本，由我爸爸教我，到初中了我才进了石桥镇中学。所以，基础也不算太好。”

韩丁说：“你爸没想让你子承父业跟他唱戏吗？你从小跟着戏班子走南

闯北，没熏出点戏瘾来？”

龙小羽说：“我小时候曾经喜欢过唱戏，绍剧唱起来蛮有劲的。特别是演到喝酒的场面，观众最有劲。我们那里是出酒的地方，人人都爱喝老酒，台上演员演得东摇西晃醉醺醺的，你再看台下，一大片看戏的都跟着摇晃。那是听戏听醉了，真是挺有劲的。可不知为什么，我爸自己是个戏痴，却坚决不让我学戏。我小时候跟一个跑龙套的学了两下翻跟头我爸爸都打了我一顿。戏班子里的人都知道我爸的脾气，谁也不敢教我了。你看我爸这么喜欢绍剧，可他骨子里还是觉得唱戏不是个正经事，没出息。他还是希望我能出去读书，最好学学电脑、英语什么的，他觉得学那些今后才能干大事。所以，我一到十二岁他坚决不让我待在戏班里了，坚决让我去学校念书。我中学毕业后，我爸爸当时是借的钱，供我上了大学。那年接到绍兴经济学院录取通知书的时候我还没怎么的，我爸倒哭了一通。”

韩丁点点头，说：“可怜天下父母心。”

龙小羽淡淡地笑一下，说：“我学的是经济管理，我爸说将来是经济的世界，还是懂经济会理财的人当得上未来的主人。我爸就盼我将来能在一家正规的大企业里找到一份工作，他说：那才叫正事。可惜我只学了两年，我爸就得急病死了。说是脑溢血，也搞不清是怎么得的脑溢血。我爸一死，我也没钱上学了。我爸为供我上学，借了不少钱，我把家里房子卖了，东西也卖了，除了那串珍珠手链外，什么都卖了，好还债。那串手链是我妈妈走的时候给我爸爸留下的，我爸爸当个念物一直戴着它，所以我不能卖。这也是我爸给我留下的念物，所以我也一直戴着它。戴着它我才觉得我也有过父母，也有过很爱我很疼我的爸爸和妈妈。我把债都还清后，就剩两百块钱了，我就在我们镇上一个远亲家租了一条乌篷船，靠每天划船拉人拉货吃口饭。我们那里是水乡，村子和镇子都围在水里，水的外面又是另一个村子，村村镇镇都编排在河道里。过去在绍兴城里面，河道也多得像马路一样。很多人都用乌篷船当行脚，很方便的。乌篷船你见过吗？那种船在我们老家是用手和脚一起划的。要练一阵才会划呢。”

韩丁静静地听着，龙小羽也静静地说着。他用如此平静的语调，将自己的身世娓娓道来。有时他也会陷入往事中沉思片刻，在这时他似乎已经忘了他是一个身披镣铐的待斩之人。他似乎把对面的韩丁当作了自己的影子，可供心灵交流的影子，可与之自言自语的影子，或者，当作了可以一述平生的朋友，一位在他经风历雨之后能坐下来和他一起翻阅往事的朋友。而韩丁此时对龙小羽的感觉，也有了些微妙的变化。他开始不知不觉地进入了一个有着画面的想象，那想象带着韩丁游历了江南乡下的戏班和那种四处漂泊的童年，还有那位对儿子充满母爱充满期待的父亲……龙小羽短暂的人生中拥挤排列着那么多不幸——丧父、辍学、从小没有母亲、二十岁时无家可归。那些简洁而且未加渲染的叙述不由得激起了韩丁的同情心。同情之心人皆有之，韩丁因同情而对他面前的这位面容端正、言语朴实的同龄人，产生了一丝莫名的好感和隐隐的怜悯。

但职责的需要告诉他该是转换话题的时候了。他在龙小羽短暂的停顿中插了话，并且带动话题向另一个方向移去。他问：“四萍也是你们石桥镇的人吗？你们是什么时候认识的？”

“四萍吗？她不是石桥镇的，她家住在绍兴城里。她父母原来在造纸厂做工人。四萍她妈妈又得了风湿病，疼得下不了床，我们石桥镇上有位老中医治风湿有些名，四萍带她妈妈来看病，看了病就坐我的船回城里去。她第一次坐我船的那天穿了件红色的毛衣，很耀眼。在我们那地方，四萍这样的女孩算很出众了。她带她妈妈去看病，来回好几次坐我的船。她单点我的船。我们就这样认识了。四萍在绍兴东浦的一家酿酒厂上班，那家酒厂效益好，她就让我去那里找份工作，比划船挣钱多，也稳定。后来我就去了。”

这其实是一个在生活中很常见的邂逅，但在韩丁听来，却让他想起了电影《祝福》里那位祥林嫂的故乡，于是这个邂逅就变成了一个很风情的故事——在青山叠翠的背景前，在穿过田野的河道里，在江南蒙蒙的细雨下，在乌篷船古老的欸乃中，头戴乌毡帽的摇桨少年与一位过往摆渡的红衣女孩，彼此含情有意……那情形是很美的。这使韩丁几乎真的产生了兴趣，顺着话头问了下去："那你去了酿酒厂以后呢，以后又怎么样了？"

龙小羽依然不疾不徐地答道："我们那地方酒厂很多，你知道绍兴黄酒吗？江南人都爱喝，很出名的。过去人们都讲天下黄酒出绍兴，绍兴黄酒出东浦。因为东浦就在鉴湖三曲的地方，那里的水最适合酿酒。进了东浦，连空气都是带着酒味的。四萍在的那家厂叫百年红酒厂，一百年前就有，一九五几年关掉了，到二十世纪八十年代'百年红'的后代又把厂子重新办起来，用的还是传统的酿酒方法。绍兴的黄酒你喝过吗，也叫加饭酒，后劲很大，你们北方人喝不惯的。"

"四萍在酒厂干什么？"韩丁问。

"她做统计。是坐办公室的。"龙小羽答。

"那你呢，你去了做什么？"

"我？我是做酒的。'百年红'是个小厂，不像大厂那样，小厂造酒不分车间工序，我们是从头做到尾，每一道工序都要做。像我这种新手，没什么技术的，什么苦活都要做，所以做得蛮累的。"

"你是大学生，不管怎么说也学了两年经济管理，虽然没毕业，也应该去做些管理工作，干吗要去干这种纯粹的苦力活儿？"

龙小羽笑笑："我们那里，找份工作很不容易。我又不认识什么关系。厂里就要苦力，我去应试，只能做苦力。不过，学会酿酒也蛮有意思的，酿酒也是一种文化。"

韩丁也随着他笑笑，他也许仅仅是出于对"酿酒也是一种文化"这句话的尊重，才又问了一句："怎么个酿法？"

说起酿酒，龙小羽脸上挂了些郑重其事的表情，似乎那是谈及"文化"二字时必须具有的表情。他也许当真以为韩丁对酿酒这类事有求知的欲望，所以，不论巨细地从头道来："酿酒，首先要制曲，曲你知道吧，就是酒的发酵剂。我们也叫它'酒药''酒饼'。它是用米粉、米糖或者观音土做原料，加一点中草药或辣蓼草，再接种上酒母，靠人工控制温度，经过一定时间制成的，有甜味和香味。很多大厂子用现代技术生产的纯种麦曲酒，其实，反而没有我们这种古老的操作方法酿出来的酒好。"

听了龙小羽的这一段介绍，韩丁觉得也够复杂的，真是一行有一行的门道，干什么都不易。他问："把酒曲往水里一兑，是不是就成了酒？"

龙小羽摇头："不是，做曲只是酿酒的第一步。第二步是'淋饭'。就是用糯米蒸饭，然后用大缸盛好。"龙小羽因为戴着手铐，所以不得不两个手一起在胸前画了一个大圆圈，比画出酒缸的大小，"每缸要盛十来斤糯米饭呢，再把酒曲拌进去，让米饭发酵。我们那里把淋饭叫'酒娘酒'，意思是这一大缸一大缸的淋饭发酵了就像酒的母亲一样，可以生酒了。"

韩丁说："这回该兑水了吧？"

龙小羽终于点了头："对，这时候就可以把鉴湖里汲来的水倒到'酒娘酒'的大缸里，拌匀了，加上盖，这也叫'做大饭'，或者叫'摊饭'，算是正式开始酿酒了。酿黄酒很讲究气候的，因为发酵时间长短和气候有关。'淋饭'的最佳时间应该是农历的小雪前，'做大饭'的时间最好是农历大雪前后，因为用大雪前后的水酿酒，酒不容易变质，便于以后贮藏。"

韩丁有点性急地想结束这个话题了："倒进水以后就成酒了？"

龙小羽这回又摇头："'摊饭'盖上盖子要等九十天呢，到了第二年的农历二三月要做最后一道工序，叫'榨煎'。把酒糟去掉，再放到大锅里煎熬，熬好以后装到坛子里，就是酒了。但装了坛的酒是不能喝的，要用泥封上，三五年以后才能打开喝，时间越长越好，不够三五年的酒，还没陈化老熟呢。人不是都说，酒是越陈越好吗？”

韩丁突然转移了话题，连他自己都没想到怎么会用那样一种刻薄的话语，把龙小羽关于酒的论述接转到一个令他尴尬无比的问题上去了。

“对，酒是越陈的越好，可人家也都说：姑娘是越新越好。你和四萍好了多久？”

这个转折显然太快了，把龙小羽从沉醉的叙述中吮的一声拉了出来。他目视着韩丁，很快调整了口吻，像囚犯交代问题似的认真老实地答道：“好了差不多两年吧。”

“是你追她，还是她追你呢？”

“我觉得，应该是她追我吧，是她追我。”

“你是不是说，你其实并不喜欢她，是吗？”

韩丁的口气，流露着明显的疑义，也流露出一丝鄙夷：“你既然不喜欢她，干吗要跟她谈恋爱？她当时是不是条件比你好，或者是你有求于她？”

龙小羽沉默下来，他的沉默显然不是无话可说，而是一种抗拒。良久，他才慢慢地说了句：“我无求于她。”

“那你喜欢她吗？”

韩丁始终想搞清的是，龙小羽与最终被他杀死的祝四萍，当初究竟是怎样一个开端，怎样一种关系。所以他盯住这个问题，执意问到底。

龙小羽依然沉默了片刻，才慢慢开口：“我这个人，受不了别人对我好，别人对我好，我就要报答他。我爸爸从小就这样教我。我小时候跟着我爸爸，生活很苦，漂泊无定，无论走到哪里，要是有人对我们好，帮助我们，我们就会感动，就想做点什么报答他，我爸爸就是这样的。”

“四萍对你好吗？”

“对我好。我刚到东浦的时候，人生地不熟，住在厂里的一间仓库里，白天干活，晚上看库。那时候是冬天，我带的铺盖少，四萍就从家里给我拿来垫子，拿来炉子，还拿她自己做的笋尖烧肉来给我吃。她那时对我挺不错的，我在这世界上没有亲人了，所以，那时候觉得她像我的亲人。”

韩丁看着龙小羽，他从他平凡的声音里，听不出一丝狡诈。他说了他的童年，说了他的父亲，说了他经历中的快乐与坎坷，说了追他的姑娘，说了他的处世哲学……他说到的一切，都像是真的，听不出哪一句是虚构，是谎言。这些东西留给韩丁的印象和感觉，与四萍被杀这件骇人听闻的暴行，似乎有某种难以逾越的距离，某种解释不清的疑问，某种无法统一的矛盾。韩丁不由得仔细地端详着坐在他对面的这位同龄人，他会杀人吗？他会下手杀一个曾经爱过他，在他无助的时候给过他帮助，给过他温暖的女孩吗？棒击刀刺，杀前强奸，他会是那样一个残忍无道的疯子吗？如果是，那么他和四萍，这一对恋人之间，究竟因何而生，竟有如此深仇大恨？在这个下午的谈话就要结束的时候，韩丁发现自己并没有为龙小羽的杀人动机理出一条合乎逻辑的脉络；相反，他在这个谜团之中仿佛越陷越深。他真想单刀直入地问一句：四萍对你这么好，你到头来为什么要杀她，就是因为罗晶晶吗？但他没有这么问，这么问是徒劳的。在这么多无法推翻的证据面前龙小羽尚且顽固地不肯认罪，难道还能侥幸地幻想他会在一句义愤的追问下，将自己作案的动机脱口而出？韩丁并不想做这个幼稚的试验。

在与龙小羽进行第二次谈话的那天晚上，韩丁和老林又通了很长时间的电话。老林那时已经到达上海，已经住进酒店。韩丁在电话里向老林诉说了他内心的矛盾和疑问——这些矛盾和疑问让他有一点不相信龙小羽会是案卷材料中用那么多证据描述出来的杀人犯了。他告诉老林，他看到的证据和他的直觉产生了强烈的对立和冲突。尽管，因为他和罗晶晶的关系，韩丁并不喜欢龙小羽，他在本能上应该非常排斥他，但这种直觉还是产生了。他把自己的直觉告诉了老林，这个直觉让他惶惑不安，他对老林说他不知道下一步再见到龙小羽时该问他什么。

老林的反应也许比韩丁所能想到的层次更深，他一针见血地道破了韩丁这种心情的本质。他说：“你是不是对原来的辩护方案发生动摇了？”

那一瞬间韩丁反倒愣了，无言以对。老林确实说出了韩丁并没有明确意识到，但他的直觉一旦引申下去必然直抵的那个结论。是的，原来的方案在韩丁此时的心里，和这个直觉是抵触的。原来的方案老林是知道并且赞同的，那就是：以犯罪的动机作为重点，寻找龙小羽罪轻而不是无罪的证据。这样的方案当然是稳妥的，它的最大优点是：避开了与那一系列强大证据的正面对抗，而在另外开辟的战场上获取一些胜利；它最大的缺点是：整个辩护肯定毫无悬念，律师显得四平八稳，而且，对于被告人来说，他注定得死！

老林说得没错，韩丁发生了动摇，他的直觉告诉他龙小羽可能有冤屈。尽管，搞法律的人不必去理会什么直觉，直觉毕竟是虚无的东西，直觉在实际的证据面前一钱不值，除非直觉能在那一系列貌似强大的证据里找到一个让自己扩展开来的缺口。老林问韩丁：“你能找到那个缺口吗？证据的系列就像一个完整回环的链条，每一个证据都是其中一个不可缺少的环节，你能在某一个环节上找出一点缝隙吗，你能把这个有缝隙的环节取下来让整个链条断开吗？”

韩丁想了半天，在电话里，老林能听到他沉闷的呼吸，然后，又听到他略带犹豫的声音：“公安局的材料说，龙小羽是在强奸四萍时遭到抵抗而动了杀心的。可据我知道，龙小羽那时候已经爱上了罗晶晶，一个爱上其他女孩的男人，一般不会再对自己过去的女人感兴趣了吧，我不懂，可我觉得男人就是这样的。”

老林马上反应：“对，一般是这样。四萍原来跟龙小羽有过关系吗？他们原来是什么关系？”“龙小羽说，四萍是他原来的女朋友，他们在老家就认识。”

“他们有过性关系吗？”

“有，有过多次。”

老林在这方面的切身经验大概太多了，以致他讨论这种事的口气犹如现身说法：“男人要是有了新欢，一般来说对旧爱就不感兴趣了。和旧爱的感情倒不一定降低，但肉体上肯定没有太大欲望了，这是规律。你这个问题提得好，龙小羽和四萍既然是‘老夫老妻’了，干吗还要死乞白赖地强奸她？公安局定的这个杀人动机绝对有问题！”

韩丁说：“公安局搜集的证人证言中，都说龙小羽和祝四萍没有恋爱关系，连祝四萍在平岭的同乡和四萍的父母也证明四萍和龙小羽没有谈过朋友。但龙小羽亲口对我承认四萍是他过去的女朋友，只是他现在已经不爱她了。”

老林沉吟片刻，突然兴奋起来，他的口气就像是一个指示，一个决定，一个命令：“那好啊，你就从这儿去找突破口！只要能证明龙小羽和四萍过去确实是男女朋友，确实发生过性关系，当然，次数越多越好，保持性关系的时间越长越好。只要能够拿到这样的证据，公安局原来认定的犯罪动机就太勉强了。更重要的是，拿到这样的证据就可以说明，公安局找的那些证人，包括四萍的同乡，包括四萍的父母，统统都做了伪证，都隐瞒了事情的真相！那这个案子就有意思了，就大有搞头了，至少咱们得让法院问问，他们为什么要异口同声地说假话，为什么要隐瞒被告人与被害人的这段历史，隐瞒这段历史对这些出来作证的人，到底有什么利益！”

十三

和老林通过电话之后，韩丁决定，在龙小羽案开庭之前，用两至三天的时间，去一趟江南名城绍兴。

他把这个决定和罗晶晶做了商议，罗晶晶当然赞同，而且要求同往。韩丁去绍兴的目的完全是事务性的，是为了搞清龙小羽与祝四萍的真实关系并实地取证。而罗晶晶的兴趣则是情感性的，韩丁看得出来，她对龙小羽生于斯长于斯的那片土地，似乎有着特殊的关切和踏访的渴望。

罗晶晶与韩丁同往绍兴，对外名义是韩丁的助手。因为罗晶晶是个法盲，而且言谈举止比较幼稚，所以，韩丁不得不临阵磨枪地教授些白领阶层职业女性在待人接物方面的基本要领：怎么问候，怎么握手，怎么告辞，这些和模特的日常做派是不一样的，包括穿衣和化妆，也都是不一样的。韩丁最是千叮万嘱的，是要罗晶晶无论听到什么看到什么，不许自己开心地笑起来或眼圈发红，做律师的人要喜怒不形于色，逢人不要多言，言多必然语失。韩丁和人谈话的时候，她在一边装模作样做做记录就行。

罗晶晶一切都答应，只要能去绍兴。

天色刚刚发白，列车开到了绍兴。在进入绍兴之前韩丁醒了，他看到罗晶晶两眼凝视窗外，布满血丝的眼窝显示她一夜未眠。透过车窗韩丁看到成片的菜田以及蜿蜒其间的那些河道，菜田与河道在列车掠过的沿线交错变幻，铺陈出锦绣江南水系如织的动感。这样的景致在空旷的北方是见不到的。随着列车的行进，窗外的河道忽而宽至视野开阔的湖塘，忽而细至一舟穿过的桥洞。河道的转折处，常能见到一两只单人划桨的乌篷船，载着些菜蔬和杂货摇摆而过。菜蔬杂货之间，偶尔还坐着一个年轻的女子，呆呆地望着他们的火车渐渐走远。罗晶晶也很留意于那些乌篷船，船上那些头戴毡帽的摇桨人或许让她想到了当年的龙小羽。三年前的龙小羽就是驾驭着一只同样的小船，在这片穿村过镇的河道上，载着赶路的女人往返。

火车开进绍兴城时太阳刚刚挂上房顶。韩丁和罗晶晶走出车站，就在站前的一家早点铺里向伙计打听东浦的方向。去东浦前他们就在这家早点铺里各吃了一碗用酱鸭、熏肉、腌鱼和霉干菜拌的糯米饭，喝了一壶泡过了气的龙井茶，然后就在附近一个顺水的埠头上招呼了一条恰巧经过的小船沿河而下。他们穿过的这条黛瓦粉墙夹成的水巷，真像一道历史浮雕的走廊，两岸那些老旧的房屋，处处流露着这座水城历经两千五百年后才天养地成的沉着厚重。而那些一家一户临河相望的门窗里，散漫出忽隐忽现的锅碗瓢盆的碰撞，和间或夹杂着的口音浓重的闲谈，又把整座城市沉浸在世俗的温情和淡泊的人间烟火之中。韩丁想，这应该是一个让人善良、温顺、与世无争的地方。

他们的小船出了城，沿着水中的村庄向太阳的方向走。在那些村庄的外面，包围着大片的菜田。韩丁向船家打听，知道那是油菜田，可以推想成熟季节黄花漫野，该是多么灿烂。菜田虽然广阔，却又被布满木桩和渔网的河汊缠绕，小船就在那些渔网的边缘悠悠划过。在宽处的水面上，可以看到绵延若虹的古纤桥。桥上无人行走。空气中有些流动的雾气，雾气中凝固着地平线上轮廓模糊的山包。坐在船头四面环望，远近依次入目的每个互相衬映的景色，宛如一幅古迹斑斑的连屏水墨。也许因为韩丁是个从小衣食不愁的人，所以，他在感观上总是理解不了：既生于如此优美如画的山水，干吗还要背井离乡去外面打工呢？

途中移动的雾中秀色并没有给韩丁和罗晶晶之间带来任何话题。他们彼此无言，默默地听着木桨拍水的声音。在船身规律的摇动下，谁也没有勃发游赏的心情。特别是罗晶晶，韩丁从她隐隐含雾的眼中，能猜到她此时想到了什么。

这就是龙小羽的老家。

难道罗晶晶真的那么爱他？

船到东浦。他们在一个卸货的埠头付了船资，弃舟登岸。行船久了，上岸之后脚下还是飘飘的。他们一脚深一脚浅地踏着不知什么年代的青石板，离开汩汩不息的流水往街里走。韩丁用标准的普通话问了路，他们几乎没费什么周折就找到了那家百年红酒厂。

这家酒厂比韩丁原先想象的要大了许多。他们首先看到的，是一个巨大的堆制场，在这个差不多有半个足球场那么大的平地上，堆满了白色的泥封酒坛，还有排列有序的酿酒大缸。在这片空地的周遭，围着板式的造酒车间。只有在厂区的西北角上，才挤着几间看上去像是办公室的低矮平房。

他们在这几间低矮平房中找到了一位自称是酒厂厂长的男子。韩丁向他通报了自己的律师身份，表示来此的目的，是想了解一下龙小羽在这里工作时的表现。那位厂长很爽快，热情地接待了他们，还给他们泡了茶，然后大声地介绍情况：“龙小羽？对，是在我们这里干过，这小伙子人蛮好的，干活很卖力气，人也很老实……怎么，他在外面出事了？”

韩丁没有详细介绍龙小羽的案情，只笼统说：“啊，有个案子公安局怀疑到他，我们是想了解一下他这个人一贯表现怎么样。他以前是和你们这里一个叫四萍的人谈恋爱吗？”

韩丁顺势把话头进展到他要的问题上，厂长也顺过来说：“有的有的。就是祝四萍嘛，是祝四萍追他。”

韩丁在笔记本上写了“祝四萍追他”这样一句话，然后又问：“那他对四萍呢，他对四萍感情怎么样？”

“感情嘛应该还可以啦，龙小羽这个人很讲义气的，厂里的人都知道，你对他好一尺，他对你好一丈，他这人很讲这个。他是石桥镇的人，家里也没人了，刚进厂的时候就住在厂里的仓库里，晚上也算是为厂里看仓库吧。那时候四萍喜欢他，对他还不错，天天家里做了饭送过来，天冷了棉被抱过来，过春节也把他接到自己家里去过。其实，四萍论长相嘛也可以的，就是脾气不大好，和厂里很多人都吵过架。以前厂里有几个年轻人也追她，她看不上的。”

“那她怎么看上龙小羽了，看上他什么了？”

“人好嘛。四萍脾气大，所以，必须找一个厚道的。再说，龙小羽小伙子很精神嘛。小伙子精神，姑娘就喜欢嘛。”

“您的意思是不是说，四萍对龙小羽很不错，龙小羽对四萍也不错，他们是很般配、很圆满的一对，您是这么看吗？”

厂长犹豫了一下，说：“四萍确实蛮喜欢龙小羽，龙小羽对四萍也不错。四萍的妈妈害风湿病不能下床，她爸爸又在外面打工，四萍后来也到外地去了，她妈妈全靠龙小羽照顾，给她妈妈做饭，背着她去看病，我们都看见过的。她妈妈也把龙小羽当儿子待的。不过，我们都觉得小羽和四萍也不算那么般配。四萍是个太凶的姑娘，龙小羽跟了她要受气的。去年都传着说四萍在外面出事了，我估计就是她那个性子。她那个性子在家里还好，大家乡里乡亲包涵包涵也就算了，到了外面，特别要再碰上北方人，人家不睬你的，说急了就动刀子，北方人很野的。噢，我不是说你们北京人，你们北京人不野的，北京首都嘛，大城市，我知道北京人很文明的。”

韩丁在记录本上记下：“龙、萍不般配，四萍性子坏。”他抬头问：“龙小羽是什么时候离开你们酒厂的？”

厂长说：“前年走的，前年的年初吧，我记得该是去酒糟进锅榨煎的时候了，大概是刚过了春节吧。”

“怎么走的？”

“让厂里开除开掉了。”

其实，关于龙小羽离开百年红酒厂的过程，韩丁在龙小羽口中已知道大概，但为了核实，他还是问了下去：“因为什么让厂里开除了？”

“因为偷东西。”

“您刚才不是说龙小羽是个老实厚道的人吗，怎么又偷东西？”

厂长很感慨地摆摆手，一言难尽地说：“这个事情呀，说来话长啦。前年初厂里订购了一盒18K金的金箔，准备刻上百年红的字样放在精装礼品酒里的。这礼品酒是百年红新推的产品，用彩盒包装，每个礼品盒里有两小坛百年红，成本也只有二十元，可市场上的销售价是一百八十元，就靠那张金箔压分量呢，那一张金箔就值五十元钱。那盒金箔买进来的当天先入了库，准备第二天就送到外面刻字去。第二天管这事的人来领货，发现金箔不见了。厂里这才决定彻底盘一次库，结果发现还短了不少东西，账实不符啊，这明摆着是出家贼了嘛。厂里就从内部查，查来查去，查出一个可疑人来……”

一直装着做记录的罗晶晶听到这一段，不知不觉停了笔，脱口问了一声：“是龙小羽？”

厂长顿了一下，才慢慢答道：“是祝四萍。”

显然，龙小羽并没有把这段“历史”向罗晶晶交代过，罗晶晶脸上因而现出惊奇的表情。但这段“冤案”韩丁是知道的，所以他不动声色，继续问道："四萍偷了厂里什么？"

"一个女孩子，能偷什么，还不是些针头线脑之类的，典型的小偷小摸。那时候龙小羽不是住在仓库里吗，四萍天天来看他，每次走的时候总要顺手拿点东西，今天拿节电池，明天拿个灯泡，后天又拿一把线绳，都是那种掖在怀里就看不见的东西。估计开始只是贪小便宜，后来拿出习惯了，一次不拿手就痒。那时候我还不是厂长呢，是我们老板的儿子做厂长，管理上很乱的，买东西进货都是大手大脚，不要说造酒的工具原料，光是这种行政办公用品，库房里就积压了不少。库房按规矩不准住人的，可那时候龙小羽没地方住，他们就让他住在库房了。当时还觉得不花钱白用了一个夜里看库的劳动力呢。库房以前晚上没人看守也没见小偷撬过门。后来倒好，外贼易挡，家贼难防。那时候四萍天天晚上到库房去陪着龙小羽，人人都知道，人人都不管，习以为常了。"

这件事往下的结果韩丁不问也知道。厂里一盘库，四萍就慌了，找龙小羽商量，她知道能进出库房的就那么几个人，嫌疑的范围很小很小，稍加分析就能分析到她的头上。

龙小羽对韩丁说过，他对四萍第一次感到失望，就是她有一天晚上突然对他说，她拿了厂里的一些东西。没错，尽管四萍说这件事的时候故意轻描淡写，尽管她连"偷"这个字眼都回避了，她用了"拿"这样一个中性的词，但龙小羽仍然感到吃惊和格外别扭。四萍先是问龙小羽有人拿了库房里的东西厂里正在查呢你知道吗？龙小羽说："知道啊，不是那盒金箔没有了吗，今天公安局的人也来了。"四萍说："你是看库房的，公安局的人没找你问情况？"龙小羽说："还没有。这种事，查到是谁就是谁，不过，那一盒金箔价值上万块呢，查到是谁恐怕是要抓去坐牢的。"四萍说："要是查到我呢？"龙小羽没弄清她的意思，问："怎么会查到你？"四萍又说了一句："要是真查到是我拿了呢？"龙小羽以为她在开玩笑，说："要是查到你，我就天天上监狱给你送饭去，就像你现在天天给我送饭一样，好不好？”

这时，四萍就哭了。

她哭着说：“是我拿的，我想攒钱给你买房子，给咱们俩买个房子，你知道我家就那么两间小屋，我也不想让你总住这里。”

龙小羽在和韩丁说这事时承认，可能是因为中国人的公德心怎么也压不过私德心的缘故，他虽然对四萍的偷窃行为非常吃惊，但听了四萍当时的解释，就恨不起来了。她毕竟是为了让他能住得更好一点，是因为爱他才去偷的。尽管他非常生气，他告诉四萍他最恨那种三只手了，他爸爸从小教他，人穷志不短，贫困不能移，活就要活得有骨气！他把四萍骂了一通，但心里并不恨她。他心里也知道，人穷志就短，饥寒起盗心，贫困当头很难坚持做人的尊严，你自己要尊严别人也不会尊严地待你！

四萍向他坦白此事是有目的的。她先是哭了一阵，哭得很伤心，但擦掉眼泪的第一句话就问：“你愿意帮我吗？”龙小羽还气着，赌着气说：“我没法帮你！”四萍说：“你这人太狠了，关键时刻只顾自己，我算看错了人，我对你这么好，没想到你是个白眼儿狼！”龙小羽不说话了，他的沉默等于是接受了四萍的要求。他受人之恩，无以为报，现在是四萍索取回报的时候了。四萍看出他心软了，又改了一句：“我要被公安局抓走了，你也好不了。你是看库的，我和你又是这种关系，公安局肯定认为你是同伙，监守自盗，我要真使坏往你身上一推，人家保证信！”

龙小羽傻了。

四萍说得没错，这件事她要硬赖他他就脱不了干系。这下他不得不乖乖钻进圈套，明知这是圈套，可不钻也无路可去。而且，这是一个温柔的圈套……他说：“那你说吧，要我怎么帮你。”

四萍提出的计策吓了龙小羽一跳，她的计策正是她已经说出来的那样，她要把这事推到他的身上！准确地说，是让龙小羽自己主动把这事承担下来，向厂里承认是他自己干的，然后把金箔一张不少地还给厂里。这样一来，估计厂里也不会再让公安局处理他，顶多开除了事。两人为这事商量了一夜，争吵了一夜。天快亮时龙小羽终于答应替身应罪，为四萍去顶这个雷。为什么呢？因为四萍一直对他不错，他得按四萍说的，在关键时刻像个男子汉那样站出来；因为四萍这种只有初中文化的人能找到现在这种坐办公室的工作，而且找到效益这么好的单位拿这份工资太难了，而龙小羽是半个大学生，才貌双全，身强力壮，找个更好的工作并不难；还因为四萍一旦丢了工作谁照顾她的母亲呢？她母亲卧病在床受得了这份刺激吗？还因为龙小羽的个性——他从小跟着他爸爸的戏班子漂泊无定，他从小看到他爸爸的样子，谁对他好，他就感激谁，就想做点什么回报谁。他说过他爸爸就是这样教他的。

天亮之前龙小羽跟着四萍一起，悄悄离开了百年红酒厂。他们到四萍家取出了那盒金灿灿的赃物，然后分头回到厂里。四萍和往常一样像没事人似的踩着钟点来到生产科办公室上班，她甚至表现得比平常还要轻松快乐，和科里的同事没话找话奚落着昨天的电视剧，而这时候龙小羽正带着那盒金箔敲开了厂长的屋门。

事情的结局和四萍的估计差不多。四萍估计这盒金箔只要完璧归赵没造成损失，厂里就不会没完没了地把人往死里整，做买卖的人谁愿意得罪人给自己找个苦主，今后说不定什么时候又过来报复呢；四萍还估计龙小羽在厂里一向干活卖力，尊重师傅，少言寡语，人缘不错，厂里对他也不忍下狠手的。果然，厂里见龙小羽很快悔过，投案自首，也就大事化小，网开一面，向介入此案的派出所打了个招呼，把事情说得很轻，派出所也就同意由厂里内部处理。厂里的内部处理就是让龙小羽自己不声不响地滚蛋，同时答应不给他到处张扬。

龙小羽就这么卷着铺盖走了，这是两年前的事。如果没有这件事，如果他一直按部就班地在百年红酿酒厂干下来，以他的吃苦能力和文化程度，说不定现在已经升为“百年红”的一个什么小头目了呢，真说不定的。这当然是废话。

龙小羽走了，正如四萍估计的那样，他很快找到了一份工作。和四萍的估计有所不同的是，这工作并不比酿酒厂更好。龙小羽去了绍兴的百花绍剧团。这百花绍剧团是文化局办的，龙小羽认识团里一个唱花脸的李叔叔，这位李叔叔和龙小羽的父亲交情甚厚，一次偶然在街上遇见龙小羽，聊起来知道这孩子还没有工作，所以，介绍龙小羽去百花绍剧团干了份杂工，搬搬道具服装场景什么的。龙小羽从小在戏班子里长大，对这一套都熟，只是挣钱太少，比在“百年红”少了将近三分之一。

金箔事件的整个过程韩丁知道大体如此，龙小羽的交代和厂长的介绍在情节上相差不多。龙小羽和祝四萍密谋的细节厂长当然无从知晓，但厂长对这个事件盖棺定论的看法龙小羽也并不知情。那就是，厂里的人其实都知道这事是四萍的责任，即便这东西真是龙小羽偷的，也肯定是四萍的主谋，是她唆使、逼迫或者引诱龙小羽干的。龙小羽这么好的孩子哪里会干这种事！这类观点在厂里的职工中很有市场，很得共鸣，很快传得沸沸扬扬，不信的人都信了，就算是假的也传成真的了，每个人看四萍的眼神都有了几分闪避和鄙夷，四萍一转身总能听到几声不清不楚的窃窃私语。在这样的情况下，四萍还能在“百年红”待下去吗？她是个姑娘，再怎么着也是要面子的，所以在龙小羽走后没多久，她也自动辞了职。

四萍辞职的原因龙小羽并不清楚，他离开酒厂后就再也没有回去过。他只知道四萍不干了是因为想去平岭，她认识一个名叫大雄的人，那人前几年带一帮人去平岭包工揽活，对那边已然很熟。大雄曾托人带话过来让她去。四萍也早就听说平岭那边的钱特别好挣。

龙小羽和韩丁谈起过，他当时是反对四萍去平岭打工的，但四萍在绍兴找不到工作，不出去挣钱待在家里怎么行呢。龙小羽说，四萍是个主意很大的女孩，她爸爸从小骂她骂得太凶，一气急了就打，打她时身边有什么就抄什么，不论轻重。她妈妈又惯她惯得太过，处处怕她磕了碰了，事无巨细唯恐她不高兴，这一打一惯养成了四萍暴戾的性格，逆反心理强得不行。你要主张她做什么事，她就偏偏不做，你要反对她做什么事，她就非做不可。连和龙小羽干那个事都是如此，龙小羽要是累了没兴趣和她那个了，她就非得强迫他和她那个不可。要是哪天龙小羽主动想和她那个了，她就一定是板着脸挣扎不从偏不那个，哪怕她原本很想那个都不那个了。龙小羽和她在一起总是让着她，唯一没有顺从她的事就是没把那串珍珠手链送给她。四萍喜欢那手链，戴在手上试试就不想摘下了。她说这是女人戴的东西还是我戴吧，可龙小羽没同意，他说这是我妈留给我爸的，我爸留给我的，等我死了再留给你吧。为这事四萍有两天没和他说过一句话。所以，龙小羽觉得她那时坚决要去平岭很可能也是因为龙小羽反对她去平岭，她就赌气非去不可了。

龙小羽被百年红酒厂开除之后，就搬到四萍家去了。四萍家就住在河边的旧房里，他和四萍住的小屋是木板搭的一间只有十来平方米的阁楼。尽管很潮湿，很狭窄，木板发霉变黑，老鼠爬虫猖獗，但这间片瓦立锥的方寸小屋却给了龙小羽前所未有的幸福和满足。因为，这毕竟是他记事以来住过的第一个属于自己的地方，一个可以被称作“家”的屋子。他很小就跟着父亲的剧团穿村过镇，四方游走，住的是乡下的戏台和荒庙。上大学后住的也是集体宿舍，那不过像是拥挤的船舱中一个狭窄的铺位而已。退学以后他住在了船上，那条赁来的乌篷船不仅是他的生计，也是他的居所。后来又住在“百年红”的仓库里……四萍家虽小虽破，虽有刺鼻的霉味，但第一次给了龙小羽安身立命的感觉，他也很快成了这个家庭中一个不可缺少的成员。

那时候，四萍的父亲到广州打工已经走了很久，四萍母亲的风湿吃过一阵中药后大见好转，已可以下床走路，也可以做些简单的家务了，但买菜做饭之类的事还是做不了。四萍去了平岭之后，伺候她母亲的任务就都落在了龙小羽的身上。

在韩丁看来，龙小羽和四萍的关系，在他步四萍后尘也到平岭打工之前，很大程度上反映在他和四萍母亲的关系上。从时间上看，他在四萍家住了半年之久，照顾四萍母亲的日常起居，带她看病抓药，形同母子，直到四萍的父亲从广东回来了，他才离开四萍家去了平岭。所以，韩丁想，他这次既来绍兴，无论如何要去一趟四萍的家，见见她的父母，听听他们对龙小羽的说法。他从龙小羽案的证人案卷上记下了四萍的家庭地址，百年红酒厂的那位热情负责的厂长也指点了大致的方向。韩丁和罗晶晶从百年红酒厂一出来便溯河而上，往四萍家的方向来了。

十四

祝四萍的家就住在半城半乡的河边，就在那好大一片黑瓦石墙的民居中间。那一片民居都老旧了，白墙已经不白，黑瓦也已残损，只有太阳投在屋顶上的辉煌依然动人，而房后临水的阴影，却把照壁瓦檐的老气带到了河里。韩丁和罗晶晶各怀一种心情，乘一条载客的小舟走了一段水路，在一个洗衣洗菜的埠头登岸改走陆路。他们穿过一条又一条危墙短巷，沿着河边窄窄的石板路走了很久很久，路边的住家个个炊烟袅袅，他们从一家家门前的喧嚷中匆匆走过。在接近四萍家时开始向街坊打听，街坊们表情友善，言语热情，不厌其烦地为他们指点方向。在紧临河汊的一个袖珍的集市前，一位闲散的老者听说他们要找祝家，便主动带路，引领他们跨过河汊上那座古旧的拱桥，从一个理发铺子的边上拐进一条狭窄的小巷，再通过一个深深的门洞，终于走到了一个天井式的院落。院落里摆了两张小桌，有两家人分别围坐在自家的门口吃着午饭，另有一个老太太坐在墙角，正喂孩子。孩子被放在一个倒置的无底木桶里，半张着塞了米饭的嘴叽叽歪歪地哭，见有陌生人进来便戛然而止，用泪汪汪的眼睛吃惊地看他们。两个大一些不愿老实吃饭在院里乱跑的孩子，也都举着手里蓬松的棉花糖停下来瞪着大眼看他们。领路的老者站在小院的门口，往里指了指便反身走了。韩丁用礼貌的笑容向这一院惊异的目光施以问候，他知道两桌吃饭的老小都在盯着罗晶晶。罗晶晶是模特，也许这个贫穷的小院里从未来过这么亭亭玉立的美女。

韩丁向近处的一桌人家打问："请问祝四萍家在不在这里住？"

一个老年男人出面答问："祝四萍啊，祝四萍不在了，她家在这里，你们是做什么的？"

韩丁说："我们是律师，我们想找祝四萍的父母了解一些情况。"

老年男人这才放下饭碗，从小桌边上站起来："噢，你们是四萍的爸爸妈妈请的律师对不对啦？你们等一下，等一下，她妈妈在楼上。"

老年男人用筷子指了指上面，在这天井上方堆放了不少零碎杂物的黑瓦上，还歪斜着一层木板搭出的小阁楼，阁楼敞开的窗口处，晾晒着许多洗旧的布片和五颜六色的衣服。

韩丁老实地更正说："我们不是四萍父母请的律师，我们是龙小羽的律师，龙小羽以前也在这里住过吧？"

这一院子的人都愣住了，那一刹那的沉寂让人毛骨悚然，连不懂事的孩子都感受到一丝不祥的气氛，叽叽歪歪的哭声又响了起来。还是那位最先搭话的老年男子最先有了反应，用做作的镇定掩饰了声音中的惊愕："噢，你们是龙小羽的律师……龙小羽被公安局抓起来了。"

韩丁看出了周围的目光并非敌意，似乎更多的是一种恐惧。在这个闭塞的小院里，关于龙小羽杀人的事件，也许早被添枝加叶地演绎成了一个疯狂的故事。龙小羽也许早在各种传闻中被人为地妖魔化了，以致人们听到他的名字都会不寒而栗。所以，韩丁不得不用刻意轻松的语调，用更加客气，客气得几乎有点低声下气的表情做着解释："对，是抓起来了。我们来，是想了解一下情况。四萍的爸爸妈妈在家吗？他爸爸妈妈我见过的。”

老年男人的模样像个退了休的工人，像见过些世面似的，面不改色心不跳地吩咐一个小学生模样的男孩：“你去理发店喊祝叔叔来，告诉他龙小羽的律师找他来了。”

男孩放下碗，飞也似的跑出去，院子里的两家人低下头又重新开始吃饭，除了悄悄地咬耳朵和一两眼偷看外，没人再理他们。韩丁和罗晶晶尴尬地站在两桌之间狭小的空地上，一时手足无措。

好在四萍的父亲很快被那位出去报信的男孩带回来了，看上去他的头发还没剃完，后脑勺的发际参差不齐，脸上沾的发茬儿尚未擦去。他走进小院，上下打量韩丁，也不知是不是记起他与韩丁在去年初平岭市法院那间简陋的会议室里曾经见过一面。他一进院子便板着面孔，粗声问道：“啊，你们有啥事情？”

韩丁和颜悦色，心里打鼓，不知该怎样和这张很不客气的面孔套近乎。他的声音已经能听出几分胆怯，几分不自信，甚至有几分理屈似的：“啊——祝……祝师傅，不好意思打搅您了，我们是北京中亚律师事务所的律师，我叫韩丁……”

韩丁的话刚说了这么两句便被四萍的父亲冷冷地打断了：“我知道你，你讲好啦，你啥事情？”

韩丁被他凭空一插，心理节奏有点乱了，慌慌张张地说：“噢，就是关于您的女儿祝四萍……呃——关于祝四萍和龙小羽之间的事情，我们想跟您聊一聊。您看，我们找个地方坐一坐好吗，附近有什么能说话的地方吗？”

院子里的人都停下嘴里的咀嚼，都成了全神贯注的旁听者，这样的气氛更激发了四萍父亲的敌意和怒火。他皱着眉虎着脸，冲韩丁说道：“你跟我聊是想做什么？是想从我这里搞情况替那个杀人犯讲话是不是？你搞搞清楚，这是我家，你不要欺人太甚噢！”

韩丁还想做他的工作，对其晓之以理：“祝师傅，有些情况弄清楚，对你们也是有利的，你们也希望把真实情况都弄清吧，我们是为了……”

韩丁的话还没有说完，四萍的父亲就凶狠地挥着手，开始往外轰他们：“走走走！我们没什么好讲的，不要再啰唆，再啰唆你们要当心一点！”

周围的人也上来劝他们走。那位老年男人说：“你们赶快走吧，人家女儿都死了，你们还来搞什么，快走吧快走吧……”其他人也用绍兴土话七嘴八舌，大部分是中老年女人，唠叨些什么韩丁也听不大懂，不懂她们是劝他走还是声援四萍父亲还是泛泛地发表感慨和议论。但这些声音显然起到了一种火上浇油的作用，四萍的父亲居然红着眼睛上来揪住韩丁的脖领往院外推他：“你走不走？你不走不要怪我不客气！”罗晶晶上来想支援韩丁，她想把韩丁从那个比他壮一圈的壮汉手里拉出来，但在两个男人激烈的对抗中她的力气和声音都显得无济于事：“你们别动手好不好，他是律师，他又不是杀人犯！”韩丁挣扎着想摆脱四萍父亲粗暴的拉扯：“你干什么！你放开，你放开！”他们互相撕扭互相推搡着，其他人也上来连劝带拉，罗晶晶也搅在中间，和他们一起跌跌撞撞地向门洞扭去。在混乱的场面中，不知是罗晶晶自己绊在什么东西上还是被四萍父亲推了一把，踉跄了一下摔在了地上，韩丁这才急了，一通拼命的拳打脚踢挣脱了四萍父亲的扭结。四萍的父亲固然粗壮，毕竟四十多了，韩丁虽然细嫩，毕竟血气方刚，这一通拳脚相加，居然也让四萍的父亲连连后退几步，绊在一个矮脚饭桌上，把上面的汤汤菜菜冲撞得一塌糊涂，吓得小小的天井里一阵女人叫孩子哭……四萍的父亲大概没料到韩丁在他的家门口胆敢撒野，疯了一样又扑上来，两个青壮男人在这个狭窄的空间里打成一团……

这场殴斗最后的结果当然是被边上的人以及从门洞外闻声赶来的人拉开了，双方的脸上身上都有小伤，从伤势上看没分胜负。四萍的父亲原来还讲普通话，打架后嘴里全是绍兴方言，高一声低一声也不晓得他在骂什么。韩丁则一言不发，低头往外走。罗晶晶跟在他的身后，刚出了门洞就看到韩丁一扭头又往回返，罗晶晶想拉没拉住，喊一声他也不听。院里的人见韩丁横眉立目又回来了都吓了一跳，以为他要来拼命，连四萍的父亲都下意识地后退几步做出防守的姿势。韩丁看都不看他们，低头捡起刚才在厮打中被拽到地上的背包，然后重新走了出去，把天井中那一干惊弓之鸟留在了鸦雀无声的身后……

韩丁涨红着脸大步走，一路走出那条狭窄的巷子，走出巷子后他才回头看，看到罗晶晶小跑着跟在身后。罗晶晶的脸上惨白惨白的，就像前年大雄带一帮民工围攻罗家小院时韩丁见到的模样。也许罗晶晶没想到他这种大城市里文质彬彬的白领青年也会穷凶极恶地跟人大打出手，一时惊吓得有点说不出话。冬天的暖日倾情普照在夹河而行的石板路上，却没能在她脸上映出半点血色，韩丁回头看到她眼神中残留的孩子般的惊恐，才赶紧走回去，心疼地用一只胳膊把她揽在了怀里。

他说："别害怕。"

罗晶晶看他的脸，问："你疼吗？"

韩丁这才意识到他的一边脸一跳一跳地胀痛着，被汗水渍腻的身上，也说不清是哪里，一阵阵地酸疼难忍。

韩丁摇头，说："没事。"他拉着罗晶晶的手，穿过河汊上的拱桥走到河的对面。他们在离桥不远的一处路边找到一家旧式的旅馆，在这家旅馆用木板搭成的二层楼上租下了一个临街的房间。这房间很便宜，住一晚只需四十元。本来韩丁想找个正规饭店住，饭店的客房至少还有洗澡间，可拗不过罗晶晶非要住在这儿，上楼推窗才知道，原来从这里不仅可以看到楼下热闹的水巷，还可以看到拱桥以南祝四萍家方向上的袅袅炊烟，可以看到龙小羽曾经住过的那片黑瓦残缺的屋顶。

韩丁进房之后，拿了房里的脸盆到楼下的水房去洗脸，然后为罗晶晶打了盆清水回到房间。他推开门看到罗晶晶还站在窗前一动不动地向南凝视，心里不由有些不快，在她身后重重地放下脸盆，没好气地说道："喂，别看了好不好，快洗洗脸我们要出去！"

罗晶晶没有回头，她抬手向南面指了一下，说："我在找四萍的家呢，就在那边，我分不清是哪一个了。"

韩丁冷冷地问："你什么时候对祝四萍也感兴趣了？"

罗晶晶回了头，说："小羽以前也住在那儿。"

这句话，看起来很平常，可不知为什么，让韩丁感到特别刺耳难忍，让他把自到平岭以后就积压在心中的不快，以及刚才和祝四萍那位浑不讲理的老爸打的那一架，以及到现在半边脸上还在隐隐跳动的疼痛，统统集中到喉咙口，他脱口而出地发了句狠：

"我真不明白，就那么一个杀人犯，怎么就让你中了魔似的！"

罗晶晶愣在窗口，韩丁看不清她背光的脸色。韩丁也不想再看她的脸色了。也许她脸上的表情是呆呆的，至少她的声音，就是这样呆呆的。

"你是他的律师，你别老说他是杀人犯行吗？连你都说他是杀人犯，你还怎么给他辩呢？"

"是你让我给他辩的，又不是我自己要辩的！"

"你这次来绍兴，不是也说公安局有些事可能没弄清，可能搞错了吗？你不是已经查到一些线索说明他有可能是被冤枉的吗？"

韩丁没话了。

罗晶晶的声音是温和的、细弱的，甚至，是哀求的，这让韩丁受不了。他不知道为什么罗晶晶这回没跟他吵。这回是他挑起来的，但罗晶晶没吵。也许她听出了他刚才声音中的激动，也许她看到了他脸上赫然触目的青肿。

韩丁闷声不语，低头坐在床上，默默地打开背包换衣服。罗晶晶过来，像个认错的孩子似的殷勤地帮他叠好换下来的脏衣服，然后轻声问他："都快两点了，咱们吃什么？”

韩丁的气消了，碍着面子，闷了一会儿，才嘟哝了一句：“我想吃你做的面了。”

罗晶晶哄孩子似的说：“那我回去给你做。那咱们现在吃什么，你饿了吗？”

韩丁这才笑一下，反问：“你饿了吗？你想吃什么？”

罗晶晶说：“都行，我听你的。”

于是，他们下了楼。下楼上街去找饭吃。

下楼前韩丁让罗晶晶洗了把脸，补了脸上的妆，化完妆的罗晶晶显得容颜娇嫩。韩丁拉着她的手走出了这家小旅馆，他们踏着有太阳的那一条石板路，沿河往西去。从这里往西百米外，沿街开了一溜小饭馆，规模大体相同，门脸各有小异。他们挑了一家干净些的，进去要了几样在北京吃不着的地方菜，无非酱鸭、腌鱼之类，又要了两碗大米饭，看着河道上来来往往的小船，狼吞虎咽地吃了。结完账，起座前，罗晶晶提议：“咱们下午去一趟百花绍剧团吧，去找找那个唱花脸的，他对龙小羽还有他爸爸都熟悉，咱们可以找他谈谈。”

韩丁剔着牙，故意问：“谈什么？”

罗晶晶愣了半天，才说：“不是你说要了解龙小羽在这儿的表现吗？他在百花绍剧团当过杂工，你可以去那儿了解他呀。”

韩丁说：“我知道你这次非要跟我来绍兴是干吗来了。我是找证据来了，你找寄托来了，对不对？你见不到龙小羽，你想他了，你就要到绍兴来，把他住过的地方工作过的地方都看一遍。这样，你心里就痛快了，就像见到他了，对不对？”

韩丁知道，他明明说到罗晶晶心里去了，但罗晶晶是不会承认的。她心虚嘴软地想做些辩解：“不是，我只是想帮你多找点证据，我都是为你着想的……”

韩丁阴着脸，打断她：“为我着想？为我着想你怎么也不问问我身上哪儿受伤了，要不要去医院。你脑子里是不是只有龙小羽了？你别忘了，龙小羽只是你以前的男朋友，你们早分开了，你现在的男朋友是我，咱们俩是订了婚的！你就不怕我有内伤落下残疾拖累你一辈子！”罗晶晶也知道自己理亏了，连忙关切地端详韩丁的脸，并且用纤细柔软的手在他脸上发青的地方摸了一下：“啊啊啊，你还疼吗？”

韩丁越发来劲儿地皱着眉说：“你摸那儿干吗，我身上疼！”

罗晶晶掀他的衣服：“伤哪儿了，我看看，要不要上医院？”

韩丁看到，罗晶晶脸上的关切是真的。每到这时韩丁又要想起他们过去的那一段幸福生活了。他想罗晶晶过去对他真是不错的，现在的女孩子，尤其是这么漂亮的女孩子，有几个能这样关心人？现在的女孩可自私呢。罗晶晶的可贵也就在这儿，她跟上一个男的，就会全心全意关照他，把他当成自己生活的主要内容。也许她以前对龙小羽，也是这样。

韩丁站起来，说了句：“算了。”便率先走出饭馆。罗晶晶跟出来，还是表示先去医院看看，至少上点药什么的，要不然第二天更得疼！她这样说，韩丁也就心满意足地笑了，他站下来，问道：“我要是真的残废了，你养不养我？”

罗晶晶发誓般地叫道：“当然啦，不信你就残废一次看看，看我对你怎么样。”

韩丁说：“你靠什么养我？你整天在家睡觉，睡醒了就是逛街，你又不懂得挣钱你拿什么养我？”

罗晶晶说：“到那时候我就出去打工，挣好多钱养你。”

韩丁说：“打工？你能打什么工？到公司当文秘吧你又没什么文化，还当模特吧你又不肯出去找活儿，总是大牌似的等活儿找你。你年轻的时候还能凭着老天爷给你的这张脸，等你人老珠黄了你怎么办？”

罗晶晶口中没了话，只好乖乖地说：“所以，咱们赶快去医院吧，你千万别残废了，我养不了你，我还得靠你呢。这附近有医院吗？咱们找找。”

韩丁心里彻底痛快起来，在这么一大段对话里，罗晶晶没有提到一句龙小羽，非但没有提到，而且在讨论未来生活的时候，她还是把韩丁当作了自己唯一的伙伴和依靠。这让韩丁多少找回了一些自信，他此刻的脸上也顿时充满了明媚的阳光。

于是，他挥了挥手，说道：“去什么医院呀，时间不多了，咱们还是赶紧走吧。”

罗晶晶站着没动：“咱们到哪儿去？”

韩丁向前走了两步，回头，招呼她：“百花绍剧团！”

十五

绍兴人的第一所爱，据说是绍兴酒；第二所爱，大概便是绍兴戏了。所以，韩丁和罗晶晶只要随便问问路人，便可轻而易举地找到那家百年红酿酒厂和这家百花绍剧团。绍兴本来不大，百花绍剧团离他们准备过夜的那家小旅店又不算远，他们找到这座形同危房的砖楼时，离剧团下班的时间还早，但不知为什么这里已是人去楼空。他们如入无人之境似的从一层上到四层，又从四层下到一层，最后才在一间男厕所的门口找到一个老头儿。他们上前向老头打听那位姓李的花脸，一打听才知道团里的演员们下午都到剧场去了，这几天都有为中小学生加排的专场演出。

于是，韩丁和罗晶晶又往剧场的方向赶，赶到剧场时太阳已开始西斜，为中小学生的专场演出也到了快要收场的时候。台上锣鼓喧天，杀声阵阵，后台忙忙碌碌，人流不息。韩丁和罗晶晶问了好几个人，好不容易才找到了那位刚从台上下来尚未卸妆的大花脸。听说是龙小羽的律师求见，那位花脸很热情很亲切地把他们带到后台一个相对僻静的角落里坐下来，有问必答。那花脸的脸上涂得凶神恶煞，说话的声音却敦厚温和。韩丁辨不出他的年龄，从声音上和常理上判断，得有四五十了。他说他和龙小羽的父亲是至交，原来都是石桥镇的。龙小羽的爸爸后来拉戏班子很大程度是受了他的影响。因为他是从石桥镇出来的唯一专业的绍剧艺术家，在那一乡一镇以及后来在整个绍兴市，都是有点名气的。这位有点名气的花脸说到龙小羽的爸爸，画着黑边的眼里居然有了些闪亮的泪水，他说："小羽他爸戏唱得不灵，人可是好人，四乡八镇都知道，那是个大好人！"

"他好在哪里呢？"韩丁问。

"他那个人，对老婆好；老婆走了以后，对儿子好。他带着小羽既当爹又当妈，又当老师。有多少次别人把女人带过来，他都不肯再娶。他为了什么？还不是为了儿子！就盼着儿子长大成人能有出息。他在乡下，人缘非常好，你对他敬一分，他对你敬一丈，滴水之恩，涌泉相报，我们梨园行里最讲这个。像小羽他爸爸这样在外面自己闯的人，这个就更重要了。所以他人死了，我们还都怀念他，他的孩子有困难，我们还是要帮的。所以小羽当时没工作，是我硬替他向团里担保，给他找一份差事做的。"

"是在团里做杂工吗？"

"对。小羽这孩子和他爸爸很像的，人嘛，平时不说话，其实心很重的。对他好的人，过去对他爸爸好的人，他都很感激的，给人家当牛做马他都肯的，把命搭上他都肯的。有一次我那小女儿在街上被一伙流氓欺负，让他碰上了，他一个人和他们六个人打，打得头破血流啊，把那六个都打跑了。那时候我那女孩在上中学嘛，小羽天天早起来送她。到现在我那女孩都工作了，还常常说起来，说小羽哥哥怎么样怎么样，很想他的。所以，我现在也不把小羽出事的情况告诉她。我老婆那里我也不讲，我老婆也蛮喜欢小羽这孩子的。我也真搞不懂，他怎么会出那样的事，他从来不去主动招惹别人的。后来人家告诉我他在外面杀了人，我真的是不信啊！"

韩丁问："龙小羽在你们团里工作，表现怎么样啊？"

花脸说："表现？当然好啊！干活很出力，谁求他办事他都肯的。你们知道不知道他是上过大学的？他是有文化的！我们这里的老师们都看好他，都说他以后肯定有前途的。唉，我真没见过比他命更坏的人了，他从小跟着戏班子在乡下走，没上过什么学，最后能考上大学真不容易啊。可惜，他爸爸一死他又从学校里出来到乡下去给人家划船，那是很苦很累的活儿。所以，这个孩子真可怜啊。他要是杀了人，也肯定是被人逼急了，不然不会的！"

韩丁不想当着罗晶晶的面，让这位花脸继续这么极尽同情开脱之词地感叹龙小羽了，他怕这些言辞会误导罗晶晶更加感情用事地看待这个案子。他打断花脸的唠叨，岔开话头，问："龙小羽在你们这里干了多长时间？"

花脸想了一下："总有几个月吧，时间倒不长。"

"因为什么走的，是自己辞职的吗？"

"是的，他住在他女朋友家里，女朋友的妈妈有风湿病行动不方便，每天都靠他背进背出地去看病，做饭喂水照顾她。可我们剧团常常要到外面去演出，一去十天半个月不回来都有的。他总是请假不去团里也不高兴嘛，就找他谈话，他也没别的办法，只好不干了。我也没办法。我们团里有个演青衣的老阿姨给他介绍到一家文化单位去用电脑打稿子，他在大学里学过电脑的。老阿姨也是觉得这孩子太可怜了，她先生是这个单位的，家里又有电脑，就给他用。可这是个临时工作，有稿子嘛就打打，没有嘛就打不了，钱是挣不多的。后来小羽女朋友的妈妈自己可以下床做事了，他就到外地找工作去了。走以前还给我打过电话告别呢。"

花脸说起龙小羽，始终滔滔不绝，眼里始终带着充血的湿润。直到韩丁和罗晶晶走出剧场，站在街边，看着天边低垂的夕阳，耳边似乎还响着那个厚重沙哑的声音。那声音让两个人的心情都沉甸甸的。至少韩丁心里对龙小羽的看法，在听了"百年红"的厂长和这位李姓花脸的叙述之后，有了些本质上的转变。他倒并非就此断定龙小羽没有杀人，而是觉得，龙小羽也许真的是一个很不错的人，否则怎么会有这么多人说他不错？罗晶晶怎么会这么爱他？他杀四萍，也许是真的，也许是真的有什么特别的事情，特别的原因！

他们在屋顶上那轮血红的残阳下慢慢地往回走，看着自己的身影越拉越长，谁也没有心情说话。直到太阳投在地上的光芒渐渐变冷，河面上的微风也有了些刺骨的寒意，韩丁身上却依然虚热难却。他已经分不清自己的思想中，究竟是几分的惶惑、几分的怀疑和几分的茫然无措。

这天傍晚，他们在街上胡乱吃了点东西，算作晚饭，回到河边那家小旅馆时天已经黑了。他们刚刚走进旅馆的大门，服务台里的一位女服务员就开口招呼他们："你们是楼上三号房的吧？那边有人找你们。"

在服务台右侧墙边的长椅上，坐着两个女人，一位是个十六七岁满脸土气的小姑娘，另一位是个瘦瘦小小的中年妇女。那中年妇女很吃力地让小姑娘扶着站起来，把病弱不堪的目光投向韩丁。

韩丁认出来了，这就是他曾经在平岭法院里见到过的祝四萍的母亲。

也许是因为四萍父亲留在韩丁身上的疼痛尚未平复，所以，一见到四萍的母亲韩丁还是下意识地紧张了一下，警觉地环顾左右，他看到门厅内外除了这两个手无缚鸡之力的女人外，没有其他闲人，才向她们迎了上去，他迎上去却不知该怎样称呼祝四萍的母亲。

"您……是找我吗？您是四萍的母亲吧？"

四萍的母亲拄了一支拐杖，另一只胳膊让那姑娘搀扶着，往前迎了一步说："你是……是北京的律师？"

韩丁说："是，您找我有事吗？"

四萍的母亲看看韩丁身边的罗晶晶，欲言又止。韩丁介绍说："她是我的助手，您要找我有事的话，到我房间去谈好吗？"韩丁转而又想到这女人是有风湿病的，他看看她的腿，问：“您上得了楼吗？”

四萍母亲向前移动了一下身子，抖抖地说了句：“……行。”

去韩丁的客房虽然只有一层楼梯，但四萍的母亲还是爬得很慢很吃力，由罗晶晶和那位小姑娘一左一右地搀扶着，一步一步慢慢地上了二楼，进了韩丁的房间。房间里只有一盏昏暗的台灯亮着，四萍的母亲和那小姑娘被安置在床上坐下，脸孔都沉在灯下的阴影里。

四萍的母亲先开了口：“你们今天去我家，我知道。后来听一个邻居说，看见你们住在这里了，我就让邻居家这个孩子扶我过来。我……我想见见你们，刚才四萍她爸爸出去喝酒了，我就过来了……”

韩丁点头，他和善地冲这位病弱不堪的母亲点着头，说：“您……您来找我们，是不是有什么事要说？”

四萍的母亲那缺乏生命力的目光在韩丁脸上吃力地抖着，她用带着些哭腔的声音说：“我……我想知道，想知道小羽，小羽这孩子，到底怎么样了，他以后，以后会怎么样呢？”

韩丁半张着嘴，不知该回答什么，在这一刻他对这个女人的所问感到非常疑惑。他万万没有想到四萍的母亲，这位几乎无法下床的女人，瞒着她的丈夫，让人搀扶着一步一挨地走到这里，又走到楼上，不是为了她的女儿祝四萍，而是为了涉嫌杀害她女儿的凶手龙小羽！韩丁几乎忘了自己的身份，他几乎无法掩饰地流露出自己心中巨大的惊疑！

“龙小羽？您是在关心龙小羽吗？他可是杀害您女儿的犯罪嫌疑人……”

四萍的母亲轻声哭泣起来：“他怎么会去害四萍呢，他对四萍可好了。他对我也……也可好了。我病得下不了地的时候，全是他照顾我，他给我做饭，给我洗衣服，背我上医院，没有他我现在也下不了地啊。他就像我的儿子，我亲儿子也不能对我这么好啊……他跟我住在一起，天天叫我姆妈……他叫我姆妈，他没有姆妈了，我就是他的姆妈！他怎么会去害四萍呢，我不能信啊！我跟他说好的，他以后就是跟四萍不成了，我也认他做儿子，我喜欢他做我的儿子！他可以不和四萍好，他不用去害她呀，小羽不是那样的孩子呀……”

这位妇人一直抽泣着，一直用一块手巾擦着不停流出的眼泪。她把龙小羽当成了自己的儿子，也许她对他的感情已经超过了对脾气不好的女儿。女儿的死是从天而降的悲痛，她承受住了。可现在有人告诉她，是她的儿子，杀了她的女儿，这样的悲痛，她能承受吗？

罗晶晶掉泪了，韩丁的眼睛也红了。

但他红着眼睛，向这位母亲提了这样一个问题：“小羽和四萍既然这样好，你们现在为什么不愿承认他们曾经是恋爱的一对？你们为什么向公安局说他们从来没有恋爱的关系？”

四萍的母亲哭着摇头，摇了半天才断断续续说出原委：“是四萍的爸爸这样说的，他也逼我这样说。他不喜欢让人家说我们的女儿交的男朋友是杀人犯，他害怕自己没有面子！他害怕不这样说就拿不到赔偿的钱了。人家要知道四萍是让她男朋友杀了的，就会说你们都是一家人，你们自己杀自己，就不赔我们了……我真是死也不相信，他们两个人那么要好，怎么自己人杀自己人呢！”

在送走四萍母亲的时候，韩丁对这位悲痛欲绝的女人说了这样的话：“对，我也不相信，我和您一样不相信龙小羽会干出这样的事情。他是一个知恩图报的人，一个看重感情的人，一个肯为别人牺牲的人，他突然干出这种事情，是不合情理的。我来绍兴就是想搞清楚这件事情的原因！我要为这件事情的真相辩护！”

这是韩丁第一次当着罗晶晶的面，发表这样的态度。也正是从这一刻起，他在自己的内心做了同样的决定：他要全面地、深入地了解龙小羽，了解龙小羽和祝四萍之间发生的一切事情，他要把检察院提出的全部证据一一推敲，他要从无罪的立场，全面质疑这个表面上无懈可击的指控！

当天晚上，韩丁便开始了无罪辩护的准备工作，那就是：与罗晶晶进行了几乎一夜的长谈。他要罗晶晶告诉他有关龙小羽的各种情况，包括他们是怎么认识的，是怎么好上的，在龙小羽潜逃将近一年之后，他们又是怎么在北京相逢的。韩丁对罗晶晶说："所有这些问题已经不是你们之间的个人隐私，而是我作为龙小羽的辩护人必须了解掌握的情节，关于这些情节我必须得到如实的陈述，任何有意无意的隐瞒和对事实的任何一点更改涂抹，都将导致辩护的歧路和最终的失败。"

那天晚上他们一直谈到深夜，又一直谈到天明。罗晶晶用时断时续的叙述和时断时续的眼泪，回顾了她与龙小羽的那段美丽爱情。这爱情的美丽当然包含了他们后来的分离，那个分离对他们来说，曾经是一个明确的永别。在他们分离的一年中，潜藏于彼此内心的任何期待都经历了彻底的幻灭，而他们一年后在北京的重逢，又是那样不可思议。这种爱情是韩丁确实不曾拥有的。和龙小羽相比，韩丁与罗晶晶的爱情，他原来一直自以为浪漫无比、曲折无比的爱情，立刻显得柴米油盐、平淡无奇了。天亮时韩丁和罗晶晶精疲力竭地走出这家河边的旅店。韩丁本来计划在绍兴的这次调查结束之后，要带罗晶晶到王羲之的兰亭和陆游的沈园好好地玩玩儿的。他一直觉得罗晶晶天生丽质，只是缺了点文化。而游览这些文化古迹，听听讲解，看看介绍，增长知识，培养情趣，对罗晶晶来说，绝对是一种有益的熏陶。对韩丁的这个计划，罗晶晶也是同意的，绍兴的每一个历史的遗迹，每一个现实的即景，她似乎都愿意驻足瞻仰和细心揣摩，都有一份特殊的兴趣。但是在彻夜交谈之后的这个清晨，他们走出旅店，走在晨雾将散的岸边，谁也没再提起这些计划中的行程。他们步行着，穿出一条旧式的小巷，走到大街上，搭上了前往火车站的公共汽车。

十六

罗晶晶认识龙小羽，是因为一次车祸。

那时罗晶晶刚刚拿到了汽车的驾驶执照，说拿到，是因为这执照并不是她自己考来的，而是托王主任走关系办来的。而且，这事是瞒着她爸爸的。罗保春对这个宝贝女儿百般娇惯，干什么都由着她，却偏偏不准她学开车。不准她开车也是一种娇惯，既然捧在手里怕摔了，含在嘴里怕化了，当然不放心她一个人驾着车满大街地闯。

所以，罗晶晶开车是偷着学的，偷着学还能学得好吗？她爸爸去上海出差的时候她开着一辆本田车出去练手，刚开出市区就在一个拐弯的路口剐了一个骑车带人的年轻人。那小伙子骑车的技术大概和罗晶晶开车的技术差不多，车子后面又带着个俏姑娘，一见有汽车过来就摇摇晃晃。罗晶晶见他们在前边摇晃，心里先就慌了，手忙脚乱地把车头拐过路口，车尾不知怎么就碰上了那辆破烂得扔了也没人捡的自行车。骑车的小伙子和被他载着的姑娘一齐摔在路边了，罗晶晶从反光镜里看到后面自行车摔倒的情形，还没来得及搞清怎么回事，就听到前边后边都有人高声叫喊：

“撞人啦！撞人啦！停车！”

最近的声音来自前方，前方路边有个小饭馆，几个在小饭馆门口吃饭的男人跑过来，拦住汽车。罗晶晶被这阵势吓坏了。她面色发白地下了车，看着躺在路边的那一男一女，手足无措，她紧张得连句问候伤情的话都忘了说。

倒是那几个吃饭的男人，有的跑去关心被撞人的伤情，有的张罗着要打电话去喊交警，还有人怕罗晶晶肇事逃逸，索性把车门打开拔了钥匙。被撞伤的小伙子这时从地上被人搀了起来，还一瘸一拐试着走了几步，女的还躺在地上起不来。有人在路口拦住了一辆过路的军车，把那女的抬上去送医院了，另有人扶着那男的要和罗晶晶去交警队理论。罗晶晶也不知道交警队在哪儿，她差点哭出声来。她眼睛红红地问：“我的车钥匙呢？”拿了她车钥匙的一位三十多岁的汉子把车钥匙还给了她，同时做了调解人的角色，说：“这样吧，你们要去交警队，就去交警队，要是想私了，就在这里你们自己商量商量，能商量得通，双方都省事。”他问被撞的男孩：“那女的是你什么人？”男孩说：“是我女朋友。”他又问：“你能代表她吧？”男孩说：“能代表。”这调解人于是说：“那你说个数吧，去交警队也不过是让她赔你点钱，你说个数，她要是肯，你们都省得往交警队跑了。你也好抓紧时间到医院看看你女朋友去。”

男孩犹豫了一下，开口要价：“我女朋友，也不知道伤到哪里了，也不知道去医院要花多少钱，你先给两万吧。”

罗晶晶吓了一跳：两万？但她没敢拒绝，她没经历过这种事，她也不知道出多少钱才算合理，碰上这种事拿什么价格才能摆平。最后还是那位三十多岁的调解人替她还了个价：“两万，这数倒是不大，可你看这个女孩子也不是成心撞你，你这数还能不能商量？”

男孩不说话。

调解人说："一万，怎么样？"

男孩说："一万五，少一分就上交警队吧。"

那位调解人把目光移向罗晶晶，等她的表态。罗晶晶说："我先给我爸单位打个电话。"她当时想打电话给王主任，她实在不知道怎么应付这个场面了。

调解人说："人家还得赶到医院去，不能等。你行就行，不行就上交警队吧，我也不管了。"停了一下，又好言相劝，"到了交警队，起码也不止这个数。医药费你得付吧，营养费你得付吧，人家养伤的误工费你得付吧。那女的要是伤得重，住在医院里不出来了，你这钱就得源源不断往那个无底洞里扔，流水一样的。再说，一进交警队你的驾驶证弄不好就得让警察吊销了，你再考个证儿起码又要花几千……所以，上交警队你肯定是不合算，你想好了，要去就去……"

调解人的腔调不太好，有点流氓气，但他说的道理蛮是那么回事的，把罗晶晶说动了，终于表了态，她说："我身上没带这么多钱，我得回去取。"

调解人说："那行，让他跟你去。"

他又转脸问那个男孩："你自己去，还是让我跟你一起去？"

男孩马上说："麻烦大哥陪我去一趟吧，我必有重谢。"

于是，他们两人一起上了罗晶晶的车。罗晶晶把他们拉到了自己的住处。她从住处拿了两千块钱交给了被撞的男孩，又写了一张一万三千元的欠条，欠条是由那个调解人一字一句地口述，罗晶晶一笔一画地写好的："兹有肇事人罗晶晶开车撞伤龙小羽（二人），自愿赔偿人民币一万五千元整，已付两千元，欠一万三千元三日内一笔还清。如不还加倍处罚。"肇事的"肇"字罗晶晶一时忘了怎么写，问那调解人，调解人拿过笔比画了几下，写得也不对。还是"被撞人"龙小羽接了笔，在欠条的背面熟练地写下了一个端正的“肇”字，字迹煞是好看。

写好欠条，连同罗晶晶的驾驶证、身份证，都当作抵押品，给了调解人，调解人又给了被撞的男孩。

两个男的走了。罗晶晶这才打电话给王主任，向他哭诉自己的遭遇，她向王主任求助：第一，想办法搞一万三千块钱来；第二，这事千万别让她爸爸知道。

罗晶晶不想让她爸爸知道，是怕她爸爸知道她开车会发脾气，并且会彻底禁止她开车。其实，经过了这场惊吓，她爸爸就是同意她开车她也不敢开了。后来她真的很少动车，韩丁和罗晶晶共同生活了半年多，压根都不知道罗晶晶以前开过车。

不让罗晶晶的父亲知道这场祸是容易的，但在这个前提下三天以内搞到一万三千块钱却让王主任犯了难。这钱他不跟她爸爸要跟谁要去？王主任和罗晶晶商议再三，谋划再三，最后决定由他替罗晶晶编一个谎话，并且由他亲自打电话给远在上海的罗保春，说罗晶晶所在的模特公司要给模特们添置服装，需要模特每人交一万三千块钱押金。罗保春果然上当，同意王主任先从公司财务上领取一万三千元现钞，在第二天上午就交到了罗晶晶的手上。罗晶晶拿了钱，心情好转，安然等着被她撞伤的人前来取钱，好把这件倒霉事圆满解决。

向那个被撞的男孩付清赔偿费的期限是三天，罗晶晶以为他们会在第三天的头上找上门来，没想到在她拿到钱的当天晚上，她就提前见到了他们。

天下太小，平岭更小。这天晚上罗晶晶去平岭最大的嘉佳超市买饮料，在交款时看到旁边的收银台上有人争吵。她歪过头去看，很快明白原来是一个女孩拿了一瓶洗头液没有交钱，在通过出口时被仪器查获。几名超市的警卫赶过来，拦住那女孩大声训斥。那女孩从口音上听显然不是本地人，坚称是无意中忘了交钱，警卫让她交钱，她又拿不出。罗晶晶先是觉得好奇，继而看那女孩有点面熟，最后，她看到一个男孩从超市里面赶过来，帮女孩说话，并且掏遍身上的每一只口袋，想替她交钱。罗晶晶这才认出他们来，他们就是被她昨天开车撞伤的那一对男孩女孩。

男孩翻遍全身，只翻出了二十几块钱。但那瓶洗发液要三十八块钱，而且，警卫们还要罚款，数额是货款的两倍。拿不出钱就要把人带走，或者交公安机关以小偷论处，或者叫亲朋好友单位领导带钱来领人。正在警卫们拉拉扯扯要把这对年轻人带走的时候，罗晶晶站出来了。

她问警卫："对不起，他们怎么了？我是他们的朋友，要罚多少钱我来交。"

她替他们交了钱，不但交了两倍的罚款，而且，还买下了那瓶洗头液。其实摆平这件事一共也就一百多块钱，对罗晶晶来说不算什么。

警卫们松了手，然后斜着眼睛看罗晶晶和那两个"贼"一起走出超市大门。在超市门口，罗晶晶把那瓶洗发液塞在那个外地女孩的手上，说道："再见。"

女孩先是一愣，随即把洗头液推回来，说："我不要。"

那女孩眉眼挺秀气，气质有点土，能看出是小地方来的人。她拒绝罗晶晶的馈赠是因为不好意思，但动作和口气显得极没礼貌，反倒弄得罗晶晶有些不好意思了。她不无尴尬地把那瓶洗发液又递向那位男孩，说："那给你吧，我不用这个牌子的洗发水。"

男孩表现得礼貌多了，红着脸接过洗发液，并且说了谢谢，并且还说了其他客套的话："算我们欠你的吧，以后还你。"

罗晶晶一笑，说："我还欠你们的呢。"她又说，"你们没事了吗？我还担心你们的伤呢，没事了就好！"

男孩没说话。女孩随口说了句："啊，没事了……"继而马上反应过来，连忙更正，"怎么没事啊，医院说我的脑子可能摔坏了，还要彻底检查呢。我大腿也肿了，不信你看。”她在自己的裤子上比画着，“我原来大腿没这么粗，要是真检查出骨头有什么毛病来，我们还得找你呢。”

罗晶晶已经好转的心情让这乡下女孩一说又变得坏起来，她转脸对男孩说：“钱我已经准备好了，今天晚了，你明天可以到我家来拿。”

男孩比女孩懂事多了，表情上带了足够的礼貌和客气，说：“啊，谢谢你，谢谢你了。”

他说完，拉了女孩一把：“咱们走吧。”他对罗晶晶说了再见，然后拉着女孩快步走了。女孩先是快步走，继而又做出一瘸一拐的样子，罗晶晶也知道那是做给她看的。她想，不管怎么说，她的伤不重，那就好。

第二天罗晶晶没有出门，因为约好了今天交钱的。她把王主任也叫来了，怕对方万一再提什么问题，她一个人应付不了。上午九点钟那男孩果然来了，在外面按门铃，王主任开门把他放进来。出乎他们意料的是，他是一个人来的，没带女孩也没带调解人。虽是冤家对头，但罗晶晶对这男孩不知怎么竟然有点好感。那男孩不仅长得很顺眼，而且，也挺有修养的。罗晶晶把他让到客厅里坐下，还为他开了瓶冰冻的果茶，然后，她站在壁炉的边上，事情则由王主任代她出面交涉。

王主任四十岁的人了，社会经验很丰富，面对这种二十来岁的半大小伙子，一脸漫不经心、游刃有余的模样。他和那男孩面对面坐在沙发上，慢条斯理地问：“你来取钱呀，你怎么称呼？”

男孩说：“我叫龙小羽。”

王主任又问：“你不是本地人吧？你是哪儿的呀？在平岭有工作吗？”

那男孩没答话，他看一眼罗晶晶，说：“我想跟她单独谈谈可以吗？”

王主任说：“你不就是谈钱的事吗，我和你谈，我是她的代表。”那男孩说：“我先跟她谈谈，如果需要的话，再跟你谈。”

王主任还想挡在前面，但那男孩直接把目光投向壁炉边上的罗晶晶，问："我跟你说两句话，行吗？"

罗晶晶愣了，不知该说什么。王主任抬高声音，把男孩的目光硬拉回到自己的身上："你有什么话，你就跟我说吧，啊！说吧。"

男孩再次把目光投向罗晶晶："我单独跟你说，行吗？"

罗晶晶被那目光拉动了，迟疑地点了一下头："行。"

王主任也看罗晶晶："那怎么着啊，你跟他先说？"

罗晶晶说："啊。"

王主任在男孩脸上看了一下，有点不放心地从沙发上站起来，像是给罗晶晶壮胆似的，说了句："我就在旁边屋里。"便离开了客厅。

客厅里只剩下他们两个人，罗晶晶依然站在原地，靠着壁炉，她说："那，你说吧。"

男孩说："我不想要那一万三千块钱了。"停了一下，他看着罗晶晶惊愕的表情，更加明确地又补了一句，"那钱我不要了。"

罗晶晶问："为什么？"

男孩说："我就是摔了一下，没受什么伤，四萍也没受什么伤，你前天不是给了两千块吗，我们足够了。"

罗晶晶傻傻地愣了半天，又傻傻地问："那……够吗？"

"够了。"

罗晶晶那时的心情不知是高兴还是疑惑，这个情形对她来说，有点突然。她这回真的觉得欠了他们。她看得出他们是外地来的，他们没有钱，那一万三千块对他们来说，也许是个大数。这么穷的人碰上这么大一笔不要白不要的横财居然真不要，现在还有这样的好人吗？罗晶晶不敢相信地问："那，那这个事怎么办呢？你看你还需要……还需要别的什么吗？"

男孩干脆地说："不需要什么了。你给了两千块，我们已经很感谢了。"

男孩拿出了罗晶晶的驾驶证、身份证，还有那张欠条，放在茶几上。罗晶晶愣了半天，又问："那你女朋友，她，她真的没事了？她的脑子和腿，都没事了吗？"

男孩说："没事了，谢谢你关心她，你的心太好了。"

罗晶晶被这男孩所表现出来的品行感动了，她不知说什么好，就说："那咱们以后做个朋友吧，你上次说你叫龙小羽对吗？我叫罗晶晶你知道的。你女朋友叫什么？"

男孩说："她叫祝四萍。"

罗晶晶问："听她讲话好像是南方人？"

男孩说："是绍兴人，我们是同乡，都是浙江绍兴的。"

罗晶晶问："可你说话好像和她不一样。"

男孩说："我普通话讲得好，她讲得不好。"

罗晶晶问："你们来平岭是打工吗，还是来玩儿？"

男孩说："来打工。"

罗晶晶问："你们在哪里打工，你们是刚来吗？"

男孩说："来了一个月了，我还没找到工作呢。四萍在一个工程队里打工。就是那天跟我一块来拿钱的那个雄哥的工程队。他也是我们绍兴人，在平岭当工头承包工程好几年了，对这里挺熟的，他经常能揽到活儿，四萍就在他那里干。过一阵如果我还找不到工作，也想跟雄哥到工地上干活去。"

罗晶晶问："你学过什么专业吗？你想找什么工作？"

男孩说："我高中毕业后在绍兴经济学院上学，学经济管理。去年我父亲去世了，我没钱念书了，所以就出来找工作。不过，像我这样半路退学的，要想找到和经济管理有关的工作，那太难了，谁能要我呀。"

罗晶晶说："你要学过经济管理的话，我可以问问我爸爸。我爸爸就是搞企业的，我问问他们厂里要不要人。"

男孩听了，有点不太相信似的，但脸上还是露出了笑容，那笑容很腼腆，充满了感激似的，他说：“是吗，那你帮我问问，我干什么都行，干体力活也行，体力活儿我也能干的。”

罗晶晶和龙小羽的这一次见面是双方关系的一个开端，也是彼此好感的一个延续。在龙小羽告辞之后罗晶晶已经决心一定要帮他找一份他满意的工作。王主任对这场事故的赔偿被罗晶晶化解为无感到万分惊讶，半信半疑，因为他从罗晶晶的叙述中听不出任何令人信服的理由，可以导致这个乡下男孩心平气和地放弃这笔横财。他试探着建议罗晶晶把那一万三千元退回公司财务，以免将来她爸爸向模特公司问起服装押金的事穿了帮，反正她要花钱还可以跟她爸爸要。罗晶晶基本上算是个很本分的小姑娘，花钱虽多，但也仅限于买衣服买裙子买搽脸油之类，以及下饭馆和吃零食，别无出格的地方。她爸爸对她用钱也一向宽松大方。

所以，她果然听话地把钱还给了王主任，王主任当天便把钱退还了公司财务，以免他亲手操作的这件事今后露馅惹出麻烦。第三天罗保春从上海回到平岭，公司和家里看上去一切如常，没有发生过任何事情似的。罗保春去南方走了几趟，对公司产品的市场前景十分看好，回来后便与公司及厂里的经理们策划扩大生产规模，创造规模效益。他决定向银行贷款扩建厂区，建立新的车间和生产线，广纳人才，改进管理和技术，把保春口服液的产量翻上几番，向国内药业巨头的目标奋进。

就在罗保春摩拳擦掌，准备大展宏图的时刻，罗晶晶带着龙小羽来了。保春制药厂正是用人之际，龙小羽又学过经济管理，人长得又英俊，几句话谈下来，感觉也还忠厚，所以，罗晶晶为龙小羽求职的过程比她原先预想的还要顺利，不到半个小时，罗保春就同意龙小羽到制药公司上班，先到公司办公室当文秘。

这对龙小羽来说，当然大喜过望，连罗晶晶都看得出来的，他肯定想不到这么简单的几句交谈，就能跨进这家在平岭相当知名的民营企业的门槛，而且，还是在办公室里做白领。保春制药公司其实只有一个部门，就是公司办公室，整个公司的业务体系都在保春制药厂的建制上。制药厂就像一个完整的塔身，而制药公司只是它上面小小的一个尖。这个尖虽然小，却是一个居高临下的指挥核心。龙小羽，这个小地方来的，虽然学过点经济管理的知识但没有什么资历，甚至连正规学历也没有的年轻人，居然能这样一步登顶地走进这个容量很小但权力很大的塔尖里，这是一个梦吗？当然是梦！

这是一个女孩带给他的梦，一个色彩丰富的、有进行曲伴奏的梦。这个梦就在一个波澜壮阔的节奏中开始了，龙小羽随着这个梦，进入了一个页码快速翻动的人生篇章，他从每月拿八百元工资，主要在办公室里打杂的小文秘开始，很快便得到了公司办公室王主任的欣赏，继而得到办公室其他工作人员的好感，最终连罗保春本人，也注意并喜欢上了这个新来的小伙子，开始交给他一些重要的事务让他办理。比如，陪重要的客户去游览、购物；比如，帮他处理一些家庭私事，像给罗晶晶送东西，家里装修时负责监工，等等。无论公事私事，龙小羽都办得很好，既快捷又周全，从没出过任何纰漏，碰上什么麻烦也能应付得恰到好处。

龙小羽何以做得如此成功呢，是他的工作能力特别强吗？社会经验特别丰富吗？都不是。他其实只是比一般人更勤快一点，更谦虚一点，更吃苦一点，更自律一点，更注意小节一点而已。比如：每天上班时到得早一点，下班时走得晚一点，办公室里的杂活像扫地打水擦桌子什么的干得多一点，别人求助时态度热情一点，公司里发钱发东西发放任何福利时则一点不计较，一点也不。但就是这些个“一点”，现在大多数年轻人很难做到了，有的简直一点都做不到了。但龙小羽做到了，所以，他在这个公司里，就稳稳地站住了。

龙小羽站住了，也可能缘于他的个性。他是一个少言寡语但绝不孤僻的人，既有谦恭礼貌的美德，与人相交该热情时也热情得起来，外表又比较阳光。这样的个性，这样的外形，谁能不喜欢呢。历史对一个人的评价多注重功过是非，现实对一个人的评价则注重为人处世。上司对下属的好恶往往取决于下属的能力和贡献，而平级对同伴的看法往往取决于他的品行和性格。龙小羽是一个刚入行的年轻人，也许他懂得初来乍到绝不是急于表现能力和建立功勋的时候，他借以立足的，其实是他尽力表现出来的那种良好的个性品格。

龙小羽站住了，还可能缘于他的生存本能。他一向生活漂泊，无亲无靠，他对这样的工作能不珍惜吗？这个工作不仅能带给他不错的衣食保障，而且，完全可能成为他今后安身立命的一个事业上的起点。

这确实是一个梦，壮丽的进行曲中还交响着婉约的小夜曲，阳光般的亮色中又变幻出浪漫的玫瑰色，这个突然时来运转的年轻人，竟然悄悄地成为灰姑娘故事现代男子版中的一个主角。他是在什么时候用什么方式，并经历了什么过程与罗晶晶互生爱慕的，之后他们又走过了怎样一段心心相印的情感之路，以及他们后来怎样分别怎样重逢，这一段历史在韩丁以龙小羽辩护人的身份得以刺探之前鲜为人知！

十七

罗晶晶爱上龙小羽，按照她自己的总结回顾，大约始于三件平凡的事情。在一般人的眼睛里，那确实是再平凡不过的事情。但韩丁还是相信了这些事情与那场爱情之间的因缘，因为他相信现实中的爱情有时不需要任何理由，他相信男女之间的呼应和支点，有时微妙得只有寸心可感。

第一件是什么事呢？是做饭。有比做饭还要平凡的事吗？

做饭的事发生在龙小羽被招聘到保春制药有限公司当文秘之后不久，那时罗保春积劳成疾，因为心脏病住了一回医院，出院后突然厌倦了嘈杂的都市，决定租下黄鹤湖风景区的那幢别墅。罗保春搬到黄鹤湖后很少进城，除了开会和应酬外，日常批阅文件和指挥公司的业务运作，都在这幢郊外的老房里进行。他同时决定把他在城里住了多年，而且现在罗晶晶依然住着的那个小院翻修一下。罗晶晶那时刚刚当了模特，每天忙碌的训练和演出使她不能住到郊外去，除了休假时去陪父亲两天外，她也不想天天住在那里忍受他的唠叨和管束。因为她还在城里的小院住，所以，翻修工程只能一半一半地分期进行。罗晶晶在左边的屋里住着，施工队在右边的屋里干活儿，干完了再互相倒过来。那时候龙小羽刚刚调进公司，手上没有多少日常工作，所以，办公室的王主任就派他天天扎在罗家小院，负责监工。

于是，罗晶晶几乎天天可以看到这个黑眉亮眼的小伙子出现在窗外的院子里，看到他在她卧室对面的房屋里进进出出，听到他和施工的工人们认真交涉的说话声……甚至，她还看到他光着膀子帮工人们搬东西。她看到龙小羽赤裸着身体比他穿戴整齐时要显得强壮，她没想到这个看上去很单薄的小伙子竟会有明显的胸肌。龙小羽身上的肌肉大概是在绍兴城外九曲连环的河道上划那条乌篷船划出来的，每个部位都那么精干有形。他的腰很细，但腹部那一组不用力也能清晰可见的肌群把整个身体支撑得生气勃勃。韩丁跟罗晶晶相处的时间不算短了，他知道她对男孩子的欣赏口味。显然，在那三件所谓的平凡事发生之前，罗晶晶肯定早在隔窗偷看龙小羽的举手投足了。韩丁能想到的，龙小羽那副被太阳晒黑的瘦削的脸孔，那副不是经常锻炼绝对塑造不出的健康的体形，那副沉默寡言的神态，对女孩子都是有杀伤力的，这种小伙子只要往那儿一站，女孩子一般都会投降了。韩丁也漂亮，但那是另一种感觉，他也知道，像他这种能言善道衣冠楚楚的都市白领罗晶晶见多了，早就腻了。反而是龙小羽这样的人，能带给她更多的新鲜感，和更加故事化的梦幻。

慢慢地，罗晶晶开始有意无意地走出卧室，走到小院里，看看工人们装修出来的房子，自然也就有了和龙小羽随意攀谈的机会。她先是问他关于翻修房子的一些情况，以及关于泥瓦装修一类的知识，继而问起他手上的白色珠链，这是女人戴的饰物你怎么戴它？进而又聊起了他的老家——你的老家是一座水城吗？水城该是什么样儿？于是，龙小羽就给她讲述了乌篷船，讲述了古纤桥，讲述了社戏和黄酒，讲述了绍兴两千五百年的沧桑历史……龙小羽对罗晶晶——韩丁搞不清他是不是从拒绝那一万三千元补偿费之前就已经开始——也有了兴趣，他向她询问一些关于模特的知识和见闻。模特这个行业对龙小羽这样的男孩来说，当然是充满诱惑而且异常神秘的。他现在能够和一个过去只能在电视上偶尔看见的秀丽的模特如此近地站在一起，如此平易轻松地谈天说地，这大概是他从未遇见过的场面。他们彼此交谈得很快活，给对方的感觉也都很舒服。他们交谈的次数越来越频繁，每次的时间越来越长。这小院里没有别人，只有他们俩，施工的工人们只埋头干活，谁也不管他们是什么关系。工人们收工之后，他们常常还没有聊完。有一次他们聊起绍兴的咸亨酒店，聊起那里边卖的茴香豆。因为鲁迅先生的那篇名叫《孔乙己》的小说，咸亨酒店和茴香豆很是出名……接下来他们又顺水而下地聊起绍兴的风味小吃，龙小羽说起这些小吃显得十分内行，不仅是口味，连那些小吃的制作程序和生产原理，都能极其详尽地一一道来。龙小羽这样的男孩子居然也会做饭，这让罗晶晶格外惊讶，真是穷人的孩子早当家。于是，在这间小小的院落里，就经常飘出了绍兴风味的饭菜的香气——罗晶晶让龙小羽露一手，龙小羽就露了一手。后来，他又陆续露了第二手和第三手。龙小羽做饭是给他爸爸戏班子里一个会做饭的打鼓师傅打下手时耳濡目染学会的，后来他给四萍的母亲天天做饭做了半年，手艺练得炉火纯青。罗晶晶对龙小羽做的饭菜，对那个口味，慢慢产生了依赖。她喜欢看这个英俊的男孩子动作麻利地为她在厨房间里叮叮咣咣地忙碌，喜欢吃着他做的饭和他一起聊天。韩丁这下才知道，罗晶晶迷恋于在家做饭，以及她做饭的手艺，都是从龙小羽那里师承而来的。

做饭是罗晶晶对龙小羽产生依恋的一个开端，而接下来的另一件事情，则让罗晶晶对龙小羽进一步产生了好奇和好感，那就是，龙小羽让罗晶晶对电脑产生了兴趣，并且成了她学习电脑的进门师傅。

一个男孩教一个女孩学电脑，这在世界已经进入信息时代和全球一体化的时代，当然也是太平凡太平凡的事了。你信吗，现在的年轻人，会玩儿电脑的比会炒菜做饭的还要多得多呢。但在罗晶晶的眼里，龙小羽只是一个从小地方来的、吃过苦的、肯出力的、助人为乐和厚道善良的、没有沾染现代城市中种种不良风气的年轻人，这也正是龙小羽吸引她的地方，是她在从小长大的城市环境中很少遇到的类型。她没有想到，也从未奢望过的是，像龙小羽这样的人也会玩儿计算机这种高科技的东西。那天他们吃完饭不知怎么聊起了电脑，一向说话被动的龙小羽突然兴致盎然滔滔不绝起来。他如数家珍地评论着不同品牌的电脑各自的优劣，以及它们最早的产地、销量排名、老板是谁和历史背景，这让罗晶晶大为惊讶。罗晶晶不懂电脑，她是一个喜欢艺术的女孩，不仅喜欢艺术的风雅，也沾染了艺术家常有的懒散。她不去训练和演出的时候，宁可在家睡大觉，上街逛商店，和龙小羽一起做饭聊天，也从来没想过要去学什么电脑。可现在不同了，因为龙小羽，她对电脑突然发生了兴趣，她是从龙小羽的口中才第一次全面了解了电脑在现代人类生活中竟有如此无处不在、无所不能的功能和应用，也了解了在未来的人类生活中，一个人如果不懂电脑将会面临怎样的无趣、尴尬、低能，甚至生存的危机。

在龙小羽的影响和说服下，罗晶晶决定，立即为自己配备一台电脑。她去找父亲要钱，告诉他自己要学电脑的决定。罗保春当然高兴，女儿自爱上模特这一行后，几乎荒废了一般年轻人都应当学习掌握的其他功课，而且怎么说都不听。女儿的变化让他半信半疑："你不是一时心血来潮吧，买了电脑玩儿两天然后一扔就再也不学了？"罗保春说："我看你不如先去报个电脑学习班，先学好基础，或者我找个人教你，学会了以后再买不迟。"罗晶晶说："我已经找到一个特别棒的老师了，他对电脑可精通呢。"罗保春问："谁呀，你从哪里找到的？"罗晶晶磕巴了一下，然后答道："是我们模特公司给我们找的，公司现在要求我们都学电脑。"

罗保春信以为真，兴高采烈地往外掏银子，又吩咐王主任派内行的人陪罗晶晶去商店选购。罗晶晶说不用不用，我们公司说要让请来的老师帮我们挑。她从父亲手里拿到了一万五千块钱，拉着龙小羽去了 IBM 的专卖店，买了一台 IBM 的新品 Aptiva，这是龙小羽先到各家计算机专卖店转了一圈之后给她出的方案，他一共出了高中低三个不同价位的配置方案，这套 IBM Aptiva 是其中最高的一个。

从此以后，龙小羽的业余时间，大部分就是陪着罗晶晶消磨在这台 IBM Aptiva 的面前了。他从罗晶晶的兴趣出发，因势利导，先教她学会了玩儿电脑里的各种游戏，然后，又带领她一起上网冲浪。当丰富多彩应有尽有的网上内容让罗晶晶眼花缭乱叹为观止之后，他又把她领进了一间聊天室。他让罗晶晶看到这里的自由和放肆，看到那么多素不相识的人在这里互相交流、互相调侃、互相争吵谩骂、互相谈情说爱……当罗晶晶迷上这一切之后，他才开始教她五笔字型，教她处理文件，教她建立自己的“伊妹儿”。这时候罗晶晶眼中的龙小羽，早已不是一个单纯的体力劳动者，他在电脑前的那份熟练和麻利让罗晶晶着迷，她满心佩服地看着他用那只小小的鼠标，行云流水般地快速点开屏幕上的无数暗道机关，在这个小小的荧屏内幻化出无尽的天地，这种叱咤风云的本领和气度在一个电脑初学者的眼中，几乎可以轻而易举地换来五体投地的崇拜和信服。

当罗晶晶有了这样一个崇拜的偶像之后，她对电脑的学习热情和进步速度就变得日新月异起来。她很快就可以自由地浏览网上的信息，用“伊妹儿”给同学发信，可惜同学中有“伊妹儿”的太少了。接下来不久，她也可以像龙小羽那样，在网络聊天室里和一群不知姓名、不知地点、不知年龄甚至不知性别的人聊得恋恋不舍。每次聊天她都和龙小羽一道，由龙小羽操盘或者由她，和网上那帮 GG、JJ、DD、MM 们灌水、造砖，甚至开房，侃得不亦乐乎。两个人一起与别人论战会显得更有力，更热闹，更智慧和更有笑料。

龙小羽给罗晶晶起了一个网名，叫“似水骄阳”。罗晶晶的名字中有十个太阳，六个中天之日，四个垂暮夕阳，而她的外貌和性格，又那么柔情似水，称之为“似水骄阳”恰如其分。罗晶晶也给龙小羽起了一个网名，叫“龙行天下”！这是她在一个港台影碟里看来的词，觉得特别神奇和霸气，充满阳刚。但是他们在化名的包藏下，用了各自真实的性别。因为用“龙行天下”这样名字，说是一位“美眉”人家也不信。那一阵“龙行天下”和“似水骄阳”如影随形，总是双双出没在不同的网络聊天室中，一唱一和，咄咄逼人。很多网虫都知道，当“龙行天下”出现时，“似水骄阳”必然降临，当“似水骄阳”和大家说拜拜我要去睡觉了之后，“龙行天下”肯定随之销声匿迹，他们看上去是一对名副其实的江湖情侣，来去无踪的雌雄双侠。

网络是一个爱情泛滥的地方，“龙行天下”和“似水骄阳”不论如何形影不离，还是有人见缝插针地充作第三者，和他们“动感情”的不乏其人。对这些家伙他们有时予以痛斥有时婉言拒绝有时则调侃几句，有时还假意逢迎装作动心的样子，一切依当时的情绪而定。甚至，他们共同策划了一个阴谋，就是由“似水骄阳”出面，“勾引”一个叫“少年侠客”的同城网友，在“龙行天下”的认可下，“似水骄阳”主动示爱，情意绵绵，甚至不惜堆砌大量直奔主题的爱慕之词，眼睁睁地把那“少年侠客”降于裙下。他们都看得出，这位“少侠”真的动心了。他开始向“似水骄阳”交代他的真实身份和真实年龄，他已经不是少年了，但也不老，不像有的网虫，都四五十了还起一个天真烂漫的名字蒙人。他今年只不过二十八岁，在一家公司当销售经理，管一摊业务，算得上是一名“成功人士”。他恳切地询问“似水骄阳”芳龄几许，贵庚几何，现在哪里工作，而且，最重要的，是不是真的女性。罗晶晶也就真的告诉他，自己真是女的，今年二十岁，也是平岭人，喜欢艺术，但没说自己干什么工作。接下来那位二十八岁的销售经理当真约她出来见面了。玩儿到此处龙小羽说咱们别再逗他了，给他来个突然失踪，换个网站找别人聊去，让他伤心几天迷惑几天也就罢了。可罗晶晶偏偏来了兴趣，来了好奇心。聊了这么多天，她特别想看看这位含情脉脉的少侠究竟何许人也，姓甚名谁。她不听龙小羽劝阻，执意和那位痴情少侠互发“伊妹儿”，约了见面的时间和地点。到了那天她拉上龙小羽一起去了，他们比约定的时间提早十分钟就赶到了地方，那是离罗家小院不算太远的一个植物园的门口。可那位“少年侠客”比他们到得还早，他右手拿着一份卷成筒状的《平岭晚报》，左臂搭了一件上衣外套，这是双方约定的接头标记。罗晶晶吓了一跳，那人大概只有一米六，很胖，有些秃顶，说他二十八岁打死罗晶晶她也不会相信，与“少年侠客”的称谓实在离题万里，风马牛不相及。罗晶晶不得不相信这样一句俗话，真是：网上无美女，网上无俊男！她连忙把右手的晚报扔在街边的垃圾筒里，把左手的外套穿在身上。她看到那个胖子注意到她了，连忙忍住笑，挎着龙小羽的手臂，装作一对亲密情侣的模样，从那人怀疑的目光前目不斜视地走过去，然后喷饭似的笑出来，落荒而逃。

这第一次失败的“接头”，却无意中成就了她和龙小羽之间的“第一次亲密接触”，那就是：他们第一次手挽着手，肩并着肩地像恋人那样公然走在人来人往的大街上。他们几乎走出了半条街才发觉彼此的身体挨得有点不成体统，慌忙散开了，两个人都有些脸红。但是，也不约而同地都有些心旌摇曳。

龙小羽在电脑使用方面的才能让罗晶晶对他刮目相看，很自然地，也引起了她对龙小羽人生经历的好奇。当龙小羽说出他是在大学的专门课程里学会电脑操作的时候，罗晶晶对他的好奇心几乎达到了极点：“你上过大学？”她没想到这个在她心目中一直是个体力劳动者的小伙子竟然是个大学生。一个大学生怎么会落到像他这样背井离乡到外地的建筑工地上谋个小工都谋不上的地步？于是，龙小羽又向她讲述了自己的童年和父母，讲到自己是怎样在戏班子里帮大人干活的同时，又在父亲的启蒙下，自学了小学的全部课程；讲到如何艰苦地考上大学，又如何被迫地离开大学……那所经济学院是民办的，没有奖学金的制度，成绩和表现再好也没用，交不上学费就得退学。他那时不但交不起学费，连吃饭都成了问题。他向罗晶晶讲述了他从二十岁中断学业开始，在绍兴乡下的河道上划船，在东浦的酒厂里酿酒，在国营的绍剧团里当杂工，在很不景气的文化单位里当兼职的电脑打字员，那些有了上顿没下顿的日子……他几乎把自己从小到大的一切，都倾诉给这个看上去是真心关怀他的美丽的女孩子了。他唯独没有告诉罗晶晶的，是他和四萍的关系。不过，关于那个叫四萍的女孩，罗晶晶多少是知道一点的，尽管龙小羽从不提起这个女孩，但她猜想这女孩和龙小羽大概是青梅竹马的同乡。罗晶晶在这方面其实是个颇有心计的女孩，她并不急于向龙小羽问起那个和他一起被撞的姑娘，当然，那时她心里也还没有明确意识到她和龙小羽之间的关系将会发生什么性质上的变化，隐隐的感觉肯定是有了，双方都有了，但明确的意识还在以后。

罗家小院历时两个多月的翻修工程结束了，施工队撤走了，龙小羽的任务完成了，但他依然是这里的常客。他几乎天天晚上都过来，教罗晶晶做饭和学电脑，当然，更多的是和她一起上网冲浪与网友聊天。后来，更多的是他们自己，坐在幽幽的台灯下，天南地北无话不谈地，聊天。

这时候，就发生了第三件事：打架！

年轻人动手打架，也是平常的事。

那一天罗保春在平岭大丰酒楼摆席宴客，被宴的是一对老年夫妇。男的姓张，叫什么罗晶晶记不得了，原是平岭轻工局的副局长，早已退休。女的叫梁惠兰，是平岭生物制品研究所的研究员，也是研究所的药理研究室主任，还是平岭医学院的兼职教授，总之，头衔不少。那天晚上的这两位客人中，女的是主宾，男的是陪衬。罗保春那顿酒席的目的，是正式聘请这位不仅在平岭，而且在全省和全国也十分知名的药理科学家担任保春口服液的特聘专家。其实给生产厂商当这种专家并不需要做太多的工作，主要是挂名。由知名专家挂名有利于厂商对产品的推销，专家也拿些挂名费，两相情愿，各得其所，这在商品经济的时代早不是什么新鲜事。那天傍晚本来应该由王主任亲自到梁教授家去接这对老夫妇的，但王主任的会没散，出不来，所以，就派龙小羽去了。龙小羽坐公司的车到梁教授家接出两位客人，接到大丰酒楼时，王主任开车拉着罗保春也刚刚赶到。罗保春那天特地叫上了罗晶晶，一来是因为好几天没见到女儿了，有点想，正好借这个机会和女儿一起吃顿饭；二来有个女孩子席面上会多几分轻松，有一点家庭聚会的味道，和梁教授谈正事时也显得气氛亲切。

罗保春父女与梁教授夫妇那个晚上果然相处得非常融洽，外人只有王主任在座。龙小羽和公司的一位司机在附近的小饭铺里吃了十元钱标准的一顿工作餐，然后就在停车场等着楼上的宴会结束。那天晚上罗保春很高兴，喝得稍稍多了点，但没醉。宴会结束后他先把教授夫妇送上汽车，让龙小羽陪着，送他们回家。然后非要自己开车，跟女儿回罗家小院。他把车子一开出车位就走错了方向，在停车场逆行道的拐弯处，和一个车速过高的左拐车几乎撞在了一起。对面车上有三个年轻人，看样子也喝多了，下了车先是破口大骂。“你他妈开的什么车！没长眼睛吗！”罗保春也下了车，神情还算理智，没有回嘴，只是走到车头想看看蹭上了没有，不料猛地被对方揪住脖领子甩了一个趔趄。王主任连忙下车过去劝阻，也被对方另一条汉子揪住。罗晶晶也下了车，腿脚发软地过去想拉走父亲，可父亲这时已经大声和那几个年轻人争吵起来，互相都撕扭住对方。那几个年轻人身强力壮，罗保春却是快五十岁的人了，显然不是对手，三扭两扭又被对方甩了一个更大的趔趄。这时，龙小羽冲上来了，送梁教授的车尚未走远，司机从反光镜里看到董事长被打就停了车，龙小羽跳下车便冲过去，大有单骑救主的无畏气概。他冲上去倒没想打架，他只是扶起罗保春，想往汽车那边走，可那几个人不依不饶还揪住不放。龙小羽竭力用自己的脊背和手臂，将他们隔开，不但没用，还被对方揪住。在这之前，罗晶晶站在他们身后都看到了，龙小羽的表现很克制，是想息事宁人的样子，是想保护好她的父亲。但对方有些没完没了，在他们几只手都揪住龙小羽的衣领时龙小羽像是突然发怒了，出其不意地一拳打在其中一人的门面上，那人几乎是砰的一声就坐在地上了。接下来龙小羽马上成了另外两人联合攻击的对象，他们的身材都比他胖，但很明显，力量不如他。他们三个人打作一团仅仅几秒钟，那两个壮汉就一个捂着肚子蹲下，另一个索性口鼻蹿红仰面躺倒了。

龙小羽出拳的一刹那让罗晶晶着实震惊了一下，尽管这是在救她的父亲，但那一刹那龙小羽眼中的那道凶光几乎在瞬间改变了罗晶晶对他的美好印象。她原来完全忽略了在这个乡下人纯朴的外表下，其实隐藏着本质上的野性，那是龙小羽二十年生长环境和周围人群留在他性格上的根，是从小漂泊无定的生活附在他身上的魂。要不是在大丰酒楼的停车场上看到龙小羽这股突然爆发的狠劲，罗晶晶差点忘了这个已经成了她最亲密的朋友的小伙子，和她原本并不是一路人，他们的家庭和经历，他们所处的环境，使他们在本性上肯定有着巨大的差别。

当然，罗晶晶那时心里的念头，并不像后来向韩丁讲述这事时那样理性，她只记得当时她先是吓了一跳，继而担忧的是龙小羽能否打得过他们。那天晚上这个事件的结局也出乎罗晶晶的意料，王主任喊来了酒楼的保安，保安呼来了街上的巡警，巡警带走了其实属于正当防卫的龙小羽。

那天晚上罗保春没有再回罗家小院，他把惊魂未定的女儿带回了黄鹤湖别墅。那一夜罗晶晶通宵未眠，她万分心疼和想念为了她和父亲而身陷囹圄的龙小羽。龙小羽的大打出手在她的脑海中，完全成了一种大无畏的英雄壮举，他的冷酷面容也被她在不断的想象中幻化成一个单纯的酷字，那份沉着和迅捷有如卡通片中潇洒英俊的少年勇士那样静若泰山动若脱兔。龙小羽在那个瞬间表现出来的野性，也变成了男人的力量和豪气的象征。它不仅不再让罗晶晶感到惊愕和害怕，而且，甚至，它使龙小羽在她心目中的形象更加臻于完美。

第二天清晨，天还没有亮，罗晶晶就起床来到父亲的房间里，她叫醒了父亲，恳求父亲赶快救出龙小羽。父亲其实在前一天晚上就给有关方面的熟人和朋友打了电话，说明打架的原委并请他们找公安局疏通。到了中午龙小羽就被放出来了。他把那三个家伙打得不轻，其中一个面部还有骨折。但公安局还是裁定龙小羽的行为属于正当防卫，其实，正当防卫和防卫过当的界限很难说清，罗晶晶也不晓得公安局的裁定是秉公执法还是父亲托的关系起了作用。

龙小羽是由王主任亲自去拘留所里接出来的。王主任把他接出来后，按罗保春的指示直接送到了黄鹤湖别墅。在别墅的书房里，罗保春接见了他，还让保姆给他泡了杯热茶压惊。他对龙小羽说了嘉许和鼓励的话，关心地询问了他的家庭、经历和专长。龙小羽简短而又笼统地做了回答。在他还没有答完的时候罗晶晶突然走进了这间书房，她和龙小羽互相目视，谁也没有说话。罗保春出于礼貌，也出于对龙小羽的亲切体己，似乎忘记了是女儿带龙小羽来工厂求职，他亲自接纳龙小羽进厂的事了，竟起身向龙小羽介绍了自己的女儿。

他说："我给你介绍一下，这是我的女儿，是飞天模特公司的模特。"

龙小羽愣了一下没有说话，但眼神中含了些笑意，他冲罗晶晶微微点了一下头。

罗保春又向女儿介绍龙小羽："这是龙小羽，我们公司新招的大学生。是浙江绍兴人……"

罗晶晶凝视着龙小羽，然后，她落落大方地伸出一只手来，朗声说道：

"我叫罗晶晶，我很高兴能够认识你！"

十八

也许龙小羽自己也没有想到他的前程会这么迅速地明朗起来，在罗保春于黄鹤湖别墅的书房里正式接见他的第二天，公司董事长办公室的王主任就找他严肃认真地谈了一次话，这次谈话在龙小羽短短的人生历史上，是一个极其重要的里程碑。王主任奉命通知他：经董事长办公室的大力推荐，董事长已经决定让龙小羽担任他的私人秘书。董事长原来是不设私人秘书的，秘书事务一直由王主任兼管。现在王主任事情太多，分身乏术，有龙小羽做专职秘书之后，诸如董事长每天文件的处理、日程的安排和交办的生活事务等，就都由龙小羽来办了。王主任对龙小羽说：之所以推荐他是因为他一向是工作勤恳，服从领导的，希望今后地位变了仍能保持本色，当然，还因为他的条件——有文化底子，能熟练使用电脑，相貌也不错，身手也了得，跟在董事长身边等于雇了一个兼职的保镖了。

从王主任谈话的这一刻开始，龙小羽就成为罗保春为自己设立的第一位私人秘书，也意味着他一步登天地成了保春制药公司机关内一个最受人瞩目的角色。月薪也从八百涨到了一千。当然，涨的那点钱和这个职务的重要性相比微不足道，重要的是他搬进了罗保春在公司的那间平时一直是空着的办公室里，还可以乘坐罗保春的汽车在城里和黄鹤湖别墅之间频繁往返，把公司的文件带给罗保春，把罗保春的指示带回公司。他经常参加罗保春召集的公司内部的高层会议，是厂长、副厂长、总会计师和人事总监这种级别的干部才能参加的会议。厂长、副厂长、总会计师、人事总监对他都很亲热。公司的部门经理和厂里的车间主任这级干部见了他的表情和说话的口吻就更亲热了，亲热中还带了点巴结和恭敬，弄得龙小羽很长时间都不习惯。他没想到他才二十二岁就如此受人尊重，那些部门经理和车间主任一主动和他打招呼他总是受宠若惊，一天到晚像在云里雾里做梦似的，都找不到脚踏实地的感觉了。

他还经常陪罗保春出席各种宴会、酒会、招待会，西装革履、山珍海味。那时罗保春正在和银行谈他的扩建计划，龙小羽就在饭桌旁帮他向银行家们展示扩建厂房的设计图和制药厂扩建后若干年的远景规划图。龙小羽参与公司的上层活动越多，了解的情况越深，他对自己已经投身进来的这份事业就越充满激情，越有主人翁的责任感，对公司，对公司的产品保春口服液，对保春口服液的老板罗保春，就越生出一份由衷的归属感。罗保春每一个紧皱的眉头，每一根细细的白发，都让他为之心焦神虑，而这位老板每一次神情舒展的开怀大笑，又让他像久旱的甘霖那样，从头顶一直滋润到脚跟。他感到自己的人生甚至每一天的喜怒哀乐都和保春公司的事业融为一体了。他在韩丁从绍兴回到平岭再次找他谈话的时候甚至说了这样的话，他说那时候他觉得罗保春像他的父亲。

龙小羽的这种心态韩丁完全能体会到的。他从小吃苦，父母早亡，没有亲人，罗保春的知遇之恩很容易使他产生强烈的报答之心、忠孝之情。当然，他的归属感还生自另一个重要的因素，那就是，他爱上了罗保春的女儿罗晶晶!

尽管，龙小羽与罗晶晶已经有了一段秘密的接触和牢固的友谊，但他们之间，还从未谈过“爱”字，连一点试探、影射和暗示都从未有过。对龙小羽来说，他和罗晶晶之间悬殊的出身，使这种爱显得遥不可及，进而也使爱的念头愚不可及。他一直把罗晶晶对他的亲昵当作一个小妹妹对小哥哥的依求。能当罗晶晶的小哥哥对他已是莫大的幸福。他努力使自己像哥哥那样无微不至地照顾罗晶晶，心甘情愿地为她做一切琐屑之事，对罗晶晶时而发作的小脾气总是毫无怨言地逆来顺受，让罗晶晶在他面前可以任意而为，毫无顾忌地发泄本性。他知道罗晶晶喜欢有他这样一个能保护她、顺从她、呼之即来挥之即去地听她使唤、总是让她开心、让她永不寂寞的小哥哥。他看出罗晶晶真的喜欢这样，他因为意识到他对罗晶晶的价值而感到特别兴奋，特别满足，那种满足感使他那一阵生活得特别充实快乐。但即便如此，他也不敢奢望他们之间，最终会产生爱情，那种认真的、有结果的爱情。而且，他很明智地知道，罗晶晶的父亲能够破格重用他、培养他，却不能容忍他对自己的独生女儿存有非分之心。罗保春要是知道他有这样的念头，龙小羽完全可以想象出自己将受到何种处分：他会被打入阴山背后，甚至被逐出保春公司，重新回到平岭的大街上，回到在劳务市场里成群结队等待工作的外地民工的群落中去。他最初一点也没有意识到，一旦罗晶晶真的离不开他了他该如何自拔，一旦拔不出去了又会有多大麻烦。他还顾不得去想这么远，他那时只顾得享受着罗晶晶对他的依赖，她离不开他只会让他感到激动和自豪。他甚至没有发现罗晶晶其实早就离不开他了，她频频打电话让龙小羽下班后到她的小院里来，让他教她学电脑，让他给她做饭。她说我想吃你做的饭了。她常常要挖空心思绞尽脑汁想出一些看上去比较正常的理由让他来。有时天已经很晚了，都九、十点钟了她突然想他了，想得不行，她就打电话呼他，说点理由，比如，她闻到屋里有煤气味，或者，有人在她的院外走来走去她害怕了睡不着觉。龙小羽肯定会很快赶过来，他就住在公司的办公楼里，离小院不算太远，骑自行车十分钟就到。到了以后龙小羽不知是真傻还是装傻，总是在屋里闻一圈然后问她：“哪里有煤气味？我怎么没闻到？”或者：“院子外面一个人都没有，你听错了吧？”然后就坐下来和罗晶晶聊天或者上网，一直待到她真困了才走。有时时间真的太晚了或天气不好的话，罗晶晶就不让他再骑车过来了，她就和他在电话里聊一会儿或者干脆让他到办公室去用公司的电脑和她在网上聊天。同一个聊天室的网友们这时就可以看到“龙行天下”和“似水骄阳”双双出现，彼此间你来我往，话语密不透风，谁也插不进一句嘴去！

罗晶晶的这种表现，不是爱又是什么？可她是女孩子，她不大可能先向对方启口。何况，她从未谈过恋爱。爱情在罗晶晶的感觉中，是个从未体验的新鲜东西，新鲜得几乎令她手足无措，令她完全不知道该怎么一步一步地深入，怎么一步一步地进行下去。

她的这种新鲜感和由这新鲜感带来的兴奋，只有她最要好的同学程瑶知道，因为罗晶晶总是情不自禁地在她面前说起龙小羽，说龙小羽做的菜如何难吃，说龙小羽只有一件衬衫而且开了线，说龙小羽笑起来一脑门抬头纹一点也不好看，还说龙小羽说话有口音有几个字眼咬得可笑极了……直说得程瑶疑心起来：“你不会是爱上龙小羽了吧？”程瑶的这个推断在刹那间把罗晶晶也吓了一跳，她在片刻语塞之后的第一个反应是否认：“你说什么呀，谁爱他了！你才爱他呢！”程瑶比罗晶晶大四岁，她显然已经谈过一次或数次恋爱，有经验了。见罗晶晶红脸白牙，气急败坏，她便心照不宣地诡笑一下：“好啊，谁要爱他谁是小狗！”罗晶晶用枕头砸她：“你是小狗，你是小狗，你是小癞皮狗……”两人一通互相攻击，把这话题遮掩过去。

龙小羽和罗晶晶一样，都进入了一个心神不宁的暗恋时期。暗恋是最容易让人表现出自己的优点和魅力的，因而彼此的感觉格外美好。罗晶晶眼里的龙小羽魅力何在呢？那就是他和她之间的距离。龙小羽这样的年轻人是罗晶晶在自己的同学中、在模特公司的同事里、在平岭的大街上、在她从小到大的经历中，从来没有碰到过的。

如果说暗恋对罗晶晶是幻想和期待的话，那对龙小羽说来就是结果。只要罗晶晶还需要他，还让他为她做饭、教她电脑、陪她玩儿，还以他为伴，就够了！因而，龙小羽的暗恋在充满了牺牲快感的同时，也充满了获得的快感。牺牲和收获都是一种终结，让人再无所求，而且能让人体会到成就和壮烈，过程也很缠绵，在罗家小院的每一分钟，哪怕是他独自在厨房里做饭，听着罗晶晶在客厅里看电视听音乐和跟着唱歌的声音，感觉都很缠绵。

龙小羽没想到的是，这个缠绵的暗恋时期很快在一个风雨交加的夜晚骤然结束。他早知道这样的状态早晚有一天会结束的，但没想到结束得这么快。因为罗保春和王主任陪同一位客户去北京了，所以，这一天龙小羽下班很早。他到罗晶晶家以后又出去买了菜和鱼，然后为罗晶晶做了一顿丰富多彩的晚饭。他做饭时天就开始下雨，直到做完饭吃完饭雨也没停。吃饱了饭的罗晶晶突然说特想吃冰淇淋，龙小羽说那我给你去买。罗晶晶看着外面的天色听着外面雷声，说算了不吃了。可过了不到十分钟她又说想吃，龙小羽笑着拿了雨伞，没等罗晶晶劝阻就跑进了雨中。一刻钟后罗晶晶真的吃到了冰淇淋，是她最喜欢的酸奶冰淇淋。她坐在床上，一连吃了两根，吃得嘴唇冰凉，可看着龙小羽赤裸着上身在晾他淋湿的衣服，又觉得心里发热。她说："小羽，你冷吗？"龙小羽说："有点。"她说："你过来我给你焐焐。"龙小羽过来了，厚道地问："你拿什么焐？"罗晶晶突然把快吃完的冰淇淋贴在龙小羽的胸脯上："拿这个！"龙小羽未加提防，被冰得"哎哟"一声。罗晶晶大笑着往床里面躲去，龙小羽像只豹子一样扑上来，一把按住了她。大概他在罗晶晶面前的动作从未如此迅猛，吓得罗晶晶禁不住失声尖叫，龙小羽这才发觉自己闹得大了，有点过分了，按着罗晶晶的手受惊似的蓦然松开，怔怔地看着身下的罗晶晶，有点不知所措。可这时罗晶晶却一点没生气，反而出人意料地，用一双细长的胳膊环绕了他的身子，一下子把他搂到了自己的怀里。

那时龙小羽的神经完全瘫痪了，全身触电般地麻木。罗晶晶软软的胸，细细的胳膊，润滑的冰凉的皮肤，噘噘的薄薄的嘴唇，合成了一剂猛烈的毒药，毒得龙小羽不能动了，但意识还清醒，他还知道恐惧。心理上的恐惧还能控制，生理上的冲动却难以遮掩……其实，罗晶晶也一样，她的手一触到龙小羽结实滑溜的脊梁，心里的羞涩就崩溃了，原有的那点女孩儿的矜持、自爱，统统幻化为无，她真想对他说一句：我爱你！可她说出来的，却是另一句话，一句很平常很平常的话，平常得连龙小羽都不知道该怎么回答。

她说："你不冷了吧……"

龙小羽没有回答。他当然不冷了，他被沸腾的爱欲燃烧起来，烧成了一头充血的幼兽。他什么都不顾了，不顾他应当顾忌的一切，他只有二十二岁的年龄，血气方刚，他无法抵抗眼前这个女孩的柔情蜜意，无法抵抗她的几乎没有缺点的肉体，他的理智和胆怯统统陷落在这个女孩柔弱的怀抱、温暖的气息和湿润的亲吻中。罗晶晶后来在韩丁的追问下坦白了她第一次和男孩接吻时的感觉，她说她没想到男人的嘴唇也软得无骨，她说她那一刻像要融化在龙小羽的舌尖下了。接吻的美妙就是双方都尝到了融为一体的滋味。

这种事罗晶晶真的是第一次。她在主动张开怀抱之后便完全不懂该怎么往下进行了，她认为那一阵如痴如醉的热吻就是今晚的高潮了，她其实心里并没有准备好龙小羽的动作将失去控制地延伸下去。她在他动手解她的衣服扣子时有点不知所措，有一个扣子扣得紧，龙小羽慌慌张张解了半天才解开。罗晶晶愣着，没有帮他，她心里有点害怕，耳鼓里全是心跳的声音。但她也没有制止，她像个俘虏一样任由他脱下自己的衣服，她也不知该怎么制止，她唯一残存的理智就是她相信龙小羽不会伤害她，但紧接着一阵突如其来的疼痛几乎让她丧失了这个牢固的信任，她毫无防备地惊叫起来，她一叫龙小羽的身体就僵住不动了，她一停他就再次前进，这时她开始往外推他，同时哭出声来。

龙小羽从她的身体里出来了，出来的那一瞬间弄脏了罗晶晶的床单。床单上的脏物和血迹让罗晶晶越发哭个不停，她后来跟韩丁说当时她还以为自己哪里受伤了，马上会大病一场。其实，以后什么也没有发生。当时龙小羽被她的疼痛和惊恐吓坏了，像个做错事的孩子那样浑身打抖，但他只会把手搁在她的抽泣的脊背上，连一句安慰的话都说不出口。罗晶晶哭了好一阵哭得乏了，没劲儿了，也不觉得疼了，身体里只留下了隐隐的烧灼感，但不严重，所以，她慢慢平静下来。龙小羽这才把她抱在怀里，用充满歉疚的抚摸安慰她。尽管，她还有点怕，还有点疼，但两人身体彼此的熨帖还是让她非常舒服，这种舒服让她立即恢复了对这个刚刚弄疼她的鲁莽男孩的爱意和信任。而且，这种爱意和信任和刚才是不同的，它有了质的飞跃，有了新的内容。罗晶晶最先意识到的，是自己的贞操，已经给了这个人，那种心情不知是生气还是兴奋，是后悔还是欢喜，是茫然还是充实，她自己完全说不清楚。

她镇定下来之后对龙小羽说的第一句话是："你高兴了吗？"

龙小羽满脸羞愧，点头，无话。

她第二句是问："你以前和别的人……这样过吗？"

龙小羽目光回避，这等于招认。

罗晶晶想哭，好像自己上当受骗了似的，但没哭出来。她问："你都和谁这样过？"

龙小羽离开她，帮她盖上被子，然后自己穿衣服，他低声说："没有。"

罗晶晶问："我知道是谁，就是和你一起让我的车撞了的那个女孩，是吧？"

龙小羽还想抵赖："没有。"

"那你怎么懂这种事？"

"这有什么不懂的。"

罗晶晶停顿下来，看着龙小羽一声不响地扣着衣服扣子，她突然问："你和她，认识多久了？"

"和谁？"龙小羽歪头看她。

"就是那个女孩，她是叫四萍吗？"

龙小羽移开目光，继续扣着扣子，一边扣一边摇摇头："你别乱猜了。"

罗晶晶也不看龙小羽，她从被窝里伸出一只手，轻轻地在龙小羽的脊背上摩挲着，轻声问："你真的从没交过女朋友？"

龙小羽的身体有些僵硬，僵硬得像是转不过头来，他梗着脖子，说："没有。"

"你以前还承认那个什么四萍是你女朋友呢，怎么现在不承认了？"

龙小羽低头沉默，好一会儿，他才转过头来，缓缓开口："其实，那天你并没有撞到我们，是我们自己故意摔倒的，是我们故意的。"罗晶晶想不到他说这个，她诧异地问："为什么？"

"因为，我那时候刚来平岭，没有钱。四萍是我同乡，她那时也没活干，还有那个和我一起去你家拿钱的大雄，他是我们这帮绍兴人的头头。他让我和四萍在路边等着，有汽车过来就装着被车撞倒，然后跟司机要一点钱。一百也行二百也行。那天是看你的车好，你又是个女的，大雄告诉我们，碰上高级小汽车就开口要两万，最后能得个一两千就行。"

罗晶晶像听故事似的，满脸惊讶："你们……这不是故意敲诈吗！你……你怎么也干这样的事，你不是大学生吗？"

龙小羽羞愧地红着脸："我……我那时候把从家带出来的钱花光了，吃饭成了问题……"

罗晶晶也怔怔地，问："那，那后来的钱你干吗又不要了？"

龙小羽说："我也不知道。"停了一下，又说，"我去你家，后来又在商场碰上你，我觉得你这个人特别好，所以，我觉得我这样做太无耻了。"

罗晶晶笑了，她笑了一下说："我觉得你现在才无耻呢，你不要那笔钱是为了放长线钓大鱼，对不对，我早看出来你没安好心了。"龙小羽没有笑，这有点出乎罗晶晶的意料。他不但没有笑，甚至还心事重重地叹了口气，说："我怎么敢没安好心呢？你爸爸对我这么好，他收留我，给我这么好的机会，我每天都在心里感激他，每天都想该怎么珍惜这份工作。自从我退学之后，我从没想过我会找到这么好的工作，我怎么敢对你没安好心呢。我每天到你这里来，心里都害怕极了，我怕万一在这里碰上你爸，那我就完了。"

"那你为什么还来？"

龙小羽像是解释不了自己似的，停顿片刻，只说了两个字："想来。"

"为什么想来？"

"不知道。"龙小羽低头说了这么一句，又抬头，看着罗晶晶，说道，"特别想你。"

罗晶晶心里开怀一笑，但嘴角咧了一下又憋住了，她绕回去问："我刚才问的话，你还没回答呢——你爱那个女孩吗？"

龙小羽扭过头，看她，像是犹豫了一会儿，才勉强回答："不。"

"那她爱你吗？"

龙小羽移目窗外，窗外的雨还没停呢。他说："我和她现在没什么来往。"

罗晶晶的声音突然轻下来："那你爱我吗？"

龙小羽把脸转过来，和罗晶晶四目相对。他张了半天嘴，才艰难地说出这样一句话："爱！每天深夜，我都在我的梦里，爱你。"

"白天呢，白天不爱吗？"

"白天？做白日梦太不现实了。"

"就因为怕我爸爸？"

龙小羽不语，默认。

"那你可以瞒着他嘛。"

龙小羽摇头："晶晶，你觉得我配你吗？你说心里话，我配吗？你可以找比我强一百倍的人，可以找有地位的，像你爸爸那样有钱的人……"

"你真恶心！"罗晶晶的脚隔被窝踹了他一下，"你不是让我找个老头儿吧！"

"不是，现在年轻人也有发财的，也有事业特别好的……"

"是不是像那个'少年侠客'那样的？"罗晶晶又踹他一脚，"你真恶心！"

龙小羽一动不动地坐在床边，让她踹，她踹他的感觉真好。他说："你别着急呀，你爸爸那么疼你，他会给你找一个最好的。你的条件这么好，你不用着急的。"

罗晶晶坐起来，用力在龙小羽肩上打了一拳："谁着急啦！你倒是不急，

干吗这样！"

她红脸白牙的样子，不知她是不是真的动怒了，心里一乱，脱

天是你先抱我的。"

回击："我抱你是怕你冷，你怎么反倒怪我！"

回嘴道："我，我也是怕你冷。"

你脱我衣服，怕我冷你……我明天就上医院去，我要是真让你

来，你就说你怎么办吧！"

说完转身躺下来，背朝龙小羽不再说话。龙小羽头上一下子冒出

明天罗晶晶真的上医院检查身体，然后弄得满城风雨，然后让她

，傻子都想得出会有怎样一场轩然大波。罗保春要是顾及女儿的

这事然后把他赶出公司，罗保春要是气急了什么都不顾了，说不

① 资料来自：安吉教师进修学校。

定会把他送到公安局去，告他个强奸少女……龙小羽其实早明白这一点，他跪在罗晶晶身后，俯下身来用手抚摸她薄薄的肩，他像发誓一样地说：“今天是我错了，你要怎么处置我我都心甘情愿，我都心甘情愿。”他说这话时的心情和他的态度是一样的，如果事情真的走到这一步，他相信自己愿意为罗晶晶承担一切，包括坐牢！

罗晶晶没有转身，但她的口气马上回转，她甚至用了一种不无调戏的语调说道：“你心甘情愿？那好，那我要你为我做一件事，你答应吗？”

龙小羽问：“什么事？”

罗晶晶坐了起来，目视于他，说：“我要你为我，去做一个最美最美的白日梦！你做得了吗，啊？”

十九

你知道白天做梦的感觉吗，在你并没有入睡的时候，你却生活在梦里，双脚踩下的每一步，都有些飘飘的，你常常要在没人的时候问自己：这一切都是真的吗？是真实的存在还是虚无的梦？

这是龙小羽与韩丁谈话中的一段自语，也正是他过去的恋爱心情。这种梦幻似的心情可能还缘于那场恋爱的私密，缘于那场恋爱所经历过的那个秘而不宣的过程。这种秘密的状态使两个人的相爱更加激动人心，更加充满挑战，更像一次冒险……这一点韩丁也能想象到的。他一向赞成这样的说法：爱情就应当是探险，就应当是违反常规，就应当是与众不同，就应当是不可能发生的事情，让它发生！

在和罗晶晶秘密相爱的阶段，也是龙小羽事业上一帆风顺、快速发展的时期。因为罗保春以前从来没有设立过专职的秘书，所以，也从未尝到过有这样一位专职秘书的好处和便利。有了龙小羽之后，罗保春的办公室变得井井有条起来，罗保春对整个公司的指挥也变得更加方便快捷。以往案头上每天堆满的各种报表、请示、书信和公函，从此分门别类，一目了然。罗保春要查什么情况，问什么数字，龙小羽很快就能查到报来。每天的活动，诸如几点开会、几点见客、几点宴请、要到外地出差几点的飞机、几点从家走、要带什么东西和文件，等等，全都不必操心，不会遗忘，龙秘书都会一一安排、提醒，并且准备周全。有这样一位精干细心不辞辛苦的秘书，罗保春每天的工作和头脑明显轻松了许多。

他喜欢并且依赖上了这位年轻的秘书，常常用欣赏的目光看着他进进出出地忙碌，看他打电话帮他约人，帮他调车，帮他订饭，帮他整理文件，帮他送往迎来……在龙小羽担任秘书的两个月后，罗保春开始在日常秘书工作之外，有意地让他参加一些公司的专业会议和对外的业务洽谈，让他逐步学习、了解公司的运作程序和业务知识，让他接触并结识公司的一些关系和客户。罗保春这样做，公司里的人都看得出来，董事长十年树木，百年树人，是在着意用心地培养这个年轻人呢，是在让这个年轻人一步一步走进公司的管理系统。当然，龙小羽太年轻了，他只有二十二岁，还不足以成什么气候，虽然半吊子学了两年宏观的经济管理，但经验上还差得远，微观上也茫然。也许正因为他的年龄，在公司那些在职在位的骨干以及罗保春的那些亲信旧臣的眼里，他还是一个孩子，所以，没人畏惧到他的威胁，没人把他的受宠放在心上。何况，龙小羽的少言寡语和忠厚为人，使他在公司里的人缘不错。年龄和人缘成了他的保护伞，有效避免了过早地引人注目和四面树敌。

龙小羽在向韩丁回忆起他介入公司业务甚至是公司核心机密的第一件事，是罗保春在黄鹤湖别墅召集的一次扩建工程的筹备会议。会议是在罗保春的书房里召开的，参加的人除罗保春之外，只有制药厂的厂长、总会计师、扩建工程的负责人和公司销售部的经理。龙小羽还记得那是个挺冷的下午，书房里开了热风空调，罗保春刚刚睡完午觉，脸上还挂着惺忪的倦意，龙小羽小心翼翼地替他们倒上茶，又把罗保春的眼镜和纸笔摆在他的写字台的显眼处，正要退出时，罗保春叫住了他。

罗保春用哑哑的嗓子，没精打采地说了句：“小羽，你也坐下来听一听。”

于是，龙小羽就没有走，他在书房里一个恰如其分的角落里坐下来，旁听了这个会议。这一旁听他才知道罗保春的那一脸倦意并非没有睡醒，而是真的心力交瘁，他才知道在平岭和全省都赫赫有名的保春制药公司的辉煌外表下，也包藏着重重忧患。那天的会议先易后难，首先研究了扩建工地的清场问题和工程项目招标的问题，听上去这两个问题都已谈了不止一次。接下来他们开始重点讨论工程款项的来源。制药厂扩建工程已经批下来了，新的制药流水线也已向加拿大生产商订了货，五百万元的首期预付款已经从银行汇出，整个扩建项目已是箭在弦上，不得不发。但兵马已动，粮草未筹，扩建项目的各项工作都按进度顺利进展，唯独工程款和征地费尚未完全落实。总会计师把公司能够动用的存款、近期有望收回的应收账款、银行已经答应放贷的贷款一一相加，再一一减去公司近期要支付的各项成本费、税金、土地使用费、到期的贷款利息和应付职工的工资等，结论让人一目了然：要进行这个工程还有两千万元的资金缺口。大家讨论来讨论去，最理想的方案是盘活库存，尽快把价值五千八百万元的存货卖出去。对此，罗保春强打精神，提高嗓门，面孔赤红地给部下打气，他说凭保春口服液这么多年的品牌声誉，这几个月的滞销只是暂时的低潮。他指示厂长和销售经理要加大销售力度，必要时可以设计一个新的广告片取代原来的旧片子，新片子可以请刚刚聘为公司顾问的梁惠兰教授亲自上镜，说明保春口服液的神奇功效。梁教授是全国知名的药理学专家，她出面做广告肯定事半功倍，至少很多医院的医生会向病人推荐。保春口服液前年还创下了月销三千万元的市场奇迹，如果能加强促销再造辉煌，五千八百万元的存货还不够两个月卖的，所以，前景非常乐观。罗保春的这番展望把工程负责人和总会计师说得神色振奋，连龙小羽在一旁听了都浑身是劲。但厂长和销售经理的表情却呼应得有些勉强，一再表示压力很大，前景不一定那么乐观，万一销得不畅资金问题还应另想办法，以免远水不解近渴……

那个会开了两个小时，龙小羽除了起身为领导们倒了两次开水之外，没插一句嘴。这种会他插不上嘴，也轮不到他插嘴。但他仍然感到很兴奋，因为他知道他今天参加的，是一个很重要的会，能让他旁听这样的会，似乎是一个信任的标志，一种身份的确认。现在，保春制药有限公司下一步的发展计划，眼前面临的困难，公司的资金存量，库存数额，所有这些属于企业核心机密的情况，罗保春都准许他一字不落地听去了，没有半点避讳。这让龙小羽不仅深感自豪，而且，甚至，还有几分感激之情，心中油然而生的，有几分士为知己者死的冲动。

龙小羽的这种心理，韩丁也是有过类似体会的，他在大学里当过学生会的部门头头，也交过几个铁哥们儿，他体会过上下级和朋友间的信任对一个热血青年来说，能产生多大的精神力量。

那天散会后罗保春向龙小羽表示没什么要他做的了，让他坐厂长的车回城里去。厂长看出龙小羽很得罗保春的赏识，所以，对他也很热情。一路上还和他主动攀谈，问长问短来着，表现出一个长者的亲切与随和。

这是一九九八年春天，天上的太阳不仅变得一天比一天大，而且，走得也一天比一天迟，厂长把龙小羽送到公司门口时，街上的路灯刚刚燃亮。龙小羽后来对韩丁很坦白地承认，那些天他一看到路灯燃亮就心神不宁，就满脑子都是罗晶晶的影子。他谢了厂长匆匆上楼，到自己住的小屋里换下上班穿的西服，换上了一身流行的休闲套装——牛仔布的裤子和范思哲的外套，里边连毛衣都忘了穿就往楼下跑。公司的办公楼已经下班没人了，他在楼梯上跳跃而下的脚步在这幢空洞洞的楼房里发出了肆无忌惮的回响。这会儿正是城市街头最喧闹的时刻，街上拥塞着形形色色下班回家的人群和汽车，但制药公司的这幢小楼被夜色叠在两条小街的接缝处，此时居然门可罗雀。小楼的斜对面，有间卖杂货的小铺，灯光惨淡，生意萧条，老板坐在柜台后面雕塑般地发呆，只有一个女人在柜台前借打电话，龙小羽刚刚跑出公司的楼门，那女人便挂断电话，转身叫了他一声。

“小羽！”

龙小羽蓦然止步，愣了半天，才在那间小杂货铺灯光的反衬下，认出阴影中的那张脸来。

“四萍？”

四萍走出那片阴影，走近龙小羽，她用诧异的目光上下打量他，像不认识了似的。打量了一会儿才咧开嘴笑了，大声说道：“哟，你真发财了。”

龙小羽知道她是指他这身穿戴，牛仔布的筒裤和那件很新潮的外套，都是四萍没见过的。筒裤是他上班后用工资买的假名牌，价钱还不到一百块呢，可穿在他的身上显得两腿瘦长，轮廓非常好看。在买这条筒裤之前，四萍是知道的，龙小羽几乎就没有一条稍微体面一点的，哪怕仅仅是稍微新一点的裤子。

四萍的目光更多的是惊奇他的那件外套，她大概也看出来那外套是件高档的东西。这还是罗晶晶在和龙小羽发生关系之前给他买的。当时龙小羽坚决不要，推辞半天，差点弄得罗晶晶生气了，才红着脸收下。而且这是罗晶晶按他的身量买的，他不收下又怎么办呢?

四萍说：“哎，我说话算数吧，我可有一个多月没找你了，你过上好日子了也不知道告诉我一声，不是把我忘了吧！”

龙小羽愣着站在那儿，心里咚咚地跳，口中却说不出一句话来。没错，四萍说得真是没错，他真的差不多快把她忘了，忘得一干二净了。

在他到保春公司上班以后，在他从大雄的工棚里搬出来以后，他和四萍的见面自然少了。都是四萍主动找他。四萍是个野性子，龙小羽担心她整天到公司来咋咋呼呼影响不好，所以，他后来不得不和四萍约法三章：别到公司找他，尽量少打电话，双方暂不见面，等他工作稳定了再说。四萍很不情愿，嘟囔了一阵还是勉强答应了。他们之间果真有一个多月没再联系。

在龙小羽和韩丁谈到这段情节时，他强调了他与四萍约定减少接触完全是为了不影响工作，他不想因为任何差错而失去这个得来不易的工作机会。可韩丁并不想听他唠叨这种表面的理由，他尖锐地追问了背后的原因，关于背后的原因龙小羽无以为答，其实，他不说韩丁也知道是因为他背后又有了一个罗晶晶。

这两个女孩的差距当然是没什么可说的，但龙小羽和祝四萍之间却衔接着一段恩爱之情，在他丧父失学的那一段最为孤苦无助的日子里，祝四萍毕竟是他唯一的温暖和慰藉。尽管，她脾气差，文化素质低，性格品位与龙小羽不般配，但那一段历史就是那么走过来的。龙小羽对韩丁说起他和四萍的那一段生活时，眼里依稀还能看到一些温情：“绍兴的冬天特别阴冷，我住在酒厂的仓库里，没有生火。仓库是不准生火的。四萍从家里拿了被子和热水袋给我，还带来她做的酱鸭和大米饭。我从小没有妈妈，没有姐妹，她是第一个爱我、照顾我的女人，这我不会忘的，我永远不会忘的！”

龙小羽的言语和他眼里的温情会是假的吗，会是装出来的吗？为此，韩丁曾用一串连续的提问试图探究其中的真伪：“你是一个念旧的人吗？你是一个知恩图报的人吗？你是那种会永远记住别人恩情的人吗？”

龙小羽声音不大，但说得很坚定：“是！”

“所以，”韩丁结论式地说道，“你肯定不会杀害祝四萍，对吗？”

龙小羽没有直接回答，但也没有改变声音中的坚定，他说：“如果你们不信，如果没有证据能够证明我，如果法律必须让我死的话，我只有去死。死也许对我是一个机会，是老天爷非要给我的一个机会，让我到阴间去，去找祝四萍，向她解释我为什么要离开她，如果这样才能补偿她的话……”龙小羽像是说累了，停顿下来，可紧接着又开口，说完了这段话，“那我就只有到阴间去！”

龙小羽的这段如同人生告白一样的回答让韩丁良久地沉默，沉默之后他依然不无残酷地，继续他的逼问：“到了阴间，你怎么报答她？让你再和她相爱，你干吗？”

龙小羽愣了一下，然后缓缓地摇了摇头：“不，我已经不爱她了。”

“那你怎么报答她？”

“只要能让她早些升天或者转世，我可以忍受一切痛苦！我可以替她下地狱，受阎王小鬼的十八般酷刑！”

“她该下地狱吗？她做了什么该下地狱的事吗？”

“……没有。”

“那又是为什么呢？等你到了阴间，等你再也见不到罗晶晶了，再也不能和罗晶晶在一起了，你都不愿再回到祝四萍的身边，你至死也不愿意再和祝四萍重新相爱，你和她之间，难道真有那么深的仇恨吗？”

“没有，我们没有仇恨，我只是不爱她。”

“为什么？”

“爱是需要理由的吗？”

“爱与不爱，都是有理由的！”

“……那好吧，那我告诉你，因为我爱了罗晶晶，我至死都爱罗晶晶！所以，我无论到了哪里，无论是天堂还是地狱，我都不会再爱其他人。”

韩丁无话。

但韩丁同时猜想祝四萍，那个可怜的女孩子，她也许至死都是爱着龙小羽的。这位有着清俊面容、黝黑皮肤的划乌篷船的小伙子，也许一直是她心里的归宿。每个女孩表达爱的方式都是不同的，祝四萍肯定缺乏罗晶晶那样的娇媚和纯真；或者祝四萍没想到龙小羽这样一个从小吃苦、漂泊为生的男人，竟也如此深切地需要女性的单纯和柔美；或者她没想到在这么现实的世界里，龙小羽竟然真的会撞上这种浪漫的桃花大运——一个大老板的千金小姐，一个美得像画一样的都市名模，会看上龙小羽？简直是做梦！

在她和他间断往来的一个月后，她在制药公司的门口堵住了正要出门的龙小羽。而就是在这个晚上，龙小羽终于向她提出了分手的要求，那时她并没有意识到在她和他之间，已经站着一个强大得几乎无可匹敌的第三者。当龙小羽说出“四萍，我们不要再来往了，以后也不要再来往了，我们分手吧”的时候，四萍还认为他这样说只是因为他刚刚开始的事业，因为接下来龙小羽也是这么向她解释的。他说现在是他人生中一个最关键的时刻，他必须把男女恋爱的事情放在一边，他不能再为这种事分散精力。他希望四萍能理解他，支持他，也希望她也能赶快找个工作，趁年轻学点本领，干点事业，别荒废了宝贵的青春。

龙小羽以为，四萍会哭、会闹、会骂他忘恩负义，会一口拒绝他分手的要求，对这些他都有准备。他也想好了该怎么劝她，怎么讲清道理。恋爱和婚姻本来就是两相情愿的事，不是用来偿债和还情的。何况，他对祝四萍过去同样有情有义，他因为代她受过，才被百年红酒厂除了名；她去平岭以后他一直尽心照顾她那个半瘫的母亲；他到保春制药公司工作后，祝四萍每次来找他，他都给她一点钱，少则五十，多则一百，他还给她买了两件衣服呢。他本来一直想给罗晶晶买点什么的，一直都没买，一来因为罗晶晶应有尽有，他实在不知道该买什么，二来他的剩余工资有相当一部分都给四萍花了，他也拿不出多少钱向罗晶晶表达什么。总而言之，祝四萍对他的情义他记着，但若以此相威胁的话他就要告诉她，他不欠她的。

可他全都想错了。

祝四萍在听他说到“分手”二字时倒真的愣了一下，但没有哭闹，甚至未置可否。但她在龙小羽希望她也赶快找份工作别虚度青春时接了话茬儿，她笑了一笑说："好啊，我是想找工作，你给我介绍一个？"

龙小羽愣了，说："我怎么介绍，我又不认识什么人。"

祝四萍说："我看你现在混得挺神气，别人你不认识，你们公司的人你也不认识？当初我在百年红酒厂走了多少关系把你弄进去的你忘了？现在你进了这么大的公司，自己吃穿不愁了就不想我了？"

龙小羽有点出汗了，他似乎猜到了四萍今天来此的目的，他马上顶住说："这里和绍兴不同的，我们这家公司很正规的，你什么专业都没有，学历又低，人家怎么会要你！"

四萍不急不恼地说："我不是为我，为我我就不来找你了，为我我找谁都不会找你的！我早知道你是个白眼儿狼，你放心，我还有这个骨气。"

龙小羽狐疑地问："你不为你，那你为谁？"

四萍卖关子似的沉默了一会儿，他们这时已经边谈边走，不知不觉地走出小街，来到了人来车往的大道上。大道上灯光明亮，而灯下的四萍却显得面目全非，龙小羽从没见到她脸上有过这样似笑非笑的神情。

"我为了谁？"祝四萍说，"我为了咱们在平岭打工的那些绍兴人，我为了大家都有饭吃。我不像你，你自己可以了就不想帮帮大家。"

龙小羽是厚道人，他听不出四萍的话是开玩笑还是认真的，他甚至不知道自己是无辜的还是真有什么过错。他本能地想为自己辩解："我怎么不想帮大家……"可又找不出更多的词儿。

四萍说："你想帮大家吗，好啊。"她凑近龙小羽，用很严肃的口吻说，"大家让我来找你，正好有个事想请你帮个忙，你帮吗？"

龙小羽问："什么事？"

四萍不说什么事，而是再问："你帮不帮？"

龙小羽也再问："什么事？"

四萍说："大雄有个朋友，是开建筑公司的，最近想接你们制药厂什么扩建工程的活儿，准备参加你们公司的招标呢。你知道什么叫招标吗？”

龙小羽并没有马上明白她要说什么，他咕哝了一句：“当然知道。”

四萍笑一下：“噢，我忘了你学过经济的。要是大雄的朋友能接上你们公司的活儿，就会用大雄的施工队，这样，大家不就都有工作了吗。所以，现在就看你帮不帮忙了。”

龙小羽说：“我又不管招标的事，我想帮也帮不上啊。”

“你帮得上！大雄让你想办法搞到那个活儿的标底。”四萍的嗓门在路边一辆重型卡车高速开过的呼啸声里放大了数倍，她大声地问道：“标底！你知道什么叫标底吗？”

二十

拉着渣土的重型卡车一辆接一辆地开过去，这肯定是刚从哪个建筑工地开出来的车队。平岭到处都在大兴土木，常能看到一个个黄色的车斗在斑斑泥浆的装点下，炫耀着它们为街头带来的轰鸣，为地面带来的震动，在大小路口耀武扬威地鱼贯穿行。

街上开始刮风，风把卡车遗撒的黄土向上扬起，再刮在龙小羽的脸上，他竟浑然未觉。他呆呆地站在路边，望着车队滚滚而去的烟尘，望着随烟尘翩翩而去的四萍，他的心情也被那片尘土蒙住。卡车的轰鸣渐渐远了，而他却反而失聪，街头的喧嚷不知何时变得细小，他耳边充满的只是四萍的声音，还有他自己的声音，他们为之争执的那笔交易……

对，他们刚刚达成了一笔交易，四萍是买方，他是卖方。他将要出卖的是保春制药厂扩建工程的标底，而他需要四萍拿来交换的，只是一个简单易行的承诺，那就是：以后再也别来找他。这笔交易说不上公平与否谁亏谁赚，但至少，这肯定是他们两相情愿的。

尽管如此，龙小羽还是心神不宁，他知道自己花了多么大的代价，他将要出卖的不仅是那个用数字组成的标底，同时出卖的，还有用品德组成的忠诚。

还有他在保春公司的前途。

他在与四萍成交之前还不知道自己能否搞到那个标底，以后会不会形迹败露东窗事发。当远处的尘土掩去四萍的身影之后他仿佛看到自己踏入一片泥泞，他无法断定那是否一片足以将他吞没的沼泽。

但他还是答应了她，因为他不答应她就不走。

还因为他今天已经答应了罗晶晶，晚上下班后陪她一起去逛商场的。他们约了晚上七点在中联百货大楼西门见面，现在已经到了七点，他必须赶快哄走祝四萍，赶到中联百货大楼的西门去。

火车站的钟声在半条街外将龙小羽从呆滞中惊醒，他急急地叫住了一辆出租车，行色匆匆地上去。他这辈子几乎从没破费坐过出租车的。他赶到中联百货时已是七点一刻，他还没下车就看见罗晶晶穿得严严实实，像一个在等大人接她回家的小女孩似的一动不动地站在风中。罗晶晶的样子让龙小羽一路上编好的各种迟到的解释统统变得苍白丑陋，他下了车直奔过去什么都没说就把罗晶晶拉到一面大广告牌的背面，一把搂在了怀里。

这是他第一次在大街上抱住罗晶晶，好在广告牌背面黑暗无人，他的搂抱充满歉意。他想罗晶晶怎么骂他都是轻的，他心里没有辩解只有心疼，他心疼地说："这么大风你怎么不进去？"

罗晶晶没有骂他，一句都没有，连埋怨的表情都没有，她还为自己在风中傻站向他做着解释："我怕你看不到我。"她也用手搂住了龙小羽，她说，"你怎么穿这么少，不怕冻着？"

他们互相搂着，跑进商场大门。大门里就暖和多了。人也多了，两人不约而同松开手，对视一眼，暗暗一笑。罗晶晶问："你没吃饭吧，咱们先逛还是先吃饭？”

龙小羽这才觉得腹中空空，也许是和四萍你来我往的谈判耗尽了他的体力，让他顿感饥饿无比。但他还是对罗晶晶说：“怎么都行，随你。”

罗晶晶说：“我现在一点都不饿。你饿吗？”

龙小羽说：“我，我也不饿。”

罗晶晶脸上高兴地笑着，她是个购物狂，一进商场便有压抑不住的兴奋。她拉起龙小羽的一只手，兴冲冲地往商场里走，说：“那就先逛！”

龙小羽把手抽回来，小心地环顾左右，他小声说：“别让人看见。”

“看见怕什么？”

“别让我们公司的人看见。”

“噢！”罗晶晶恍然大悟，“那怎么办？”

龙小羽说：“你在前边走，我在后面跟着。反正我又不买东西，我就在后面跟着你。”

罗晶晶说：“行！那你别跟丢了。”

她说完，一步三回头地往前走去。罗晶晶后来跟韩丁说过，她和龙小羽每次上街都是这样一前一后把距离拉开了走。要是进饭馆吃饭，总要龙小羽先进去，看有没有公司的人也在里边吃饭，有的话他就出来，没有的话就找位子坐下，过一会儿罗晶晶再进来。进来也是先转一圈，没有熟脸才转到龙小羽的桌子前坐下，有的话就转一圈出去，在外面等龙小羽，龙小羽也就出去，就跟以前地下党搞秘密工作似的。开始罗晶晶觉得挺刺激，久而久之就烦了，而且她特别渴望和龙小羽手拉着手地在大街上和商店里逛，那多好啊！可龙小羽不敢，对她一再晓以大义，千万不能小不忍乱大谋。平岭不是北京上海那样的人海之都，在平岭的大街上，三转两转就能碰上抬头不见低头见的人。罗保春要是听说他的宝贝女儿拉着自己秘书的手逛大街，非得气出心肌梗死不可。

这个一前一后的队形就起源于中联百货的这个晚上。让龙小羽感到意外的是，罗晶晶没在二楼女装的楼面停留，直接乘扶梯上了三楼，三楼是男装。龙小羽满腹狐疑跟上来，看到她在前面走，每逢拐弯总要停下来回头看，看他是否跟丢。龙小羽看她回头张望便冲她笑一下，两人隔着很远眉目传情。一路走到三楼深处的一家羊绒制品专卖店里，那专卖店的门楣上写着“雪莲”两个大字。

龙小羽跟过去，站在这家专卖店的门口，店里没有太多顾客，但他依然谨慎地没有进去。他看见罗晶晶和一位营业员说着什么，营业员问：“他有多高？”罗晶晶回头向门口的龙小羽伸手一指：“就这么高。”营业员说：“那穿四十四号的。”

龙小羽这才看明白，罗晶晶是给他买羊绒衫呢。他连忙走进店内，对罗晶晶说：“哎，你别买，我不要，我不要，我真的不要。”

罗晶晶不理他，挑了一件奶色的羊绒衫，又挑了一条颜色差不多的围脖，无论龙小羽怎样试图制止，她还是交了钱。在她交钱时龙小羽听到收款员的唱收唱付：“收你八百整，找你七十三，拿着！”他心里真有点承受不住，他真害怕罗晶晶给他买东西，一花就是七八百，他觉得每一笔都像是自己欠下的债，越欠越多！

买完羊绒衫和围脖，他们才下到二楼的女装区。还是一前一后，罗晶晶在前面走，龙小羽拎着装着毛衣围脖的塑料袋在后面跟着。罗晶晶一家店一家店地走，试了数不清多少次衣服，龙小羽的脚脖子都跟酸了，站麻了，肚子饿得两眼发蓝，罗晶晶还在乐此不疲地试着衣服。结果一直试到商场快要关门下班了，她也一样没买，带着龙小羽下到一楼，径直来到一个卖首饰的柜台前，花一千多块钱买了一只玉珠手链，转身就递给了龙小羽。

罗晶晶一掷千金，龙小羽吓了一跳，说：“这是干什么，这么贵的东西我可戴不了。”

罗晶晶说："又不是白给你，我想换你手上那条珍珠链。"

龙小羽："这珍珠链哪值这么多钱，你退了这个花二百块钱能买一条更好的珍珠链呢。"

罗晶晶怨怨地看着他："你真的不懂吗，人家好朋友都互相送东西的。"

"噢，"龙小羽恍然道，"那我送你别的吧。你还喜欢要什么？"

"我就要这个，我知道这是你最心爱的东西了。"

龙小羽还是摇了头，他这是头一次拒绝罗晶晶："这是我最心爱的东西，可它并不代表我。我妈妈不在了，它代表我妈妈；我爸爸不在了，又代表我爸爸；假如有一天我不在了，它才代表我。那时候我会留给你的。你要是还真的想着我的话，那时候可以戴上它。"

罗晶晶愣了半天，才猛醒般地说："你怎么会不在呢，净说不吉利的话。"

龙小羽从罗晶晶手上，拿过那串玉珠链，给她戴在手腕上，他托起她的手腕说："多好看啊，这手链像专门配你的。"

信物没有换成，罗晶晶有些怏怏。他们走出商场，站在风里等车。等车的时候罗晶晶从龙小羽手中的提袋里，取出那条刚买的新围脖，拆开盒子拿出来亲手给龙小羽围上。这是龙小羽有生以来第一次戴羊绒的东西，感觉比想象的还要轻柔得多，温暖得多，细细软软的有点像女人的皮肤。罗晶晶帮他掖好围脖还嘱咐了一句："以后出来要戴上。"龙小羽答应："嗯。"

那天的晚饭龙小羽吃得很多，直到吃得撑了。吃完饭把罗晶晶送回家后天已很晚，他就在罗家小院住下了。第二天清晨六点钟他就起床，先为罗晶晶做了早饭，把早饭放在桌子上，然后在罗晶晶迷迷糊糊的脸上亲了一口，便离开罗家匆匆上班去了。他必须在八点以前赶到公司，在大家上班前搞好卫生，灌满开水。他一向如此。他不想让公司里的人察觉到他一夜未归，进而传出一大堆风言风语。

新的一天照常开始。九点以后，龙小羽照例打电话到黄鹤湖别墅，把今天收到的文件名目一一念给罗保春听，请示罗保春是自己过来批阅还是由他把文件送去。罗保春在电话里的声音显得很疲倦，像是尚未睡醒，他让龙小羽把文件送过去，还让他出来时顺便去一趟罗家小院，接他的女儿来一趟黄鹤湖。

听到要接罗晶晶，龙小羽难以掩饰地兴奋起来。他和罗晶晶正是热恋阶段，恨不能分分秒秒朝夕相处。他兴冲冲地刚要出门，迎面撞上扩建工程筹建办的马主任，听说他要去黄鹤湖，便从皮包里取出一沓厚厚的材料交给他，让他送给罗总过一下目。龙小羽一边点头应承，一边接过材料，材料是装订好的，封面的标题突然让龙小羽触电般地全身激灵了一下，他不由自主地问了一句：

“这是什么？”

“这是咱们厂扩建工程的标底和整个工程的预算。预算是请市建委指定的监理公司做的，格式都符合投标的要求。你跟老板提醒一下，明天下午是发标会，几家想来投标的单位我们都通知了。这个标底是按罗总当初确定的原则制定的，昨天晚上刚刚送过来。先给罗总过过目，没问题的话我们将来就按这个开标了。要有问题的话还可以再改，不过，再改还得另付监理公司费用，人家是做一次收一次的费。”

马主任唠唠叨叨，龙小羽似听未听，他的心跳开始加快，咚咚咚地直撞胸口，脸上也有些赤热，做了亏心事似的。他慌张地把材料装进手提箱，然后应承着马主任，脚步发飘地下楼上车，每一步都迈得有点心神不定。好在他并没有忘记让司机先把他拉到罗家小院，叫起了还在睡觉的罗晶晶。

罗晶晶看来早已接到父亲的电话，听见龙小羽在院子门外一本正经地按铃就衣冠不整地跑去开门放他进来。她睡眼惺忪地问：“你怎么来得这么快？”又问，“我爸叫我去做什么？”龙小羽说：“我怎么知道。”他说完抱着罗晶晶亲了一下，说：“快点穿衣服，司机还在门口等着呢。”

罗晶晶没去穿衣服，突然让龙小羽心惊肉跳地说出这么一句话来：“我爸是不是发现咱俩的事了？”

龙小羽一下愣住，罗晶晶猛丁这么说把他吓蒙了，几乎下意识地相信他们真的东窗事发。喘息片刻，他用虚了的声音说：“不可能……”

罗晶晶全然没有龙小羽那样的紧张，她甚至还带着几分满不在乎的神情，说道：“其实还不如就跟我爸明说了，肯定没关系的！我决定的事，我爸不会强迫我，他也强迫不了我！”

龙小羽不知道罗晶晶是随便这么一说还是认真的，他领教过罗晶晶在生活小事上的任性，他害怕她在大事上也这样任性而为。龙小羽后来对韩丁承认，他那时对罗晶晶的个性还远未吃透，他常常摸不清她下一分钟将会做出什么一意孤行的事情。

所以，那天他的表情有点急，语调也有点没压住，他用气急败坏的表情和语调想制止罗晶晶：“我不是都跟你说了吗，我现在不能让你爸知道，你为什么大事小事都不听别人的，这事咱们不是都说好了吗！”

罗晶晶没想到他会生气，她本想在他面前表现出她对爱情的勇敢、坚定和义无反顾，但他却生了气。罗晶晶委屈地扭头进了卧室，赌气地对跟进来的龙小羽不搭不理。龙小羽跟进卧室，坐在床上，慢慢放缓了口气，那口气中有几分歉意，也有几分恳求：“先别告诉你爸好吧，咱们的感情，你爸一下理解不了的。他要是坚决不同意，你能跟他吵架吗，你知道他有心脏病的……”

龙小羽好言相劝，罗晶晶默不作声。龙小羽以为她气消了，上去刚想抱抱她，没料罗晶晶把他伸过来的手挡了一下并且使劲一甩，一只手指不巧钩在了龙小羽的珠链上，只听啪的一声，珠链崩断，雪白的珍珠飞溅开来，像一朵浪花瞬间突然绽开了，紧接着他们满耳都是噼里啪啦的银珠落地声，那声音嘈嘈切切，既热闹又悦耳，之后的刹那间又静得吓人！

两人都愣住了，那散落一地的声音，那散落一地的珠子，把事态夸张得有点严重，在愣了片刻之后龙小羽先开了口，他不知所措地说了句对不起。

罗晶晶碍着面子，什么都没说，像刚刚闯了祸的孩子那样假装还生着气。她转身坐在床上，歪着头不理他。但眼睛的余光看到龙小羽默默地蹲下来捡珠子，她的心一下子酥软了，愧疚万般。她当然知道这串珠链是龙小羽的珍爱之物，寄托着他对父亲的一腔哀思。

散掉的珠子一粒一粒地，重新聚拢在龙小羽的掌心里，但不见了那根尼龙线。罗晶晶直直地伸出两只手，两只掌心向上翻。“给我吧，”她说，“让我帮你穿起来。”

龙小羽知道她气消了，听话地将珠子倒在她的手心里，罗晶晶看着那一捧珍珠白，脸上的线条柔和了。她抬头命令龙小羽：“你先把脸背过去，现在我要换衣服。”

龙小羽把气松下来，咧开嘴角笑了笑，拎着手提箱离开卧室来到客厅里。他把手提箱放在沙发上，进了卫生间，在卫生间里解了手，又洗了手，洗手时想起了什么事，动作犹疑地关掉水龙头。他走出卫生间，看到客厅里静静的，又听听卧室里也静静的，他轻手轻脚提了沙发上的手提箱，重新进了卫生间，顺手反锁了卫生间的门。他把手提箱放到洗手池上，转动数码锁，啪的一声响，箱盖打开了，摆在上面的，正是祝四萍要的那东西，那份名叫“标底”的机密文件。

他手指略略发着抖，把印有机密二字的封面翻开来。他是学过经济的，这东西一看就明白。标底后面还附着工程预算表和单位项目收费表等一整套文件，他把这一套文件快速地看一遍，大都是数字表格之类的，很难一目了然。他拿出笔，笔尖抖抖地，把“标底”上的几个主要数据草草记在从洗手池边顺手拿来的一张倩碧的说明书上。这时他听到卫生间的门被砰砰砰地敲得直响，罗晶晶在门外叫：“你快点，我要洗脸！”他慌慌张张地将那张已经携带了重要商业机密的倩碧说明书塞进裤子的口袋里，关了手提箱，慌慌张张地打开了卫生间的门。罗晶晶一脸坏笑，问他：“锁门干什么，咱们都老夫老妻了还怕我看！”

龙小羽的脸肯定红到脖子根了，额头上也蹿出汗来，他结巴了一下，说：“你换衣服不是也不让我看吗。”

罗晶晶走进卫生间，说：“你早上做的什么饭？早凉了吧，你给我热热去。”

龙小羽这时才想到放在餐桌上的牛奶和烤面包什么的肯定早凉了。但他说：“你自己热吧，司机在外面等着呢，我进来这么半天不出去，司机该怀疑了。”

罗晶晶说：“那我不吃了。”

龙小羽无奈，只好说：“那我给你热，你快点洗！”

罗晶晶说：“我真不吃了，我还怕长胖呢。”

龙小羽说：“那我先走了，要不然司机真要问我进来这么久到底干什么呢。”

龙小羽拎着手提箱要走，罗晶晶又叫住他，过来在他脸上亲了一下，说：“你就跟他说，咱们干这个呢。”

龙小羽走出罗家小院，重新回到车上。司机果然唠叨说：“那大小姐还没起吗，这么难叫。”

龙小羽顺水推舟地应和了一声：“啊，起来了，马上就出来。”

罗晶晶又磨蹭了好半天才姗姗走出罗家小院。她上了汽车，一个人坐在后座上。当着司机的面，和龙小羽之间互不正视，互不搭腔。龙小羽低声对司机说：“走吧。”

汽车把他们拉到黄鹤湖别墅，一进屋，罗晶晶先进书房见她爸爸去了。龙小羽一个人坐在客厅里等。保姆给他倒了一杯茶之后，就不言不语地走开了。客厅里很安静，龙小羽默默地坐着，他或许能从这出奇的安静中，体会到黄鹤湖的寂寞。他侧耳倾听，竭力想听到一点声响，他听到的只是书房那扇厚重的木门内，罗保春父女叽叽咕咕的说话声。他很想听清他们说什么，他把注意力高度集中在那个方向，但劳而无功。书房里的说话声忽生忽灭，时断时续，若有若无，他尽管什么也听不清，但本能地疑心他们是在谈自己。这个疑心刚一闪现，龙小羽的全身就激出了一层冷汗。他真害怕罗晶晶一时兴起，仗着她爸爸疼她惯她，控制不住把他们的关系和盘托出，他完全判断不出当罗保春知道了这段恋情之后会做何反应，怎样处置。他几乎不敢幻想罗保春会无条件尊重女儿的选择，无条件接受他这个穷途末路的流浪青年一步登天地成为自己的乘龙快婿，他做梦都不敢往那儿想，那简直是神话！他能想到的只是罗保春会大发雷霆，不是对罗晶晶，而是对他。他对罗晶晶不能怎么样，对他却绝不饶恕。也许在罗保春的眼睛里，女儿还是个没长大的孩子，如果有人，特别是像龙小羽这样一个刚刚苟且了温饱的家伙胆敢得寸进尺地把女儿从他的羽翼下这么拉走的话，罗保春说不定真的会像一只发怒的母鹰那样，一口把他叼死！

仿佛是为了验证他的担忧和恐惧，书房里父女两人的哝哝低语忽然明显地放大了，似乎很快升级为一场争吵。接下来那扇厚重的房门砰的一声打开了，罗晶晶沉着娇嫩的小脸走出来，她看一眼从客厅的沙发上张皇站起的龙小羽，红红的嘴唇一咧，想哭，但忍住了，脚步也没有停顿，径直走进对面的房间里，砰的一声把房门重重地关住。

整个别墅在房门响过之后显得更加安静，龙小羽向书房的方向张望了一眼，罗保春并没有出来，书房的门大开着，里面鸦雀无声。

龙小羽提了那只手提箱，脚底像踩着棉花一样，虚一步实一步地走过去。他站在书房门口，胸口怦怦跳着，试探着往里看，他看到罗保春板着面孔，阴沉地坐在大班台的后面若有所思。龙小羽迟疑片刻，硬着头皮走进去，竭力做出若无其事的表情，叫了一声："罗总……"连他自己都听得出声音中那份克制不住的心虚。罗保春抬起眼睛，看了他一下，沉着嗓门"嗯"了一声。这"嗯"的一声，虽然情绪不高，但却分明是平和的，让龙小羽悬在喉咙的那颗咚咚乱跳的心，忽地一下回落到原位，全身的肌肉也随之放松下来。他当着罗保春的面，打开手提箱，取出箱里的文件，一一摆在大班台光可鉴人的台面上，这时他突然觉得自己筋疲力尽！

"罗总，"好在他还保持了明快干练的语调，声音清朗地说道，"这是扩建工程招标的标底，筹建办马主任说请您尽快把意见告诉他们，明天就是发标会了。"

二十一

罗保春父女在黄鹤湖别墅的书房里发生的争吵确实让龙小羽饱受惊吓，好在当天中午他就知道了这次争吵的实际内容。中午之前他带着罗保春批阅过的文件离开黄鹤湖别墅回城，进城后当然要先送罗晶晶回家。和早上出城时一样，罗晶晶一路沉默不语，车子开到罗家小院，她下车后突然对留在车上的龙小羽说了这么一句：“龙秘书你下来一下，我有个东西你给我爸带去。”

她说完顾自转身，走进小院去了。龙小羽也就下了车，让司机稍等，跟在罗晶晶身后进了院子。

他们进了屋，关上门，龙小羽先问：“你跟你爸吵架了？”

罗晶晶坐下来，没精打采地脱鞋，未做回答。

龙小羽又问：“到底为什么？”

罗晶晶抬头，看他，看得龙小羽心里直发毛，声调变得不自信了：“你爸说了些什么？”

罗晶晶开口说：“我爸给我介绍了个对象。”

龙小羽紧张的心情松弛了一下，但同时又被另一种沉甸甸的东西压住，他愣着没说话。

罗晶晶说：“是省里卫生厅厅长的儿子，说是看过我演出，喜欢我。”

龙小羽傻傻地站在那儿，还是没说话。

罗晶晶又说：“那厅长儿子是个大学生，现在自己搞了一家医疗器材进出口公司，据说做得很成功。岁数也不算太大，今年刚三十，个子一米八，我爸见过的，说人也挺顺眼的。”

龙小羽眨着眼睛，听着。

罗晶晶停顿下来，突然问：“你说，我应该怎么办，我听你的。”

龙小羽仓促地开口：“呃——那倒也挺好的，这个人……条件挺配你的。”

罗晶晶盯着他问：“那你的意思是我应该跟他交朋友了？”

龙小羽迟疑了一下，回答：“啊，和这样的人交朋友，对你，和你爸，都好，我觉得挺好的，我觉得……”

他还没有说完，罗晶晶的一只鞋子已经飞过来了，龙小羽用手护住脑袋，鞋子打在胳膊上，罗晶晶又抄起另一只鞋子扔过来，砸在龙小羽身后的衣架上。罗晶晶扔完鞋子，一抽一抽地哭起来。龙小羽走过去，伸出双臂把她搂在怀里。

他说：“晶晶，我爱你，只要以后你能过得好，你爸能过得好，你怎么选择，我都愿意。我说过，我只要能在梦里爱你，就心满意足了。”

罗晶晶还在抽泣，委屈万分地说：“你爱我吗，你爱我干吗还让我跟别人好，我跟了别人，你还怎么爱我？”

龙小羽紧紧抱着罗晶晶，他把这个女孩爱到骨头里去了。这是一个山盟海誓的午后，他擦干了罗晶晶脸上的泪水然后发誓：只要罗晶晶能够幸福，他什么都可以做，他可以为她活，也可以为她死。直到两年后龙小羽在平岭市公安局看守所里，面对他的辩护律师，和他同龄的韩丁，在说起那个激情的午后时依然眼含热泪，他对韩丁说：那个誓言他一直牢牢记在心里，是至死不变的!

那天龙小羽用发自肺腑的誓言安抚了罗晶晶，然后匆匆离开了罗家小院。司机还在门外等着，他不能逗留太久。当汽车开动时他在后座上回头看去，那座红门小院在他的视线中渐渐远了，渐渐被一层朦朦胧胧的泪水弄得模糊，他转过头，深深地呼吸，没让眼泪流下来。他从深沉的呼吸中为自己找到了力量，找到了那种用任何言语都无法表达的信念。

下午，办公室里没有人。龙小羽坐在一部电话机旁，坐了很久很久才抓起听筒，拨了祝四萍留给他的一个呼机的号码。他约了祝四萍晚上见面，这次见面是龙小羽与罗晶晶关系上的一个重要情节，这个情节对韩丁弄清本案被告人与被害人之间的关系必不可少。那个晚上龙小羽让自己面对一个痛苦的选择——是效忠企业还是保全爱情。事实上他直到最后一刻都可以改弦更张，但他经过反复犹豫终于没有，他如约在晚上七点半准时出现在位于平岭市商业中心区的青年宫电影院的大门口。如果那天晚上他不去的话，那后面所有的事情，以及那个让人难辨缘由的悲剧，也许都不会发生。

但不幸的是，龙小羽去了。他带了他所热爱的企业的一份机密材料——几个乍看上去不过是手抄在一张化妆品说明书上的零乱的数据，去赴祝四萍的约会。他不想伤害他赖以生存的公司，他不想背叛好心帮助他扶持他的老板，但他还是带了这份偷出来的商业机密，在约定的时间站在了青年宫电影院的大门口。他站在这里，怀着做贼般的心情，等着祝四萍。他清楚地知道自己参与了一个不道德的阴谋，他不清楚的只是这个阴谋的结局，他不清楚今晚与祝四萍的接头最终将给他的公司、他的老板和他自己，带来什么。

他在见到祝四萍以前确实没有料到会有那样一个始料不及的结局。这次接头的结局居然牵涉到了罗晶晶。那天傍晚制药公司下班前罗晶晶曾经打电话给龙小羽，让他晚上早点到她家里去。她告诉他那串珠链她已经帮他穿好了，她还说她一下午没见他了，很想他，想和他一起做饭，吃饭，一起待着。龙小羽在电话里没有和她亲热，罗晶晶当然听得出来，他身边是有人的。龙小羽一本正经地说今天晚上公司领导让他去办些事情，恐怕不能过去了，他会在明天，或者今天晚些时候打电话给她的。这些通话的内容即便让办公室进进出出的人全部听去，也不可能听出电话那一头的人，是正躺在床上睡了一下午还没起来的老板的女儿罗晶晶。

罗晶晶以为他真有公事，不再勉强，嘱咐他办完事就过来，多晚她都会等。挂了电话，她倒头又睡，睡了半天却睡不着了，她习惯性地又把那串刚刚穿好的珍珠手链拿出来在灯下端详，除了这条手链，她想不出还能有什么足以代表龙小羽，成为那种化身般的信物。但她不敢再要这条珠链，因为龙小羽已经说过，只有他死了，才会把这东西留给她，她现在要过来，岂非太不吉利吗？罗晶晶细细地把玩着手链，等着龙小羽过来，看了好几次表，时间走得出奇慢，比往常慢多了。时针好像成心拖延似的一步一步蹒跚地走到晚上八点，床头的电话突然响了，罗晶晶以为是龙小羽打来的，迫不及待地接起来，话筒里的声音却是个女的。那女的说："罗晶晶？"她茫然地答："啊？"那女的又问："罗晶晶吗？你是不是睡觉呢？"她这才听出是程瑶的声音。

程瑶说："我在青年宫电影院呢，你猜我在这儿看见谁了？"

罗晶晶还有点迷糊："谁？"

程瑶说："我在这儿看见龙小羽了。"

龙小羽？罗晶晶兴奋起来："你在哪儿看见龙小羽了？"

程瑶未答，反问："晶晶，你和龙小羽到底怎么样啊，你对他到底有没有意思？"

罗晶晶不知这话所问何来，懵懂地问："怎么了，你在哪儿见着龙小羽了？"

程瑶的话头停了一下，这一停让罗晶晶有点不祥的预感，她心情紧张地再问：“啊？”

程瑶说：“青年宫电影院。他在青年宫电影院的录像厅和一个女的看录像呢。”

“女的，不会吧……多大的女的？”

“二十来岁吧，跟你差不多。”

罗晶晶半天说不出话来，她甚至不想判断她是听明白了还是疑问着就挂了电话。挂断电话以后她发了一阵呆，突然掀了被子跳下床去。这时电话又响了，她没去接，也许是程瑶又打过来了，她不想接。她非常快地穿衣服，快得有些潦草，她从未这样潦草胡乱地穿戴过。电话铃响了一阵，无可奈何地停下来，罗晶晶已经衣冠不整地夺门而出。走出院门的那一瞬间她想哭，但迎面来风让她的哽咽陡然止住。她跑着出了巷口，站在路边挥手叫车。

程瑶在青年宫电影院见到龙小羽确实是件碰巧的事。晚上七点半是龙小羽和祝四萍接头见面的时间。祝四萍是七点四十才到的，她从街的对面走过来，步子迈得四平八稳，不紧不慢。龙小羽看着她，她穿得很单薄。冬天都快过了她还没有冬天的衣服呢。从傍晚时分就开始刮起的风带了些街角工地上的沙土，从西往东横行霸道地张扬着，祝四萍冷得缩头耸肩，从风尘中由远而近。

龙小羽那一刻心跳有些紧，他看到祝四萍时的感觉矛盾，说不清是心疼还是畏惧。他的手插在裤兜里，有一点汗，摸着那张写了标底的倩碧说明书。他想，应该给四萍买件厚衣服，平岭的气候要比绍兴冷多了。面对四萍的瑟缩，他自己这一身厚厚的新外套和暖暖的新围脖让他有几分不自在，好像四萍奚落和愤愤不平的目光已经落在了他的头上。好在四萍走近了，表情上没有一点尖酸的样子，她甚至还冲龙小羽大大方方地笑了一下，这个笑让龙小羽的紧张松弛下来，这个笑和他在绍兴石桥镇外的乌篷船上第一次见到的笑容，是多么相像。那个主动的、带着些进攻性的微笑曾让龙小羽心神动摇。

四萍微微笑着，吸溜着嘴里的凉气首先开口："冷死了冷死了，你什么时候买的围脖，快给我戴戴，我的脸都冻僵了。"她一边说一边动手摘下龙小羽的羊绒围脖，三下两下就把自己脑袋严严地缠住，只留了一双忽闪的眼睛和半截通红的耳朵。然后，嘴巴也不再吸溜了，发声开始正常起来。

"你早来了？"四萍问。

龙小羽点头。

四萍又问："那东西你带着吗？"

龙小羽又点头，他看看左右，左右没有熟人，在街头的风中每个低头过往的路人都是行色匆匆。他想把裤兜里的那张写了数据的倩碧说明书掏出来，还没动作四萍已经依偎贴身，一只手插进他的肘弯，挽住了他的胳膊。

"哎，你看，"她指着电影院门口立着的一块手写的广告牌，兴奋地说，"今天有《泰坦尼克号》的录像，你带我看！"

龙小羽也看那广告，却说："《泰坦尼克号》，你不是早看过了吗？"

四萍说："我还想看！前年在小红家看的是盗版碟，一点都不清楚。小红去电影院都看了三次呢，我才看了一次，还是盗版碟。"

祝四萍拽着龙小羽往售票的窗口走，她脸上的表情变得既撒娇又认真："我最喜欢莱昂纳多了，我觉得他长得有一点像你，那眉毛、那嘴，和你还蛮有一点像呢。"

四萍把龙小羽拽到售票窗口，伸头冲售票员吆喝了一声："要两张录像厅的票。"窗口里撕了两张票递出来，四萍歪头看看龙小羽，示意他交钱："两张一共十六块钱。这里连录像都这么贵。"

龙小羽掏兜，掏出十块钱，递给祝四萍："你自己看吧，我不看，我还有事呢。"

祝四萍不干，半娇半嗔地说："不行，你多长时间没陪我啦，现在让你陪我看一场录像都不陪啦！不行，今天非让你看不可。你看看人家莱昂纳多怎么对女孩子的，你也学学人家好不好。"

四萍一边说一边把手伸进龙小羽的裤兜里，又掏出一把零钱来，从中抽出十块，其余塞回龙小羽的裤兜。她买了那两张录像厅的票，兴高采烈拉着龙小羽要往电影院里走。龙小羽摆脱开她的拉扯，严肃地说："我们不是说好了以后不再见面了吗，我现在工作很忙，不能再陪你了。你要的东西我带来了。"龙小羽从另一个裤兜里取出那张倩碧说明书，向四萍递了过去。

四萍半笑着看他，没接。

龙小羽说："你到底要不要？"

四萍一笑："要。"她扯过那张纸片，冲那上面草草写着的几个数目字草草地看一眼，略带轻蔑地说了句："这个就是呀？"她看上去似乎对那几个数字有些不屑，而对那张说明书本身却产生了兴趣，翻来倒去地看了半天，满脸疑惑地问："这是什么？"

龙小羽随口说："这是一个化妆品的说明书。"

四萍问："化妆品？你用的？"

龙小羽说："不是我用的，这是……"

他突然把话刹住了，幸而没有说下去，但四萍显然已经从这张说明书上嗅出了脂粉味，冷笑了一声："这是女人用的！你不是背着我拈花惹草去了吧，你怎么有这东西？"

龙小羽张口结舌了半天才缓过神来，慌不择言地顺口编造："我当时手边没纸，这是从我们同事桌上拿的……"

“女同事吧？”

“啊。”

“你在你们那里可要老实一点，兔子还不吃窝边草呢，你懂不懂！”

龙小羽没有应声，未置可否。四萍转脸一笑，把那张说明书收好，又挎住了龙小羽的胳膊，说：“算你最后再陪我看一次录像，最后一次，总归行了吧。风这么大你别让我在外面冻着了好不好。我早看出来了，你这个人真是没良心的。”

祝四萍连拉带拽连哄带骂地把龙小羽拽进电影院了。在电影院的门口还用买票剩下的钱买了一袋爆米花。这时，电影放映厅一侧的小录像厅里，壮观的泰坦尼克号游轮已在苏格兰风笛悠扬的旋律中浪漫启航。龙小羽随着祝四萍，在黑了灯的录像厅里哈着腰找了一对靠前的座位——靠前的座位都空着——坐下来看莱昂纳多和那位跟他一起赢了船票的穷哥们儿在三等舱里寻找他们的铺位。龙小羽对莱昂纳多毫无兴趣，他坐立不安地想着如何能够早点离开这里赶到罗家小院去。他满脑子都是罗晶晶床头那片橘黄色的灯光，他猜测罗晶晶还在那片凝固不动的灯光下寂寞地等他。他当然不可能猜到，罗晶晶这时已经走进了这间观众寥寥的录像厅。龙小羽怎么能猜得到呢，他心爱的女孩已经认出了他的背影，已经坐在了他的身后，已经透过朦胧的泪水，看到四萍狎昵地趴在他的肩头，在那段已成经典的爱情乐章中，模仿着杰克和露丝的柔情蜜意。这情状让罗晶晶的心像被一把利刃一下一下地捅，每捅一下她都想尖锐地哭出声来，但每一次哭喊都被喉咙口不可名状的痉挛堵住。她几次想站起来走出去，但两腿麻木得不能动，脸也是麻木的，眼泪在眼窝里溢出来，在麻木的脸上无知无觉地流淌着。整个胸口都麻木了，麻木得甚至让她无法抽泣。她唯一残存的知觉让她意识到龙小羽站起来了，他和那个依偎着他的姑娘说了句什么就低头向外走，他路过罗晶晶的身边，脚步急促。那个姑娘也站起来了，捧着那包吃了一半的爆米花追出去。罗晶晶这时才清醒了，才站起来，尾随他们走出影院。在影院门口的街边，她看到龙小羽正和那姑娘说着什么。罗晶晶认出来了，那女孩不是别人，就是和龙小羽一起敲诈过她的祝四萍。

罗晶晶从他们身边走过去，她不怕他们看见她。她此时最痛恨的，不是那个祝四萍，而是龙小羽。她至此才明白龙小羽一直在欺骗她，一直在否认他还有这样一个女人。他居然把她给他买的围脖，围在这个女人的头上了。罗晶晶横眉怒目，从他们身边走过去，她故意让龙小羽看见她，让他愣愣地看着她，刹那间不知所措。罗晶晶向街对面走去，街上车来车往她也毫不躲闪，她的眼泪唰唰地流下来，她恨死了龙小羽，脑子里飞快而混乱地想象出各种解气的方式和他一刀两断。可同时，她又盼着他能追过来，她真的盼着他能追过来，她甚至没想好他要是追过来，她是骂他，还是原谅他……结果他真的追过来了。罗晶晶想擦了眼泪，她想做出一副无所谓的样子，但没能做成，当龙小羽从后面抓住她的胳膊，把她拉到自己的怀里时，她几乎不能控制地哭起来。她不是为一个男人的背叛而哭，而是为这个男人在她心中完美的幻象突然破碎而哭。她终于看到了龙小羽的另一面，当她意识到她的龙小羽已经不是过去的龙小羽时，当她意识到过去的那个纯洁专一的龙小羽，她深爱的那个龙小羽已经永远不再有时，她几乎有一种天塌地陷的感觉。可在接下来的一刻，她支撑在他的怀抱里，靠在他的胸膛上，她像过去一样感到了温暖，那温暖的怀抱与过去有什么不同吗？那结实的胸膛与过去有什么不同吗？她想这只是一个梦吧，她刚刚醒过来吧，龙小羽正扶着她，搂着她，往什么地方走呢。

她依靠在他有力的臂膀上，走到一辆刚刚停稳的出租车前，龙小羽拉开车门，扶她进去，那感觉和过去完全一样的，动作和过去也是一样的，她的心因此而安定下来，呼吸也平静下来。她看到龙小羽也钻进了车子，当一切都如梦般飘飘然地演进着，她突然听到了一声咬牙切齿的叫喊，这声尖厉的叫喊把现实的残酷重新撞进她的意识，把她几乎麻醉的神经再次刺得很痛很痛。

“龙小羽，你上哪里去！你他妈什么女人都敢要！”

车子已经开动起来，罗晶晶转过头，她从后车窗肮脏污浊的玻璃上，看到围了那条围脖的祝四萍站在对面的街边，向他们这辆汽车发出气急败坏的吼叫。

二十二

真正相爱的人，没有隔夜的仇。

可罗晶晶连着三天与龙小羽断绝来往，龙小羽每天下了班都来罗家小院找她，她只要从可视门铃的屏幕上看到敲门的是龙小羽，就一概闭门不应。她通过屏幕，看到龙小羽一遍一遍地按着门铃，看到他在门前低头徘徊，看到他扒着门缝往里看，看到他黯然离去……罗晶晶的心里，会有一种报复的快感油然而生。

第四天晚上，龙小羽没再过来。罗晶晶一直等，等到半夜十二点了，也没听见门铃声。她不止一次地自己把可视门铃的屏幕打开往门外看，门外空无一人。她有点无趣，心里怅然，一整夜昏昏沉沉不能睡死。

第五天，龙小羽又没来。

周末，罗晶晶去黄鹤湖别墅看父亲，和父亲一起吃午饭的时候龙小羽突然来了，给父亲带来了当天的报纸和一些文件。父亲问他吃饭了没有，他说没有。父亲说那就一起吃吧。龙小羽说不用了司机在外面等着呢。父亲说你就坐下吃，让他等着。龙小羽看一眼桌上的罗晶晶，罗晶晶马上把目光移开，在龙小羽坐下的同时她站起来离开了桌子，走出了餐厅。

龙小羽自己盛了饭，只盛了小半碗，然后低头吃。罗保春的饭，一个这么大老板的午饭，比他想象的要简单，像一个普通人家最平凡的生活。罗晶晶一走，罗保春也不吃了，起身离开餐桌，坐在旁边的沙发上看文件看报纸。龙小羽一个人坐在老板的餐桌上，这顿饭吃得浑身上下真不自在，好容易等到罗保春抬头发话："小羽，你快点吃，吃完了带晶晶回城里去。"龙小羽才如释重负，放下碗筷，起身擦嘴，朗声应道："我吃完了。"

罗保春放下报纸，走出餐厅，不知到哪个房间叫女儿去了。龙小羽走出别墅，上了汽车，他坐在车里，看着罗保春带着女儿出来，站在门口慈父慈母般地循循善诱了好一阵，罗晶晶才点点头走向汽车。龙小羽钻出汽车，帮罗晶晶拉开后车门，罗晶晶看都没看他一眼，自己拉开前门就上去了。龙小羽尴尬地愣了一下，只好讪讪地自己坐进了后座。车子开动起来，一路无话。谁都无话。

车子开到罗家小院。罗晶晶还是一言不发，自己开门下车，走进家门。龙小羽看着她的背影，看着她掏钥匙，打开门，看她低头捡地上的什么东西，他突然对司机说了句："我有点事，你等我一下。"说完打开车门下去了，在罗晶晶还没有关上家门的刹那挤进了院子，然后随手把院门关上。

罗晶晶没有料到他会跟进来，先是吓了一跳，然后故意看也不看他，径直往客厅里走去。龙小羽追上她说："我想和你谈谈，晶晶，我们谈一谈行不行？"

罗晶晶爱搭不理地，皱眉问："谈什么呀？"

龙小羽说："谈谈四萍，那天你见到的是四萍。"

罗晶晶说："噢，你的女朋友。跟我谈什么。"

龙小羽急急地否认："她不是我女朋友，她不是……"但罗晶晶直视的目光让他的否认戛然而止。

罗晶晶问："她不是吗？"

龙小羽低了头，低了声，说："过去是。"

罗晶晶又问："她知道你总到这儿来吗？"

龙小羽说："不知道。"

罗晶晶说："噢，她和我一样，也被你蒙在鼓里。"

龙小羽说："她和你不一样，她蒙在鼓里，你没有。"

罗晶晶说："我怎么没有，我一直以为你只有我一个。"

龙小羽说："我是只有你一个，我是只有你一个！"

罗晶晶说："这话应当是我说！你没资格说！"

龙小羽说："四萍和我是过去的事了，我们的缘分早就到头了！"

罗晶晶冷冷地说："是因为我吗？是因为我，你们的缘分才到头的吗？"

龙小羽没有否认，可也没有承认，他没有勇气承认他和四萍的缘分到头是因为他见异思迁，是因为罗晶晶比四萍好，比她漂亮，比她有钱，比她有文化、有品位……他不想承认！因为这个事实不是事实！事实在他的心里，他心里知道他是因为爱，是因为他没法无视、拒绝和逃避这个爱，才发生了这一切。他爱罗晶晶！哪怕她不漂亮，没钱，一点文化也没有……甚至，他想，哪怕她是个残疾人，哪怕她缺胳膊断腿，甚至成了植物人，他也爱她！他敢发誓，罗晶晶无论成了什么样，他都爱她！

可是，她信吗？

她不信！龙小羽看到了罗晶晶脸上的轻蔑和不屑，他有点绝望。他叫了她一声，想唤回她对他的感觉，但没用。罗晶晶转脸拉开客厅的门，一步跨进门槛，门随即砰的一声，关上了。

龙小羽站在院子里，院子寂静极了。寂静中回响着一阵阵空灵的笑声，他和罗晶晶的笑声和喃喃不清的低语，在这院子的上空，在每一个亲切的角落此起彼伏，让龙小羽留恋不已，让他有入梦的幻觉。当他突然醒悟到这一切都是真的，当他从梦的幻觉中跳出来的那个瞬间，那些笑声和低语也戛然而止，快得令人不寒而栗。在一年半之后龙小羽向韩丁谈到他那时的心情时，他说他除了心碎之外，还感到了恐惧。

“为什么呢？你为什么会感到恐惧？”韩丁问，“你是担心罗晶晶一旦不爱你了就会让你失去你的前程，甚至失去这份得来不易的工作呢，还是仅仅担心失去爱情？”

龙小羽没有马上回答，他也许需要回忆一下当时的确切心情，也许需要时间在真话与谎言之间徘徊犹豫。他说：“是因为罗晶晶，我害怕我真的失去她了。”

“害怕失去她对你的爱情？”韩丁紧迫了一句，“仅仅是爱情吗？”

龙小羽先是点了点头，而后又突然问道：“你知道，自从我爸爸去世之后，一直最让我感到恐惧的是什么吗？”

韩丁摇头：“是什么？”

龙小羽说：“是没有工作，是饥饿！”

韩丁定定地看他。

龙小羽又问：“你知道饥饿吗？”

韩丁摇头。

龙小羽说：“饥饿，这是任何一个人最本能的恐惧。在饥饿面前，一切都是次要的，都不能和它相提并论。”

韩丁说：“包括爱情吗？如果你全心全意爱上了一个人，究竟是吃饱肚子重要，还是爱情重要？”

龙小羽停顿了声音，但韩丁知道他并不是在想，他知道他早有结论。

龙小羽开了口，说：“不饿的时候，爱情重要。”

韩丁问：“这话你对罗晶晶说过吗？在你们相爱的时候，在你们爱得死去活来，爱得可以为对方牺牲一切甚至牺牲生命的时候，你对她说过吗？”

龙小羽摇头：“没有。对一个从没挨过饿的人说这些，她会生气的。人可以为爱情献出生命，但没法抵抗饥饿。”

“你是说，你是一个挨过饿的人，对吗？”韩丁问。

“对。”龙小羽点头，“我小的时候，有一段时间我爸他们找不到演出，那一段我老是吃不饱。长时间吃不饱的感觉真是难受极了，它能让你每天不想别的，什么都不想，每分每秒，只想能到哪儿弄点吃的。我爸去世以后，我退了学，没有工作，就算早上起来能吃上一碗大米饭，中午饭就又不知道去哪里吃了。我到平岭以后也有很长时间没找到工作，钱花光后就只有去找大雄，大雄能养着四萍，但不可能养我，所以，他让我带着四萍到路边去敲诈那些过路的汽车，我就去了。也许是缘分吧，也许是上帝不让我作恶太多，所以，我碰上的第一辆汽车，就是罗晶晶的……”

龙小羽的这些话在韩丁的心里留下了一层别样的滋味，这也许是因为龙小羽原本在他心中的形象，已经接近于一个完美的爱情至上主义者，一个为爱献身的情圣。但从龙小羽的这一段人生剖白中，韩丁又看到了一个非常现实的，具有典型生物本能的龙小羽。这真是一种说不清道不白的滋味，就像在触摸到一样东西的实在时，又突然发现它并不如虚幻时那么完美，就是这样的感觉。

也许龙小羽的话确实是一个真理，谁也不能更改自己的经历，谁也不能去掉历史留在自己身上的印记。挨过饿的人和没挨过饿的人一辈子都会有一种心理上的差别。他们一样恋爱，一样工作，一样社交，一样生活，看起来可以毫无二致，但是，当一个机会突然出现，当一场灾难突然降临，当一个重要的十字路口突然横在面前时，他们的反应会一样吗？选择会一样吗？表现会一样吗？从小挨饿的和从小饱食终日的，是殊途同归还是南辕北辙？龙小羽和罗晶晶，会是一样吗？

还有祝四萍，会和他们一样吗？

当四萍终于知道，龙小羽对她的冷淡和躲闪，并不是因为什么事业上的需要，而是因为一个女人时；当她终于知道这个女人不是别人，就是制药公司大老板的宝贝女儿时；当她继而认为，龙小羽所得到的一切，并不是靠了他的努力和勤奋，而是靠了这个女人的赐予时，她会怎么想？她会羡慕还是嫉妒，会悲痛还是憎恨，会失望地离去还是找上门来大吵大闹，会吵闹一阵然后一刀两断还是全力争夺不甘失败，还是怀恨在心设计报复，还是你既不义我也不仁，还是我不成也不让你们成？也许这些都在龙小羽的意料之中，但祝四萍最终的选择，却完全出乎他的意料。

祝四萍差不多是在第二天就找到龙小羽的办公室来了。她在制药公司还没下班的时候大摇大摆地走进罗保春的办公室，把龙小羽吓出了一身冷汗。幸好罗保春不在。王主任和公司的人事经理恰巧进来找文件，看到一个年轻女孩大模大样走进来野调无腔地冲龙小羽直呼其名，都愣了片刻，幸而龙小羽解释得快："啊，主任，这是我的表妹，来给我送东西的。"幸而祝四萍只是冷冷地看着他们，未发一言。王主任和人事经理都没有察觉出什么特别反常之处，他们在罗保春的办公桌上找到了那份要找的材料之后就走了。王主任只是事后单独提醒了一下龙小羽：公司有规定的，上班时间亲戚朋友都不许往办公室带，你是董事长秘书更要以身作则云云。

龙小羽在王主任和人事经理取了文件出门之后，才发觉自己口唇发麻，四肢厥冷。他慌慌张张拉着四萍，连哄带劝地把她拉出了办公室，下了楼，走出了公司大门，他把她带到了离公司不远的护城河边。这里远离大路，人迹冷清，通红的夕阳倾泻在发亮的河面上，使整个河道像灌满了熔岩似的，让人的双目有被灼痛的感觉。

在这条"熔岩"的岸边，龙小羽所能预想的每个结果都出现了，四萍先是悲伤地哭泣，表示她将自动从这场爱情旋涡中抽身退出，一个人回绍兴老家去，把自由还给龙小羽。但在龙小羽满怀内疚好言抚慰时她又开始恶语相向，对罗晶晶满口恶毒的诅咒和仇恨，她扑在龙小羽怀里又哭又骂，发誓绝不将他拱手让出。龙小羽不得不用很明确的语言表明自己的态度：缘分既已到头不如好说好散。好说好散还能留下彼此的情分。这是龙小羽第二次正式提出分手，四萍重新哭起来，龙小羽也不再劝她，让她哭。这次四萍哭得很短，哭声很快停止，继而口发毒誓，她对龙小羽说她决定去死，在死之前绝不会让伤害她的人好过，不信你们就等着瞧吧！我这个人心要狠起来，什么事都做得出！四萍忽软忽硬，半疯半癫，几个回合下来就把龙小羽的阵线很轻易地搞垮了，他开始哀求祝四萍，他告诉她他真的爱上了罗晶晶，他为她可以牺牲一切。他恳求祝四萍念在过去的情分上，给他自由，让他得到这份来之不易的幸福，这幸福是上天赐予的，他不能失去。

祝四萍在表现完悲伤、绝望、憎恨以及柔弱的啼哭和歇斯底里的吵闹之后，突然平静下来，她的情绪转化之快几乎让龙小羽怀疑她先前的情绪都是故意的做作。而祝四萍平静以后所说的话让龙小羽马上意识到这才是她今天找上门来的真正目的，四萍选择这样的目的乍一听来似在龙小羽的意料之外，但他定神一想似乎又尽在情理之中。

那目的依然是：交易！

四萍和龙小羽过去的关系，就是她现在手中的本钱，她凭了这份本钱，要和龙小羽做一笔交易。

她说：“小羽，既然你不爱我了，讨厌我了，我强求你也没有意思。可我毕竟是你的女朋友，跟你好的时间也不短了。你过去没有工作是我帮你找到工作的，你刚到百年红酒厂那阵子除了身上穿的什么都没有，连你盖的棉被都是我从我家抱来的。现在你攀上高枝了，你搭上一个有钱的女人了，你喜新厌旧了，总不能说把我甩了就甩了吧。你把我逼急了，我就急给你看，我就让你看看把我逼急了以后我会说什么做什么。你来狠的我也来狠的，你讲仁义我也讲仁义，反正主动权在你手里。”

龙小羽听明白她的意思了，他内心深处对祝四萍还保留着的那一点温情和愧疚，立刻荡然无存。他的心冷下来，脸上的表情也冷下来，他用冷得几乎没有表情的表情，与祝四萍开始了谈判。

“好，你明讲吧，我怎么做才算仁义？”

“这事我不好讲的，你心里总该有数。跟我分手也是你先提出来的，怎么个分法应该你说。”

“这样吧，我可以给你一个保证，等将来我挣了钱，我会对你做出一定的补偿，我们今天可以商量个数……”

“将来，将来是什么时候？”

“可我现在没有钱。你要不愿意等的话，我可以每月从我的工资里给你二百块钱，每月都给，给一年给两年甚至给三年，都可以。”

“……也行吧，可就算给一年，也不过两千多块钱，现在这对你也不算个什么数了。两千多块钱就把咱俩的感情买走了，这也太便宜了吧。”

“那你想要多少？”

“这样吧，你每月给我二百，给三年，我也不多要，三年以后就算清了。除此之外，你还必须帮我一个忙，这对你其实也是毛毛雨的事。”

“你要我帮你什么？”

四萍微微一笑，开口说：“你们扩建工程的标底你上次给我的那几个数不行，太简单了。大雄给那家公司的老板看了，老板让我们问你能不能把标底书和监理公司做的预算书复印一份拿出来，还有……”四萍从衣服口袋里拿出一张清单，念给他听，“……还有‘标底汇总表’‘单位工程收费表’，都得要。”

龙小羽拿过那张字条，字条上写着那家参加招标的建筑公司索要的一系列文件。那些文件龙小羽都见过，他把那些文件给罗保春看过批过之后就退给筹建处了，现在就存放在筹建处的保险柜里。

龙小羽把字条还给祝四萍。他对祝四萍，对她背后的那个大雄，还有大雄背后的那个建筑公司的老板，对他们的贪得无厌和没完没了非常反感。他面带厌恶地说："我不想再做这种事了，你们拿我当什么，叛徒还是内奸？"

四萍拿着字条直发愣："你上次为什么就能做，这次为什么就不能做？我又不是为我自己，我是为了大家。大家都是从绍兴老家出来的，你一个人有吃有喝了，你就不管大家了吗？"

龙小羽张了半天嘴，他不想当叛徒，不想做内奸，公司是他的衣食父母，老板待他情同骨肉，他拒绝四萍的要求本来是件理直气壮的事，但四萍说到了"大家"！"大家"这个词让龙小羽变得理屈词穷。

在中国，在那些小地方的人群中，"大家"的概念是什么？

"大家"，就是父老，就是乡亲，就是义气，就是曾经和他一起生活一起吃苦，一起喜怒哀乐的那一帮人！他不顾他们，也是背叛。

四萍见龙小羽哑口无声，继续晓之以理："我反正已经说了，你对我不仁，我就对你不义。你要是砸了大家的饭碗，我就到你们公司去闹！我就让你们公司里上上下下的人都知道，老板的女儿真是个脸皮厚，仗着自己钱多，硬要抢人家的男朋友！我反正不在乎，光脚的不怕穿鞋的，我非臭臭她不可，我让她做不了人！你不是说为她可以牺牲一切吗，那你好好搞搞清楚，你就算为了她，也不应该把我逼得没路走吧！"

龙小羽的心咚咚地跳，四萍的话也许只是虚张声势地叫一板，叫完了并不一定真个出场的，但这一板却叫得龙小羽魂飞魄散！眼看着他的面色变了白，祝四萍掩饰不住得意的笑，把手上的那张二寸条，那张他们索要的"情报清单"，一下塞给呆若木鸡的龙小羽，然后说了句：

“那我们可算讲好了啊，办完以后你直接给大雄打电话。”

四萍说完，也不等龙小羽表态，转身就走，走了几步又回头，用命令的口气大声说：

“你可快点啊，过两天就要开标啦！”

二十三

四萍走了。

尽管，龙小羽已经不爱她了，但这样的分别仍然给了他出乎意料的失望。他在回公司的途中，脑子里一再跳出两年前在石桥镇通往绍兴城的河道上，他第一次见到四萍时的印象。他摇着一条乌篷船载着她们母女回城去，四萍扎着两条粗粗的黑小辫，穿着一件火热的红毛衣，两只大眼睛黑白分明，定定地看他。那个情形他终生难忘。

他很难将那个四萍，和今天板着脸像生意人一样和他讨价还价的四萍，在讨价还价时变得穷凶极恶的四萍，想象成一个人。尽管他不爱她了，但他不希望他爱过的女孩，成了这副德行。

龙小羽的这种心态，按照韩丁的分析，是缘于他和四萍本来就不是同路的人。他们同乡、同龄、同样出身寒微，但不同路。四萍思想简单，从小受母亲娇惯，凡事以自己为中心，又常被醉酒的父亲打骂，养得性格暴戾反叛。而龙小羽自幼在乡村戏班的集体中成长，受梨园行中师徒规矩的熏陶，懂得尊重前辈，先人后己。又受父亲的影响，对人知恩图报，较重感情。他不爱四萍了，但在感情上还是把她当作姐妹一样，所以他受不了四萍变成了这副德行。

其实四萍对龙小羽也同样没有绝情，这在后来韩丁的调查中被一再地证实。在后来的调查中韩丁还意外地发现：祝四萍和大雄的关系，也多少有些蹊跷，种种支离破碎的迹象让韩丁对他们的关系发生怀疑。从现象上看，四萍从老家来到平岭后一直没有找到什么正经工作，她基本是靠大雄生活的，换句话说，是靠大雄养着的。大雄这样的男人心甘情愿去供养一个女孩，尤其是四萍这种有几分姿色的女孩，凭什么呢？韩丁曾拿这个问题直截了当地去问龙小羽。龙小羽承认，四萍曾经告诉他，大雄对她是有那个意思的。四萍把大雄对她的那个意思告诉龙小羽的目的，既是炫耀，也是表白，同时也兼带着一点刺激龙小羽的作用——别看你现在冷淡我，追我的人多了，连大雄这样的人物都追我呢。但她每次向龙小羽提及大雄时都要表白一句：“我可没让大雄得了手，因为我心里只有你。”

大雄在平岭的绍兴人中是个名人，是个有势力、有本事的人。在绍兴人的圈子里，哪个女孩让大雄看上了也算是份荣耀。龙小羽知道四萍是靠着大雄的，她花他的钱，和他一起吃饭，管大雄叫“哥”……但他也知道四萍并不喜欢大雄，她和大雄在一起是生存的需要，除了吃喝不愁外，还可免受别人的欺负，当了大雄的“妹妹”就没人再敢动手动脚打主意了！龙小羽唯独不知道的，是四萍对大雄，是不是真的守身如玉，一次都没来过。

和四萍说好分手的这个晚上，龙小羽一夜失眠，脑子里杂乱无章地交替出现着两个他爱过的女人。当然，更多的是想罗晶晶。罗晶晶真的生气了吗，真的不再理他了吗？他从罗晶晶又想到了他的父亲和母亲。这两年，每当忧伤袭扰时，父亲的那张脸，父亲和他说话时的那种表情，在龙小羽的脑子里总是呼之即出，还有母亲。母亲的印象不深了，母亲在他心中已经成了一个母爱的符号，散发着固定不变的光辉。那天晚上他想了父母，想了自己早不存在的家，想了这两年的流离失所，想了和罗晶晶的相遇和相处……他最后的思绪，在他被罗晶晶拒之门外的那个刹那变得破碎不堪。此时此刻，他突然害怕孤单，他甚至为自己的孤苦伶仃，掉了几颗眼泪，眼泪在黑暗中从两边的眼角滚下去，留下两道冰凉的痕迹。这冰凉的感觉让他终于明白自己最想要的究竟是什么了：是一份固定的工作，是一个未来的家，是有一个人能像父亲那样，真心地爱他！

龙小羽向韩丁坦白过他的这份脆弱，这份灵魂深处的脆弱和他健康阳光的外表有着巨大的反差。他对韩丁说到罗晶晶将他拒之门外时的表情非常可怜，他说他害怕罗晶晶不爱他了，他害怕极了。

在罗晶晶不理他的那些天里，龙小羽每天都过得惶惶不可终日，上班时总是面色苍白神情恍惚，和人说话常常前言不搭后语。王主任关切地问他是不是生了什么病，他说没有没有，搪塞过去。那些天他除了应付日常的工作外，还要留意能够拿到扩建工程预算书的机会。工程标底和预算书都存放在工程筹建处，筹建处就设在制药厂的办公区里，他曾经找理由到那里去了一趟，还进了马主任办公的屋子，屋里很触目地放了一组文件柜和一个带暗锁的铁皮柜。在他和马主任不到五分钟的事务性交谈中，有好几拨人来来往往，没有任何机会可以让他接近那个柜子。

但这事四萍逼得很急，逼命似的，不仅电话不断，而且口吻和几天前见面时一样，忽软忽硬，忽缓忽急，有时还夹着几句直来直去言辞露骨的威胁。龙小羽压抑着心里的反感，耐着性子向她解释，材料不在他的手边，在筹建处，不是他想拿就能随便拿得出来的。四萍在他最后一次解释时沉默下来，她沉默了半晌突然用哽咽的声音异常短促地说了句：

“我爱你小羽，真难为你了。”

然后，电话就挂了。

在四萍反复催逼威胁的时候，他真想在电话里大吼一句：我不干了！你愿意怎么报复就怎么报复吧！可四萍的这声哽咽，让他的心又软下来了。他知道四萍拿不到这东西在大雄那边就交不了差，他和四萍分手了他反倒更加担忧她衣食无着。所以，在挂上电话以后他还是决定尽快为她把这事办成。

这一天是周末，傍晚快下班时，罗保春亲自打电话给龙小羽，告诉龙小羽他打算到福建的云清山去休养几天，指示他到财务部拿点现金，把这两天没有看过的文件统统带上，明天早上随他一起飞到福建去。去福建的机票王主任已经办好了，龙小羽只要备好去机场的车子。他放了电话，急急忙忙地通知司机、去财务部取钱，然后回办公室手忙脚乱地收拾文件。收拾文件时他突然想到了什么，手上的动作渐渐慢下来，犹豫再三，迟疑再四，最后还是抓起了桌上的电话。

他把电话打到了扩建工程的筹建处，电话接通后他说我找马主任。

接电话的是个女的，说马主任上环保局去了，不在。

龙小羽到这一刻的口气依然是犹疑不定的，让人听上去有些底气不足，他甚至还结巴了一下，才说："呃……我是董事长办公室的，我是龙小羽，董事长想再看一下扩建工程的标底文件，还有监理公司做的那份工程预算。那预算在你们那里吗，还是在财务部？"那女的说："在我们这里呢，是董事长要看吗？那好，明天一上班我马上告诉马主任。明天马主任不休息。"

龙小羽说："董事长明天一早就走了，你们能今天送过来吗？"

女的说："哎呀，标底文件都放在保险柜里呢，钥匙在马主任手上，他今天大概不回来了，所以，今天恐怕拿不出来了。董事长一定今天要吗，要不要我们呼一下马主任？"

龙小羽要张嘴的那一瞬间，突然胆怯了，一口气本来已经顶在喉咙口，不知怎么忽地一下泄下来，以至声音都泄得散掉了。他说："啊，啊，不用了，那再说吧。"随即挂掉了电话。

他不敢惊动马主任，马主任和董事长常有热线联系，万一拍马屁直接给罗保春打电话要把材料送过去，岂不闹出事来。龙小羽显然也等不到第二天那位马主任上班了，他第二天早上六点钟就必须起床，七点整就要和司机老赵一起，把车停在城外黄鹤湖别墅的大门口，好接上董事长罗保春一起到机场去。

这是龙小羽第一次奉命陪罗保春出远门，而且是陪他去休假，这对他当然是一份巨大的鼓舞。这似乎标志着罗保春对他的信任已达到了特别亲信的程度。他早早地起床，带好该带的全部东西，在七点之前，就把汽车停在了黄鹤湖别墅的大门口，等着罗保春出来。

十分钟后，罗保春出来了。龙小羽惊喜地看到，跟着他一同走出别墅的，还有他的女儿罗晶晶。他惊喜地看到，罗晶晶和她的父亲一样，手上都提了出门旅行的行李。他兴奋地和司机老赵一起把那两件行李安置在汽车的后备箱里，上车后他回头先注目地看了一眼后座上的罗晶晶，罗晶晶马上把脸转开了，看窗外。龙小羽转而向罗保春打招呼。

“早上好，董事长。”

罗保春嗯了一声，随即吩咐司机老赵：“开车吧。”

车子开动起来，半小时后就到了飞机场。司机把车开回去了。龙小羽把自己的一只双肩背的背包背在身上，手里拖了罗保春的一只带滚轮的皮箱，又伸出另一只手想接过罗晶晶拖的小提箱，但罗晶晶闪开了，冷冷地拖着自己的皮箱向旅客入口处走去。罗保春笑笑，对一脸尴尬的龙小羽说：

“你叫她自己提吧，她也不小了，以后免不了出门在外，得早点锻炼锻炼。”

他们一行进了机场，在候机时罗保春一脸慈祥地和女儿唠唠叨叨地说着家常话，龙小羽坐在他们对面，静静地一言不发。他能注意到罗晶晶对她父亲的唠叨心不在焉，偶尔会把目光向他这边偷偷扫上一眼，虽然总是回避和他对视，但那一次次貌似无意的扫视，则分明是刻意的，龙小羽能感觉到！

很快，他们检票上了飞机，飞机是小飞机，座位两人一排。自然，罗晶晶和她父亲坐在一起，龙小羽坐在他们后面。让龙小羽感到高兴的是，在入座前往头顶上的行李柜里放行李时，罗晶晶的箱子是他帮她放上去的，她托着箱子举了半天举不上去，龙小羽连忙过来帮忙，箱子正僵持在半空，所以，这个忙是难以拒绝的。龙小羽帮她把箱子放好后，罗晶晶的表情有些尴尬，习惯地想说谢谢，但没说出口，想冲龙小羽微笑一下，刚咧开嘴角，又收回去了，脸孔依然板着。龙小羽也不知道她是在做戏，还是真在生气。但他想，罗晶晶肯定是知道她和父亲的这次度假有他同行的。如果她真的不能原谅他，她会同意父亲带他来吗？

两个小时的飞行很快就结束了，当他们走出福建漳岩机场时立刻感到热风扑面——这里的空气像夏天一样的湿闷。他们雇了一辆出租车往云清山方向开。罗保春像是此地的常客，一脸轻车熟路的样子，罗晶晶也像是来过，路上父女二人的话题不外是山上的气温食宿如何如何……

云清山这地方龙小羽虽未经历，但有耳闻。他在绍兴上大学时就听一名漳岩来的学生在班里大吹特吹他们的云清胜境，但胜在哪里，龙小羽并未留意去听。印象中是一处未曾开发的原始森林，和湖北的神农架差不太多。此时真入此山，才发现这里其实离都市很近，它的原始气息可能缘于它的僻静。进山的公路虽然修得非常正规，正规得甚至可以称得上讲究，但沿途没有什么人迹，连个放牛的农人都未见一个。当汽车在山路上辗转盘桓一小时后他们终于看到了此行的目的地——一片依坡而建的松木小屋，龙小羽才发觉这里显然是一处早已被人精心打造深度开发的度假胜地，人工建筑与山林景观相得益彰，结合得恰到好处。龙小羽一生还从未到过这样清幽秀丽的地方。

那片木屋就是罗保春路上说过的云清山旅游度假村，那度假村里的每一座松木小屋都是一幢功能齐全的独栋别墅。他们在一栋木屋里住下后去度假村的野味餐厅里吃了午饭。饭后罗保春父女回木屋休息，龙小羽去餐厅旁边的商店里买了些鸡鱼肉菜和一应调料。他们的木屋有三间卧室和一间客厅，还有锅碗瓢盆一应俱全的宽大的厨房。罗保春路上随意问龙小羽会不会做饭，说到做饭龙小羽看了一眼罗晶晶然后说会，令罗保春不由大为惊讶："你真行，用你当秘书，连保镖、厨子都算请了。"然后他用征求意见的口吻对罗晶晶说："晶晶，那咱们这几天就自己做饭吃，尝尝小羽的手艺怎么样？"龙小羽看着罗晶晶，说："谁知道晶晶能不能吃得惯呢。"罗晶晶爱搭不理地说："我最讨厌男的爱做饭了，男不男女不女的。"罗保春则笑着鼓励龙小羽："做饭也是一种生存技能，对不对？你好好做，给我们露一手！"

于是，龙小羽就从商店大兜小兜地把各种食物拎回了他们的木屋。一进屋就看见罗晶晶一身短打扮，背着一只小小的坤式背篼正在系鞋带，像是要出门的样子。龙小羽问："你出去？"罗晶晶嗯了一声，不多搭理。龙小羽硬着头皮，又问一句："你去哪里？"罗晶晶说："去山里转转。"龙小羽问："要我陪你吗？"罗晶晶还未答言，罗保春从卧室里出来了，对女儿说："你不能一个人出去，这周围都是深山野林，万一迷了路或者碰上野兽可不得了。"罗保春又用命令的口吻对龙小羽说："小羽，你陪她去，记住路，不要走远了。"

龙小羽马上应了一声，飞快地跑进厨房放下采购回来的东西。他还没有离开厨房就听到客厅里罗晶晶反抗父亲的声音："我不要他陪，我想自己转转，不要他跟着我。"龙小羽心里明明知道，罗晶晶是故意说给他听呢，可他还是走出厨房，他站在厨房门口，说："晶晶，你爸爸担心你出事情，还是我陪你一起去吧。"

罗晶晶不看他，低声说："我不要和你一起去。"

罗保春见女儿出来第一天就这样任性耍脾气，有些不高兴，板起脸来粗声说：“那你也就不要出去，你一个人出去不行！”

罗晶晶愣了一下，脸涨红了。龙小羽知道她是因为父亲当着他的面用这样训斥的口气，让她有点下不来台了。她瞪了父亲半天，然后红着脸一言不发地走进自己的卧室，把门咣的一声关上了。龙小羽看看罗保春，罗保春说：“别理她！搞不懂她现在怎么变得这样了。”

罗保春说完，也回自己房间去了。

客厅里只留下了龙小羽。

龙小羽心里真不是滋味！

整个一个下午龙小羽都躺在床上，透过木墙上的一扇小窗看外面的天空。天空半灰半红，有些雾气。雾气不仅在天上，仿佛也弥漫进这间小屋，弥漫进龙小羽的心里。整整一下午，龙小羽躺在床上，听着客厅里的动静，但客厅里始终没有动静。到傍晚五点钟龙小羽起来了，到厨房去准备晚上的饭。他认认真真做了四个菜、一个汤，两荤两素，还做了一个水果盘，是鸭梨苹果和橘子的杂拼，样子颇为讲究，米饭也蒸得恰到好处。晚上吃饭时罗保春把他的手艺大大夸奖了一通，说比想象的好，好多了。还问他这手艺是打哪儿学的。龙小羽简单说是跟过去戏班的一个师傅学的。他和罗保春说话时始终注意着罗晶晶，他发现罗晶晶只盛了小半碗米饭，菜吃得更少，她很潦草地低头吃完碗里的那一点点米饭便起身离座，回她的房间去了。罗保春皱眉问她怎么吃这么少她也不搭腔，还是砰一声把卧房的门关上了，弄得罗保春只能对龙小羽长吁短叹：“我这个女儿啊，从小惯坏了。不过，她以前也不这样的，要闹脾气也是跟我一个人闹，有个外人在场她还是很顾场面的，连我那老保姆在她都不这样子。所以，我那些朋友，还有公司里的人，还都说她特别懂事呢，这回出来也不知道她怎么搞的。不过也好，说明她不把你当外人了。”罗保春这么说，龙小羽这么听，听罢不作呼应，未置一词。

晚饭后各自休息，连电视都没人看。龙小羽从自己房间的窗户往外看，除了近处有几盏星星点点的路灯外，四周都被浓墨般的黑暗包围着。云清山的夜晚真是静极了。这样安静的夜晚他却无法睡眠，整整一夜他都在全神贯注地，倾听着隔壁的声音。和他一壁之隔，就睡着他倾心所爱的那个女孩，那个不知还爱不爱他的女孩。

他反复推理，结论似乎只有一个，那就是：罗晶晶依然爱他！她要是不爱他了，何苦还要一起出来？何苦还要这样成心故意地跟他任性斗气？

二十四

天蒙蒙亮时龙小羽才昏然睡去，只睡了不到两个小时便猛然惊醒，看看手表已是早上七点，匆忙起床跑到厨房里草草地洗脸，洗完脸就急急忙忙为罗保春父女准备早饭，刚刚把一锅水烧在火上就听见罗保春在外面叫他："小羽！龙小羽！"

龙小羽扔了手上正在洗着的一个西红柿，跑出厨房，看到罗保春刚从女儿的卧室出来，面色焦急地问他："晶晶上哪里去了？"

龙小羽说："不知道，没在屋里睡觉吗？"

罗保春看着龙小羽湿着的两手，说："你做饭吧，我出去找找。"罗保春出去了。龙小羽回到厨房，心神不宁。切面包时切了手，灌开水时烫了脚，一顿早饭也不知是怎么做出来的。他做了稀饭、切了肉肠和面包，还炒了鸡蛋西红柿。饭刚刚做好，罗保春回来了，是一个人回来的，一回来先进罗晶晶的屋子，看到罗晶晶的行李还都放着，不知是松了口气还是叹了口气，对跟进来的龙小羽笑笑，掩饰着心里的不安："这个晶晶，一大早跑到哪里去了。不管她，我们先吃饭。”

他们就坐下来吃早饭，看着热腾腾的稀饭，烤得焦黄焦黄的面包片，还有色泽鲜艳的西红柿炒鸡蛋，可谁有心情吃呢。枯燥的一顿早饭吃得味同嚼蜡，漫长的一个上午熬得神虑心焦，仍不见罗晶晶回来。中午，龙小羽又开始做饭，做到一半，终于忍不住走出厨房，走到客厅里，向面对着电视机发呆的罗保春说：“董事长，要不要再出去找找，要不要请度假村的人帮忙找找？”

从龙小羽的口气中，罗保春听出了其实他也一直担心但同时又一直心存侥幸的那个暗示：这四周都是原始森林，万一罗晶晶一个人进去转悠走不出来了怎么办。罗保春从早上开始就一直在心里安慰自己：不会的，不会的，这孩子说不定在附近什么地方没事闲逛呢。可现在，龙小羽的提醒，他提醒时用的那种语气，还有那一脸焦急的表情，让罗保春的自信一下子崩溃了，他站起来就往外走，还没走两步就扶着门站住了。龙小羽一看他那脸色，知道坏了，罗保春的心脏显然没有承受住这份焦急，他上身僵硬，一手扶着门框慢慢往地上溜……龙小羽喊了一声“董事长”就扑了过去，他扑过去从罗保春的衣兜里往外翻药。他给罗保春当秘书知会的第一件事，就是董事长上衣兜里的硝酸甘油……他把硝酸甘油塞进罗保春嘴里，扶他靠着门框慢慢地坐正，然后就去打电话。十分钟后，度假村的医生来了，还来了一位值班经理，给罗保春做了救治。医生说需要上城里的医院，不然不保险。于是，经理急急忙忙联系车。在把罗保春抬上度假村的一辆面包车之后，龙小羽把那位值班经理拉到一边，说了罗晶晶的事。经理见他说话时浑身直抖，便安慰他，表示会派人去附近找找。她问了罗晶晶的相貌特征和衣着样式，然后让龙小羽先陪病人去医院，那个女孩由他们去找，让他放心。这位女经理的服务态度和处事的干练对龙小羽是一个有效的安抚，他就随车陪送罗保春进城去了。从度假村到漳岩市区要走一个多小时，而且是高速路，等把罗保春安置在医院的输液床上已经是下午一点四十五分了。输液瓶里的镇定药很快发生了作用，罗保春昏睡过去。龙小羽一刻也不耽搁地跑出去打电话，电话辗转了好久才接到了刚才那位值班经理的手上，龙小羽一问，才知道罗晶晶并没有找到。他一路上不断安慰罗保春说很快会找到的，差不多找到了，说得自己都相信了，所以，一听根本没找到，他的神经有点受不了。他扔了电话就跑出医院，乘长途汽车沿来时的高速公路返回了度假村。他到达度假村时太阳都有点偏西了，他很快找到那位女经理，女经理正在服务台那边准备接待一位来头很大的领导，她一拨一拨地向属下布置任务，还兼顾着和政府派来迎接领导的官员应酬，忙得不亦乐乎。龙小羽站在一边几乎插不上话去，刚一开口就被她礼貌地打断："对不起，请你稍等一下。"她那职业化的微笑和客气把龙小羽压制了整整二十分钟，二十分钟后龙小羽说什么也不等了，他拦住那女经理大声喝道："对不起！"这回是他说对不起！女经理有点生气了，但还忍着，压着火对他说："小伙子，你不就是找和你们一起来的那个人吗，现在我们很忙。我们今天有重要客人。你先自己去找一找，我们现在没办法帮你找，除非你到公安局报警去，你报警公安局帮你找……"

龙小羽愣了一下，随即说："好，我报警！"

女经理也愣了，看来她压根就没把这事当回事，一个客人早上出去玩儿到下午还没回来，这是常有的事。她不明白为什么这个年轻人如此焦躁。她说报警原本只是极而言之，没想到这个年轻人竟然来真的。她愣了片刻，说："好，真要报警你自己去报，或者你去找一下保安部，我们保安部可以帮你联系。不过，这种事公安局是不是接受你报警得由公安局定。"

龙小羽不再多说，转身去了保安部。显然女经理已经给保安部打了电话，保安部开头也是这个腔调：这人出去游玩没有回来，你可以再等一等嘛。公安局又不是为你一个人开的，也不能专门为你找人呀。在龙小羽一再坚持要求下，保安部的人不得不给附近的派出所打了电话，用很客观的表述说有个客人因为怀疑同伴走失所以要报警。派出所的答复令龙小羽松了口气，他们表示可以接受报警，但需要让报警人亲自到派出所去一趟。龙小羽向保安部的人问了方向立即去了。派出所民警的态度比他预想的还要好，很认真地记录了他的叙述，然后，真的派了两个民警，还派了一辆车子，和他一起回到了度假村。然后，由派出所民警提出要求，度假村的保安部出动了十多个人，连快下班的都留下不让下班了，挑了一个游客最常去的方向，往森林里走。十多个人，加上龙小羽，加上民警，拉开了距离，围网般地向前推进。龙小羽高声呼喊："罗晶晶！罗晶晶！"后来其他人也跟着喊："罗晶晶！罗晶晶！"此起彼伏的呼喊声把安静森林搅动了，一时间鸟兽无声，都惊恐地看着这群人披荆斩棘地走过去。

这真的是一片原始森林，枯藤朽木，盘根错节，越往前走脚下越纠缠不清。气味也越来越阴湿，鼻腔里充满了枝叶腐败的怪味。原来还有路，日久天长被人踩出来的那种小路，走着走着路就不见了，方向感顿然错乱起来。红色的夕阳穿透密匝匝的树冠，倾泻为无数细细的光纤，把他们的前程装饰得斑斓万端。但好景不长，光纤越来越少，越来越暗，那一声声焦急的呼喊也留不住夕阳最后的灿烂，整个森林迅速地阴冷下来，暗淡下来。派出所的两位民警简短商量了一下，毅然决定停止前进，收兵往回走。因为天暗得很快，再往前走就有危险了。龙小羽心里急得几乎要疯了，但他不能阻止警察下令往回走。警察能出来，这么多人能出来，到林子里帮他找人，他已经感激不尽了，他已经不知道该用什么办法表达这种感激了。他看到警察和保安们七嘴八舌地议论着森林里的这个树那个花，骂骂咧咧地抱怨着那些带刺带钩的干枝野藤，哩哩啦啦地往来时的方向走去，他只能绝望地向森林的深处投去最后一瞥，他只能尾随着搜索的人群，转身跟他们回去。

他们回到度假村，保安们即时散了，警察也准备回派出所了，临走时安慰龙小羽："你也不要太着急，也许她根本就没进林子，到晚上自己就回来了。再说，这片森林没有什么大的猛兽，她进去了也不会有太多危险。要是今天晚上她还没回来，你明天天一亮赶紧给我们打电话，我们再组织人帮你找。今天太晚了，没法找了，而且，也不好认定她就是走失了，她也许是进城玩去了呢。”

警察安慰完了，就走了。太阳的余火已经彻底熄灭，夜幕铺天盖地笼罩上来。龙小羽回到他们的木屋，木屋里暗暗的，静静的。他打开灯，心存侥幸地走到罗晶晶的卧室，卧室里没人。他又把这小木屋里的每个屋子都走了一遍，但没有奇迹发生。他连厨房都去过了，厨房里那些做了一半的中午饭，还一动没动地放在那儿。龙小羽这才想起从早上的两口稀饭到现在，他还没吃过一口东西呢，也没喝过一口水，但他没有一点饥饿感，身上有些发虚发软，但没饥饿感。他从厨房走出来，再次走进罗晶晶的卧室，罗晶晶的小皮箱还依然如故地放在墙角，罗晶晶的那一堆香水搽脸油也十分触目地摆在那儿，什么香奈儿什么倩碧之类的，都依然如故地摆在桌面上。那些东西让他鼻子一酸，两行热泪竟然脱眶而出，顺着脸颊扑簌簌地滚了下来。

云清山的夜晚比平岭的夜晚还要黑，窗外已是夜色如墨。也许因为这里是山野，而平岭是城市，城市的夜晚总是流光溢彩，而暗夜本身则更属于山野。窗外无边无际无法看穿的黑暗似乎让龙小羽执着地相信，他心爱的罗晶晶就在这片夜幕之中，就在这片庞大的黑暗中某一个小小的角落里哭泣着，等待着。她不会是等别人，她肯定是在等他，她唯一能够期待去解救她的人，只有他!

龙小羽擦掉眼泪，他背上自己的背包，他在背包里装了面包、肉肠、西红柿和水。他把木屋里配备的两只手电筒都带上了。为了防寒，他又带上了自己厚厚的外套，这件范思哲的外套还是罗晶晶给他买的呢。然后，他写下了一张字条，是写给派出所的警察同志的，他告诉他们他去森林了，去找罗晶晶了。他把这张字条留在了客厅的茶几上，上面还压了一只烟灰缸。压好烟灰缸后他又想起了什么，特意又在自己的名字下面写下了此时的时间。此时已是晚上八点四十五分，他在这个时间走出木屋的大门。走出大门时他没有关掉客厅里和卧室里的那些灯，他想让这幢木屋远远一看就能看到，就像一个夜航的灯标。他离开那些灯光通明的窗口，独身一人向远处那片黑黝黝的原始森林大步走去。他想唱个歌子为自己壮行，让内心的壮烈发泄出来，但不知唱什么。而且，也不知是怎么搞的，他在走出屋门时竟然再一次热泪双流！

原始森林，这是他在书本上知道的词，很遥远很生僻很不常用的一个词。他过去不可能想象到他会像今天这样一个人闯入这片生存禁地。而且，是在黑夜。云清山的白天风光秀丽，景致壮观，但到了黑夜，黑夜把林莽带入了魔鬼般的地狱。夜风在每一片树冠上发出的声音，和林中鸟兽的惊叫与奔突，把龙小羽的前途和退路渲染得异常恐怖。他勇敢地挥舞着手电筒细弱的光柱，就像舞动着一个科幻电影中的激光兵器，他大声地呼喊："晶晶！晶晶！晶晶！"每一声呼喊都竭尽全力，他时而感觉他的呼喊传得很远很远，时而感觉这些呼喊与浩瀚的森林相比只不过是几声渺小的细语，仿佛远远不如头顶上突然振翅飞过的一群不知形状的惊鸟，来得轰鸣震耳。

他不知自己走了多远，喊叫了多久，他好像很快就累了，喊不动了，但他还是喊。他寻找罗晶晶的主要方法就是喊。很快他的嗓子就哑了，每喊一声都要牵引出一次尖锐的刺痛，他知道他的喉咙充血了，喊到后来他甚至怀疑喉咙已经皮破肉开，疼痛难以忍耐。他的脸、手都破了，也不知道怎么破的，在手电筒的光芒下，可以看到两只手上血迹斑斑。而最可怕的，则是绝望！当力气用光，激情耗尽，前面的路越来越难走，黑暗越来越深不可测的时候，绝望便不可控制地笼罩上来，取代了他走进这片森林时的义无反顾。他的步伐也开始放慢，开始踉跄，开始跌跌撞撞……脚下被什么东西绊了一下，摔在地上。他早忘了他已经摔倒多少次了，直到最后他意识到自己已没有力量再爬起来，绝望也就达到了顶点。他躺在厚厚的腐叶上，不知是身上的汗还是地上的水，他感觉自己从里到外都是湿的。他瘫痪一样地在地上躺着，有片刻似乎进入了昏迷的状态，但嘴里还在喃喃呓语，他在说罗晶晶，在说他爱罗晶晶，他喃喃地叨咕着罗晶晶的名字，他说让我们一起死吧，让我们一起死吧……他反复说到死这个字眼，因为他很明确地意识到了死。他也迷路了，他早就辨不清方向。不知过了多久，当他再次挣扎着爬起来继续前行的时候，都不知道是不是在往回走。他这时候一点都不怕死，他唯一渴望的，是能和罗晶晶相遇，是和罗晶晶在一起，度过生命的最后时刻。他心里向往着那样的时刻。当他想象到和自己的爱人相拥长眠的情景，他的灵魂不仅超越了恐惧，而且整个身心都激动无比。

龙小羽在向韩丁述说这段与原始森林的死亡之吻时，始终面带微笑，显然这段经历留在他心情上的印象是快乐的，快乐中还有一点兴奋和自豪。这不仅是因为他在触摸死亡时所感受到的是壮烈和缠绵，是牺牲的快感，而且，正是那片险些吞没他和罗晶晶性命的原始森林，弥合了他们的嫌隙，巩固了他们的爱情。警察组织的搜索队在第二天中午找到了昏迷不醒的龙小羽，把他送进了漳岩市的医院，在这家医院里，他不仅见到了已经可以下床的罗保春，还见到了他以为永远见不到的罗晶晶。

罗晶晶是那天早上被一群进入森林进行探险旅游的学生发现的。她前一天早上独自离开木屋，原意只是想再次气气龙小羽。其实，她早知道龙小羽并不爱那个叫四萍的女孩，那天晚上在电影院内外两人的行状她都一一目睹。龙小羽对四萍很冷淡，是四萍死赖着他的。她一个星期不理龙小羽无非赌气而已，她这次出来的每一次无事生非，全都蓄谋已久，其目的也只是想看看他的反应。他如果尴尬、难过，或者左右为难的话，她就得逞了，就有了报复的快感。其实，她在前一天晚上就对这样的游戏有点腻了，想收场说不玩儿了才发觉居然没有一个台阶可下，想和龙小羽和好算了却没有一个自然的机会。这机会起码是：龙小羽要先向她低头道歉，然后做出保证，然后她再“勉强”地表示原谅……但这机会没有。

夜里，她睡不着觉，满脑子都是龙小羽，几次想起来悄悄到他房里去，但都忍住了。早上起来她独自出门，开头只想让他们起床见不到她再着一回急，但当她信步走近森林时才发现森林的边缘是那样的宁静、亲和与平易，树木并不密匝，路边繁花似锦，一条小路蜿蜒向前，引人不知不觉步入其中。罗晶晶是生平第一次走进森林，她以前听说过森林浴什么的，听说过呼吸森林的空气可以延年益寿。云清山清晨的森林让她切身体会到了森林浴的享受，清新的阳光穿透树冠，清新的空气沁入心肺，鸟语花香，枝叶婆娑……实际上她进入森林仅仅十分钟便迷路了。她印象中她是迎着太阳升起的方向进来的，结果归途走了一条斜路，走了一个多小时她已经换了两次方向。她意识到迷路后就开始呼救，但除了自己的回声没有任何应答。她在森林里走走停停转了一天，腹中空空筋疲力尽，喉咙嘶哑眼泪流干。黄昏时她决定不再徒劳地寻找出路，她早上出来时带了龙小羽的那串珍珠链，那珍珠链穿好后还没来得及还给他。她当初在穿这串珍珠链时特地留下了一颗珠，又从自己的那珍串玉珠链上取下一颗玉珠换上去。这串珠链立时就显得很奇特，莹白的珍珠环绕着一颗透绿的玉珠，看去怎能不耀眼。她觉得那颗玉珠就代表了她自己，而她取下的那颗珍珠就代表了龙小羽。她从背包里取出那串缀了玉珠的珍珠链，像护身符似的戴在手腕上，她躲进一个不深的石洞里，石洞口有小股山泉淋下，可以补充身体的水分。事实证明她做了一个正确的选择，她成功地保持了体力，她决定保持体力是做了长期坚持等待救援的准备。女人在面临绝境的时候虽不及男人那样果敢无畏，但常常比男人更有韧性，女人一旦镇定下来就比男人更熬得住。罗晶晶那一夜也和龙小羽同样，心中充满了对爱的思念和渴望，她一直想象着如果再见到龙小羽时肯定会抱着他大哭一场，她想她再也不和他怄气了，再也不冲他任性发脾气了……整整一夜她都这样想，想一会儿哭一会儿，直到天亮。女孩的思念是柔软的、内敛的，不像龙小羽那样，一夜泣血呼喊，耗尽了体力，几乎丧命。

罗晶晶被那群学生发现时神志还非常清醒。她被送到医院吊了盐水吃了东西之后精神体力很快好转。那天傍晚她让护士扶着来到龙小羽的病床前，在那里她和龙小羽抱头痛哭。当着医生护士的面他们除了哭没说一个爱字，但在彼此的心中早已海誓山盟！

二十五

龙小羽和罗晶晶住进漳岩医院的第二天，公司的王主任便匆匆从平岭飞到了漳岩。三天之后，龙小羽跟着罗保春父女和王主任一起，在漳岩机场乘坐和来时同样的一架飞机，回到了平岭，回到了他们的黄鹤湖别墅。

龙小羽比罗晶晶伤得重，但比罗晶晶好得快，他从漳岩回到平岭时虽然脸上手上依然伤痕累累，但精神和体力已恢复如初。从漳岩回到平岭的当天，罗保春本来要留他在黄鹤湖住两天调养调养的，但龙小羽没有留下来。他对老板说他已经没事了，身体已经彻底复原，脸上的伤手上的伤不要紧的，慢慢会好，他说这几天肯定会有一大堆文件堆在办公桌上等待处理，他需要尽快回到公司去，回到办公室去。罗保春没有强留他，他满意地看着这个年轻人纯朴的面容，微笑着点头，说：“好，办公室的事，辛苦你了。”

龙小羽离开黄鹤湖别墅时，罗保春破例地走出大门，走到院子外面送他。罗晶晶也出来了，默默地站在父亲身边，看着龙小羽上车，看着他的车远去。龙小羽三次回头，看见罗保春进去了，但罗晶晶还在，始终一动不动地站在院子的门口。

龙小羽回到保春制药有限公司的时候已是晚上八点多钟。公司里早已人去楼空，从上到下听不到一点动静。龙小羽上楼的脚步在楼梯昏暗的灯光里发出的回响，使整座小楼显得更加空洞。他用钥匙打开董事长办公室的房门，摸黑走到那张宽大的办公桌前，打开台灯。和他预料的一样，桌上堆了不少待阅待批的材料。他想整理一下这些材料，刚一伸手打开第一个文件夹，他的动作便蓦然停住。

摆在最上面的这份文件，就是制药厂扩建工程标底文件的汇总，龙小羽看到封面上的“标底”两个字时，心里忽悠了一下，心脏不受控制地快速跳动起来。

他小心地翻开封面，下面果然附着全套的标底文件，有标底汇总表、工程预算书、单位项目收费表，等等。他合上封面，沉了一会儿气，毅然拿起这套文件，走出了办公室。

办公室外的走廊上没有开灯，很暗。他凭借着楼梯壁灯折射在走廊墙上的虚光，从东头走到西头，然后摸索着用钥匙打开他住的那间小屋的门。这屋子只有十平方米大小，放了一张单人床、一个档案柜和一台复印机，很挤。他打开固定在床头的一盏小小的阅读灯，灯光把他的身影夸张地投在暗暗的墙壁上，墙壁上的影子就像是个困兽般的幽灵，那幽灵飘到了那台复印机前。复印机充油预热的吱吱声在这个狭窄的空间里渲染出一种阴森恐怖的气氛，那声音被四周的寂静无端地放大了数倍，让龙小羽在心惊肉跳中挨过了这个漫长的瞬间。

他镇定了一下自己，开始一页一页地，复印这套文件。复印机发出的青光一来一去地把他的面孔弄得忽明忽暗。他的五官也因此深陷在反复划动的阴影里。在青光最后一次划动的同时，他用手机呼叫了祝四萍。他向寻呼台通报了自己的名字，留下的信息是：请速回电话！

半个小时之后，还是在那家电影院的大门口，他见到了祝四萍。和四萍一起来的还有大雄。大雄的出现让龙小羽有点意外，面目变得阴沉起来。他没和大雄多说什么，板着脸把装了材料的一只信封交给四萍，四萍看都没看就转交给大雄。大雄当场打开了那只信口袋，里边的文件立刻让他眉梢带笑。他看罢文件，收好信封，提议和龙小羽到附近找个饭馆喝两杯，让四萍陪着。龙小羽谢绝了，他沉闷地看了四萍一眼，说道："我该走了，我还有事呢。"

四萍注意到他脸上的划伤，问："你跟谁打架了？"

龙小羽摇摇头，说："摔了一跤，蹭的。"

他说完扭头走了。走了几步又站下来回过头，他看到大雄已踱到一个烟摊前去买香烟，而四萍还站在原地，定定地看着他。

他也看着四萍，用告别的神情，他对她说了句："再见吧！"也是用了告别的声音。

四萍什么都没说，没有用告别的话与他回应，她只是定定地看他，脸上没什么表示，甚至，也没什么表情。

龙小羽走回去，他的脚步说不清是轻松还是沉重。他希望今晚能够成为一个了结，把他和四萍的关系，作为一个分界；他希望今晚能够成为一个开端，让他后顾无忧地走进新的生活；他希望这是一个平等的交易，他用出卖忠诚作为代价，换取另一个他渴望做到的忠诚。是的，这确实是一场真正的交易，一场双方早就说好代价的交易。在这场交易之后，买卖双方即可各自自由地分道扬镳。

三天之后，是保春制药厂扩建工程的开标大会。会上到底是谁中了标，龙小羽当时并不知道。半个月之后，扩建工程的工地上红旗招展，锣鼓喧天，鞭炮竞放，人声鼎沸。在公司董事长罗保春通过高音喇叭大声宣布保春制药有限公司二期工程奠基仪式现在开始的那个激动人心的时刻，站在罗保春身后拼命鼓掌的龙小羽突然从主席台下的施工队伍中，看到了头戴安全帽的祝四萍。祝四萍随着台上台下的掌声机械地拍着巴掌，目光却和那个最后分手的晚上一样，定定地看着台上的龙小羽。龙小羽愣了半天没缓过神来，直到在这支施工队伍的头排看到大雄那张宽阔的胡子拉碴的大脸时他才恍然大悟：他和祝四萍的这场交易并没有把他们远远地隔开，相反，却使他们更紧密地挤进了同一个狭小的空间，近到抬头不见低头见的距离，近到每日晨昏随时随刻都会迎面相逢无法回避的程度。扩建工程的工地离制药公司的小楼很近，而且，罗保春肯定要接长不短去工地视察，去工地视察肯定要带上龙小羽随在左右，如此一来，与四萍的碰面就无法避免。与四萍碰面，他就依然不能彻底甩开过去。过去的一切本来应该结束了，可现在看来，似乎远远未到结束的那天！

龙小羽猜得一点没错，扩建工程开工后，成了罗保春心中的重中之重。无论早晚，多次亲临视察，每次视察必带龙小羽随从。他们在筹建处马主任、总工程师、建筑公司主管等一干人的前呼后拥下，威风八面地在工地上走来走去。虽非每次，但很经常，龙小羽看到了祝四萍，有时甚至与其擦肩而过。四萍在工地上做统计，她在百年红酒厂就是做统计。虽不是体力活，但也穿一身沾满泥灰的工作服，蓬头垢面，与西服革履的龙小羽四目相对，已有天壤之别。四萍无所谓，总是直勾勾地放眼过来，龙小羽心里别扭，目光不免闪烁回避，每次都弄得如芒在背。

不仅是看工地，罗保春现在无论走到哪里，都要带上龙小羽。龙小羽为救罗晶晶夜闯云清山的事迹，确实让罗保春感动不已。他表面上不露声色，内心里暗作主张，决定要好好培养培养这个小伙子，他还计划过一段让他下到厂子里，先到某一个车间或者某一个部门锻炼锻炼，然后再回公司。这么一个本性忠诚的年轻人，如果通晓业务，学会管理，若干年后足可委以大任。

除了寄予厚望之外，罗保春对龙小羽的工资待遇，也做了很大调整，从每月的一千元，提高到每月两千元，加了一倍。他还考虑给龙小羽在公司附近买一套一房一厅的宿舍，指示公司行政部派人到周边看看，价钱在十万元左右的，哪怕是二手房，只要是双气带卫生间，设施齐全就行，合适的话价钱贵点也没关系。另外，罗保春还让办公室王主任为龙小羽量身定制了一套很像样的西服，同时搭配了讲究的衬衣、领带和皮鞋。罗保春说："我做老板的可以胡穿，我的贴身秘书必须仪表周全，要像个大公司秘书的样子，事关公司的形象，不可马虎。"有他这个话，后来龙小羽但凡随罗保春出行在外抛头露面，必定衣冠楚楚，连脚上的皮鞋都擦得一尘不染。龙小羽本来就端正，身材又挺拔，再这么人是衣马是鞍地一收拾，在街上一走，连男人都回头。

龙小羽和罗晶晶的关系恢复如旧，像过去一样亲密，像过去一样快活，也像过去一样，秘而不宣。他穿了这身"行头"去让罗晶晶看，罗晶晶更爱他了。她说："真的，你比我们公司的那些男模还要漂亮呢。"龙小羽说："那你介绍我去当模特算了。"罗晶晶说："干吗呀，男的当模特多没出息！靠脸吃饭，能吃几天？男人学管理才更有意思呢。你上过大学，又懂电脑，干吗要去吃那碗青春饭。"

几乎每个晚上，有时甚至时近深夜，龙小羽都会出现在罗家小院。罗晶晶给龙小羽配了一把院门的钥匙，他来了可以自己开门。他要是来得早，就给罗晶晶做上一顿好吃的晚饭，要是来得晚，罗晶晶就做好了饭等他来吃。有时罗晶晶到外地演出，多则一星期，少则两三天，龙小羽也会半夜三更地悄悄来到罗家小院，在罗晶晶的床上黑着灯躺一会儿。在与罗晶晶分开的日子里，他整夜无法入睡，只有跑到罗家小院，躺在罗晶晶的床上，那床上被褥枕头的气味，才能让他安定下来。这时候他恍惚可以听到厨房里和院子中，罗晶晶叽叽嘎嘎的笑声，这笑声让他心静如水。

和罗晶晶相聚的时候，他们的话题又多了些新的内容。他们会兴奋地谈到云清山的那个夜晚，那个夜晚他和她也许已经离得很近，但咫尺天涯，互不能见。事后确认他们那时的心果然是相通的，每个人在最后绝望时都不约而同地为另一个人流泪。这个情形回忆起来，让人感到非常带劲和自豪，他们觉得自己真好！有时他们还会谈到四萍，龙小羽不再遮掩，把他的身世和与四萍的关系，以平静的心情、诚实的态度，一一道来。龙小羽不疾不徐地讲，罗晶晶心平气和地听。但最后的结尾，他仍然隐去不提，那就是：祝四萍现在还在罗保春的工地上干活，还在和龙小羽三天两头地不期而遇。他怕说出来罗晶晶不愿他再随她爸爸到工地去，还怕罗晶晶到工地去找祝四萍……罗晶晶没准干得出来的，她没准会一时兴起跑到工地，当面告诉祝四萍她和龙小羽已经相爱的事情。罗晶晶就是这样一个人，她常常会突然表现出最最率性而为的女孩子才有的那种疯狂！率性而为，不计后果！

他想，他已经给了四萍她所要的东西，他已经让她在大雄那里交了差，有了面子，他已经让他们大家都如愿以偿地得到了这个挣钱的项目，这是一笔已经完成的交易，没有反悔和找后账的道理。四萍应该遵守游戏规则，不再背信弃义。可道理归道理，龙小羽每次在工地上见到四萍或者大雄时，还是免不了心惊肉跳，目光不知该向何处闪避。他凭本能估计他们还会找他的，也许今晚，也许以后，因为本能常常是不会错的。

果然，在扩建工程开工的一个月后，在龙小羽几乎以为一切都将相安无事的时候，他又接到了四萍的电话。电话是打在龙小羽的手机上的，一听是四萍的声音龙小羽就心慌意乱起来，随之而来的则是莫名的愤怒。他克制着情绪冷冷地问她：“四萍？有事吗，你找我干什么？”

四萍在电话里轻轻笑了一下，说：“哟，没事就不能找你呀。你现在当官发财了，架子也大了，在工地上见了面都不拿正眼看人了。你第一次跟着老板来，我简直都不敢认了，你穿西服可真是漂亮死了。他们好多人还问我来着，那是小羽吗，我说当然是了，他们还不信呢。”

四萍的声音很快乐，没有恶意。甚至，在说到龙小羽穿西服时还流露出几分自豪和荣耀。这让龙小羽一下子心软了，他这才发觉自己无论怎么不爱四萍，都很难拒绝她，很难对她不理不睬，很难把心硬到冰冷的程度。在他无措地沉默之后，四萍的声音依然亲切，就像她和他的关系依然亲密如旧，就像他们之间什么事情都没有发生过。

“小羽，你什么时候有空，大雄想请你吃顿饭呢。上次的事还没好好谢过你，所以，他说这回一定补上。大雄说你现在做大了，想请你还怕你不肯呢，所以让我请。我跟他说，让我请可以，我请小羽肯定来的，可你们不许又求人家办事情。大雄也下保证了，他说不会不会，大家是老乡嘛，出门在外就是一家人，在一起亲热亲热，不谈事情。我说那还差不多。小羽，你有空吗，你要真不想见他们也就算了。不过，你刚来平岭的时候大雄也帮过你。你现在发达了就不理他了，大家背后会讲你的，大家讲你，我脸上也不好看啊。”

四萍说得入情入理，让龙小羽多少感到些惊讶。四萍话中的情理也让龙小羽对大雄的邀请几乎无法拒绝。当天晚上他真的去了离扩建工地不远的一家吃杭州菜的馆子，在那里见到了四萍和大雄，还有大雄手下的一个工头和一个跟班。工头叫洪卫国，黑瘦干枯，长得像个广东人，跟班叫钱德来，五大三粗，俨然北方壮汉的模样。这两人龙小羽都认识，都不熟，只知道他们都是大雄的死党。

那天晚上大雄要了很多菜，虽然这桌菜远远不及龙小羽跟着罗保春参加应酬时的那种排场，但也是满眼的油香鲜嫩。他们那天还喝了很多酒。正如四萍在电话里预先承诺的那样，大雄除了闲聊胡扯之外，没谈任何事情，没提任何要求，没再让龙小羽帮忙干这干那。后来大雄喝醉了，搂着四萍不放手，还在四萍脸上摸来摸去。四萍不让他摸，两人半娇半怒地推来打去，打到后来四萍下手重了点，大雄发火了，扯了四萍的头发，四萍给了大雄一个耳光，大雄也给了四萍一个耳光，骂四萍臭婊子！骂完就吐了一地。钱德来和洪卫国见状拖着他去卫生间了，桌上只剩下四萍和龙小羽。四萍红着眼睛，恨恨地瞪着龙小羽，说："他把我打死，你也不会管的。"龙小羽是不想管。他甚至猜不透大雄和四萍忽而涎脸调笑忽而翻脸动手究竟是真的还是假的。大雄当着他的面对四萍动手动脚，他看了当然不舒服，可他能管吗？他怎么管？他算四萍什么人？大雄动手打四萍的刹那龙小羽的脸色很是难看，但他也没有管，没有劝，更没有拍案而起。大雄喝醉了，何况，四萍也是自找的。他一直怀疑四萍在依靠大雄的情况下对大雄是否还能有贞操，尽管四萍有好几次向龙小羽表白她从没让大雄吃过豆腐占过便宜，但龙小羽不信，从常理上推断他不信。

所以，面对四萍怨恨的目光他无动于衷，他心里很乱但故意无动于衷。他面无表情地说："他既然对你这样，你为什么还要靠着他，离开他不就行了。"

四萍眼圈更红了，哑着嗓子反问："我不靠他我靠谁？靠我那个醉醺醺的老爸？靠我那个半死不活的老妈？还是靠你？靠你你要我吗！"

龙小羽让她问愣了，他换了个概念，转移自己的尴尬："你为什么非要靠男人，你应该有骨气，自己独立一点！"

四萍马上抬高嗓门压住他的话："我总归比你好，你倒是个男人，你为了穿这身名牌的衣服宁可去靠一个女人！你还好意思教训我！"

龙小羽没想话题会如此突然地牵扯到罗晶晶的身上，他心里像被人刺了一刀似的，疼得抽了一下。他神经质地呼一下站起来，吼了一声："你他妈住口！"

祝四萍被吓了一跳，她大概从没见过龙小羽这么粗暴的反应，在她蓦然愣住的同时，龙小羽离开了桌子，涨红着脸向门口走去，身体撞在桌角上，把满桌的碗碟撞得哗啦作响。

祝四萍没有动窝，看着他往门口走，看着他走出餐厅不见人了，她的眼泪才噼里啪啦地掉下来。

那顿不欢而散的酒席以后，无论是大雄还是四萍，都没有再找过龙小羽，龙小羽度过了相对安静的一段时光。每天认真地上班，下了班无论多晚，也要悄悄地赶到罗家小院。实在太晚过不去了也要给罗晶晶打个电话说上几句温存的话。那几句温存的话能让他和罗晶晶都面带微笑地安然入睡，都感觉对方就在枕侧，彼此呼吸相闻。

后来，制药厂扩建工程进展得不太顺利，原来一直担心的积压产品销售不旺，银行贷款担保落空等最坏的局面，统统成为现实。罗保春拆了东墙补西墙的权宜之计已遮掩不住建设资金明显的缺口，工程进展的速度也就明显地慢下来，工程筹建处每一个人的脸上都因此变得无精打采。罗保春也很少像过去那样整天兴致勃勃地到工地上转了，工地上的劳资纠纷也开始此起彼伏，原因不外一个钱字。后来龙小羽听说大雄的人在工地上把筹建处的一个头头打了，大雄还带着人上制药公司闹过一次事，都是因为拖欠工人工资的事。闹事的工人让公司办公室的王主任拦在大门口，经过一通艰苦耐心的劝说工作，好歹都给劝回去了，仅仅砸碎了公司传达室的两块玻璃了事，损失不大。

龙小羽还听说，在大雄那帮民工连着两个月都拿不到工资的同时，四萍却捡了一个大便宜，到保春口服液的专家顾问梁惠兰教授家里当了小时工。梁教授夫妇年纪大了，子女都不在身边，一直想请个人帮忙做家务，又不敢自己到劳务市场去找，万一找不好找个贼岂不是开门揖盗吗？于是托到保春公司的王主任，王主任又托到筹建处的马主任，马主任又托了建筑公司的人，建筑公司的人就找了祝四萍。因为四萍模样不错，在工地上比较出众，包括建筑公司的那帮男人在内，目光都是随着她转的，所以，有好事自然会找上她。她每天傍晚到梁教授家干两三个小时，帮忙做饭和打理家务，一个月可以挣到四百元钱。这每月的四百元王主任请示过罗保春，就由公司走账算了。四百元是小钱，对公司不算什么，但对祝四萍来说可不得了，每天只干两三个小时，一个月就挣四百，比每天在工地上十个小时每个月才九百元而且被拖欠着拿不到合算多了。四萍很高兴，对推荐她的建筑公司的那个干部千恩万谢。

龙小羽知道四萍得了这份外快是听王主任说的，王主任在打电话向罗保春报告这件事并且请示那四百块钱的出处时说到了祝四萍这个名字。龙小羽当时正在同一间屋里打印一份会议通知，他在听到祝四萍三个字时眼前好像蒙上了一层永远擦不掉的灰尘，永远都擦不掉的！梁教授家他必须常去，除了给梁教授送一些公司产品的技术文件外，梁教授每月的顾问费，公司里发的诸如大米、鸡蛋、蔬菜之类的福利也是他送。如果祝四萍真的成了梁家的保姆，他就必然要在那里和她碰头撞脸，这让他觉得自己掉进了一个总也摆脱不了的梦魇！一个无休无止的梦魇——他绕来绕去不管走出多远，依然注定要在某个固定的地点，与一个女鬼相见！

二十六

在担任龙小羽辩护人的最初时期，韩丁一直试图找到某些依据，推断出龙小羽究竟是在什么时候，对祝四萍起了杀心。

他为此向龙小羽详细询问了祝四萍被杀当晚的全部情形，如果搬到好莱坞的惊悚电影中，那也称得上是一个绝对经典的杀人之夜。那天从傍晚开始，整个城市突然平地起风，这场没有预兆的北风咆哮了一夜。被风不知从何处吹来的沙尘暴遮星蔽月，连平岭街头的路灯都变成一个个影影绰绰的烛火，昏晕地挂在视线不清的半空。这样晦暗古怪的天气据说几十年前曾经降临过一次，只有少数上了年纪的老人还记忆犹新。

根据龙小羽的说法，那天傍晚他接到了祝四萍打来的一个电话，那时这阵沙尘暴的前锋刚刚从窗外的屋檐下尖声掠过。电话是打到保春制药公司董事长办公室的，那时龙小羽尚未下班，他奇怪地问祝四萍是怎么搞到这个电话号码的。四萍笑着说："你管得着吗。"龙小羽也就住了口，懒得深入追问，一言不发地等着四萍说话。

四萍说：“你哑巴啦？”

龙小羽冷冷地问：“你有什么事啊？”

四萍又笑了一下，说：“没事，没事就不能给你打个电话吗，你从来也没想过主动给我打电话，我死三个月了你也未必知道吧。”

龙小羽不想和她多聊，说：“没事别给我打电话，我还上着班呢。”

四萍不再嬉笑，变得严肃起来，但口吻依然是友善的：“那你好好上班吧，下了班来找我一趟行吗？我刚从梁教授家出来，你下了班没事的话，到制药厂工地办公室来找我吧，晚上那里没别人。”

龙小羽说：“我不去。”

龙小羽当然知道工地办公室下班之后没有人，整个扩建工程因为资金不到位已经停了工。但四萍暧昧的语气让他不得不用这样正色的口吻回答她，他故意答得立场坚定不假犹豫。

但四萍没有放弃，她的脾气不知什么时候变得如此之好，她说：“来吧我求你了，我真的很想你。我这些天一直睡不着觉，就想你，骗你不得好死。”

龙小羽腔调依然冷淡，回答道：“四萍，我们不是已经讲好的，我们现在只是普通的朋友，或者，仅仅是同乡而已。”

四萍不急不愠地接着他的话往下说：“是啊，乡里乡亲的，至于连面都不想见一面吗，何况咱们以前……”

龙小羽打断她：“不要再讲以前了好不好，以前的事我都忘了。”

四萍沉默了一下，声音忽然深情起来：“可我没忘，我这几天睡不着觉，老是想以前的事情。我老是想以前我到百年红酒厂的仓库里去看你，那么大的厂子到晚上一个人都没有，老静老静的。我每次去找你路上老害怕的，可我一想到你在仓库里等着我，我就什么都不怕了。你那时候是不是每天晚上都盼着我来？”

龙小羽也沉默了一会儿，这一会儿代表了他对历史的尊重。是的，他不能否认，在每天酒厂关门之后，当天黑下来，四周静得可以听见自己的心跳，他就坐在仓库角落里的那张木板床上，等待着四萍。他等她过来找他，给他带来吃的东西，天冷时还带来暖和的铺盖，还带来赶走寂寞的笑声和唠叨。他不能否认，这是他的一段难以忘掉、无法抹去的生活经历和情感经历，他不否认！

但是，在片刻的沉默之后，他并不想转变态度，他对四萍说："对，过去盼着你来，现在盼你别来。"

他说这话也许和听这话的人同样难受，他是狠了心有意这样说的。他对四萍已经一再忍耐，她要什么给她什么，他给她的东西，包括钱、衣服、哀求，还包括出卖自己的良心，这样的代价足以赎回自己的感情。更何况，感情本身就无须赎回。

他说："感情是勉强不来的，咱们之间不是早就画了句号吗？"

电话那边，四萍哭了。龙小羽听得出来，那是真的伤心。但他一言不发，连一句劝慰都没有，他想劝，但忍住了。他忍受着自己的残酷，这份残酷是他本性以外的。可他现在必须强迫自己这样沉默，强迫自己忘记，强迫自己无情。他爱上了罗晶晶，所以，和四萍，总得有个了结。

四萍哭得有些不可控制，龙小羽几次想把电话挂了，但没有挂，因为那样就太狠了。四萍在他冷冷的沉默面前终于抽噎着恢复了言语："好，小羽，我同意，我今天就和你画个句号。你来吧，你别怕我再缠着你，我们最后再谈一次，谈清楚了，我们从今以后各走各的路，互相不搭界。我晚上在工地办公室等你。"

四萍说完，把电话挂了，挂得很果断，果断得有几分凶狠。龙小羽半天没有缓过气来。他那天晚上下班后，先给罗晶晶打了一个电话，说晚上公司有事他可能不去找她了，要找的话也会很晚，让她别等他，自己吃饭，太晚了就先睡。罗晶晶说正好她同学今天过生日，晚上约她去呢——你说我是路上买个生日蛋糕呢还是送点别的？龙小羽说都行你自己定吧。打完罗晶晶的电话，他慢慢地走出办公室，锁了门。公司里的人都走光了，楼里很静。他慢慢地走到楼下，走出楼门，发现门外风很大。他又回楼上穿了他那件范思哲的外套。他再次走出楼门来到街上时脚步变得快捷起来。他快步走向隔了一条街的保春制药厂。他从制药厂的门前走过去，他看到厂门口还有人员进出，但没人注意到他。他把防风的衣领竖起来往制药厂的后门走，他从自扩建工程开始后就被拆毁的后门走进工地。工地上黑着灯，大型的施工机械包括长颈鹿似的大吊车都阴沉沉地趴在自己的暗影里。龙小羽往里走，转过一排排尚未加顶的毛坯厂房，他看到了那几间用木板临时搭建的工地办公室，其中一间亮着灯光，风中起舞的沙土在灯光的照映下看得出有多么猖狂。龙小羽走近那间亮着灯光的屋子，他的脚步在门前砖石上的声音被风声遮掩掉了，他推门进入时看到四萍背朝里躺在墙角的木板床上一动不动。

确如四萍所说的那样，这里没有人，只有她一个。

开门声让四萍坐起来，龙小羽看得出，四萍的眼睛还红肿着，见到龙小羽推门进来，先是愣一下，继而又哭起来。她的每一声抽泣和呼吸的窒息，都尽情地表达着女人的脆弱和委屈。龙小羽这时候心真的软了，真的觉得自己伤害四萍了，真的想起和四萍恋爱时的那些往事了，那些往事在龙小羽的头脑中变得异常温情起来。他想抱一抱四萍，但没抱，他意识到他现在早已成了罗晶晶的人，他不能再碰其他女人，包括他以前碰过的女人，他都没资格再碰。他很想用什么方式安慰四萍，这方式就是语气，他用非常温和的语气说："你别哭了，再哭我可走了啊。"他刚说完了这句，四萍就一把抱住了他，把头埋进他的怀里，一点也不吝惜地把脸上的眼泪全部蹭在了他的前襟。

"不，我不让你走！我不让你走！我不让你走！"

四萍把龙小羽抱得很紧，紧得他全身僵硬，四肢无措，就这么僵僵地，让四萍抱了半天。终于，他把两只手抬起来，环抱了四萍有些瘦削的脊背。

他轻轻地把她抱了一下，然后用手轻轻地在她背上拍了拍，说：“四萍，和我分手不值你这么伤心，其实有很多男人都喜欢你，我知道咱们绍兴老乡当中，就有好多人想跟你好呢……”

四萍使劲地抱住他，她用挤压式的拥抱阻止他说下去：“我谁都不要，我就要你！我就要你！”

龙小羽松开了四萍，那动作甚至是，推开了四萍！他让自己的声音变得严肃：“四萍，我今天是来画句号的，你答应我今天是我们最后一次见面，至少是最后一次约会，你为什么总是这样说了不算！”

四萍让他推开了，但一只手还拉着龙小羽的衣服。她说：“小羽，我知道你搭上罗老板的女儿了，我可以让你跟她好。我愿意做你的小，在外面不公开也可以，我都愿意。你懂我的意思了吗，这样总行了吧！”

龙小羽有点蒙了：“你胡说什么，你怎么可以这样，你好好的一个女孩子，干什么要做人家的小？”

四萍说：“做你的小，我愿意！”

龙小羽说：“你愿意我不愿意，我就是愿意也不行，让人做小老婆是违法的。”

“你可以不跟我结婚，我就做你的情人。只要你心里还有我，我就愿意做你的情人，做一辈子我都心甘情愿。”

龙小羽没想到，今天他是来结束的，而四萍显然要重新开始。他心里乱得没了方寸，知道四萍的办法是万万不行的，但不知为什么四萍的态度竟令他隐隐有了些感动。特别是四萍最后的一句话，让他对她的厌恶和畏惧顷刻瓦解——四萍流着泪说：“你愿意吗，你要是真的不愿意，我不逼你。”

龙小羽也是个脆弱的人，他的脆弱在于经不住别人对他好。他把四萍抱回怀里，他亲了四萍。他说：“原谅我，四萍，我对不起你，我今天……我今天来，是来和你说再见的。你别恨我，你对我好我知道，可我今天只能和你说再见。再见，四萍！”

他亲吻了四萍，四萍也亲吻他，当龙小羽说完再见时，四萍的手已经伸进了他的衣服。他想挣脱，但四萍紧紧抱住他，她抱着他跪了下来，她仰着被泪水弄脏的脸，看他：“再要我一次好吗，最后一次，就算你以后真不要我了，也别从今天开始……你今天再要我一次吧，真心再要我一次，然后让我死我都愿意。”

事隔一年之后，龙小羽无可回避地，向韩丁叙述了他和四萍发生的这次关系，正是因为这次关系，构成了龙小羽犯有杀人罪行的重要证据。工地办公室的这间屋里有一张木板搭出的小床，那天晚上龙小羽和祝四萍就在这张凌乱的木板床上，在散发着一股霉味的床单上进行了他们之间的最后一次性爱，也是四萍一生中最后一次性爱。龙小羽对四萍的身体是再熟悉不过了，但那天他在进入她的身体前有很长时间不能兴奋，后来是怎么兴奋起来的他也忘了。关于这一点韩丁有过超出职责以外的追问：“和一个你不爱的女孩做爱你舒服吗？”他想从龙小羽身上判断男人是否都这德行，对女人可以灵肉分开，和爱的女人不一定做爱，和不爱的女人做爱不一定不痛快。龙小羽的回答有些含混，难以得出明确的结论。他说他和四萍做的时候很难受，没有快感，只想早点做完，所以，那次做爱延续的时间很长，始终难以达到高潮。最后他还是闭着眼睛想罗晶晶，想他和罗晶晶干这事的感觉，才勉强成事。龙小羽对韩丁说：这是他和女人干这种事最艰难的一次，说不清什么滋味，感觉很被动，很麻木，六神无主……高潮过后他想放声大哭！

四萍的高潮比龙小羽来得要快，在龙小羽结束之前她似乎有两次抵达了快乐之巅。快乐之后四萍的情绪没有了做爱前的委屈和激动，她把龙小羽搂在怀里，脸上挂着心满意足的笑意。见龙小羽翻身下床匆匆忙忙地穿衣服，她也就坐起来，慢慢地找自己的衣服穿。两人谁都找不出一句多余的语言。

龙小羽飞快地穿好衣服，他这时唯一的心情就是早点离开，他甚至为今晚来此而感到格外后悔。四萍慢慢地穿好裤子，又叫他过去帮她扣胸罩后面的扣子。他帮她扣了。扣的时候四萍突然柔声问他：“小羽，你讲句实话给我听，在床上我是不是浪得很？”

龙小羽没心情说这个，低声说：“我没想过。”

四萍说：“人家都说，女人在床上要浪一点，男人才喜欢。那个女模特儿是不是很浪？”

龙小羽听她这样说罗晶晶，郁闷了一肚子的怨气砰地一下发泄出来，他不再帮她扣扣子，起身向门口走，同时恶声恶气地说道：“你太无耻了，没人比你再浪了！你要多浪有多浪，你和她根本不是一种人！”

四萍不急不愠地，笑问：“那你和她做，舒服吗？和她舒服，还是和我舒服？”

这种话题以前和大雄那帮人在一起时龙小羽也常能听到的，大家聊聊开心罢了。可现在不同了，他已听不得这种污言秽语。特别当这种污言秽语涉及罗晶晶时，他只觉得被玷污和恶心。

他站在门口，做出要开门的样子，再次神情郑重地向四萍告别：“我该走了四萍，从现在开始，咱们两个人再也没有任何关系，你也别再找我，找我我也不会见你。”

四萍冷笑了一下，说：“小羽，你承认吗，你这个人心特别狠，一般人都不会像你这样狠的。”

这句话刺伤了龙小羽，他后来对韩丁说，祝四萍的这句话让他彻底厌恶了她的这场旷日持久的猫玩老鼠的游戏，他决定不再和她说任何话，他拉开房门，外面的风几乎是砰的一声，迎面撞进了这间简易的木板房，让人顿觉寒冷彻骨。不知是他用力摔上的房门还是风的震撼，整个房子都发出了一声惊心动魄的巨响。

龙小羽走了。

龙小羽被捕后在公安机关的审讯中供述：他离开工地以后先回了一趟办公室，他回到办公室想给罗晶晶打电话，发现手机不见了。手机他一向是放在裤兜里的，想来想去只有一个可能，那就是在刚才宽衣解带时掉在工地的那间办公室里了。手机是公司给他配的，万一丢了影响不好，没法交代。所以，龙小羽尽管非常不愿意，但他还是离开公司重新返回了工地。他依然从制药厂的正门经过，从后门进去，工地上依然漆黑一片。他绕过那排形同废墟的新厂房，那间工地办公室的窗口依然亮着灯光。他走近前去，不知四萍是否已经睡下，他还敲了敲门，敲了几遍无人应答。他转动门把手，发现门并未反锁，随着把手的转动那门吱扭裂开了一道细缝，紧接着被强劲的风势轰一下吹开，冷风立刻灌满了整个房间，桌上摆的和墙上贴的那些图表类的纸片在风中哗啦作响地飞将起来。屋里没有人，四萍也不在。龙小羽关上门，开始找他的手机。他先翻了那张木板床，包括床下，然后又到办公桌上找……这时，他看见了办公桌一侧的地上，四萍靠墙歪着，身上血迹斑斑。他吓坏了，不知所措地叫了一声四萍。四萍一动不动，没有应声。龙小羽俯下身子想抱她起来，她的身体还软着，但很沉，四肢和脖子都像断了一样没有知觉，这时龙小羽才意识到，四萍已经死了。

从龙小羽的供词中韩丁知道，龙小羽当时看到四萍的头部和腹部都流了很多血，已经变浓变暗的鲜血大片地半凝在她的脸上和胸前。他叫着四萍的名字，想唤醒她。但她醒不过来。不知是她的身子太沉还是龙小羽的手已经抖得使不上劲，他也抱不动她。这时他听到门外有响动，像是风吹倒了什么东西，也像是有人走动碰翻了什么物件。龙小羽放下四萍，顺手抄起地上的一支铁锹木柄，小心地打开屋门往外看，外面没有人，只有风。

龙小羽是在确信四萍已死，确信屋外安全，确信整个工地上一个人也没有的情况下，离开这间屋子的。他先回到公司他住的那间小屋，换下沾了血迹的范思哲外套，然后，他去了罗家小院。他用罗晶晶给他的那把钥匙开门进去，进去之后才发现家里没人，他想起罗晶晶是到她同学那里参加生日聚会去了，也许不久就会回来。他进了屋门，在客厅里等她，等了大约五分钟，在这五分钟内他经过反复的犹豫，终于在这间客厅里，用自己的手机拨了110报警电话。

关于龙小羽的报警，公安局110报警中心那天晚上的接警记录有详细记载。龙小羽报警使用了真实的姓名，他在接警人员的要求下到了制药厂附近的派出所接受讯问，然后又被带到案发现场向勘查人员指证现场的情况。关于他为什么没有及时报案的理由，在他后来的供词中已有详细陈述。他在和韩丁的谈话中也有涉及。他说他当时吓蒙了，整个人处于慌不择路的状态。他担心一旦报警自己就会成为最大的犯罪嫌疑人，因为他身上沾有四萍的血迹，因为他另有新欢刚刚把四萍甩了，说四萍是他杀的很多人都会相信，都会觉得那实在是顺理成章的事情。还有一个顾虑龙小羽在口供中没有说到，但他对韩丁说了，他说他那时最害怕的就是失去罗晶晶。

那天晚上公安人员结束现场勘查后又带他到刑侦队问了半天情况，做了笔录，放他回家时已是深夜三点。他没有再去罗家小院，罗晶晶肯定睡了，他不想吵醒她。尽管在那个夜深人静的时候他特别渴望见到罗晶晶，特别渴望能够躺在罗晶晶娇弱的怀抱里，让她轻轻地安慰和爱抚。但他没去罗家小院，天太晚了，他也没打电话，他想一切都等天亮再说。

那天夜里他没有入睡，天亮之前的几个小时在混乱的思前想后中短得像是愣了一个神。天亮后外面的风停了，龙小羽像往常一样起床，像往常一样打扫办公室的卫生。陆续有人来上班了，人们在他的脸上，没有察觉昨夜发生了什么事情。直到上午，公司里来了两位民警，让龙小羽跟他们“去一趟局里”继续取证。公司里的人才从不同的方面，听说了昨夜狂风大作的时候，工地上发生了一幕凶杀血案。

龙小羽跟着两位民警——其中一位就是姚大维——到了平岭市公安局刑

侦大队，在那里继续接受讯问。从警察的问话中他明显察觉到他们怀疑的矛头，已经指向自己。到了中午他们要求他在几张白纸上，留下他的指纹和掌印，左右手掌和十个指头都留了，然后又取了他的耳血说要化验化验，再然后，他们让他等着，让他坐在屋里别动，给他打了一点饭，他没吃。他说要上厕所，警察就带他去厕所。厕所就在刑侦队的楼里。他蹲在厕所的茅坑上听着警察在外面说话，他出来时，看民警就在门口，背朝着他，他悄悄打开厕所的窗户，从二楼往下一跳，跳到了楼外的一条小巷里。他也搞不清警察听到没听到，爬起来就飞快地跑向巷口，在巷口拐了一个弯，就跑掉了。

龙小羽的跑，在韩丁今天看来，是愚蠢的，这一跑反而把事情搞复杂了。但龙小羽的这个行为在情理上则可以成立——一个小地方来的，没见过这种阵势的，缺乏法律知识的，在一个月黑风高的深夜被一个血腥场面惊吓过的年轻人，神经发生紊乱，理智受到困扰，他变得像孩子那样慌乱和低能，像孩子那样寻求简单的解脱，所以，决定先跑了再说，这是一个常见的心理选择，在逻辑上当然是说得通的。

龙小羽很清楚自己在杀人现场留下了指纹，很清楚公安局验了四萍的尸再验了他的血就能知道四萍死前和他干过那种事情。也许这些就足以让警察认定杀人者非他莫属。

他在刑侦队的厕所里蹲着的时候才突然意识到自己在劫难逃，他全身每一条肌肉都因此而变得麻木，麻木得几乎让他无法起身。他最先想到的是：一旦他成为犯罪嫌疑人，一旦公安局抓不到真凶，还有谁能为他洗脱罪嫌吗？没有！

龙小羽从刑侦队跳窗逃走后第一个去的地方就是罗家小院。罗晶晶不在家。他没想到罗晶晶不在家。他站在罗晶晶的卧室里发了半天呆，然后写下了他留给罗晶晶的那一纸别书。后来他对韩丁说：他那时非常想见到罗晶晶，想和她见上最后一面，说最后一句告别的话。可后来又觉得她幸亏不在，在的话他说什么呢，说什么可以让这样生离死别的话既表达出他的感情又不让罗晶晶受惊呢？他不想让罗晶晶知道公安局怀疑他杀人的事，他不想看到罗晶晶惊慌恐惧的表情，他害怕罗晶晶也相信公安局，也怀疑他真的杀了人。一个杀了人的人，有谁还会爱他！

他用发抖的笔画，给罗晶晶写下了那份别书。因为发抖，所以，每个字都不得不写得很大。那张写好字的白纸就放在了罗晶晶的枕头上，在韩丁同意为龙小羽担任辩护律师之后，罗晶晶拿出来给他看过，这一纸别书一直被罗晶晶悄悄藏在身边，藏到了现在。

晶晶：

我走了，让我再亲亲你吧！

我家里出点事，我回去办一下。不管发生了什么，你都要相信我是爱你的，我求你别忘了我，千万别忘了！我一定回来的！我一定回来找你的！

小羽

龙小羽说他在写这张字条时哭来着，他流泪的时候心中有无法承受的疼痛。这一点韩丁是相信的，因为龙小羽在事过境迁之后向他讲到这一纸别书时，眼中依然饱含热泪。罗晶晶也对韩丁说过，她那天是偶然上街买东西去了，只出去了半个多小时，回家后看到这张字条，一时没法判断到底发生了什么，她甚至并没意识到龙小羽真的就这样走了，再也不会回来了，但她还是哭了，是字条里的那些话让她哭了。她给龙小羽打电话，电话是关着的。她打电话到公司龙小羽住的那间陈放复印机的小屋，也没人接听。她知道肯定有什么事情发生，但没想到这个简简单单的字条竟是他们之间的永别！

龙小羽离开罗家小院，他想回公司拿点衣服，但细想想又觉得那无异于自投罗网。他搭了辆出租车出城去了黄鹤湖别墅。别墅里的老保姆告诉他罗保春还没起床呢，他没起床一般不让人叫，电话也不接的。龙小羽说不用叫了，我留个条子。他就在书房给罗保春留了一张条子，内容是家有急事特来请假，以及对不起抱歉之类的话。他把各种钥匙，公司发的手机、BP 机，全部留在写字台上，压在那张“请假”的字条上面。然后，他又让那辆等着他的出租车，把他带到了离黄鹤湖很远的黑牯镇火车站，在那里买了一张往南走的火车票，搭乘刚刚进站的一班过境列车，悄无声息地，离开了平岭。

龙小羽离开平岭时两手空空，除了身上穿的衣服，只有兜里剩下的几张散碎的零钱。

二十七

在公安机关提供的材料中，那个夜晚所发生的事件完全是另一个截然不同的过程。

根据公安机关的侦查调查，根据一应证人的证言记录，根据第二天清晨对杀人现场的技术勘验，可以证明：那天夜里龙小羽跟踪祝四萍走进制药厂扩建工地，伺机对其实行奸淫。这一点有两个在同一时间经过工地后门因而得以目击的民工予以证实。龙小羽尾随祝四萍一直到达工地的办公室，虽然工程已经停了，但办公室还留了几个人做些日常的维持，所以，四萍白天还照常来此，她有这间房子的钥匙。龙小羽尾随四萍进了这间房子，意欲与之发生关系，遭到四萍的挣扎抵抗。在搏斗中，龙小羽用铁锹木柄将其击昏，然后实行强奸，奸后用尖刀刺入四萍腹部，将其残杀灭口。

公安机关的证据看上去确凿充分，除了目击者的证词之外，尸检报告还查出四萍在死前不久和龙小羽确实发生过性行为，而且身上留有挣扎和厮打的痕迹。现场勘查报告说明在现场发现的一只铁锹木柄上留有龙小羽的指纹和掌印，虽不完整，但足以认定。那支铁锹木柄也因为与四萍头部的伤口完全吻合，所以，被认定为杀人凶器。公安机关还在龙小羽的住处，起获了龙小羽的一件范思哲外套，上面血迹未消。经化验为四萍的血迹无误。

如此等等，各种确凿铁证还有许多。公安机关从一开始就将目标锁定在龙小羽身上。在四萍被害的第二天即基本确认龙小羽为犯罪的主要嫌疑人，但在血迹鉴定和指纹比对的结果尚未出来之前，龙小羽即已畏罪潜逃。平岭市公安局通过省公安厅和公安部发出全省乃至全国通缉令，市局刑侦大队还派出专门小组前往龙小羽的老家绍兴石桥镇进行追捕，但他们发现石桥镇已经没有龙小羽的家了，也没有龙小羽的一个亲人。

除了石桥镇之外，公安人员失去了侦查追捕的方向，他们不知道龙小羽投奔了何处，何处还有他的亲朋好友，同学故旧。

他们更不知道，龙小羽在平岭还有一个爱人，就是罗保春的女儿罗晶晶。

的确，没人知道龙小羽和罗晶晶的关系，连罗保春在内，谁也搞不清龙小羽会去哪里。罗保春也只是听王主任汇报过公安局到公司来调查龙小羽的情况，如此而已，对公安局通缉和侦查龙小羽的详细情况则不甚清晰。公安机关在尚未侦查到龙小羽的具体去向，破案线索茫然不清的情况下，当然不能向保春制药公司的人透露更多的案情，对龙小羽在此案中究竟有多大嫌疑也并未向公司做出更多介绍。罗保春对龙小羽不辞而别并且受到公安调查也只是感慨一番，惋惜一阵，回家和罗晶晶长吁短叹了几句。毕竟龙小羽是一个蛮称职的秘书，本来前途无量的，而且，他曾经为救自己的女儿，冒着生命危险，只身闯进云清山原始森林并且真的险些丧命，这些都令罗保春感动不已，当然，他也做了回报，他给龙小羽大幅度加了工资，还打算给他买套住房。房都看好了，就在离公司不远的一个住宅新区里，幸亏钱还没交，要交了钱，这房还真就砸在手里了。

和女儿谈起龙小羽的时候女儿没有多说什么，那样子好像早就知道，那样子好像不想多谈似的。罗保春注意到女儿那几天脸色萎靡，精神不振，像大病将临或大病初愈的模样。他问女儿是不是不舒服，是不是太劳累，是不是这几天没睡好，晚上都干吗了……女儿不答，懒得答。罗保春也就不再多问，他听老保姆悄悄透露：前两天女儿一个人在房间里哭来着。老保姆在罗家二十年了，晶晶是她一手带大的，她甚至比他这个当爹的还要心疼晶晶呢。他让老保姆旁敲侧击问了半天，才大致知道女儿是交了一个男朋友，前几天刚刚吹了，看样子是那男孩把她给甩了。晶晶交男朋友了？这让罗保春大吃一惊，怪不得上次介绍省卫生厅乔厅长的公子给她她不愿意呢，怪不得乔公子这么好的条件她连听都不想多听呢，原来是悄悄和另一个人谈上恋爱了。罗保春暗暗后悔，这么长时间让她一个人住在城里，看来确实是失控了。但罗保春定神一想，随即转忧为喜：既然已经吹了，那就好，让女儿自己难过几天，过了这个劲儿就会好的。时过境迁之后，再慢慢和她重提乔厅长的大媒，说不定还会柳暗花明成全好事。

龙小羽这个人的来无影去无踪在保春公司被大家窃窃私语了几天，很快成为往事，取而代之的是关于祝四萍的死亡抚恤和赔偿问题，开始沸沸扬扬起来。四萍的父母从绍兴老家来到平岭，天天到公司又哭又闹，工地上原来用的一批绍兴籍的民工，也不依不饶要为死者伸张“正义”、索取“公道”，非四十万的赔偿金不肯善罢甘休，几乎闹到对簿公堂的程度。罗保春被这事牵扯精力，再加上扩建工程半死不活，积存产品滞销压库，公司的流动资金拆东补西，疲于应付。罗保春发家二十年，此时才真是到了内忧外患、内外交困的关头。他一方面四处跑贷款抓销售，事必躬亲；一方面请律师打官司，忙于出庭。中间还发了好几次病，哪里还有心情顾及女儿的婚恋。知道女儿整日闷闷不乐，也抽不出时间开导劝慰。他只能有心无力地想，孩子大了，也该自己面对挫折，自己调整情绪了。

其实，罗晶晶那时仅仅是闷闷不乐而已，并未到伤心欲绝的程度，因为她始终不相信龙小羽真的不回来了。她猜测他的老家也许真有什么人什么事要他回去处理一番，或者他自己在平岭惹了什么事什么人要出去躲避一阵。她一向认为龙小羽表面上是个不善言语的人，其实，心里的主意比谁都大，别看他会做饭会打电脑对女孩子体贴随和，其实，骨子里的粗野强悍深藏不露。他真的是深藏不露！要不然他那次怎么会在酒楼的停车场上为她爸爸大打出手吓了罗晶晶一跳呢，要不然他怎么会独闯密林置生死于不顾呢。能做出那样的壮举光有爱是不够的，还要有胆！还要有学也学不会装也装不出的野性！所以，罗晶晶想，谁知道他还和什么人打过架结过仇惹出过多大的事来呢。

制药厂工地上死了一个民工罗晶晶也有所耳闻，但不知道死的是四萍，更不知道和龙小羽有什么关系。龙小羽被公安机关怀疑并且通缉的事她是很久以后才听说的，听说之后她才确切地意识到她心爱的这个男孩，每天都来陪着她守着她帮她做饭教她电脑对她好得不能再好的这个男孩，也许真的一去不复返了。

罗晶晶知道龙小羽负案在逃这件事是在她父亲暴病而亡的第三天，这时，她才彻底地崩溃了！她同时失去了两个最亲的人，她从一个被千娇万宠的女孩变成了一个孤儿。整个世界在她心里突然天塌地陷！

可她除了哭，还能做什么呢？

可那时她偏偏必须强打精神，有所作为。由于父亲的去世，她一下子变成了保春制药有限公司的继承者和掌门人，公司里所有人财物方面的大事都要她出面做主，都要她拨乱反正，都要她力挽狂澜……每天不知有多少人来要她表态，要她签字，给她出各种主意，要她做这做那，每天不知有多少人来找她要债、要工资、要赔偿、要拼命……她无法面对这样的阵势这样的局面，她在精神恍惚神志混乱的情况下做出的唯一正确的决定，就是听从了王主任的建议，去找了北京来的律师韩丁！

除此之外，她只剩下哭！而且是一个人悄悄地哭，一个人躲在罗家小院，躲在她自己的卧室里，抱着被子，悄悄地哭。被子上枕头上还残留着龙小羽身上的那种味道，是汗味，但很香。那香味正在一点一点地消失，一点一点地提醒罗晶晶：龙小羽终将在这个屋子里，慢慢地，彻底地，消失干净！

这场爱就像一个缠绵无比的梦，让罗晶晶醒来时两眼空空，让她无法相信这场爱确确实实发生过、存在过，让她难以克制地张皇四顾，想看一看那梦中的男孩是否还在这间屋里，还在这个小院……也许他此时正在卫生间里洗澡，正在厨房里做饭，正帮她打开电脑……她常常无法控制自己的幻觉，总是听到卫生间里哗哗的流水声、厨房里高压锅的喷气声，以及龙小羽语焉不详的说话和天籁般的笑声……

常常地，她也会梦见父亲，但她梦到的父亲，总是和龙小羽在一起的。她梦见他们三个人在一起幸福快乐地生活，一起出门旅行，一起回家做饭，一起玩电脑。父亲还带上小羽，一起看她在T型台上盛装猫步……这些梦境，是她逃避痛苦，安顿身心的去处，也是制造痛苦，让她身心俱焚的源头。梦是短暂的，醒来后的现实漫漫无边。父亲真的死了，永不再生；小羽真的跑了，从此天涯海角，隐姓埋名，恐怕永远不会回来与她重逢，这就是现实！是梦境永远不能抵消的现实！

那时候罗晶晶的大部分时间都消沉在梦境与现实的矛盾中，她还想不到现实的恶化比她所能预料的更加迅速。在小羽失踪、父亲去世的两个月后，从她一出生就已存在并与她共同成长起来的保春制药有限公司正式向平岭市中级人民法院提出了破产申请，辉煌一时的保春神话终结得如此残酷，不仅工厂的厂房设备、公司的小楼及汽车被一一拍卖，就连罗保春的银行存款和家中的浮财，也被债权人毫不留情地拆取分光。罗保春在黄鹤湖租住的别墅到期被收回，连罗家小院，这个承载着罗晶晶幸福回忆和美丽梦境的唯一小窝，也被他人入主。家产拍卖一空，后代扫地出门，落得上无片瓦，下无立锥地的境地，连罗保春自身的安葬之处，都是由女儿卖光个人物品买来的。在那个苍松劲柏的墓园中，不知道罗保春叹息的灵魂能否得到永远的安宁。

葬了父亲，怀揣着最后仅存的一千多块人民币，罗晶晶告别了唯一的朋友程瑶只身上路，先到广州，后至北京。她走到这一步才彻底明白，靠当模特儿，特别是靠当这种没有公司签约的“野模”谋生，该有多么艰难困苦。以前韩丁也并不了解，他看到的那些浓施粉黛、衣着光鲜、亭亭玉立的美女，如果不找一个男人来供养的话，将会过着怎样狼狈不堪的生活。

终于，罗晶晶也找到了一个男人，那就是韩丁，一个大学刚刚毕业，其实并没有多少钱的家伙。

但至少，他有一处房子，有稳定的工作，可以让罗晶晶有地方住，有饭吃。而且，在他继承了大伯的遗产后，也能给罗晶晶买倩碧、CD和香奈儿了，也能让从小娇养惯了的罗晶晶不用出门奔走，为争一个出场的机会四处钻营了，也能让她每天很晚起床，然后上街逛店，回家玩电脑，衣食无愁地消磨时光了。尽管，韩丁总是为此批评她，但同时也喜欢这样一个漂亮的女孩子靠他的钱过着舒适生活的那种感觉，那感觉对一个刚刚工作、刚刚有钱的男人来说，能产生成就感、被依赖感，因而也能产生幸福感。那时候韩丁单纯地以为，罗晶晶什么都不缺了，她生活中唯一的缺憾，就是在他上班后她独自在家时有点寂寞。

罗晶晶确实没有太多的朋友，这对韩丁来说当然是一个优点。所以，韩丁对她上网和一帮素不相识的人漫天闲聊这种他一向很反感的事情，采取了比较宽容的态度。他没想到后来发生的一切事情，也都出在了这种无聊的聊天中。在一个失眠的深夜，罗晶晶起床打开电脑，随便进入了一个聊天室，去看一群网虫的胡言乱语。网上的语言是轻松的、诙谐的、戏谑的、肉麻的、脏话连篇的……罗晶晶滑动的鼠标忽然停住，她瞪大双眼盯着通常需要眯着眼看才舒服的荧屏，在那一片不正经的嬉笑怒骂中她看到了一个焦急的声音，那声音不理会别人正在议论和争执的话题，不理会围攻过来的讥讽和谩骂，执着地，不厌其烦地，一遍一遍重复着他的询问：我找“似水骄阳”，各位网友谁见过“似水骄阳”……

罗晶晶全身的血流都在瞬间凝结，呼吸也在瞬间窒息，她耳朵里只能听见自己像重槌击鼓一样的心跳，她看到了那个询问者的名字，那名字带着排山倒海般的雷鸣横空出世！

——龙行天下！

龙行天下！犹如一道期待已久的霞光穿透身心，她用发抖的双手，在键盘上敲出了自己的哭声：“龙行天下”你在哪里，我是“似水骄阳”！我是罗晶晶……

这就是龙小羽失踪一年后，与罗晶晶恢复联系的过程。其实他在逃亡四个月后，曾经悄悄潜回过平岭。他去了罗家小院，但那里早已物是人非。他想去找罗晶晶的同学程瑶，想去找王主任，他们是唯一可能知道罗晶晶去向的人，但终于没敢冒险，他在平岭也不能久留。

在这一年中，龙小羽寻找罗晶晶的主要途径听起来不免匪夷所思，那就是上网。他只要一挣到钱就去那些街头的网吧，进入他与罗晶晶过去经常进入的 BBS，寻找他心中的那片“似水骄阳”。寻找“似水骄阳”的过程和念头，已经成了他最重要的人生寄托，成了照亮前程的希望之光。他也许并没想到他的希望之光在这个深夜终于燃成了通明的巨焰，但这通明巨焰的轰然一亮也燃尽了他人生命运的全部能量，实际上变成了一道回光返照式的灿烂辉煌。在他被通缉追捕一年零十八天之后，在他藏身的北京爱群旅馆的地下室里，在他与罗晶晶激动人心的重逢之时，龙小羽再度落网。

龙小羽当初的逃跑，在今天重来分析，究竟对他自己有利还是有害呢，至少韩丁站在律师的角度，是有些疑义的。

在韩丁看来，如果龙小羽当时不跑，对他的形势也许反而好些，他这样跳楼一逃，反而认定了自己的嫌疑。但罗晶晶不这样看：公安局抓了那么多证据，他有口难辩，他势单力薄，他洗清不了自己，他只能一走了之。

也许龙小羽的选择和罗晶晶的看法有一定的道理，现实确实是很现实的，学究式的幻想和好意有时并不能指挥一件事情的现实进程。相信真理、相信政府、相信事实终会大白于天下，这话没错，但冤假错案确实也有，哪个时代都有，这也是没错的事实。

从绍兴取证回来，韩丁确信：那位被杀死的女孩祝四萍确实是龙小羽以前的女友，他们确实交往过不短的时间，他们之间确实发生过多次性的关系，四萍的父母和大雄等人关于龙小羽与四萍从来没有恋爱关系的证词确实是有意的伪证，而公安机关据此认定龙小羽对四萍因强奸而杀人灭口的犯罪动机确实有悖于事实！

韩丁确信，在推翻这个犯罪动机的方面，他已握有充分的证据。他接下来要做的工作，是在能够认定龙小羽杀人行为的其他证据和环节中找到缺口。他和罗晶晶从平岭回到北京，着手分析和整理已经搜集到的那些材料，他利用几个晚上待在老林家，和老林做彻夜之谈。他们仔细分析研究了警方的证据链条中的每一个接口，在每一个细微之处寻找这根链条的薄弱环节，在连续几个不眠之夜的一个灰蒙蒙的清晨，他们发现自己手中凌乱的纸片上，已经横七竖八地记载了如下收获：

一、龙小羽使用的主要凶器——尖刀，至今没有找到，他是从哪里搞到这个凶器的，行凶后凶器又扔到哪里去了，案卷材料中没有说明。

二、龙小羽那天晚上有合理的理由先后两次进入杀人现场，在第二次进入现场时曾触摸过另一件凶器——铁锹木柄，因此，公安机关在现场采集的龙小羽的鞋印和凶器上的指纹，这些认定其杀人的重要证据因违反证据的排除原则，应被认为不具证据效力。

三、龙小羽承认那天晚上与四萍发生过性关系，如果龙小羽与祝四萍曾经保持恋爱关系的事实能够站得住的话，强奸之说就显然站不住了。强奸如系子虚乌有，灭口又从何而来呢？

四、龙小羽的脱逃也是他嫌疑重大的又一个证据，但他的脱逃行为从心理学的角度是不难找到解释的。脱逃与杀人之间，没有必然的因果关系，因此，脱逃不应成为杀人指控的直接证据，不具有独立的证明力。

五、如果韩丁能够让法庭相信本案部分证人确实做了伪证，那对这些证人的其他证言也应不予采信，甚至应取消这些证人的做证资格。

当韩丁把纸片上这些观点逐一理清之后，他的头脑忽然清晰起来，眼前豁然开朗，仿佛自己的胜利指日可待。过去那一个个令人望而生畏的罪证刹那间不攻自破，杀人指控的阵线眼看首尾不能相顾，剩下几个最后的堡垒也渐显形单影只，好像都在孤立无援地等待着韩丁一个一个地去端掉它们。

老林认为，首先要端掉的，是那几个证人的证词，第一，要确认他们做了伪证并找出原因；第二，那天晚上指证龙小羽尾随祝四萍进入工地的目击者，也是龙小羽和祝四萍的老乡，也是大雄手下的民工，这些人好像有预谋地串通在一起陷害龙小羽，至少老林有这样的感觉。

老林说：一定要找到那两个“目击者”，要仔细向他们询问那天晚上的情形，每一个细节都要让他们详尽地叙述一遍，看和龙小羽说的，和我们掌握的情况是否对得上号，有无前后矛盾之处，有无编造不实之处，如果能抓住一两个破绽把这两个目击者“斩于马下”，这个案子的胜算就超过八成了。

除了老林指示的这个突破口外，韩丁还找到了另一个疑点。他在控方的证据卷宗中，始终没有找到对龙小羽那件外套的血迹鉴定报告，但鉴定的结果却在各种材料中被反复提到，被反复引用。而在不同材料中提到鉴定报告时对报告的文件编号和出处的记载竟然是不一致的，大多数材料，包括呈送检察院的证据目录中，引用和列明的都是“市公安局技侦处九八九号血迹鉴定书”，但韩丁注意到，有一份材料在提到血迹时却用了“平岭公安学院刑事技术研究所血迹鉴定书”的字样。韩丁经过细心比对，发现唯有这份材料，只是提到血迹鉴定，鉴定结论却没见下文。所以他先是怀疑，继而假设：龙小羽外套上的血迹鉴定很可能先后出过两份，而且结论截然不同！

韩丁想，他必须想办法看到这两份血迹鉴定的原始报告，看看这两份报告究竟有什么不同。

带着厘清的思路，带着下一步调查取证的计划，韩丁和罗晶晶一起，再次回到了平岭。

他们依然住进了罗晶晶的同学程瑶家。

在去平岭的路上，韩丁对罗晶晶表示，这次去平岭，希望罗晶晶能和他住在一个屋里。他说：“程瑶是知道咱俩现在的关系的，咱俩何必还要假装正经分开睡呢。”对他的要求，罗晶晶想了一下才说：“还是分开睡吧，咱们还没结婚呢，睡一起让别人看了不太好，这毕竟是在别人家。”

韩丁有些不悦，但他也不想勉为其难，他沉默片刻，只是闷闷地问了句：“那你还想和我结婚吗？”

这是一个过去他们常常说起但现在很少提及的话题，罗晶晶没有马上回答，她回避了韩丁的注视，迟疑了一会儿才说：“当然，我不是答应过你吗？”但韩丁能从那几秒钟的迟疑中，察觉到罗晶晶根本没有谈婚论嫁的心情。

韩丁也彻底想过，他爱罗晶晶，这一点是不会变的，但他绝不勉强她。不仅不在婚姻大事上勉强她，而且，她说分开住，就分开住。是的，这是在别人家，可他们在北京自己的家里又怎么样呢，他们在自己的家里，睡在同一间屋子，同一张床上，虽不至于同床异梦，可也有点授受不亲，像一对兄妹似的，只有互相的关心爱护，没有往日的缠绵激情。自从龙小羽出现之后，他们基本上就没有做过那事。

这次他们到了平岭，就和上次他们去绍兴一样，凡是不认识罗晶晶的地方，韩丁就把她带上，让她一起参与调查，对外称作他的助理。韩丁发现让罗晶晶参与调查有一个很大的好处，那就是无形中加深了罗晶晶对他的理解，韩丁进而推论，加深了理解也就能加深彼此的感情。他让罗晶晶看到，他为了龙小羽的这条性命，多么一丝不苟，多么全力以赴，多么不畏艰难，多么多么不容易！

让罗晶晶参加调查还有另一个好处，那就是，本来有的调查对象不愿或懒得跟韩丁谈，但带上了罗晶晶，三求两劝就坐下来了。罗晶晶的美丽、单纯和满脸的真诚，让人看了不能不被她吸引和感动，尤其是男的。

当然，偶尔也有例外，他们在平岭公安学院刑事技术研究所就碰了一个钉子。研究所办公室接待他们的干部倒很热情，很快在痕迹研究室帮他们查到了当时承办祝四萍被杀案血液鉴定工作的那个技术人员。那是个戴眼镜的中年人，姓汪，韩丁和罗晶晶就尊其为汪老师。这位汪老师拿着韩丁的律师证翻来倒去看了半天，又要罗晶晶的律师证，韩丁说："这是我的助理，从中国政法大学刚刚毕业，还没考律师证呢。"那位汪老师也就点头罢了，但表示他当初做的那份血迹鉴定书早就交到市公安局刑侦大队去了，你们要查的话到刑侦大队去查比较好，那是正路。

于是，韩丁不得不说明："我在市公安局呈送检察院的证据目录中看到的血迹鉴定书，是由市公安局技侦处出具的。技侦处和你们不是一回事吧？如果不是一回事，是不是说明这个案子先后由两个单位出具了两份鉴定书，而您这边出具的鉴定书最后没被采用？"

汪老师看着他们，沉默了一会儿，脸上并未表现出多少惊讶，韩丁甚至看不出他对自己的鉴定书未被采用是早就知道还是从未耳闻。这位汪老师在沉默之后开口道：“我们和市公安局技侦处不是一个单位，我们是省厅直属的学校，我们研究所的任务主要是配合教学搞科研，因为市公安局技侦处案子太多常常忙不过来，所以，办案单位有时候也就找我们承担一些技术鉴定的任务。既然我们的鉴定没被采用，那你们也就更用不着看啦。”

韩丁又说了许多还是希望看一看，希望把两份鉴定书做一下比较的想法，但那位汪老师变得不耐烦起来，说着说着站起身来就要走。他说：“你们还是找办案单位吧，他们要是同意你们看他们就给你们看了，我们已经把鉴定书交给他们了。”

韩丁说：“这种鉴定书都是公开材料，将来到法庭上都要公示出来的，我们主要是想看看两份鉴定书有没有不同。您知道有什么不同吗？”

可这时汪老师已丝毫没有停下脚步的意思，韩丁话没说完他已经走出门口，只把敷衍潦草的声音留在了屋里：“你们去找办案单位吧，去找办案单位吧……”

人就这样走了。

韩丁和罗晶晶气得够呛，他们面面相觑。韩丁以为罗晶晶会发泄，会狠狠地诅咒这个家伙，但她出乎意料地没有。相反，她用比韩丁还要沉着的表情，用比韩丁还要成熟的语气，像个大人似的对他说：“你别灰心，成吗？”

他们在学院的大院里逗留着，没有急着走，三打听两打听，知道学院的教职员工，包括研究所的人，大多是住在学院家属宿舍区的住宅楼里的，于是他们就在学院的商店里买了六百多元钱的烟酒之类的礼物，在傍晚下班时找到了公安学院的家属宿舍区。那宿舍区挺大，就在学院教学区右侧一条马路的对面，连围墙都没有，很方便找。他们在宿舍区的一个楼门口一打听，也很顺利地打听到了研究所搞血迹鉴定的老汪住在几号楼几层几门。虽然这里进进出出的都是警察和他们的家属，但韩丁和罗晶晶衣着整洁、俊男倩女，相貌和气质都不会让人提高警惕，没准人家还以为他们俩是老汪的亲戚呢。他们敲开那位汪老师的家门时，他的妻子还把他们当成了丈夫的学生呢。韩丁刚一开口："请问汪老师回来了吗？"那女人便皱着眉说："你们是哪个系的，怎么找到家里来了？"

韩丁点头哈腰地说："不是，我们是北京来的，有事来找汪老师帮忙的。"

他递上自己的名片，女人看了他的名片，又看了他手上的东西，这才把门开大了，放他们进去。他们就进了屋，放下礼物，和汪夫人亲热地嘘寒问暖，做作地夸奖着客厅里的装修。那装修其实挺简单的，让韩丁一说就成了简洁大气。不管怎么说反正让汪夫人听着舒坦了，矜持地笑着请他们坐，还要给他们倒茶呢。

他们在汪家客厅等了半小时，也没见汪老师回来，再坐下去也很难受了，于是起身告辞。从汪家出来外面天都黑了，罗晶晶一出楼门就打电话，韩丁听得出电话是打给程瑶的。她问程瑶她老爸是不是认识平岭公安学院的院长，以前好像听她说过。罗晶晶在电话里说了他们想看血迹鉴定书的事，还说了那个姓汪的名字。韩丁听出来程瑶的老爸或什么人和这所学院的头头肯定是有点关系的，便静息去听，可他刚静下来听罗晶晶就结束了通话。

她收起手机之后的第一句话就问韩丁："哎，你身上还有钱吗？"

"有，干吗？"

"我和程瑶说好了，今天晚上她就让她爸爸找这里的院长去，咱们得给人家买点东西。"

"给这儿的院长吗，买什么东西？"

"不是给他买，是给程瑶她老爸买。咱们这两次都住在程瑶家，本来也该好好谢谢她的，正好趁这个机会，给她爸送点什么，你说呢？"

韩丁说："行，你说买什么东西。"

罗晶晶说："还买烟吧，程瑶她爸是个烟鬼。"

于是他们就在回去的路上，买了一条中华、一条三五，也不知那烟是真的假的。回到程瑶家时，程瑶已经给她爸打完了电话，他们一进门就报喜过来："没问题了，我爸刚跟沈院长通了电话，沈院长已经答应了。沈院长说案件到了快开庭的时候，这些证据材料对法院认可的辩护律师已经不保密了，看看应该没问题。"

程瑶说得挺兴奋，挺肯定，她转向罗晶晶，继续笑着说："哎，你们要是真从那份什么鉴定书上看出问题来，你说龙小羽算是你救的还算是我救的？将来龙小羽要是出来了，你们俩可得谢我一辈子。"

罗晶晶也笑了一下，但马上收住了。她瞥了一眼韩丁，韩丁故意视而不见，起身走进卫生间去了。他当然听得出来，程瑶说的这个"你们俩"，并不包含他在内。她说让他们谢她一辈子的这个"你们俩"，显然指的是那位还说不定死活的龙小羽和他的旧爱罗晶晶！

二十八

其实，韩丁的心里并不责怪程瑶，程瑶给他的印象一向很好。在韩丁眼里，程瑶是个热情泼辣的姐姐的形象。说起话来虽然心直口快，却能善解人意；做起事来尽管风风火火，但也有板有眼，雷声既大，雨点也不小。在她搬出老爸帮忙疏通关系的第二天，鉴定书这件事就有了大致的结果。公安学院那边传过话来，让他们再到研究所去一趟，还是找那位姓汪的，看来已经有人和姓汪的打过招呼。

当天下午罗晶晶就去了研究所，是她一个人去的，因为前一天韩丁突然半夜三更发起了高烧，第二天早上罗晶晶叫他起床吃饭时才发现他的脸色苍白，两眼无神，额头滚烫。她把韩丁拽起来去了医院，查了一上午也没查出所以然来，打了退烧针吃了消炎药——医生说肯定哪里有炎症了——然后回到家里捂着被子继续睡觉。罗晶晶等韩丁睡了，就一个人到研究所来了。

这次她在这家研究所的经历格外简单，直接到老汪的办公室找老汪，见着老汪就汪老师汪老师地一叫，“材料”就顺顺当当地拿到手了。“材料”就是那份血迹鉴定书的复印件。那位汪老师脸上依然不苟言笑，但在罗晶晶道谢要走的时候竟出乎意料地给罗晶晶留了他家里的电话号码，老汪说你们有什么不明白的地方还可以找我，我不在家我太太就在，太太不在有我女儿，反正家里总有人的。

罗晶晶把这份鉴定报告的复印件拿回家来，自己先看，看了半天不得要领。到晚上吃饭的时候韩丁烧退了，喝了罗晶晶熬的粥以后，有了些精神，就披衣坐在床头的灯下看这份鉴定书。毕竟他也没有专门学过这门知识，报告里符号连篇，术语成片，无论怎样穿凿附会，也是似懂非懂。韩丁把这份不算太长的鉴定报告反复看了四五遍，看得眼睛都花了，看得罗晶晶都劝他赶快躺下别再看了，他才放下材料，用罗晶晶带回的那个电话号码给老汪打电话。

老汪在家，正吃饭呢。他让韩丁第二天上午去所里找他。第二天韩丁就去了。虽然高烧刚退，脚下发软，但还是让罗晶晶扶着他去了。他在研究所的痕迹检验室里见到了这位“血迹专家”，他们在一排排大大小小形状各异的试管的包围中，交谈了大约十分钟。韩丁首先问了这份血迹鉴定的结论，他说他在这份鉴定书的结尾没有找到任何明确的意见。从血迹分析上看，被害人究竟是不是被告人所杀呢？或者说，被告人有没有可能杀她呢？鉴定分析说得模棱两可，还是说清楚了我没看懂？老汪说：“这说明你确实看懂了。这份鉴定报告只是客观地记录了血迹化验和分析的情况而已。首先，我们对被告人外套上的血迹进行了 DNA 检验，证明确实是被害人的血液无疑；其次，我们对外套上的血迹分布特点做了一些分析。至于这些血迹是在什么样的情况下，怎么形成的，是不是能认定被告人就是凶手，则没做结论。因为从目前我们分析的情况看不好绝对认定，当然也不能彻底排除。这需要办案单位根据现场的其他痕迹和证据，根据各方面侦查调查的结果，综合判断，才能得出正确的结论。”老汪的这番话让韩丁心中暗喜，看来这份血迹鉴定也顶多算个旁证，只有参考分析的作用，没有认定的价值。他又问了些别的问题，大都属于血迹鉴定基本知识方面的问题，如：为什么形容衣服上的血点用了“擦拭”这样一个词，“擦拭”是个什么概念呢？老汪就一通解释：“擦拭”，就是沾染的意思，是指被告人的衣服沾上了血迹，这血迹可能是沾上的，可能是擦上的，可能是蹭上的，几种可能性都有……韩丁频频点头。这时检验室进来人了，韩丁的求教遂告结束。

拿到了这份血迹鉴定书并且知道了它的含义之后，韩丁急于要找到的，是另一份鉴定书，就是由市公安局技侦处所做的第二份鉴定书，也是那份最终被列入到证据目录中去的鉴定书。那份鉴定书是否提出了什么结论性的意见或者倾向性的观点呢，依据又是什么呢，成了韩丁最想知道的事情。检察院原来给他的材料中，唯独缺了这份最关键的文件。他再次找了检察院，提出需要看一下这份鉴定书。检察院答复说可以，答应去找。隔了一天他再打电话到检察院，检察院说那份材料在目录里有，但可能在主诉检察官那里，主诉检察官去北京出差了，你过两天再打电话来问问吧。韩丁无奈，他只有等。他甚至无法预测在开庭前他能否拿到这份他必须拿到的鉴定书。

在寻找这两份鉴定书的同时，韩丁还有一项至关重要的工作，就是寻找目击者。目击龙小羽尾随祝四萍进入制药厂工地的那两个人也都是绍兴人，一个名叫钱德来，在制药厂工地上当电工；另一个名叫洪卫国，是个架子工。两个人的证词大同小异，韩丁都看过，总的感觉比较笼统，对很多细节诸如发现龙小羽进入工地的时间和位置以及具体过程交代模糊，对那天晚上四周环境的描述也太过简单，韩丁从直觉上感到其中必有破绽可寻。

证词记录中分别记录了两个目击证人的联系地址和联系电话，但韩丁按号码打过去，竟然是个空号。按地址找过去，才发现原来就是制药厂的扩建工地。现在这块地皮早已换主易帜，被另一家企业收购了，并且早就盖起了高高的围墙，早不知里面变成了何等风景。那成了空号的电话想必就是当年工地办公室的电话，自然早已随着工地的消失而撤销了。韩丁又去找了当时承担扩建工程的那家建筑公司，向他们查问这两位工人的下落。建筑公司答复说他们都是临时招募的民工，工程一停便到其他地方揽活去了，早已不知去向，甚至是否还在平岭，都很难说。韩丁知道他们都是跟着大雄干的人，就向那家建筑公司打听大雄。他还到其他工地上打听过大雄——大雄在平岭的建筑行里不是很出名吗——遗憾的是还真没几个人知道大雄这个人的，偶尔听说过的，也只知道他是个很厉害的工头，但说不清他现在去了哪里。

这其实只是一个完全不知有无价值的线索，韩丁却带着罗晶晶，只问耕耘不问收获地几乎走遍了平岭的每个建筑工地和每个建筑公司，找得极其辛苦。开庭日期日渐临近，可供耕耘的地方也不多了。找不到这两个证人，检察院对载入证据目录中的那份血迹鉴定书的下落又迟迟未见答复，韩丁和罗晶晶每天早上起来，吃完了早饭便茫然相顾，谁也不知道今天该到哪里去，再干点什么。

彷徨了三天，韩丁突然想起了平岭公安局刑侦大队的那位姚大维！

于是他就找了姚大维，像过去一样，打着老林的旗号给他打电话，约他出来吃饭。电话里的姚大维还是以往那样爽快的口吻："我最近太忙，饭不吃了，有什么事你就说吧。"

韩丁就说了想看看血迹鉴定报告的事。当然，他只说想看看血迹鉴定报告，没说想看哪一份报告，更没说他知道有前后两份血迹报告的事。

姚大维说："就这事啊，没问题，你找检察院要就行，他们都有。"

韩丁说他已经要了检察院到现在还没找到呢。姚大维想了一下，说："那好吧，我回去查一下，我帮你复印一份。"

韩丁大喜过望，没想到姚大维这么帮忙，不由连声道谢。他放了电话就把这个情况向站在边上听着的罗晶晶说，罗晶晶愣了半天，不相信地问："咱们要给他买点东西吗？"

韩丁愣了一下，马上摇头。他摇头是为了表示他和姚大维的关系有多么好，他说：“姚大维和老林是老同学，和我现在也没的说了。不用！”

但韩丁和姚大维通完电话以后便再也联系不上他了。时间一天天过去，急得韩丁每天晨昏坐卧不宁。他隔两个小时就给姚大维的手机打电话，夜里都打，但每一次都是“你拨叫的电话已关机”。他给姚大维单位打电话，电话转来转去终于转到姚大维的办公室，姚大维的一个同事在电话里把他姓甚名谁何方人氏地问了个底儿掉。韩丁一通自我介绍：我叫韩丁，是北京来的，是姚大维的朋友云云，韩丁的京腔京调很标准，一听就肯定是北京来的，假冒不了。于是对方便告诉他，老姚生病回家去了，有好几天没来上班了。韩丁蒙了：“哎哟，他怎么病了？”对方说：“他也是人，怎么不能病啊！”韩丁说：“噢，我不是那意思，我是说，你知道他家在哪儿吗，我去看看他。”对方毕竟不明韩丁的底细，多有不便地搪塞过去：“啊，他家呀，不知道。我们也没去过。”如此这般，韩丁也无奈。

挂了电话，韩丁心情坏透了，在一边旁听的罗晶晶看他脸色不好，便叨咕：“还是得送点东西吧……”罗晶晶这么单纯的小姑娘现在居然变得这么世故，动不动就想着“送东西”！送东西是什么？是行贿！韩丁愤怒地说：“不用！”

韩丁赌气地想，到了开庭的那一天，逼急了，他就当庭要求把第一份血迹鉴定书也作为呈堂证据！但想想又觉得没用，因为第一份鉴定书也并未否定龙小羽杀人，所以，即便第二份鉴定书认定杀人，和第一份也不矛盾。他之所以想搞到第二份鉴定书，无非是想提前研究，请教专家，找出矛盾，找出漏洞，而这个目的在庭审过程中匆匆听读一遍是绝对难以达到的。

在得知姚大维生病回家的第二天，他们等待已久并且为之紧张已久忐忑已久的那个日子终于来了：韩丁接到了法院的通知，通知他三天后正式开庭。韩丁知道，这案子是到了最后的关头了，他不能再傻乎乎地苦等这份血迹报告，在最后的三天中，他必须全力以赴抓紧时间进一步熟悉那些原来早已烂熟于胸的辩护材料，为开庭做最后的冲刺。那些材料他本来已能倒背如流，时间、地点、人物、事件、原因以及整套的逻辑推理和法理分析，随便从哪里进入都能前连后贯、纲举目张，但从接到开庭通知的这一刻起，他似乎一下子把它们都忘了，他的大脑就像遭遇了病毒的电脑，所有储存刹那间一片空白，他不得不从早到晚把那些原始记录一一重啃一遍，重新输入大脑。他全神贯注于这样的复习，并没有注意到罗晶晶仍然在不厌其烦地拨打着姚大维的手机。她并不知道韩丁找姚大维要干什么，也不知道姚大维请病假回家了，她主观地认定韩丁执意寻找姚大维肯定是为了一件很关键的事情。在开庭的前一天他们吃午饭的时候韩丁忍不住问她："你这两天总拨电话到底给谁打？"罗晶晶不答话，继续拨。突然，她把电话飞快地递给韩丁，说："通了！"

韩丁疑惑地接过电话，问她："谁呀？"他在对方接听之前听到罗晶晶说出了"姚大维"三个字时，几乎吓了一跳。

"姚大维？"

电话那边传来的声音果然是姚大维的："喂，哪位？"韩丁一听到姚大维的声音竟措手不及地结巴起来："姚，姚，您是老姚吗？"

姚大维的声音有气无力："你是哪位？"

韩丁嘴里还塞着米饭，口齿囫囵地说："我，我，我是韩丁呀。"

姚大维居然想不起来似的："韩丁？"但出乎韩丁意料的是，他接下来突然说到了那份血迹鉴定书："啊，对了，你是问那份鉴定书吧，不好意思这两天我生病了，一直没上班。那份鉴定书我查了一下，已经送到检察院去了，我让检察院的人给复印了一份，还没来得及让你来取呢，真是不好意思。这案子什么时候开庭？"

韩丁说："明天，明天就该开庭了。"

姚大维说："是吗，你要急的话，可以直接到我们队里去取，我给他们打个电话，你去了就找一个姓廖的……"

姚大维的态度让韩丁很感动，再三道谢，记下了那位姓廖的姓名和地址。他吃完了饭就和罗晶晶一起冒雨到姚大维的单位去。路上，罗晶晶因为这个电话是她的坚持不懈持之以恒才打通的，所以格外兴奋，情绪高涨地问韩丁："韩丁，明天就要开庭了，你对胜诉有多大把握？"其实，这类问题他们不知已经讨论过多少次了，每找到一个新线索，每得到一个新证据，他们都会把整个案件的结果重新展望一次，越展望越有信心，越觉得前途光明。至少韩丁认为，由于他们成功地获取了龙小羽与祝四萍确实有过恋爱关系的确凿证据，强奸之说已显得极其勉强。他们虽然没有找到大雄手下那两个在本案充当证人的民工，但已有足够理由对他们关于龙小羽与祝四萍没有恋爱关系的伪证提出反诉。法庭追究与否暂且不说，但他们所做的其他证言，特别是关于看到龙小羽尾随祝四萍走进工地的证言，都将连带着因人而废！而在这种情况下，公安机关在案发现场找到的一切和龙小羽有关的痕迹就只能证明龙小羽那天晚上去过现场，只能证明他和四萍确实发生过性的关系，不能证明这个关系就是强奸，更不能证明在这个关系之后就是杀人。在这个案件中，强奸是皮，杀人是毛，皮之不存，毛将焉附？更何况，四萍身中三刀，刀又在哪儿？还有外套上的血，龙小羽那天返回现场发现四萍被害后曾抱过四萍，他想救她，结果染血上身，所以，血迹也不能认定龙小羽就是杀人者。总之，警方提出的几乎每一个证据，都不能绝对排除其他可能。从证据学的角度说：一千个可能不等于一个必然！只有排除了一切其他可能的证据，才称得上证据！

罗晶晶不懂法律，甚至，她也说不清证据这个词的定义，但她从韩丁的言谈话语中，从韩丁在绍兴与他找的那些证人你来我往的交谈中，从这些天韩丁渐渐晴朗的脸色中，已经明确地察觉到，事情正向好的方向扭转。

从工人新村到姚大维的单位——平岭市公安局刑侦大队要穿过大半个平岭城区，他们乘了一辆出租车，一路无阻，很顺利地在姚大维那位姓廖的同事那里取到了他们要取的东西，然后原路返回。这一天天上下着小雨，雨水使城市显得比平时干净，空气也比平时清新。罗晶晶和韩丁挤在同一把伞下，彼此依靠了对方的体温，这种天气和他们彼此相依的样子让韩丁突然被自己感动，他在刹那间回顾了他为龙小羽这样一个素不相识的情敌夜以继日风雨兼程的每一个点滴积累的努力，他看到身边的罗晶晶一扫初来平岭时的阴愁，显得精神振奋充满信心，他几乎不敢相信那就是自己的成功。

明天，本案就要开庭，开庭前韩丁的心情与罗晶晶并不相同。虽然，他也有信心，也预见到了已经可以预见的成功，但他不能预见，或者不愿预见的，是这个成功于他究竟是祸是福，他一直刻意回避展望这个成功的背景和它将要导致的结局，尽管这个结局他早就心知肚明。是的，他是为了爱才这样努力的，他是被罗晶晶感动了才这样玩命的。但无论如何，他在辩护上的胜利，说不定反而葬送了他这份努力维持的爱情。

韩丁想，罗晶晶会预见到这个结局吗，还是和他一样揣着明白装糊涂？这层窗户纸说厚也厚，说薄也薄，反正罗晶晶至今从未和韩丁谈到过他们的未来，她对未来的态度和原则非常暧昧，难以揣摩。如果龙小羽无罪出狱，她将怎么选择？她是真的像个没有远虑的孩子那样，只顾龙小羽眼前的死活，还是早把一切都想好了，故意隐而不说？

明天就要开庭了。现在，他们走在湿漉漉的街道上，皮包里揣着刚刚取回的那份最后的文件。罗晶晶的话题依然执着在这个将见分晓的案件上，仍然执着在韩丁到底有多大胜算上，而她的音容笑貌，却早已擅自带了胜券在握的振奋。

韩丁没有呼应她的振奋。他们站在路边等出租，雨天的出租不好打。他们亲热地挤在那把小小的雨伞下，雨水的包围使他们之间看不出任何间隔。

韩丁说："我们说好的，只要我们尽力了，案子无论胜负，互相都不埋怨，你还记得吗？"

罗晶晶说："谁说埋怨你了，我只是想问问，你对明天出庭辩护，有多大把握。"

韩丁说："从我现在拿到的证据看，法院再判他杀人肯定是太勉强了。我想，至少说服法官不定他的死罪，应该是有希望的。"

罗晶晶说："不定死罪，就说明他没杀人。他没杀人，就说明他无罪。他无罪，就应该放了他。难道法官会既不杀他，又不放他吗？"

韩丁说："审判的进程可能很复杂，很多情况是难以预料的，并不是认定不了死罪就马上能放他出来，事情不是这么简单的。"

终于有一辆出租车在他们面前停下来，韩丁打着伞往车前走，走了两步发现罗晶晶没有跟过来。她还站在原地，任雨水淋湿双肩，韩丁惊异地叫她："喂，怎么啦，上车啊！"

罗晶晶依然没动，雨流在脸上，像泪水一样。她怔怔地问："你是说，他就是没罪，也出不来？"

韩丁走回去，把伞遮在她的头上。罗晶晶的样子让他心中不快。他不满地沉默了一下，开口道："你当初不是说，只要他能活下来，能不死，你就知足了吗。"

罗晶晶的眼睛直直地看着他，他从这目光中看到了她的疑心和抱怨，罗晶晶说："我不明白，是法院不想让他出来，还是你不想让他出来。"

是的，也许在韩丁的潜意识里，他真的不想让龙小羽出来，但他从没真的这样想过。他作为龙小羽的律师，要真这样想，就等于没人性了。所以，罗晶晶的这句话就不免说得太狠，太过分！而且隐隐地，戳到了韩丁的痛处，令他恼羞成怒，他控制不住地，让自己的愤怒从声音中发泄出来："什么意思呀你，我这一个月什么都没干行了吧！我几次到平岭来到绍兴去，花这么多钱我是玩儿呢，旅游呢，行了吧！”

罗晶晶见他生气，马上退缩了，开口想说缓和的话，但她的缓和无形中却变成了争辩和提醒：“我没说你什么都没干，我是怕你讨厌他……”

“对，我是讨厌他，要是法院判他无期，我就给他辩成死缓，要是判死缓，我就让法院枪毙他，行了吧！”韩丁越说越气，“既然你把我想得这么坏，当初干吗找我辩？既然这样明天我也甭出庭了。我不沾这个事你该放心了吧。明天你自己去给他辩，材料我给你准备好，你看着哪份能用你用哪份，哪份没用或者还能害了他你就给撕了，到时候法院是杀是放都不关我的事，都和我没关系，行了吧！”

韩丁说到一半罗晶晶就哭了，她的抽泣和眼泪并没有让韩丁稍稍息怒，反而让他越说越来劲了。那辆等他们的出租车早被另一对男女捷足先登，晃动着车前的雨刷开走了。韩丁把雨伞往罗晶晶怀里一塞，怒火上头地扭脸就走，他大步过了马路，听着罗晶晶在身后的哭声，也没有回头。

他没想到在开庭的前一天他们会因为龙小羽而翻脸。在过去的一个多月中，他们为了龙小羽而同心协力，四方奔走，连夜里做梦都梦的是这件事，可没想到胜利在望时居然闹翻。

韩丁也想哭，他委屈透了！可他脸上只有雨水，没有眼泪。他快步走，走到浑身湿透了，才发觉自己不仅心冷，身上也不胜其寒。寒冷使他冷静下来。气慢慢地消了，但他不想早早地回去。他冷得受不了便走进路边的一家桑拿店，他在一个水清见底的大池子里一直泡了两个小时把身子泡暖，等服务生把他的衣服全都烘干了他才出来。从桑拿店出来时雨已停了，天也黑了，他想回工人新村去，拦住一辆出租车又挥挥手放掉了，然后沿着街往相反的方向走，走进一家小餐厅，坐下来点了两个菜，还要了一瓶冰啤酒，对着嘴大口喝，嘴里和心中俱是苦不堪言。他从未这么喝过酒，一瓶酒咚咚咚地喝下去，菜没怎么动，脸和眼睛都红起来。

借着心里的酒劲，他真想大声问自己，你还爱她吗，还爱这个其实并不爱你的女孩吗？他为了得到她的爱，才去救她爱的那个人。等把她爱的那个人救出来，她也就彻底不爱他了。他做这件事的动机，与这件事必然会达到的目的，竟是如此矛盾！这矛盾他以前不是不知道，不是没预见，只是他一直苟且偷安地骗自己，骗自己罢了！

他骗自己是因为他一直幻想罗晶晶还是爱他的，她对龙小羽只是旧情未了，只是仁义之心，只是不忍看着他死去而已。但现在，当他一步一步地了解了罗晶晶和龙小羽的那段刻骨铭心的爱情，了解了那段爱情由滋生而发展而炽烈的每一个进程，他的信心也开始一步步地崩溃，他的自我感觉也一步一步地离位。那样的爱是不能忘记的！他甚至不知道当龙小羽以无罪之身走出看守所的那一天，当龙小羽和罗晶晶像恋人那样重新拥抱在一起的那一时刻，他会不会像个失败的“第三者”那样，自己转过脸，讪讪地离开。

他摇摇头想否定自己，他能感觉到酒精在脑袋里晃来晃去。他昏昏沉沉地打开皮包，从里边拿出手机，他想打电话到程瑶家，他想在电话里告诉罗晶晶：他明天会准时出庭为龙小羽辩护的，他会尽全力救他出来的，他会让龙小羽和罗晶晶在灿烂的阳光下幸福团聚！

在拿出手机的同时，他看到了皮包里那份血迹鉴定书。这也是一份复印件，上面血红的指头和下面暗红的印鉴，都变成了黑乎乎的油墨色。他取出这份复印件，打开来看一遍。他拿到它还没看过呢。这份由市公安局技侦处出具的鉴定书，与公安学院刑侦研究所出具的另一份鉴定书相比，格式大同小异，词语基本雷同。韩丁把手机放在餐桌上，把这份鉴定书反复看了好几遍，把当中的每一个技术表述和原来那份早已熟记在心的鉴定书互相比对，以便发现彼此的不同。这两份报告肯定是有重要差异的，否则，从情理上说，办案人员就没必要在已经有了一个权威机构的鉴定之后，还要再搞出另一个版本。

看完这份鉴定书，韩丁结账离座，走出这家冷清的餐馆。半个小时后，他赶到了平岭公安学院的教职工宿舍区，敲开了刑侦研究所血迹专家老汪的家门。

此时已是不宜登门造访的时间，老汪的妻子已经身着短衣，散发卸妆，一副睡前的打扮，见这么晚了还有客到，有些不悦地躲进卧房去了。韩丁就在客厅仅燃的一盏台灯下，请教于那位不苟言笑的老汪。

为了不让老汪厌烦，为了表示他的来访确实事出紧急，韩丁一上来就从皮包里拿出了那份血迹鉴定书。这份鉴定书想必老汪也没看过，想必他也有兴趣与自己的鉴定做个比较。

韩丁说："两份报告文字上大同小异，但还是有点不太一样的地方，我看不大懂，所以，特地送过来请您过目，看有没有原则差别。这个案子，明天就要正式开庭了。"

老汪慢慢地看着那份报告，反复看，眉头很快皱起来，他先是点了一下头，说："嗯，是不同。"继而反问韩丁，"你说文字上大同小异，大同不必说，你看小异在哪里？"

韩丁说："比如衣服上的血迹，您那份鉴定上用的词是擦拭，可到这份鉴定里，讲到胸前血迹，还是沿用了上次用过的擦拭，后面又增加了一条，讲了左袖上还有一个很小的血点，就改用了另外两个字：喷溅！"

老汪眉头紧锁，说："当时我们接了这个检验任务以后，是我们下面一个年轻人做的，我复查的。我们没有注意到袖口上还有血迹。当然了，办案单位找其他人另做鉴定，鉴定结果与我们不同，这也是可以的，是正常的事情。如果确实发现衣服的其他部位有漏检的血迹，那对这个另作的鉴定我们就更不能多说什么了。"

韩丁茫然地看着老汪，问道："这两个词，不一样吗？"

老汪停顿了一下，慢慢地开口，答道："擦拭，是指血迹可能是由多种方式沾染到衣服上的；而喷溅，只能是杀人时产生的血迹状态。所以，如果不是凶手，身上就不可能有喷溅状的血迹！”

韩丁的脑袋嗡的一声，耳朵似乎也有几秒钟竟是失聪的状态，似乎完全听不清老汪又说了什么。他不知道他全身的血是一下子冲进了大脑，还是大脑的血一下子退回到心里，他不知道自己的脸是白了还是红了，他的思维几乎僵止，他用近于失语的木讷，喃喃地挣扎道：“凶手？龙小羽肯定不是凶手，我已经找到了证据……”

老汪把手中的那份鉴定书还给了韩丁，依然用没有任何表情的声音，重复了他刚刚说过的结论：“如果这份血迹鉴定报告被法庭采用，龙小羽毫无疑问就是凶手了。”

老汪抬起目光，看韩丁，语气习惯性地再次停顿，停顿之后又再一次地做了意味深长的重复：“这毫无疑问！”

二十九

灯黑着，整个楼道几乎伸手不见五指，黑得连小偷怕也摸不上来的。韩丁一步一蹭地上了楼，在墙上摸索着敲门。防盗门上发出的哗啦哗啦的破铁声，在冥界般的黑暗中透出一口人间的生气。

开门的是程瑶。

尽管程瑶的脸被身后的灯光衬出一层阴影，但韩丁还是清楚地看到了那上面抱怨的表情。她匆忙回首向亮着灯的客厅张望一眼，轻声对韩丁说道："怎么才回来，你吃了吗？你们俩又怎么啦？"

韩丁心里闷闷的，没说他们又怎么啦，他们怎么啦是说不清的。他在喉咙里咕噜了一句："吃了。你们吃了吗？"

"没有啊，等你呢。晶晶一回来就哭，饭也不吃。"

韩丁低头换鞋，没有吭声。他不知道罗晶晶哭是为了他下午的脾气，还是为了龙小羽。他低声对程瑶说道："你们吃吧，我在外面吃过了。"

他说着，往自己的卧室走。这时，客厅的门开大了，里面射出的灯光使暗暗的走廊一下子亮起来。罗晶晶站在门口，眼睛还红着，嗓子也哑了，她哑着嗓子拦住了韩丁。

“韩丁，你别生我的气了，我错了。我以后再也不惹你生气了，你就原谅我吧。”

最后一句，罗晶晶的声音哽咽住了，但她竭力控制自己，脸上甚至还堆出一些讨好的笑来。那样的笑让韩丁看了真不是滋味，心里又难过，又心疼。他见不得罗晶晶这样低声下气地求他。

他站下来，面对罗晶晶，他说：“没事，是我不好，我不应该冲你发脾气，以后我也不冲你发脾气了。”

罗晶晶抽泣起来，眼泪像珠子断了线似的往下掉，她抽泣着说：“你走以后……我，我追你来着……我没追上，我……我特别害怕……我怕你真的生气了，真的不管小羽了。其实，我知道你为小羽花了好多力气，想了好多办法，我知道你肯定能把他救出来的，我下午是跟你说着玩呢，你要生气你就使劲骂我吧……”

罗晶晶像个在大人面前挨了打然后低头认错的孩子，一抽一抽地哭着，说着。韩丁知道她在期待他的安慰，在等候他的表态，等候他给她一个定心丸，等候他告诉她龙小羽是无辜的，无辜的人终将重见天日！她等候韩丁满怀信心地宣布他已做好了准备，他将在明天微笑着走进法庭，然后大获全胜！

也许，一个小时以前韩丁可以这样宣布，可以这样安慰这颗受惊的心。一个小时以前韩丁至少已经有了一个最低纲领，那就是，法院即便不判放，也起码不判杀。只要能判个证据不足，退回公安机关补充侦查，也算是留下了龙小羽的性命，留下了宝贵的时间。时间对龙小羽来说，和性命同等重要。如果龙小羽赢得了这份时间，韩丁就有可能找到那些不知去向的证人，找到他们提供伪证的证据和原因，而在法律规定的时间内，如果公安机关补充不到能认定龙小羽杀人的强力证据，法庭就只能将他无罪开释！

但现在不行了，现在是一个小时之后！

现在，当韩丁快要抵达胜利的终点时，他突然发现面前拦住了一座平地而起并且无法逾越的山峰！那座山峰就是那一张薄薄的纸，那一纸鉴定已经宣判了龙小羽的死刑！

可他以前一直对罗晶晶说他行的，现在突然不行了，他该怎么说呢？他该怎么解释，该怎么让罗晶晶不误会他，不认为是因为下午的口角，不认为是因为人类可怕的忌妒！也许他真是应该向罗晶晶说明一切，应该把第二份血迹鉴定书拿出来，应该把那个生死攸关的词语解释给她听……但他没有这个胆量。他看着罗晶晶那张充满悔意、充满期待的泪眼，他没有胆量说出真相！他只有走到罗晶晶的身边，用自己的怀抱来安慰她。罗晶晶在他怀里像个被遗弃的小猫那样惊恐地哭泣和发抖。韩丁抱着她，这是他第一次当着程瑶的面把罗晶晶抱在怀里。他看到程瑶脸上带着宽慰的笑意，走进她自己的房间去了。韩丁把罗晶晶紧紧地抱了一会儿，等着她慢慢平静。他说："你放心吧，明天我会准时出庭，我会尽我的全力！"

他说完，松开罗晶晶，转身走进自己的卧房，然后把门关上了。

他原来打算开庭之前好好地睡上一觉，养精蓄锐迎接等待已久的决战。但这一夜他怎么睡得着呢，他预感到这一夜将被他永久地记住，这一夜将是他人生的一个转折点。在这个孤独的不眠之夜，他躺在别人的床上，第一次意识到，他和罗晶晶，这个他曾经发誓一生相爱的女孩，已经完了。这个美丽的女孩已经不再把他当作爱人。她心目中的爱人是那个已经难以救赎的死囚，而他，他仅仅是她的一个朋友，一个生活上的依靠，一个能给她帮助的人。

尽管，意识到这些他心如刀绞，双目湿润，但他不想继续麻痹自己。生活如此真实，漫长的过程，繁复的细节，要看清其实只需一瞬！

清晨，他从卧室走出来时脸色苍白，眼窝深陷。罗晶晶和程瑶也都起来了，正在为他准备早饭。他吃早饭的时候听到罗晶晶在和程瑶讨论去法院的路线，怎么走怎么走之类的。他闷声打断她们，说：“我一个人去，你们别去。”罗晶晶愣住了，程瑶看看韩丁的脸色，说：“不是说好了晶晶和你一起去吗？”韩丁头也不抬，说：“要是相信我，就别去，她去了我会紧张的。”

罗晶晶小心翼翼地开了口：“你别紧张，我就坐在旁听席上不出声，我不会影响你的。”

韩丁抬头，看罗晶晶，他面无表情地问：“你去干什么？是想看看你的龙小羽，还是想看看我怎么给他辩？”

罗晶晶说不出话来，很尴尬地愣着。

程瑶打圆场：“晶晶，不行你就别去了。你去了受刺激。你就相信韩丁一定会全力以赴给他辩好的，你放心好了。”

罗晶晶没再说什么，一声不响地端着盘子走到厨房去了。韩丁当然看得出，她想去，她想见到龙小羽。但韩丁不想让她去。他对程瑶解释了一句：“法庭上可能会出现各种情况，我不想让晶晶当场听到法官宣判那个人的死刑。”顿了片刻，韩丁沉着声音，又补了一句：“那个人是她的爱人。”

程瑶愣了一下，她几乎想都没想就像个大姐姐那样直言快语：“你可别这么说啊，小羽是晶晶过去的朋友，她现在的爱人是你。不过，晶晶这孩子特别仁义，龙小羽过去对晶晶不错，她一时忘不了他是可以理解的。可她现在爱的是你，你可别伤她的心，她现在最需要你的理解和关心。”

韩丁摇摇头，说：“我都想过了，我昨天想了一夜。龙小羽如果真的无罪出来，晶晶还会回去找他的，我没权利不让她回去。如果龙小羽被定罪判了死刑，我和晶晶也完了。晶晶会怨恨我。她就是跟了我，龙小羽也会在她心里装一辈子，像影子似的跟着她。要是那样的话，你说我又何必呢。”

程瑶不再说话了，其实，韩丁是盼着她能再说点什么的，他盼着她驳斥他、盼着她骂他。但她没有，她深深地叹了口气，然后沉默。程瑶的沉默让韩丁本来还在飘忽的那份绝望，砰的一声落地生根！

这顿早饭味同嚼蜡，程瑶把桌上的食物端走时韩丁都想不起刚才吃了什么。时间还早，但韩丁不想在家逗留，他早早地带上装满材料的皮包，来到尚嫌冷清的街上。他走出楼门时知道程瑶和罗晶晶都在窗前看他，目送他走远，他的脊背能感觉到她们期待的目光。他迈着沉稳的步伐，一步一步走出工人新村，他在路边叫住一辆出租汽车，往法院的方向去，到了法院下了车他才发现法院还没有开门。他抱着皮包站在街上，茫然不知该往何处去。

站在街上，看着渐渐热闹起来的城市，越来越拥挤的马路上很快塞满了形形色色的车辆。在不远的地方，推着自行车的人成群成串地穿越红灯未熄的路口，韩丁麻木地想：平岭的早上也是这么乱吗……

他心里也乱，乱了方寸！

他彻底乱了，没了主张！

他早早准备好的辩护方案，那些精心编排的提问，烂熟于胸的证据，倒背如流的证人名单，似乎都在一个不容置疑的前提下统统作废。对方原先的弱点，他借以发动攻击的入口，他和老林历经数个不眠之夜苦心策划的致命一击，统统都在昨天晚上老汪的那几句斩钉截铁的结论前，变得苍白无力，无关生死，不足为道了。韩丁袖中的暗器就是当庭披露龙小羽与祝四萍曾经保持了一年之久的恋爱关系，以及祝四萍后来对龙小羽的死死纠缠。他本想让这样的事实使强奸之说成为无本之木，进而，灭口之说亦成无源之水，再而，动摇整个控证体系的逻辑关系。直到昨天下午为止，他一直是乐观的，对胜诉充满信心，他没料到形势的突变会发生在掉以轻心的瞬间。昨晚从老汪的家里出来，韩丁在公安学院宿舍区没有路灯的小路上深一脚浅一脚地往外走，脑子里轰炸般地一遍一遍不停地响着那两个恐怖的字眼：喷溅！喷溅！喷溅！喷溅！他从老汪的神态上知道他完了，这个案子完了，一切早已注定。龙小羽与祝四萍那天的性接触是强奸还是通奸已无碍大局、作案的动机已变得毫无意义。有意义的只有结果，那就是龙小羽确实杀了祝四萍！因为老汪说得很清楚，只有杀人者的身上，才会出现喷溅的血迹！

喷溅！喷溅！喷溅！喷溅……

韩丁在街上盲目地走着，在周围行色匆匆的上班族中，他的步态显得迟钝、蹒跚、漫无方向。他绕了一圈又回到了法院的门口，然后沿着高高的台阶拾级而上。他没想到这才一大早他的双腿就如此疲乏，每一级台阶都攀爬得相当吃力，在迈完最后一步时他竟心虚气短，胸口像有什么压力堵着，喘息困难。他不用想也明白，这个压力就是罗晶晶。

他之所以没有向罗晶晶说明昨晚的变化，就是想避开她的压力。他害怕见到罗晶晶怀疑的目光，害怕见到她绝望的眼泪，害怕和她争辩……她不懂法律，只相信直觉，相信她自己的那个被回忆和爱情毒化了的直觉。韩丁想，既然这样，不如让法院的判决直接告诉她吧：因为有了新的血迹鉴定，所以，龙小羽难逃一死！

韩丁参加法庭审判已有数次，但这是他第一次以辩护人的身份独自出庭，内心的紧张难以言表。这是一个少女被杀的案件，一年前曾经轰动市井，一年后将龙小羽缉拿归案时本地的电视和报纸都做过报道，所以，来旁听的群众几乎坐满了礼堂似的审判大厅。韩丁看着旁听席上黑压压的听众，看着他对面三位面目庄严的检察官，看着鱼贯而入的审判长和审判员，他有点晕，他觉得自己势单力薄，他甚至怀疑自己的体力，能否撑到庭审的全部程序一一完成。

审判长宣布开庭，命令带被告人到庭。不知为什么韩丁和那些翘首以待的好奇的听众一样，此刻也非常希望好好地看一看这位龙小羽。自打从绍兴调查回来后他就已经不把龙小羽当作一个杀人犯了，就不相信他是个杀人犯了。他对他的感觉发生了很大的变化，他心目中的龙小羽已经变成了一个善良、朴实、仗义的好男孩，对女人很不错，是个情种。而现在，当袖口上那个被忽略的血点揭开真相之后，他再次看到龙小羽，看到他的那张脸，韩丁的感觉又是怎样呢？那张脸上五官依然端正英俊，皮肤依然黝黑光洁，走起路来依然身材挺直……但也许是心理作用的缘故，韩丁从龙小羽依然如故的脸上，似乎看出了几分阴鸷、几分故作镇定的姿态。审判庭明亮的灯光也使那张脸的神色，比起在看守所那间晦暗的谈话室里看到的样子，憔悴了许多。龙小羽也在看他，韩丁辨不清那目光竟是清澈如水般的安详，还是带了些戏弄的笑意。龙小羽今天的眼神中，解读不清的东西似乎太多。

审判正式开始，一切依序进行。在韩丁的感觉上，程序快得有些疲于应付，可在上午十二点钟庭审暂告一段落时，仅仅到了双方质证的一步。在上午的庭审中，韩丁依然按照原来的方案，提出包括祝四萍父母在内的一干证人故意隐瞒被告人与被害人有过恋爱关系的事实，构成伪证，要求法庭剥夺上述证人的做证资格。同时提出杀害祝四萍的主要凶器下落不明，其他指控证据也不能排除龙小羽正常到过案发现场而产生出同样痕迹，因此请求法庭不予采信。韩丁在做出上述请求时，几乎提到了所有控方的呈堂证据，但唯独没有提到那份血迹鉴定书。

关于那份血迹鉴定书，韩丁提出：由于本案先后出过两份血迹鉴定书，且内容结论大相径庭，而第二份血迹鉴定对认定被告人的罪与非罪关系重大，因此，建议法庭慎重行事。他请求法庭将龙小羽外衣上的血迹重新进行鉴定，重新鉴定的机构应排除已做过鉴定的两家单位，而应另选其他权威部门进行。

在公诉人的席位上，主要发言的是个中年老成的检察官，语速不慌不忙，态度不急不愠，虽然没有公诉方惯常的慷慨激昂，但那种稳扎稳打、步步为营的方式，在赢得法官和听众好感方面显然起了更好的作用。韩丁以疲惫之师，身心交瘁地与之应战，在经验上、口才上、信心上，以及精神状态上，已经输了一筹。但他注意到，他的关于原被告曾是恋爱关系并且被告死前一直追求原告的证据，还是让对方感到吃惊，他看到他们急急地翻阅材料，低声地协商对策。他看到他们协商半天，没有对策。他们对韩丁提出的证据，对韩丁提出的种种反驳，无话可说。在证据方面他们唯一让韩丁处于劣势的，就是那份鉴定书！

这份鉴定书太强大了，一下子把韩丁拖进了败局。韩丁看得出来，在公安局技侦处的专家出庭讲解鉴定结论时，龙小羽脸上的肌肉一下子变得呆板起来，眼神茫然，那几乎是一种大势已去的绝望。

第一次开庭在法庭调查后结束了，控辩双方没有当庭辩论，被告人没有最后陈述，法官也没有宣布判决，龙小羽的生死将留待下回分解。尽管，审判长采纳了韩丁的建议，决定对韩丁质疑的那份鉴定书进行重新鉴定，但韩丁心里也明白，对重新鉴定的结果绝不能抱有太大幻想。重新鉴定有点像是一个时间上的拖延，作用如此而已。

当龙小羽被押解出庭时他转头看了韩丁一眼，目光中没有责备，只有求助，至少韩丁是这样感觉的。那目光让韩丁心里轰然一震，继而百感交集，他也说不清这小子究竟是可怜还是罪有应得。

在离开法庭回家的路上，韩丁的心情由百感交集转为惶惶不安，他全然不知此番回去该如何面对罗晶晶那份翘首以待的期盼。他反复盘算着该用什么样的角度，向罗晶晶叙述今天审判的过程，用什么样的方式引导她对未来的结果做出心理准备。他回到工人新村走进程瑶家时，他看到的情形和路上的想象几乎完全相同，罗晶晶的表情，程瑶的表情，都和想象的相同。她们上来并不马上询问今天法庭的情况，先是像迎接凯旋的英雄，像接待劳苦功高的战士那样，把韩丁迎进屋里。程瑶冲在前面，帮他接了皮包，帮他脱下外衣，给他递上滚热的毛巾，嘴里伴着一连串相应的寒暄，那热情的寒暄让韩丁应接不暇。但他仍然把注意力投向罗晶晶那边，罗晶晶一见他进屋便跑进厨房，一趟一趟地往客厅的餐桌上端菜。天哪，她们今天做了多少菜！有蒸鱼、炖鸡、炒菜、砂锅等，顷刻摆满了客厅的桌子。罗晶晶把那些盘碗杯筷精心地摆好，然后忐忑不安地看韩丁的脸色。韩丁最怕见到罗晶晶这种小心翼翼看他的眼神，那种讨好的眼神让韩丁心疼死了——她还是孩子呢，他不想让这个花一样的女孩在他面前这般委屈，这般战战兢兢。

程瑶说：“你饿了吧，快吃快吃，咱们一块吃。”

她帮着韩丁拉椅子，帮韩丁摆酒杯，韩丁机械地、甘受摆布地坐下来，但没动筷子。程瑶又招呼罗晶晶一起坐，还示意罗晶晶赶快给韩丁倒啤酒。韩丁说不喝酒了吧，罗晶晶端着酒瓶愣在那儿，不知所措。程瑶执意让罗晶晶给他倒上：“得喝！你今天辛苦了，得好好慰劳慰劳你！”她让罗晶晶给她和她也倒上，她们都不会喝酒，但都倒了个杯底。见三个杯子都有酒了，程瑶举杯说道：“怎么样，咱们先喝一口，喝完了边吃边谈。你非不让晶晶去，这一上午可把她急坏了，就盼着你能早点回来。”

罗晶晶也举了杯，一脸期待地看韩丁。韩丁的表情很低沉，但那并不能改变她脸上的期待。韩丁知道，她期待听到的是过程和细节，而结果似乎早就自不待言。

韩丁没有举杯，他不敢正视罗晶晶，只好把目光固定在程瑶的方向，他说：“程姐，你这么说，我有些话就真不敢开口了。”

程瑶举着的杯子尴尬地停在半空，她的声音也有些尴尬，但还故作镇定：“有什么不敢说呀，怎么啦，今天是不是不顺利？”

“对，是不顺利。”

程瑶放下了杯子，连她也不敢侧目去看罗晶晶的反应，她只敢看韩丁：“哟，怎么不顺利呀？”

韩丁的目光终于缓缓地移向罗晶晶，他缓缓地说：“检察院今天呈交法庭的，是第二份血迹鉴定报告，这份报告和第一份报告的结论不一样。”

罗晶晶一动不动，瞪大了眼睛，韩丁几乎分不清她是全神贯注还是呆若木鸡。

他也分不清，程瑶的反应是迟钝还是畏惧，她有些口齿不清地问："怎么不一样啊，是什么结论？"

韩丁说："第一份鉴定的结论是不确定的，第二份鉴定的结论是确定的，认为龙小羽……认为他还是有问题。"

程瑶继续傻问："有什么问题呀？"

韩丁说："如果法庭采信了这份鉴定报告，这案子就麻烦了。"

韩丁一直尽量避免使用那类直截了当的词句来表达他的意思，他最怕程瑶冒傻气再问下去：怎么麻烦了？好在程瑶终于没有这么问。怎么麻烦了，这还用问吗！但程瑶的问话依然执着地把锋芒指向最终的结局，也许她以为罗晶晶此时也只是想知道最终的结局！

"你不是说公安局那些证据都不能完全认定这件事吗，那这份报告呢，光凭这一份报告，法院就能认定了吗？"

韩丁运了一下气，才吃力地把他要说的那个字说出口来：

"能！"

程瑶哑了，她眨着眼，似乎在咀嚼着这个字的意义。罗晶晶却似乎醒了过来，并且开了口："法院怎么说？"

"法院同意我提出的要求，另找一家权威部门，对第二份报告的结论和论据进行复核。"

罗晶晶也许弄不清复核是怎么个复核，她似乎迫不及待地想要韩丁给她一个定论。

"那复核……复核会怎么样呢？"

"这只能等了，只能听天由命。"

"他们让哪里复核呀，咱们能不能去托托人？"

韩丁本想说：这是人命关天的事，怎么托人！但话到口边，又吞了回去。他说："我打听打听吧，看看法院准备把这份报告送到哪里。"

罗晶晶不再开口，眼圈红了，她从桌边站起来，快步走进自己的卧室去了。程瑶也跟进去了。韩丁一个人呆呆地坐在桌前，他听不见罗晶晶的哭声，但能听到程瑶低声的劝慰……

整个下午罗晶晶都没再走出那间卧室。那一桌丰盛的午餐谁也没吃。程瑶一会儿卧室一会儿客厅地在韩丁和罗晶晶两人之间来回走动，劝慰罗晶晶，和韩丁商量下一步怎么办。下一步又能怎么办呢？韩丁已经说了：只能等，只能听天由命！

法庭再次开庭要在十天之后，所以，韩丁在晚上罗晶晶终于走出卧室后提出建议：先回北京去，等开庭时再过来。北京远离平岭，对罗晶晶的心情也许好些。但罗晶晶不想走，她对韩丁说："你回去吧，你要想家了你先回去，我想待在这里。"韩丁不再劝她，是的，这里离龙小羽近，工人新村在平岭城东，市公安局看守所在平岭城北，只隔了半个城区，说不定在夜里哪个梦中，就能呼吸相闻。

这十天对韩丁来说，相当难熬。他和罗晶晶的沟通越来越难，越来越少。有时甚至彼此对话，也要通过程瑶传达。程瑶白天出去上班，家里只剩他们二人，大多数时间都是各在各的屋里待着。中午罗晶晶会出来做饭，做完了和韩丁一起吃，但吃得很沉默，且只有两三口。韩丁让她多吃，她就多吃一筷子，应付似的，韩丁也就不再多说什么。

韩丁白天有时也会出去转转，每次出去都对罗晶晶说是去法院探探情况。其实事已至此，又有什么情况好探呢。他这样说只不过是为了骗骗罗晶晶而已。关于那份血迹报告，关于喷溅这个杀头的字眼，他打电话到北京和老林谈过，老林也是哑然无话。老林的专业经验一直是韩丁足可仰视的，他的这个反应让韩丁更加确信大势已去，确信龙小羽的死期已经为时不远了。

十天后。

法庭再次开庭。

这一次韩丁依然不同意罗晶晶前去旁听，与上次不同的是，这一次连程瑶也坚决表示赞同。她特地请了假留在家里陪着罗晶晶，她口口声声让罗晶晶帮她好好清理一下厨房，她家的厨房藏污纳垢早说要清理的，一直拖到现在，现在竟成了缓解心情的事由。

下午两点钟，韩丁回来了。厨房这时真的焕然一新，该扔的东西都扔了，该洗的东西都洗了，一切显得井井有条，清洁出来的污泥浊水也早就荡涤一净。程瑶给韩丁开了门，帮他挂衣服，换拖鞋，然后陪他一起走进罗晶晶的卧室。罗晶晶坐在床上，不看他们，像一个等候宣判的囚徒似的，低头不语。还是由程瑶艰难地向韩丁发问："今天判了吗？"

韩丁没说话，但点了头。

程瑶又问："判的什么？"

韩丁说："死刑。"

空气是凝结的，罗晶晶一动没动，没有说话，也没有哭。

三十

当甬道里的最后一道铁门砰然关闭的刹那，韩丁的感觉有几分陌生，他记不得他已经是第几次到看守所来和龙小羽见面了，但这一次的心情完全不同。和以前一样，龙小羽早早地坐在了那间光线晦暗的谈话室里，面无表情地看着韩丁从对面的那扇门里走进来。

也许因为判决已下，民警的监督比过去更加宽松，带韩丁来的那位民警甚至没有跟进屋子，宽大的谈话室里只有韩丁和龙小羽相对而坐。空气在头顶一孔小窗的斜阳下，呈现出发亮的雾状，雾一般的阳光投射在两人之间，散漫成一道朦胧的屏障。

韩丁抬眼凝视龙小羽，他想看看那张眉目清秀的脸上都有什么变化。他在来看守所的路上已经尽量运用自己的人生体验，来想象这张脸上可能会有点变化。宣判之后的心情肯定是不同的，怀有希望和彻底绝望的心情肯定是不同的，能数清自己生命天数的心情，肯定是不同的！

但龙小羽没有不同。

他的脸上依然平静，依然和第一次见到韩丁时那样，带着几分拘谨甚至羞涩，依然坐在桌子的另一面默默地等着韩丁开口问他。

韩丁问：“判决书已经送达了吗？”

龙小羽点了一下头。

韩丁问：“你要上诉吗？”

龙小羽没有回答，也没有点头。

这是韩丁此番前来的主要任务，他从皮包里拿出已经拟好的上诉书，递给龙小羽。他说：“这是我替你写好的上诉书，你可以看一下，我们必须在一审判决后的十天之内将上诉请求送上去，否则将被视为放弃上诉。我国法律有一条重要的原则，叫作‘上诉不加刑’，何况，一审判决已经是最高刑了，谈不上加不加，所以，你不必有顾虑。上诉至少可以为你争取一些时间，延缓你的生命。而且，万一……万一上诉成功，二审改判的话，哪怕改判成死缓，那也就保全了你的生命。不管怎么说，生命是最宝贵的，应该尽量珍惜，尽量挽留，你说呢？”

在龙小羽面前劝说生命的宝贵确实是一件残酷到顶的事，以至于韩丁的这几句话说得气韵迟缓，很不自然。他之所以连着说了两个“万一”，是因为连他也不大相信二审会有奇迹发生。进入二审的最明显的价值，就是他已经说过的：是对生命的延缓。

龙小羽没看那份已经推到他面前的上诉书，也没有回答韩丁的提问，他的眼睛低垂着，不知在看什么，他突然问了一个韩丁没有想到的问题：“判决的结果，晶晶知道吗？”

韩丁想了一下，如实答：“知道。”

龙小羽半天没有说话，也没有抬头，良久才又问：“那她现在……现在相信四萍是我杀的吗，她相信我是个杀人犯吗？”

韩丁不知该如何答，他索性反问：“你仍然认为自己没有杀人，对吗？”

龙小羽没有抬头，也没有出声。

韩丁说下去：“那份血迹鉴定已经证明凶手非你莫属，这是科学对你的判决，你还不服吗？你还希望罗晶晶和你一样，不相信那份科学的鉴定，对吗？”

龙小羽把头抬起来，他的眼里存了些泪水，但这泪水并没有像过去那样撩起韩丁的恻隐之心。他冷冷地看着龙小羽，他要用这种不屑的表情，听他如何回答，如何解释。

龙小羽没有如韩丁预想的那样为自己辩解，他深深地呼吸了一下，说：“我杀没杀人已经不重要了，我只是不想再让晶晶受刺激了，我不想再让她难过了。尽管我也很想在她心目中留下一个好印象，我很想让我过去在她心目中的那个印象，一直留着……”

韩丁愣了半天，他有点不相信一个死到临头的人，会这么在乎他在别人心中的印象，会这么关心他过去在一个女孩心中留下的那份美好印象，能否在他死后还一直保持下去。韩丁怔了半天，才冷冷地说道：“好啊，那你唯一的机会就在这儿！”他站起来，身体前倾，指着桌上的那张上诉状，说，“那你就必须上诉！用上诉来证明你是无辜的，是被错判的。我劝你上诉并不是为了我，你上诉对我没有任何好处，我帮你打这个官司是自费的，知道吗，我是自费的！”

龙小羽突然开口打断了韩丁的话：“我感谢你韩律师，我感谢你的好意，但我不上诉了。我知道上诉也没有用，既然没用，那就让这件事早点完了吧。其实，我知道，我多活一天，晶晶就会多难受一天。她对我要是还有感情的话，这件事不完她会一直挂在心里的，这对她不好，还是让这件事早点完了吧。”

韩丁无话可答，他愣愣地，一屁股又坐回到凳子上。

他默默地看着龙小羽，说实话，心里有点感动。

他不得不承认龙小羽是真的爱着罗晶晶的。如果换上他，他都不敢说自己能不能也像他这样，为了解脱罗晶晶的牵挂，为了解脱她内心的折磨，而选择早死呢？他不敢说。

从看守所出来，回工人新村的路上，韩丁想了又想，他想无论如何也得把龙小羽的这段话隐瞒下来。他可以告诉罗晶晶，龙小羽拒绝上诉的原因是此案既已铁证如山，他对上诉不抱幻想。韩丁想，如果罗晶晶知道龙小羽只求速死是为了不想让她多受痛苦的话，她心里受得了吗！不要说痴情苦恋的罗晶晶了，这对任何年轻女孩子来说，都是一把挖心的利刃。

罗晶晶已经整整一天一夜不吃不睡了。脸上一点妆都不化，神形枯萎，气色如病，但在韩丁眼里，却美丽依然。她和程瑶一起，在幽黄的台灯下，静静地听完了韩丁的叙述。韩丁告诉她们，龙小羽精神还好，情绪正常，对判决早有心理准备，不感意外。韩丁的这些话对罗晶晶显然起到了安慰作用，神情上原来要哭也不哭了，脸上的感觉也平和了许多。韩丁想，她真是个孩子！他进一步开解道："我问过看守所的民警了，他们说这几天给他吃得也不错，他在关押期间，里边的民警也都没找过他的麻烦。也可能知道我和姚大维认识，所以，对他挺照顾的。"

程瑶配合着韩丁对罗晶晶的安慰，不住地点头。他们谁也没想到罗晶晶会突然这样问："他问我了吗？他今天问到我了吗？"

韩丁先是一愣，继而仓促答道："哦，问了。他，他说不希望你……不希望你为他难过。"

"只说了这一句吗，他还有什么话要告诉我吗？"

韩丁沉默了半天，思想反复斗争，不知怎么搞的那一刻他突然觉得自己太残忍了。他看着罗晶晶那张纯净的脸，看着那脸上期待的神情，他实在不忍贪了龙小羽对罗晶晶的那些话。他不能否认龙小羽是她曾经痴心相爱的爱人，他们彼此应该有一个真实的诀别，在他们永远分手的时候，罗晶晶有权知道龙小羽最后的告白。

韩丁把自己的喉关打开，缓缓地说："他……他不希望你对他失望，他不希望你相信他杀人。他希望他在你心里的形象，和过去一样……"

龙小羽的这些话果然把罗晶晶的眼泪叫下来了，连程瑶的眼圈都红了，她上去紧紧地搂住罗晶晶，用柔情的抚摸来温暖她。罗晶晶双手掩面，全身发抖，抽泣着说："他应该知道，我是相信他的，我相信他不会杀人！他在我心里，和过去一样。他们肯定是搞错了，他应该上诉，他为什么不上诉……"

韩丁索性不再有任何隐瞒，他接着说下去："他认为上诉没有用，他不想再拖下去了，他不想再让你为他操心了。"

罗晶晶泣不成声："那你为什么不替他上诉……你是他的律师，你应该为他上诉！"

韩丁的声音变得强硬起来："我劝他上诉了，是他自己不上诉的。上诉不上诉是他的权利，不是我的权利。但是有一点我必须告诉你晶晶，他就是上诉了，我也拿不出新的证据来推翻那份鉴定书！那份鉴定书后来又经过省公安厅的血迹专家复核过，结论没变，我没有能力推翻它！"

罗晶晶还是哭，哭声带出她的绝望："那也应该上诉，至少可以让他多活几天，让他在这个世界上，和我们一起，多活几天……"

韩丁摇摇头，说："晶晶，他想早点结束，是不想让你再这样难过。而且他这样活着，也很难过，难道他不难过吗？结束对他也是一种解脱！我们应该尊重他的选择。"

罗晶晶只是摇头，她大概想说什么，但她的话哽咽在胸中，一句也说不出。程瑶以目示意韩丁不要再说下去了，然后把罗晶晶扶进了卧室。韩丁一个人坐在客厅里，心里很难受。一个他爱着的女孩这样爱着别人，他心里很难受！

他一个人在客厅里坐了很久。他不知道程瑶什么时候出来的。她站在他的身后，说："韩丁，晶晶想去看看龙小羽，想和他再见上一面，你有办法吗？"

韩丁回头看她，说："我没办法。"

程瑶没再说话，低头叹了口气。韩丁沉默了半天，低声说了句："让我想想吧。"

第二天是星期天，上午八点，韩丁和罗晶晶一起出门，两人搭乘一辆出租车，从工人新村直接开到了市公安局预审处看守所。

看守所的民警见韩丁今天带个女的来，奇怪地问："哟，怎么今天两个人？"

韩丁不动声色，向民警介绍："这是我的同事，姓罗，叫罗晶晶。"

民警很好奇地关注着罗晶晶："也是北京来的？你们北京的律师一个个怎么都跟电影明星似的。"

韩丁笑了笑，说："个儿头高，对吧？正好她在平岭办别的案子，我今天拉她来帮个忙的。"

民警说："那小子不是不上诉了吗，你们还有什么事呀？"

韩丁说："他上次说想给家里人留份遗嘱，我们来把这事办了。"

民警说："他父母好像早不在了，早没家了，遗嘱留给谁呀？"

韩丁说："谁知道，他还有亲人吧。"

民警说："噢。"

那民警既像有意盘查，又像随意闲聊，漫不经心地问着，同时帮他们开好了进监证，然后找来另一位年轻些的民警，带他们进去。罗晶晶没见过这阵势，听着韩丁和那位民警的一问一答，紧张得脸色都白了。看见民警开证放行了，脸上的线条才稍稍松弛了些。韩丁看她一眼，示意她随便点，示意她跟着走，她就跟着往里走，跟着韩丁拐了不知几个弯，进了不知几道门，最后走到了那间谈话室。

他们进去，发现长桌的另一面是空的。龙小羽还没有押到。罗晶晶见韩丁坐下来，便也坐下来，因为紧张，因为拘谨，所以过于规矩地坐得挨韩丁太近了。韩丁推她："往那边坐坐，那么大地儿。"然后笑笑，用笑容放松她的神经。罗晶晶连忙挪挪位置坐远了些，好在陪他们进来的民警穿过他们对面的一道门出去带龙小羽了，对罗晶晶的窘态没多留意。

五分钟后，龙小羽被带来了，穿着囚衣，剃着板寸，一看见罗晶晶迎面在座，惊奇得如在梦中，张开嘴刚要说什么就被韩丁抢先打断："龙小羽，今天早上吃得好吗？来，我给你介绍一下，这位是罗律师，我的同事。今天一起来找你，你不是说要留一些话给你的家人或者朋友吗，我们帮你记下来，好不好？"

韩丁说完，示意罗晶晶从皮包里取出纸笔做记录状，然后对还站着发愣的龙小羽说："你坐吧，坐下说。"

带龙小羽进来的那位民警也在龙小羽身后拍拍他的肩，很公事地说："坐吧。"然后像往常一样把龙小羽脚上的镣铐连接在长椅上，锁好后，民警绕到长桌的另一端坐下，旁听。

龙小羽呆呆地坐下来，眼睛犹豫了一下，才抬起来落在罗晶晶身上。他看罗晶晶时大概完全没有听见韩丁又说了什么。

韩丁平静地说："龙小羽，你说吧，你要给什么人留话？"

龙小羽眼睛只看罗晶晶，对韩丁的问话只字不答。

韩丁提高声音，他想把他的注意力引过来："龙小羽，你要留遗嘱吗，你要对什么人最后再说点什么吗？"

龙小羽眼睛依然僵滞在罗晶晶的脸上，但他开了口，他哑哑地说了句："要的。"

韩丁继续大声问："你要对什么人说，你家里还有什么人吗？"

龙小羽把目光收回，移向韩丁，他的声音有一点发抖，他说：“我父母早就不在了，我老家也没有亲人了。我只有一个朋友，她也是我的妹妹，只有她，还……还算是我的亲人！我……我想对她说几句话。”

屋里的空气几乎凝固了，韩丁心里怕死了，他怕罗晶晶会忍不住心里的呜咽。虽然她从昨夜到今晨，一直坚决保证能够控制感情，坚决保证不露声色，但韩丁还是担心她会突然之间放声大哭!

韩丁让自己的声音尽量表现出一种事务性的平淡，他想用语气中的平淡，冲减罗晶晶的悲伤，淡化空气中越来越浓缩的心酸。

他说：“好的，你说吧。”

龙小羽低了头，没有马上开口，韩丁以为他需要思考一下，这毕竟是他最后的遗言！但当龙小羽再抬起头时，眼里竟然饱含泪水，他低头其实只是想控制情绪，他想让自己的声音保持平稳。

“亲爱的小妹，我要走了，走以前我真想抱抱你。但这是不可能的，你今天就是坐在我的面前，我也不能抱你。我是一个死囚，别让我把你吓坏了，别让我把你弄脏了，你是天底下最美、最善良、最干净的女孩！自从我离开你以后，我天天都在想你，我最害怕的事，就是你忘了我。我后来还悄悄从南方跑回来，去你家的小院找过你，可那时候你已经走了。我有好长一段时间找不到工作，身上常常连十块钱都没有，可我一想到你，想到你也许没忘了我，想到有朝一日我们也许还能见面的，我心里就很快乐，就有信心了。我一直以为，贫穷能让一个人除了吃穿和挣钱之外什么追求都没有了，可自从我见到你以后，我发现吃穿和金钱都不重要了，能和你在一起没钱也是幸福的。我总是想到我们一起做饭、打电脑，一起聊天和去商店，总想我也许还能过上那样的生活……可现在，我唯一要嘱咐你的，就是请你快些把我忘了吧，永远忘了！我也要忘了你。只要能忘了你，我对这个世界就再也没有什么牵挂了，我就会走得很安心了。你就让我安心地走了吧，我不想走得那么痛苦……”

龙小羽的声音越说越不成声调了，越说越像是一种沙哑的哭泣，带着激动的喘息，说到此处，更是戛然而止。屋里有几秒钟静得听不到一丝响动。韩丁胸口咚咚跳，他完全不敢侧目去看身边的罗晶晶！

他能感觉到罗晶晶在他身边一动不动，就像一尊没有生命的木偶，甚至没有呼吸！韩丁把跳到喉咙口的心拼命咽回去，清了一下嗓子，继续发问：“你说完了吗？”

龙小羽低声答：“说完了。”停了一下，又说，“我祝她幸福。”

旁听的民警也许对这种生离死别、决绝人生的场面见多了，见他们都不再开口，便无动于衷地插话进来：“你们谈完了吗，还有什么要说的吗？没有就这样吧。”

民警率先站了起来，过去松了龙小羽脚上的绑。龙小羽马上站起来，离开长桌，拖着镣铐向韩丁他们对面的那扇门走去，在民警拉开门他马上就要跨出去的一刹那，韩丁没想到的，罗晶晶猛然站起来喊了一声：

“龙小羽！”

韩丁浑身一惊，汗毛倒竖，一颗心紧张得几乎要从嘴里蹦出来。他出来前和罗晶晶约法三章说定了她今天不能开口的，她一句话也不能说！但此时，谁也来不及阻止罗晶晶爆炸般的声音，她已经站了起来，一句话冲口而出！

“龙小羽，你还有什么东西要留给你的小妹吗？”

龙小羽站在门口，回头看着罗晶晶，他的面孔在门外阳光强烈的反衬下，暗得眉目不清。

罗晶晶又问一声：“你有吗？”

龙小羽背光的脸上究竟是何表情，韩丁无从看清，他只看到他与罗晶晶的目光相对，一动不动，良久，才哑然答道：

“没有。”

他不甚清晰地说出了这两个字，随即转身出门，可罗晶晶再一次叫住了他。

“龙小羽！你不是说有一串家传的珍珠手链要留给你的亲人吗，你要把它留给你的小妹吗？”

龙小羽站在门口，定定地站了一会儿，还是摇了摇头，然后简短地说了一个“不”字。

罗晶晶的声音有点变调了，至少韩丁可以听出来的：“为什么？”她喘息着问道，“你不是没有别的亲人了吗？为什么不留给你的小妹呢？”

龙小羽的声音也有点变调，那声音让韩丁听出什么是男人的哭泣：“因为，因为我想让她忘了我……我只是她过去做的一个梦，现实中根本没我这个人的，我根本……根本就没有出现过！”

龙小羽转了头，他几乎没等最后一句话全部说完就转过头向门外走去，他显然不想让罗晶晶看到他迸出的眼泪，但韩丁还是能从他将落未落的话音中，听出那声竭力遮掩的哽咽。

对面的门终于关上了，龙小羽跟着那位警察走了。罗晶晶一动不动，中了魔一样地站着，听着门外的铁链哗啦哗啦拖地的声音，渐渐远了，没有了。韩丁也站起来，这时他发现罗晶晶脸上已是热泪横流！

他没有指责她，但他用压低的声音提醒道：“晶晶，别在这儿哭！”

罗晶晶擦着眼泪，转身跑出了这间光线压抑的谈话室。韩丁心情沉重地收了她留在桌上的那张字体凌乱的记录纸，也离开了屋子。

他和罗晶晶一起走出监区时，门口那位值班的民警满脸狐疑地直看他们。韩丁虽然走在罗晶晶的身后，但猜得出她脸上的样子该多么可疑。他硬着头皮冲那位民警微笑着打招呼，用若无其事的表情遮掩过去，然后紧紧追上罗晶晶，脚步带着几分鼠窜般的混乱，一起逃出了看守所的大门。

回家途中，坐在出租车狭挤的后座上，罗晶晶头仰着，双目紧闭，眼泪还是封锁不住地流出来。韩丁想搂搂她，又猜想此时此刻她也许不愿任何人触动她，所以，他只是默默地坐着，什么话都没说。

一回到工人新村罗晶晶就径自走进卧室，关了门再也不出来了。韩丁在厨房里准备中午的饭，等锅时几次走到卧房外屏息静听，但听不到里面有半点声音。中午，程瑶从单位回来了，见韩丁正往桌上摆饭，便问上午去看守所的情况怎么样？韩丁朝卧房努努嘴，示意程瑶进去安慰安慰，程瑶点头进去了。一分钟后，卧室里终于传出了罗晶晶尖锐震耳的号啕大哭。哭声让韩丁把悬了很久的心放了下来。他想，哭出来就好了。

整整一下午，整整一晚上，整整一夜，韩丁和程瑶都陪在她的身边。在第二天清晨到来时，罗晶晶终于流干眼泪，终于开口说话了，她同意程瑶的提议——跟韩丁回北京去。“忘了龙小羽吧，你的家现在在北京！”程瑶说，“过些天我想你了就到北京去看你，就像你们现在住在我这儿一样，住到你们家里去！”

韩丁感激程瑶这么多天的热心款待，更感激她在一切行将结束的时候，向罗晶晶提示了她的归宿和未来。

当天下午，韩丁和罗晶晶并排坐在平岭至北京的一列客车上，当火车缓缓启动时，他们向站台上的程瑶挥手告别。列车前进，程瑶看不见了，平岭也看不见了，可罗晶晶还在往窗外看。韩丁缓缓地揽过她的身子，同时在心里轻轻地说：

“让我来爱你吧，小晶晶。”

三十一

夜里十一点钟，韩丁和罗晶晶回到了北京。北京，即使深夜也灯火通明。他们乘坐的出租车进入亮如白昼的二环路，二环路上车水马龙，流星般的车灯恣意表现着大都市那种不夜的繁盛。罗晶晶凝神窗外，望着一辆接一辆形色各异的高级轿车从他们后面气宇轩昂地开过去，沉默不语。韩丁能体会到的，北京的富贵和热闹与她此时的心情，显然格格不入。

也许他们在平岭待得太久了，平岭没有这么灯光灿烂的夜景，没有这么熙熙攘攘的人群，没有这么多一辆赛一辆神气活现的豪华轿车！

他们从灯光流转的二环路出来，开到崇文门，开到韩丁家那片楼群的入口，在这里，他们才感受到夜的宁静。

他们下了车。韩丁付了车费，拎起地上的旅行包，又伸手去帮罗晶晶拎起她的提箱。一路沉默的罗晶晶终于开口说话了。

“韩丁，你借我点钱行吗？”

“行啊，干吗？”

“我想……我想一个人到外面去住一阵。”

韩丁愣了，愣了半天隐隐明白了什么，但他还是心平气和地问道：“你要到哪儿住？”

罗晶晶低头：“我也不知道，我想先到三元桥李娟那里去……”

韩丁想了一下，说：“这样吧，你就住在这儿，我到我爸爸妈妈那儿住去。”

他说着还是提起罗晶晶的提箱想往楼里走，罗晶晶没有动，她在身后叫住他：“韩丁，我不想住在这里，我欠你太多了，我怎么能把你赶走自己住在这里呢，我不会住在这里的。”

韩丁平静地看她，他说：“你欠我什么了？”

“我欠你太多了，多得都还不清了。你能原谅我吗？我现在心里太乱了，我没法跟别人一起住。我知道我这样太对不起你了，可我心里真的乱极了，你能让我一个人过一阵吗？以后我再找你，我以后一定会好好谢你的。”

罗晶晶说得泪水盈眶，韩丁的眼圈也红了。罗晶晶的这番话，把他们的距离拉得好远好远。但韩丁的眼泪没有掉下来，他说：“晶晶，我不用你谢，你也不欠我的。尽管你以前答应过我，你答应过和我结婚，和我在一起生活，但这些事我现在都想通了，我不会勉强你的，不会！你也不必再记着你对我做过的承诺。龙小羽让你忘了他，我知道你做不到，做不到你就别硬做，别勉强自己，尤其别为了我而勉强自己，那样我也不快活。我只想问你一句话，你还把我当朋友吗？我还能做你的朋友吗？就算和住三元桥的那个李娟一样的朋友，我还能做吗？要能的话，你就先住我这儿，然后再慢慢出去找房子，找工作，我也帮你找，等你能自食其力了，再搬走，好不好？在你没走以前，我可以住到我爸妈那儿去，也可以住在书房里。或者我住卧室，你住书房，都可以。只要我们彼此把话说清楚了，我不会再勉强你的，就做个普通朋友也可以，没问题。”

罗晶晶哭起来，她出声地抽泣着，她说："韩丁，你别这样，你越这样我心里越难受，我也不知道我以后会怎么样，我真的想忘了小羽，可我就是忘不了，你原谅我吧……"

韩丁走过去，轻轻把罗晶晶抱在怀里，什么也不再说。什么也不再说！直到她慢慢平静下来，他才轻声说了句："走吧，咱们进去吧。"

他把自己的旅行包斜挎在身上，一只手拖了罗晶晶的箱子，一只手拉着罗晶晶的手，走回了他的家。这也曾经是他和罗晶晶共同的家。现在不是了。

虽然，他和罗晶晶在龙小羽出现之后已经基本不同床了，但他们明确地以分居的方式住在同一屋檐下，还是从这一天起，是在龙小羽已经注定不会在他们中间出现的情况下，开始的。罗晶晶也不再给他做饭，早上也不再早早地起来去买油条买豆浆，她似乎什么心情都没有，常常一整天闭门不出。本来韩丁让她睡在卧室的，她的衣服都在卧室的衣柜里，住卧室方便些，但她坚决不住。韩丁只好在书房为她搭了一个铺。罗晶晶也不爱打扮了，脸上也不化妆了，衣服就那么两件换着穿，她似乎丧失了对生活的兴趣，对逛街买衣服买化妆品这类过去乐此不疲的事，再也不去涉及。韩丁过去一向反对她花钱买这些东西的，现在却要变着法儿地想陪她出去逛，她不去就给她买回来。他给她买倩碧，买 CD 香水，买香奈儿香水，以及诸如此类，带回家，给她看，她却皱眉说："我不要，你干吗买这些，我不用的。"韩丁把这些东西摆在卫生间里，她也真的不用，连碰都不碰一下。韩丁悄悄检查过，那些搽脸油和香水确实从来未被动用过。韩丁带回来的东西唯一被罗晶晶动用的，只是食物和水。她自己不做饭，每天晚上韩丁带回吃的东西喝的东西，给她，她就胡乱地吞咽下去，也看不出对那些东西有什么胃口和兴趣。

韩丁那时已恢复上班，像以前一样每天早出晚归。他甚至不知道罗晶晶白天都干些什么，他有时晚上下班回来敲书房的门才发现罗晶晶还躺在床上没起。罗晶晶似乎从不收拾清洁这间屋子，屋里乱得一塌糊涂。韩丁帮她收拾过几回，但顶多保持一两天就又像猪窝一样难以插足。

有很多次，韩丁想和她好好谈谈，再这样下去她就毁了！但每次话到嘴边又转念忍住。他想，也许她需要的只是时间。心里的伤口只有依靠时间才能愈合，现在说什么都一概没用。

但无论如何，罗晶晶的这种精神状态，毕竟让韩丁整天郁闷不乐。他和过去的同学、朋友都很少来往了，连父母家都很少去了。他没有心情！所里同事谁结婚谁生孩子，他也只是买点东西或送个红包而已，从不出去参加他们的聚餐。从平岭回来两个月了，他只和老林出去过一次，而且那次还是因为姚大维来了，老林拉上他一起请姚大维吃饭，他不去不好。他在平岭的时候姚大维毕竟帮了他不少忙呢。

那顿饭老林找了个名叫贝勒府的馆子，那是个清式的四合院。院子藏在一条胡同的深处，据说以前是光绪皇帝的弟弟还是哥哥还是什么亲戚的官邸。门脸不大，院子不小，门口还有影壁似的假山和一棵一看就知道有年头的半死不活的大柏树。他们要了一个小耳房，吃饭还得脱鞋上炕。菜是家常菜，价钱却有点皇亲国戚的规格，寻常百姓肯定高攀不上。老林说到这儿来吃饭就不是吃饭了，就要的是这个环境，让人发思古之幽情，要是生在那个年头，穿不上黄袍马褂轮得上你到这种宅子里沾荤腥？韩丁不以为然，抬头看看房顶暴露的房梁和椽子，说："得了吧，这屋子住的最多是马弁！"

席间自然地，谈起了龙小羽。韩丁出来作陪一是为了还姚大维的人情，二是很想问问龙小羽。他不知为什么很想知道龙小羽临刑前的情形：他死前又说什么了吗？还有什么临终遗言吗？押赴刑场时是什么精神状态，是留恋人生还是只求速死？

韩丁和老林都没料到的，姚大维笑笑答道："龙小羽呀，还没执行呢。"

韩丁发愣。

老林说："不会吧，这都两个多月了，报省高院复核，再报最高法院核准，要用这么长时间吗？按规定最高法院核准后七天之内必须执行的。"

姚大维呷了一口酒，说："这小子后来又上诉了。上诉到省高院了，省高院到现在还没开庭呢。"

韩丁愣愣地问："他不是不上诉了吗？他当初已经表示过不上诉了。"

姚大维说："上诉期不是十天吗，他是到第十天头上又提出来的。那天一大早他就砸牢门，值班民警过去问他要干什么，他发了半天呆说没事。到中午又砸，值班民警又过去，说你到底想干什么，还差这么几天就活得不耐烦啦。他愣着不说话，民警转身要走了他才喊了一声：我要上诉！"

老林和韩丁听着目瞪口呆，都觉着有点惊心动魄。

姚大维又喝了一大口啤酒，放下杯子说："没办法，这是他的法定权利，看守所也只能给他报到法院去。"

韩丁问："那他请谁当二审的律师了？"

姚大维说："他没请，他也没钱请。二审法院给他指定了一个法律援助律师。"

老林说："那能行吗？啊，我倒不是说法律援助机构的律师不用心，问题是这案子我们韩丁当初下了那么大的功夫都没翻过来，已经是没有改判的余地了，现在随便由二审法院指定个律师给他义务辩护几句，有什么用啊。"

姚大维解释道："我听看守所的人说，他也不是希望活命，他原来是准备好去死的。他入狱的时候身上有一只珍珠手链，被看守所扣押替他保管着，一审判完后他还和看守所的民警提出来要他这串手链呢，说死的时候要戴上它的。听说那只手链是他家传的念物。他后来又提出上诉也只是想利用二审多活几天。他跟看守所的民警说他在外头有个姑娘，两人感情挺好，他舍不得这么早一个人走。能和那女的在一个世界上多待一天是一天。毕竟头上是同一个太阳，同一个月亮，看看太阳月亮，心里头还能有沟通。我见过不少死刑犯，好多人都这样，死到临头就不想死了。再狠的人，再没人性的人，到死的时候心里都很单纯，脑子里想的都是父母双亲、老婆孩子。龙小羽没什么亲人了，就想对他好的姑娘呗，这都是正常的。”

这顿“皇家饭”吃得韩丁心里沉甸甸的，说不清嘴里心里的酸甜苦辣。龙小羽在最后时刻要求上诉，以及用上诉的方法想要多活几天的心理，他是完全能够体会到的。他憎恨龙小羽，但不知为什么又会时时被他感动。龙小羽对待死亡的态度——从放弃上诉只求速死到要求上诉苟延残喘——都是为了他所爱的女孩罗晶晶，他真算个情种！能把一个爱字弄得这样死去活来！

这天韩丁就在贝勒府买了几个煎饺打包带上，回家给罗晶晶吃。罗晶晶这几天的精神已经开始露出好转的迹象，这迹象首先就是：她开始化妆了，开始用倩碧和香奈儿了。胃口也显得比以前好，那一盒煎饺很快吃光。韩丁心里高兴，问：“你不够吧？要不要我陪你再出去吃点夜宵？”罗晶晶想了一下，说：“不用，够了。”韩丁侧目之间，看到书房今天显然被打扫过，虽然算不上整洁，但床上的被子是叠了的，也没有满地乱扔东西。

他真想再找点什么事或什么话头让罗晶晶高兴，他差点脱口说出龙小羽还在人世的消息，但幸未说出。龙小羽终有一死，他不能再用这种消息刺激罗晶晶，让她快要平静的心情波澜再起。

吃完了饺子，罗晶晶主动到厨房去洗了盘子。韩丁打开了很久不曾打开过的电视。电视里放出音乐，配合着厨房里哗哗作响的流水声，那感觉让韩丁又像回到了从前，从前他和罗晶晶那一段彼此相依的甜蜜的日子，这样的感觉让他两个多月以来，心情从未这么好过。

罗晶晶从厨房里出来，见他开了电视，见他坐在沙发里，她站在厨房门口没动，好像在犹豫自己应该回书房去还是也在客厅待一会儿。自她和韩丁两房分居后，两房之间的这个客厅就很少被使用过，两人都是各在各的屋里待着。韩丁见她犹豫，就拍拍沙发的垫子，主动邀请：“来，坐一会儿吧。”

罗晶晶没有搭腔，但人却过来了，坐在了韩丁侧面的一只单人沙发上，不知是否有意，与韩丁还保持了这样的距离。

他们彼此似乎都不知该说什么，就都看电视。电视里是一个交响音乐会，听了一会儿两人心头都有些枯燥乏味。韩丁把遥控器递给罗晶晶，说："你想看哪个台，你换。"罗晶晶接了遥控器，拿着，没有换台，眼睛仍然固定在那台交响乐上。让韩丁意料不到的是，她竟然主动张口说开了别的。

"明天，李娟让我到深圳大厦试台去。有个公司搞晚会，说要二十个模特呢，李娟明天去试，让我也去。"

这是他们从平岭回来之后，罗晶晶第一次想要出去工作，韩丁当然高兴，他马上说："好啊，那你就去试试。要我陪你一起去吗？"

罗晶晶说："不用。"

韩丁说："你明天几点去？身上别忘了带点钱。钱都放在写字台的那个抽屉里呢。"

罗晶晶没有说话，但点了头。韩丁看着她那张化了淡妆的脸，真想过去抱抱她，亲亲她，但没敢过去。

罗晶晶这时说："那我先睡了，明天还得早起呢。"

韩丁微笑着点头，说："睡吧。"

那天晚上韩丁也睡得很早，第二天也起得很早。他起床后悄悄出门，到街口的豆浆店去买了油条和豆浆，带回家时锅还是热的。罗晶晶也起来了，正在卫生间描眉画眼，她走出卫生间时韩丁看到的是一个亭亭玉立的时尚模特，就像他第一次在平岭世纪大饭店的T型台上见到的那样楚楚动人！

罗晶晶看到韩丁端详的目光，腼腆地一笑，那是久违的一笑，异常娇媚。她说："我好久没化妆都不会画了，你看行吗？"

韩丁做出审视的样子看她，其实赞扬早已备好："怎么不行，好看极了。"

罗晶晶看表，说时间来不及了，但她还是在韩丁的要求下，匆匆吃了半根油条和两口豆浆。她在门口弯腰穿鞋的时候，韩丁站在她的身边扶她，待她直起身来，两人几乎同时向对方道了再见。互相凝视片刻之后，他们居然像过去韩丁每天上班前那样，突然地、简单地、真实地，彼此抱了一下对方。

罗晶晶笑一下，开门走了。

韩丁站在门边愣了半天，他似乎没想到这一刻来得如此突然。

韩丁整整一天神不守舍，盼着早早下班。他下了班没在街上买吃的，坐了地铁匆匆赶回家来。到家时看到罗晶晶已经回来了，正在卧室的衣柜前挑她的衣服。他从罗晶晶的表情上，猜出她已被那家公司挑中，一问才知道那是个挺牛掰的公司，搞一个挺牛掰的活动，挑上的模特都许了两千元的出场费呢。

两千元！这是罗晶晶从未有过的出场价格。

那天晚上韩丁和罗晶晶一起上街吃饭。韩丁说这事值得好好庆贺庆贺，不在于出场费的高低，而在于一个天才的模特又将重返T型台了。那天晚上罗晶晶也笑口常开，他们在外面找了个挺高级的酒楼大吃了一顿，还喝了点葡萄酒，酒足饭饱之后尽兴而归。晚上，韩丁说："你这几天一定要休息好，就到卧室睡吧，你睡不好小心出眼袋。"罗晶晶没有说话，但也没表示反对。那天晚上是韩丁数月以来第一次，与罗晶晶同床而眠。熄灯之后他抱了她，极尽温柔地亲她的脸蛋和脖子，她让他亲，也主动摸他。只是在他摸索着解她内衣时才悄声说道："你别弄了，我过两天就演出了。"但并没有真的抗拒他进一步的动作，韩丁在进入罗晶晶的身体后很快高潮奔放，他大声喘息着对怀抱中的罗晶晶说道："我爱死你了，真的！真的！真的！"

韩丁终于停下来，他伏在罗晶晶的身上，深情地端详她的脸。罗晶晶什么也没说。她流泪了，她让眼泪顺着两边的眼角毫无节制地流下去，她也抱着他，让他留在自己湿润温暖的身体里，很久很久。

在罗晶晶重新登台表演的第二天，韩丁突然接了姚大维从平岭打来的一个电话。姚大维在电话里告诉他，龙小羽案在省高院二审已经审完，结果是驳回上诉，维持原判。这个案子因为事实清楚，证据充分，而且辩护人和上诉人都没有提出新的证据，所以，省高院连开庭都没有开就直接宣判了。姚大维说他今天在法院办事，听说最高法院对龙小羽的死刑命令也已经签下来了，这几天就要执行了。你不是一直关心这个案子吗，所以，打个电话把情况告之。姚大维见韩丁沉默不语，还好言安慰了几句："你也算为他尽力了。别说是他了，你这个认真劲连我都佩服。将来我要是犯了事我都不找老林，我就找你！"姚大维哈哈笑着，又客气了几句，让韩丁没事上平岭来玩儿，然后挂了电话。

韩丁重重地出了口气，他说不清自己此时的感觉，是如释重负，还是郁闷有加。那一刻他心里真是感触万端，感触什么呢？却什么都说不出。

那天晚上韩丁说好了带着罗晶晶去看他的爸爸妈妈的。也许是因为下午姚大维那个通报死讯的电话，韩丁一路上表现得闷闷不乐。反倒是罗晶晶一直在他耳边闲聊着昨天晚会的盛况，哪些名人到场，哪些名模登台之类。他们到了韩丁父母家后，两位长辈依然像以前一样，亲切地拉着罗晶晶问长问短。韩丁和罗晶晶来之前就已合谋，在韩丁爸妈面前编圆了一套谎话，以解释罗晶晶为什么这么久没来问安。尽管韩丁的妈妈一再唠唠叨叨地表示疑问：你们模特队怎么一去演出就演这么久，也不怕你们想家吗？但最终还是相信了儿子的话。韩丁的父母都是知识分子，总的来说比较好骗。他们在父母家吃了饭，饭后罗晶晶帮韩丁妈妈在厨房里洗碗，韩丁的爸爸就在客厅里和韩丁聊天。

爸爸问："你们的事到底怎么考虑的，我们的意见你们怎么就是不听啊？"

韩丁犯愣："你们什么意见？我们怎么不听了？"

爸爸说："我和你妈不是早说过，你们这么未婚同居对我们影响不好。要么结婚，要么分开住，分开住也可以每天在一起嘛。不行你们就都住过来，我和你妈妈都很喜欢晶晶的，你们住过来好了。晶晶住在那间小卧室里，你住在客厅里。你们来了也省得我和你妈整天闷得慌。"

韩丁想了半天，才说："您让我们回去先商量一下吧。"又说，"当你们的儿子真是太麻烦。"

从父母家出来，在回崇文门的地铁站里等车的时候，韩丁把父亲的话跟罗晶晶说了。他问："你的意思呢？你肯定不想和他们一起住吧，那咱们结婚怎么样？"

罗晶晶低头，没有回答，她看着自己的脚尖不知在想什么。韩丁不再逼问，把话题引开，说起了别的。他心里隐隐地，知道她肯定又想起龙小羽了。

他也知道，罗晶晶会同意结婚的，她迟早会答应他的，迟早。

他们回到家，罗晶晶在卫生间里冲澡。老林来了电话，电话打在韩丁的手机上，一开口就抱怨："你在哪儿呢？怎么你的电话老也不在服务区啊？"

韩丁说："我刚才在地铁里呢，找我有急事啊？"

老林说："老钱来了个电话，打你手机打不通，打到我那儿去了。他在杭州办案呢。他今天听杭州市监狱的人说他们那儿有一个犯人，前两天供出了另一个名叫张雄的犯人，说张雄前年在平岭市杀了一个叫四萍的人。老钱听着耳熟，觉得像是保春制药厂的那个案子，他让我问问你要不要到杭州看看去，了解一下。"

韩丁愣了，愣了半天才不知从身体里的什么地方，发出一声迟钝的惊疑：

"张雄？杀了四萍？"

三十二

韩丁是搭乘第二天中午的一架东航班机离开北京的，这是他所能买到的前往杭州的最早的一个航班，这架飞机的头等舱里还有一个空位，如果不买就需再等一天才能启程。头等舱的价钱与经济舱相比几乎高了一倍，韩丁犹豫了三秒钟还是买了。当然，无论经济舱还是头等舱，机票都是自费的。

他并没有对罗晶晶坦白他突然南下的真正事由，他只说所里有个急事让他立即去一趟杭州。罗晶晶早上起来嘟囔着非要陪他一起去不可，那副小鸟依人的样子似乎标志着她已彻底摆脱了痛苦，恢复了常态。

他真的很想带她去，带一个心爱的女孩出门远行是一件多么心旷神怡的事情，但他不能真的这么做。他哄着罗晶晶说这可不行，这是出差，还有别人呢。再说机票也来不及买呀。于是罗晶晶又改口说要送他去机场，他也没让。“你再好好睡睡吧。”他说，“我还得先到所里去一趟呢。”

韩丁这是第一次去杭州。上有天堂，下有苏杭，他知道杭州是个玩儿的地方。但这次，苏堤白堤、断桥残雪、柳浪闻莺、三潭印月……那一个个名冠天下的风景都不是他的目的，他来这儿是为了找老钱，让老钱在监狱工作的那个熟人，带他去会会那个名叫张雄的犯人。

在韩丁的预料中，这个张雄十有八九就是他以前见过的那个大雄。

其实韩丁并不想来，他并不情愿有这样一趟杭州之行。他早就烦了这个没完没了的案子。这个案子差点把他现在的生活、未来的幸福，全部打乱了，摧毁了！他实在不想再让自己，也再让罗晶晶，重来一遍地掺和进去！

但他还是来了，乘了最快的一班飞机，飞到了杭州。

韩丁一下飞机就打老钱的手机，老钱手机关了，他就直奔老钱下榻的望湖饭店。他在饭店的大堂一直等到了晚上十一点，两眼望穿了才等到老钱从外面哈欠连天地回来。那天晚上他就住在老钱的房间里，老钱累了没有多谈，只在睡前匆匆说了这件事大致的来龙去脉。事情起源于杭州市检察院监所检察处在所驻监所内开展的一场发动在押人员检举揭发犯罪线索的活动，在活动开始的一周后，钱塘分局看守所两个因为盗窃倒卖建筑材料而被捕的在押人员在监所内动手打架，打完后其中一人当天向民警检举揭发另一人有命案在身。据他揭发，那个名叫张雄的在押人员过去喝醉了酒曾经说他在平岭杀过一个名叫四萍的女人，说那个叫四萍的吃他的喝他的还敢冲他发脾气，所以，他就把她宰了。现在钱塘分局看守所已经把这个张雄改作重点关押，这事是老钱到看守所会见委托人时听看守所的人闲聊出来的。至于这个揭发出来的线索下一步怎么调查核实，检察院是不是已经移交给了杭州市公安局，杭州市局是自己办还是转给平岭市公安局，老钱一概不知。也许检察院和公安局都不着急，反正犯罪嫌疑人已经在押，早一天查晚一天查反正都跑不了他。

但韩丁不能不急，因为这涉及龙小羽的生死，尽管龙小羽和他是一对冤家对头，但中国的老话是人命关天！何况，韩丁不管怎么说都是他的律师，律师不管怎么说都不能让他的委托人死于冤情！

那天晚上老钱熬不住瞌睡，倒头下去鼾声即起。时间已经是夜里十二点钟，韩丁跑到客房的卫生间，关了门在里面给姚大维打电话。姚大维的手机关了。韩丁又不知道姚大维家里的电话和他的呼机，无奈之中直接打查号台查询了平岭市中级人民法院的值班电话。法院的值班室果然有人值班。韩丁通报了自己的姓名和身份，说自己是龙小羽杀人案的一审律师。法院的值班干部问他有什么事。韩丁说想问问龙小羽的死刑执行了没有。值班干部说："这个我不太清楚，你还是明天亲自来法院找主审法官问问吧。"韩丁说我现在在杭州呢，我这边可能有个新线索。值班干部说那你更得找主审法官了，跟我说没用。韩丁也知道跟他说没用，而且人家隔着电话也辨不清他是真律师还是假律师，还是企图劫持法场枪下救人的亡命之徒。

韩丁挂了法院的电话，又拨了平岭市公安局看守所的值班电话，可能是基于同样的原因，接电话的人也不肯多说一句，而且态度很凶，完全是怀疑的口吻，盘问了他半天最后回答："不知道！你明天自己去法院问吧！"电话就挂断了。

韩丁坐在卫生间的马桶盖上，呆呆地发愣。

第二天早上，韩丁早早就把老钱摇醒了，让他快些联系钱塘看守所。老钱在钱塘看守所的那位熟人名叫刘青泉，说好了让韩丁上午过去，韩丁就过去了。过去以后知道这位刘青泉只不过是看守所的一个普通民警，没多大权的。他带他去见了分局预审科的一位冯科长，冯科长看了韩丁的证件，又问了好多问题，最后还是没让他见张雄。他公事公办地说这个检举是由检察院直接受理的，你要了解案情去找检察院才行，我们无权提供什么情况，我们也提供不了什么情况。

那位冯科长本来就是行色匆匆的模样，草草应付几句便说他很忙还有事，起身先走了。韩丁只好跟出门再找刘青泉。刘青泉爱莫能助地摊开手，也换了推脱的口气："我知道的情况都跟你们钱律师说了，更多的我也不知道。”韩丁说：“这样吧，我只求您一件事，您让我看看这个张雄的照片行不行。只要人对上了号，我就有数了。”刘青泉想了想，转身走进了他的办公室，过了一会儿走出来，手里拿了一张什么表格，表格的右上角贴着一张一英寸大小的黑白照片，给韩丁看。韩丁看一眼，点头说：“行了。”

韩丁出了看守所，就站在车来车往的街边，再次给平岭市中级人民法院值班室打电话。电话接通后他再次通报了自己的姓名和身份，然后索要龙小羽案主审法官的电话。对方不知他的真伪虚实，电话自然不给。韩丁急了，说：“我现在有新的证据，可能会证明原来的判决有错误，请你们先不要执行龙小羽的死刑，我马上赶到平岭来。”对方也不客气，说：“死刑的命令是最高法院下达的，你打这一个电话就可以不执行了吗。你有证据你就把证据拿过来！”韩丁说：“好，我马上过来！”

杭州当天没有直达平岭的飞机。韩丁只能坐火车。最快能到平岭的就是南昌至北京的直快，那趟车路过杭州也路过平岭，但卧铺和坐席都卖光了，韩丁就买了一张站票，在夜里十一点钟登车离开了他连模样都没能仔细看清的这座天堂古都。

他必须马上赶到平岭，他不能再找杭州的检察院公事公办地调查核实，等检察院核实完他的身份再经过一通请示报告最后同意向他介绍案情的时候，龙小羽说不定早成枪下之鬼了。

他必须刻不容缓地赶到平岭去，因为他料定最高法院的死刑命令尚未执行。如果已经执行，平岭市中级人民法院和平岭市局看守所的值班人员至少应该知道的，如果已经执行，他们完全可以在电话里立即告诉他！

二〇〇〇年五月二十三日清晨七时十一分，韩丁满脸疲倦、步履蹒跚，走出了平岭市火车站。他站在站前广场上，脸上迎着从远处的楼群中吹来的风，风把路边那些铁皮做成的广告牌吹得轰隆作响，就在这轰隆作响的风声中，韩丁快速拨着手机号码。

这一天，也是最高人民法院签发对龙小羽执行死刑命令的第六天。早上八点，负责执行枪决的平岭市中级人民法院的审判人员、负责临场监督的平岭市人民检察院的检察人员，以及全副武装的一队法警，准时来到平岭市公安局看守所。他们向看守所民警出示了执行枪决的命令后，提出了死囚龙小羽。

龙小羽这一天没有吃早饭，尽管这一天的早饭和往常相比格外丰盛，有鸡蛋、酱肉和面条……虽然是早饭，还给了一点白酒。这些美食美酒在天蒙蒙亮的时候就摆在了龙小羽的铺位前，但直到他被提出监室时，那些酒菜也纹丝没动。最后的这顿早餐龙小羽水米不沾也说明他确实是一个内心脆弱的人，他确实拿不出那种临刑前大吃一顿再说两句豪言壮语为自己送行的“英雄气概”，或许人间真有某些割舍不了的东西使他无法视死如归。所以，等待死亡对他这样的人真是一种难熬的折磨。他已经几天没睡，看上去面容枯槁，人显得很瘦，但他在被带进一间讯问室时腰板还是挺直的，神色也还平静。执行法官要在这里对他验明正身，这是他死前需要履行的最后一道手续。

这间不大的讯问室里几乎站满了人，站满了身穿警服和法院、检察院制服的男人，他们全部面目严肃，让人觉得杀气腾腾。龙小羽被带到一张桌前站好，他目视着对面一位年近六旬的年长的法官，他看那法官的眼神几乎像看一位严厉的父亲。而法官的目光则专注在一份表格上，那上面大概记录着犯人的姓名性别年龄和案由。

法官连头都没抬便开始发问：

“你叫什么名字？”

“龙小羽。”

“你的籍贯是哪里？”

“浙江绍兴石桥镇。”

“你是哪一年出生的？”

“一九七八年一月二十三日。”

…………

这不过是程序，冰冷得没有一丝生气，一切问答都简洁快速地进行。问到此处，法官才抬头看他一眼，目的大概是为了与照片进行比对。然后说：“龙小羽，你因故意杀人罪被依法判处死刑，根据最高人民法院签发的执行命令，今天对你执行死刑的判决。你还有什么遗言、信札要交代吗？”

龙小羽没有马上回答，他似乎是想了一会儿才开口说：“我有一只手链，是我父母给我的，进来时放在警察那里了，我想带它走。”

法官愣了一下，对这个问题似乎没有准备。但犯人的这个要求并无不合理之处，拒绝不免太过无情。幸而在他犹豫的片刻，旁边的一位看守所的民警像是早有准备似的把那只手链拿了出来，解决了这个难题。

“这就是他的手链，是我们扣押保管的。”

看守所民警把手链拿给法官过目，是否可以满足犯人的请求须由法官定夺。法官拿过那串手链端详一眼，那是一串珍珠手链，每个珠子都一尘不染晶莹剔透。比较奇特的是，在那一串莹白的珍珠中间，还缀连着一颗碧绿光亮的玉珠，让人格外注目。法官严肃地审视一遍，把这串珠子还给民警，然后点了一下头，说：“可以给他带上。”

看守所民警走过去，想把这串手链戴在龙小羽的手腕上，法官干预了一句：“不要戴在手上，可以放在他的衣服口袋里。”民警看一眼龙小羽，然后把那串珠子塞在了他胸前的衣兜里。

看民警放好了珍珠，法官又问：“龙小羽，你还有什么要说的吗？”

龙小羽的视线从放了珠子的衣兜上抬了起来，摇头说：“没有了。”

法官随即侧目，冲旁边的法警点了一下头，同时发布命令：“把犯人押赴刑场！”

在法官下达命令后，龙小羽立即被五花大绑起来，手上脚上还带了镣铐。他很不方便地拖着脚步，在法警的前呼后拥下走出屋子，走到院子里，上了等候在那里的一辆押解车。

当这辆押解车被两辆警车一前一后地押解着，鱼贯驶出平岭市公安局看守所隆隆洞开的大铁门时，韩丁正坐了姚大维的吉普车，高速行驶在赶往市局看守所的半途中。韩丁是在火车站的广场上拨通姚大维的手机的。姚大维几乎不敢相信韩丁在手机里所讲的事会是真的。这太不可能了，这案子不会错的！姚大维坚定地连说了好几遍，并且一再问韩丁："你去杭州了吗？你亲自去杭州了吗？你见到那个大雄了吗？"韩丁不知为什么连那种律师绝不该说的话都说出来了："没错，我也不相信这是真的！我也不相信这案子会有错！可我就是看到大雄了，我看到他的照片了，那就是他，没错！"

无论怎么难以置信，姚大维还是开着车子来了。他在火车站附近一个避风的街口接上韩丁，往法院的方向开。路上姚大维满腹疑惑地给什么人打电话，愤愤地说这事。从电话那边他才知道龙小羽正是今天执行，法院的人一大早就去看守所了，他们又掉转车头往看守所开。他们赶到看守所之后知道龙小羽已经上路，于是又顺着押解车的后尘拼命地追赶过去。

处决龙小羽的刑场设在平岭的郊外，设在一个废弃多年荒无人迹的砖厂里。那里有一个取土造坯挖出的大坑，那大坑说准确些更像一块杂草不生的洼地。姚大维带着韩丁赶到这里之前，一路不停地打着手机，他打给法院和检察院的熟人，想让他们电话通知负责执行的法官停止执行，但没有一个电话打成功的，对方不是关着机就是找不着人。那一个个劳而无功的电话加剧了韩丁的焦急和绝望，他那时就想，谋事在人，成事在天，他们也只能信天命，尽人事了。也许真如佛教中说的那样：一切都是有缘由的，无论生，无论死。

就要看龙小羽是不是真的命不该死。

当韩丁和姚大维赶到那个窑厂，走近那片洼地时，他们看到警车和押解车还都停在那里，车上的警灯还一闪一闪地转着。郊外的风比城里还要大，风把洼地里的黄土卷起来，向散在高处担负警戒任务的法警扑去。风也拼尽全力地拽着韩丁的头发，但没能拽住他奔跑的步伐，他一下了车就朝洼地的斜坡跑去，那辆外形厚实的押解车和另两辆虎视眈眈的警戒车都把守在通往大坑的那个斜坡上。一个法警一手端着袖珍冲锋枪，一手拉着头上怕风吹走的大盖帽快步上来拦截他，嘴里威严喝道："站住！"韩丁没有站住，继续往前走，他和那法警立刻扭在了一起。法警比他强壮多了，在他附近的另一位持枪的法警也增援上来了，韩丁力不能敌，只好放声高喊，他想让自己大喊大叫的声音穿越封锁，惊动警车前监督执行的法官检察官，惊动整个刑场！

"枪下留人！枪下留人！冤枉！"

站在车前的法官和检察官，以及负责制作执行记录的书记员都听到了这个声嘶力竭的叫喊，都转过头来，远远地往这边看。

根据规定，临刑喊冤，执行法官必须站出来做出决断，但他们全都呆呆地愣着，也许他们谁也没有经历过这样的情形：临刑喊冤的，竟然不是犯人自己，而是一个擅闯法场的外人！

他们还看到，这个外人是坐着一辆公安牌照的吉普车赶来的。吉普车上的姚大维也下来了，竖着大衣的领子走过来，向已经把韩丁反扭胳膊掀翻在地的两位法警出示了自己的证件，然后越过法警，大步向法官走来。

韩丁被法警的一只膝盖无情地压在地上，弄了一脸黄土。他抬头看到姚大维和法官检察官比比画画地交涉着，那位检察官不断地问着什么，姚大维忽而摇头忽而点头地解释着什么。终于，韩丁看到，法官打断他们，开口说了句话，马上就有人大声向洼地里招呼着……韩丁看到，两个法警押着龙小羽从洼地里走上来了，这时顶在他身上的那只坚硬的膝盖也松开了，他失去平衡地在地上打了一个滚才狼狈不堪地爬起来。在爬起来的刹那他清楚地看到，龙小羽在被押上车子之前，目光朝他这边惊呆地一闪。

法官和检察官都向他走过来了，姚大维和书记员也跟过来了。他们这一干人都走近他，法官当头便问：

“你是龙小羽的律师吗？”

韩丁拍打着衣服上的黄土，尚未回答，那位年轻的检察官已经认出是他，他们在法庭上曾针锋相对。“对，是他。”检察官确认了韩丁的身份。但他用更加严厉的质问几乎代替了法官的角色。

“你喊冤，有什么证据吗？”

“我刚从杭州过来，杭州钱塘看守所有一个在押人员揭发祝四萍是被一个叫张雄的人杀死的！”

检察官的态度依然强硬：“我问你带证据来了吗？”

韩丁也把声音放大，放得强硬起来：“你们可以去找杭州检察院联系，我要是把材料都找齐了再过来还来得及吗！”

检察官愣了，不知是韩丁的气势还是韩丁的道理让他张口结舌。法官是个老资格，样子很压得住阵，他不由他们争下去，一板一眼地说了结论性的话：“根据《中华人民共和国刑事诉讼法》第二百一十一条第一款的规定，我已经决定对龙小羽暂停执行死刑。请你跟我们到法院去一下，配合我们做个笔录。”

老法官说完，象征性地征求了一下检察官的意见：“好吧？”然后不等回答，转身走向他的车子。检察官和法院的书记员低声议论着什么，也一起尾随过去。像来时一样，两辆警车一前一后，夹持着押解车驶出宽阔的斜坡，带起一片弥漫的黄土，从韩丁身边直直地开过去，开上了来时的公路。姚大维从那片黄土的尘障中蹒跚着走出来，走到韩丁身边，和他一起无言地望着囚车远去，直到望不见了两人才不约而同地喘了口气，虽然含义不同，原因不同，但样子是相同的，甚至声音也是相同的——将气深深地吸进去，在胸腔里闷了半拍，然后再重重地、长长地，吐出来。

姚大维低声说了句：“走吧。”

龙小羽的命肯定是留下来了，根据法律的规定，如果再要执行死刑判决的话，须再次报请最高人民法院裁定，由最高人民法院院长重新签发死刑的命令。然而，三天之后，杭州市检察院就将张雄的案子转给了平岭市检察院。一周之后，平岭市公安局刑侦大队跨省行动，在杭州市的一家建筑工地上拘捕了涉嫌伪证和杀人的两名绍兴籍民工钱德来和洪卫国。这两个人都是张雄的手下，曾作为龙小羽案的重要证人，先是证明龙小羽在祝四萍被杀前尾随四萍进入工地，后又证明祝四萍与龙小羽并无恋爱关系。

钱德来和洪卫国被捕后，四萍被杀案全案大白！根据这两名从犯的供述，韩丁终于知道了在那个月黑风高的杀人之夜，“四萍之死”的故事到底经历了怎样的过程。

那天晚上大雄喝醉了酒，和钱德来、洪卫国一起来到制药厂工地，他们走进工地后确实看见了龙小羽，看到他从工地的办公室里走出来。他走出来时大雄还叫了他一声，可能因为远，因为风大，龙小羽没有听见。接着大雄三人一同进入工地办公室，在办公室里大雄与四萍发生了争吵，争吵的原因是大雄仗着酒劲要与四萍干那种事，那种事他和四萍过去是干过的，而且不止一次。但那天晚上四萍坚决不干，因为龙小羽刚走，而且走的时候再次明确地和四萍说了分手的话，使四萍的情绪极度低落极其烦躁，她对大雄满口酒气一脸无赖地动手动脚完全接受不了。她和大雄撕撕扭扭互相都有推搡的动作。后来大雄生气了，打了她一个耳光，骂她贱货。四萍也生气了，夺门就走。大雄让钱德来和洪卫国又把她拽回来，在互相的撕扯中，大雄用铁锹把儿拦腰打了四萍一下，四萍跌坐在地，踹了大雄一脚，那一脚有点出其不意，且又踹在裆部，大雄疼得蹲下去半天没能起身。等他缓过劲重新站起来时已变得恼羞成怒，穷凶极恶地对四萍连踢带打，四萍也连踢带打带咬带骂……四萍本来就是烈性子，急了眼连钱德来、洪卫国两个男人都捺不住她，弄得大雄终于酒劲上头，拔刀相向，冲四萍肚子上连戳了三刀。四萍倒下了，不动了，血透胸腹！大雄的酒也醒了，与钱、洪二人匆匆逃离现场。当天晚上三人订立攻守同盟，在后来警方开展调查时做出虚假证词嫁祸龙小羽，引诱警方将目标锁定在错误的方向，恰巧尸检结果又证明龙小羽当晚确与四萍发生过两性关系，奸杀之说自然顺理成章。

在钱德来、洪卫国彻底坦白之后，杀人主犯张雄在证据面前，对杀害四萍一事不得不供认不讳！

在张雄低头认罪之前，韩丁早已回到了北京。他在平岭市中级人民法院做完临刑喊冤的笔录后所能做的事，只是静候佳音。案件既然出现了这样拨云见日的突变，剩下的工作就是公安局和检察院的任务了，就是时间问题了，就是程序问题了。龙小羽还关在平岭市局看守所没有释放，但待遇已经有了明显改变。释放龙小羽也涉及程序问题：因为要认定龙小羽无罪，必须认定张雄有罪，在法院依法判定张雄罪名成立之前，要先改判龙小羽无罪并且释放出监，也要经过省高院和最高法院审核批准，一大套手续呢，需要等待，需要时间。

所以，韩丁在龙小羽死里逃生的第三天就乘飞机回到了北京。本来姚大维说好要请他吃一顿饭的，韩丁因为龙小羽的案子请姚大维吃过好几次饭了，没承想最后竟是一起冤假错案，所以，姚大维觉得那几顿饭受之有愧，非要回请不可。韩丁先是答应，后又谢绝。龙小羽将获无罪，于他亦喜亦忧，此时此刻，难有举杯作乐的心情。所以，他对姚大维说："我要早点回去，所里事情实在太多，忙不过来呢。"

姚大维笑道："怎么着，想早点到老林那里报功请赏去？让老林笑话我，对吗？"

姚大维的笑容里，藏着些一言难尽的苦涩，韩丁看得出来的。他觉得自己此时应该说两句安慰的话，替他做些解释开脱："这也不能赖你，最后给龙小羽定罪主要是依据了第二份血迹鉴定书，这份鉴定书又拿到省厅复核过，那么多专家都说没问题，现在证明是错了，应该承担责任的是那些专家，不能赖你。”

姚大维愤愤地说：“专家，专家才不担责任呢。这两天我们一直在找技侦处，问他们这鉴定书是怎么一回事。他们又找了一帮人，包括省里的专家，又来复核，还做了各种试验，认为袖口上那一滴血迹认定为喷溅没错，而在侦查司法的常识中，只有杀人者的身上，才有可能形成喷溅的血迹，所以，血迹鉴定书认定龙小羽杀人也没有错。”

韩丁冷笑，说：“这就滑稽了，事实已经证明肯定有例外了，他们还不认账，岂不是草菅人命吗？”

草菅人命这四个字可能说重了，有点物伤其类，让姚大维也语迟片刻，然后反倒替专家解释起来：“今天上午他们给了这么一个分析：龙小羽第二次返回现场时，发现四萍倒在血泊里，他不是想把她抱起来吗？四萍虽然死了，但如果她还处在有尸温的时候，动脉中的血还处在很稀释的状态，如果让人使劲一抱，血管里面的空气也能冲出来，形成一定的气压，形成喷溅的血迹。专家认为，龙小羽袖口上那个喷溅血点大概就是这么形成的，现在也只能这么解释了。如果你真的认为我们是在草菅人命的话，那我希望你能够多留一天，省里的专家还在，我可以请他们亲自给你解释一下。”

韩丁摇摇头，冲姚大维温和地一笑，他用这样温和的微笑，表达了自己的理解与宽容。他说：“不用了，我要早点回去，龙小羽有个相好的女朋友住在北京呢，我想早点回去告诉她。”

姚大维苦笑着拍拍韩丁的肩膀，说：“那好，那你就早点回去吧，万一那女的偏赶这两天嫁了人，龙小羽还不得恨死我。这顿饭我先欠着，下回我到北京去，吃什么由你挑。”

所以，韩丁在第二天就买了飞机票，回到了北京。他本来应该乘火车省些钱的，他因为龙小羽这个官司，把他大伯留下的那点遗产花了近半。那些钱本来是他去美国上学的钱，本来是他和罗晶晶今后幸福生活的钱，现在没了一半。但他还是买了几乎比坐火车贵一倍的机票赶回了北京。真的，他想无论如何，也应该早一点把龙小羽不死的消息，告诉早就以为他不在人世，早就与他悼别痛定的罗晶晶。

韩丁回到了北京，回到了自己的家中，他惊奇地发现他的家变了。罗晶晶在他“出差”的这几天里进行了彻底的大扫除，并且重新布置了家具的位置。韩丁进门虽然换了鞋但仍然不敢迈步，怕弄脏了擦得光可鉴人的地板。整个房子都窗明几净，阳光充沛。那些新添的鲜花和沙发上五颜六色的靠垫在阳光下格外耀眼，撩拨着韩丁的新鲜感和浪漫心。这屋子的味道经此一下真的变了，变得年轻、温情、充满了生活的情趣和女人的味！韩丁走进客厅时罗晶晶正在吃力地往墙上挂着一幅大镜框，镜框里镶着她自己的一张大照片，照片上有一双笑着的大眼睛，正一眨不眨地看着从远方归来的风尘仆仆的韩丁。

韩丁突然回家吓了罗晶晶一大跳，但她马上笑起来，她站在高高的椅子上，她的脸比照片上的脸还要小，但笑容和神情却是一样的。她用孩子般的腼腆，等着韩丁的夸奖，她说：“你回来啦，怎么样，都是我布置的，你看好吗？”

韩丁没有回答，他心里突然难过极了，难过极了，因为这一刻给他的感觉竟是如此幸福，可惜这幸福已经来晚了。他知道用不了多久，一切都将彻底改变，他控制不住地，泪满眼眶。罗晶晶吓坏了，呆呆地从椅子上下来，问他：“你怎么了，你觉得不好吗？”韩丁摇头，他想说好，他想说真好！但心中的酸痛滞涩了喉咙的柔韧，一切快乐，一切赞赏，一切感动，都压抑得难以说出。他用手捂了一下脸，想就势抹去眼泪。那捂脸的动作就像在演变脸的戏法，手放下来时脸上已经堆满强作的微笑，嘴上也一并装出轻松快活的语调，他朗声说道：“好啊，这才像……像是咱们的家！”

三十三

韩丁回到北京，回到家中。他回家看到了满目鲜花和一团新气，以及罗晶晶和照片上一样的久违的笑容。罗晶晶的笑容可以融化一切，隔断一切，包括韩丁一路上反复想好的，他要说的一切。

所以，他什么话都说不出！

罗晶晶看着他含泪的模样，惊异地从椅子上下来，问他怎么了。他轻轻地抱了她，在抱住她的那一刻他想好的那些话还是涌上来，在喉咙口咕噜了一下，却又咽回去了。晚上，罗晶晶在收拾得几乎一尘不染的厨房里为他做了饭，当饭菜上桌他们对席而坐的刹那他又想说来着，但仍然没有说。他不想看到罗晶晶激动的欢呼和喜极而泣的快乐。

可是，在他闯进法场为龙小羽奋力喊冤时并没有去想的那个必然的后果，现在却必须想了：几乎无可避免，他将要和刚刚回归的幸福擦肩而过。

他没有说。他迟迟不说。就像龙小羽大限将至又想上诉一样，目的是拖延末日。末日之前的生命既珍贵又哀伤，既分秒如金又味苦难熬。屈指算来，罗晶晶已经度过三个月的心情调整，她终于出去找工作，终于跟韩丁见父母，终于又为他下厨做饭了，而且把他们的家装扮得如此漂亮！而且，最标志性的是她每天晚上又和韩丁同枕而眠了，又像过去那样，让韩丁抱着她进入甜美的梦乡。

谁娶了罗晶晶，谁真享福。罗晶晶对一个家来说，是真正的动力。一切欢笑，一切舒适，一切幸福的感觉，都源自她，由她发动，由她完成。韩丁完全变成了接受者、被动者。被动所带来的享受难以形容。

自从罗晶晶参加了那家牛掰的公司举办的牛掰的活动，挣了两千块钱的高额出场费之后，她的活儿就开始多起来了。反正她是“野模”，活儿无论高低贵贱，钱多就接。在北京的模特中，罗晶晶亏在个头上，群体走台时总有鸡立鹤群之憾，倘若仅以相貌论，即便在正规的签约模特中，那也算木秀于林的。所以，只要她不嫌弃，活儿反正经常有，那一阵几乎每天都有电话来。当然，到商场里四肢光光地去走“内衣秀”韩丁是绝对不准了，除此以外不多干预。他并不是想靠罗晶晶多挣钱，只是希望她过得充实些，希望她有自食其力的生活本领，总比过去那样除了睡觉就是出门逛店买东西强。

这样的状态真是好极了，比以前都好。每天早上，罗晶晶（偶尔是韩丁）起来动手做（或出去买）早饭，然后两人一起吃，吃完了韩丁去上班，出门前两人互相抱抱，吻一下对方，然后说再见。晚上韩丁回来，多数时间饭已做好。要是罗晶晶在外面有活儿，韩丁就去接她，然后就在街上的饭馆里吃。他不论多晚，都要等她完了事一起吃。韩丁再也不习惯一个人吃饭了，有一次罗晶晶去天津演出当天没回来，韩丁晚饭就没吃。居然，也不觉得饿。

他们每隔三五天，就去一次五棵松，看望韩丁的父母。罗晶晶和韩丁妈妈在厨房做饭，韩丁就和爸爸在客厅聊天。有一次说起邻家的媳妇生了小孩，韩丁妈妈当着韩丁的面笑问罗晶晶：“怎么样，你们什么时候让我们也抱孙子呀？”韩丁看看罗晶晶，罗晶晶腼腆地笑，抿嘴不答。韩丁看她那样，自己还是孩子呢，妈居然跟她说生小孩这种事。为此他特别感激罗晶晶有那样柔和温存的反应，她甚至在脸上红了一阵之后，对韩丁母亲撒娇说：“阿姨，我笨，我估计我都生不出来。”

现在，也许只有韩丁才刻意不提结婚这两个字了。这两个字于他已经变得格外生僻、拗口、遥不可及。他让自己闭上眼，陶醉在即将逝去的虚假的欢乐中，而这份欢乐异乎寻常地完美，他心里明镜似的，那不过是一种让人炫目的回光返照罢了。

两个月以后，韩丁接到了平岭市中级人民法院的通知，龙小羽案经最高人民法院批准，原死刑判决不再执行。但改判无罪还需要等待对真凶的审判结果，如张雄的杀人罪经法庭认定成立并做出判决，龙小羽改判才真正具有法律依据。目前，对张雄等人的起诉审查工作正在紧锣密鼓抓紧进行，法庭建议，龙小羽在此之前可采用由律师出面取保候审的方式，先解除监禁，恢复人身自由。

法院的电话不知怎么是打到中亚律师事务所老林办公桌的电话机上的，老林这天家里有事没上班，韩丁过去接了。听完法院的意见，韩丁当即表示同意法院的安排，并表示会尽快飞赴平岭，办理此事。放下电话，他下意识地看了一下写字台上的电子日历牌，他意识到这一天对他来说将是一个意义重大的转折和终结。

但这一天竟是何年何日，此时竟是何时何分，他却并未看清。

这天下午他先去订了机票，下班后又去了老林家，向老林汇报平岭法院的意见并向他请假。他去的时候老林正和儿子一起手忙脚乱地给他前妻的那只西施犬洗澡呢。韩丁奇怪地问：“你不是把这狗送给老钱了吗，怎么又回来了？”老林无可奈何地说：“是啊，本来在老钱家挺好的，去了以后还吃胖了呢，可今天一见到我儿子就非跟他回来不可，我儿子要走它就难过得直流眼泪，你说绝不绝？我开始还以为它离开我们到老钱家肯定很难受，可后来听老钱说它吃睡如常，还欢蹦乱跳，我还一时接受不了呢。所以后来谁要再说狗是忠臣，我都有点不信了。忠臣不事二主，宁死不食周粟，这畜生怎么有奶便是娘呢。今天听我儿子一形容，我又觉得狗还是好，刚才又听老钱电话里说了说才知道，狗是个生存本能极强的动物，到哪儿说哪儿的话，绝不会让尿憋死。它吃你的喝你的跟你撒欢打滚逗你高兴，可心里的真感情并没全给你，只要它第一个主人一出现，它还是跟他走。今天可把我儿子感动得不得了，就把它又抱回来了。你说这畜生，啊，真是好，人都不能这个样！”

那只西施犬刚刚洗了澡，刚刚吹干毛，越发显得蓬蓬松松，神采飞扬。韩丁在它的头上摸了一下，叹口气说：“人也一样。”

这一天晚上，罗晶晶在亚洲大酒店参加一场时装发布会，说好了韩丁晚上九点半去接她的，他从老林家出来就直接去了亚洲大酒店，在亚洲大酒店二楼的大厅门口接了罗晶晶，两人乘电梯下到一楼，韩丁问：“你还没吃饭吧？”罗晶晶说：“没有啊，你都吃啦？”韩丁就拉着她一拐，进了酒店一楼的那间“老船坞”餐厅。那是一个水上有船的江南菜馆，这两年很有名的。韩丁进去，出手大方地要了一只名叫“斑王”的船。他和罗晶晶隔着一张木制的小桌坐进船舱，头上点着一盏古朴的油灯，两个人的脸都随着舷边的水波摇晃在油灯的暗处。韩丁要了红烧鱼翅、清蒸石斑，还要了两份燕窝羹。而且，还特别地要了一壶正宗的绍兴黄酒，温在一对别致的酒盅里。罗晶晶惊异地看着他，等点菜的服务员一下船她就笑着问：“你今天怎么了，又是鱼翅又是燕窝，咱们以后不过啦？”

韩丁抬头看着罗晶晶，他差点说出：“对，不过了。”但他刚说出一个“对”字，又改了口：“对，燕窝可是美容的。”他笑笑，又说：“这船是有最低消费的，要不要都三千。”

罗晶晶四面打量这条带篷的小木船，颇感挨宰地说：“就这破船，吃一顿最少三千？”

韩丁神情古怪，盯着罗晶晶，盯了半天快把罗晶晶盯毛了，才出语缓慢地问道：“你知道这是什么船吗？”

罗晶晶一时不明韩丁指的是什么，眨着眼问：“什么船？”

韩丁说：“这叫乌篷船，出在中国的浙江绍兴！”

罗晶晶好奇的脸色豁然一变，呆住了。呆了片刻，继而沉下来。她去过绍兴，当然见过，甚至也坐过这种船，只不过一时没有意识到罢了。韩丁见她不说话了，便把他们两人肯定都会撞上心头的那句话，说了出来：

“龙小羽……以前就是划这船的。”

罗晶晶低了头，韩丁看见她长长的眼睫毛直发抖，少顷，她抬了眼，透过幽黄的油灯问韩丁：“你为什么提他？你带我来这里是以为我想他了吗，你是想让我高兴吗？”

罗晶晶说完，眼里隐隐有了些泪花，那泪花让韩丁不忍正视。他移开自己的目光，看船外。船外有一面巨大的水墙，水墙里游动着形形色色慢条斯理的鱼类。

他反问：“你想他吗？”

罗晶晶没有回答，间隔了很久，韩丁才听到了低低的一句：“不想了。”

韩丁又问：“我明天要到平岭去，把那案子最后扫尾的事办了，你要跟我一起去吗？”

罗晶晶说：“你不是一直希望我忘了他吗，我努力去做了，我都快忘了他了，你为什么又要提起他来？”

韩丁说：“你为什么要忘了他，是为了我吗？”

罗晶晶沉默良久，才说：“不，是为我自己。”停了片刻，又说，“也是为你。”

韩丁举了杯，说：“那我谢谢你。”

然后，他一饮而尽。

罗晶晶端着杯子，没有喝。韩丁今晚的举动、言语都有点怪怪的。罗晶晶看着他，眼眸里充满了疑问的神情。韩丁放下空杯子，自己苦笑一下，不劝酒，也不解释。

夜里外面起了风，风把卧室的窗户撞得砰砰响，整整一个夏天都没有刮过这样古怪的风了。罗晶晶睡得很香。越是风雨交加的天气，越是她蒙头大睡的时光。清晨，韩丁一个人起床，在厨房里做了早饭，他热了粥、煎了鸡蛋，但自己没有吃，只是把做好的早饭摆在厨房里，也没有叫醒罗晶晶。他悄悄地出了门，在尚未停歇的风中启程。

这已是北京的夏末，这场风将把那点苟延残喘的暑热彻底吹净。韩丁接手龙小羽案时还是寒冷的冬天，他是在树叶掉光的时候带着远比现在轻松的心情，明知不可为而为之地踏上了前往平岭的无谓之途。现在，夏季即将被风刮走，树叶很快就会变黄，收获的季节遥遥在望。这也许是他最后一次去平岭了，去收获他的胜利……可这场风却刮得有些昏暗，风中加了些零星的雨滴，把冬天的寒冷提前预示出来，让韩丁想象到他初去平岭时风的萧瑟和心里的轻松。而此番再去，却是相似的风景，不同的心情。

平岭也下了雨，雨很细，似有似无的，风也比北京小了许多。韩丁下了飞机，乘出租车进城。他在路上停车买了把雨伞，然后先去法院办了手续。离开法院的时候，他犹豫了一下，还是给姚大维打了个电话。他在电话里告诉姚大维，龙小羽放出来了，这案子到此算是完了，剩下的事都是程序性的、时间性的事了。他代表自己，也代表老林，再次谢谢他。他虽然是办案刑警，是把龙小羽投入囹圄的人，但为龙小羽洗白冤情，为龙小羽枪下留命，公平地做了应该做的事，帮了很大的忙，因此，怎么谢也不为过。姚大维说："你这就本末倒置了，我早就说欠你一顿的，今天你既然来了，一定要补上，你中午没事吧，你在哪里我去接你。"韩丁看看表，犹豫一下，说："我在法院呢。"

很快，姚大维开车来了。中午他请韩丁去吃平岭的土菜。平岭的土菜韩丁以前也吃过，多河鲜，口味重，以酱烧和白灼为特色，很对韩丁的胃口。席间，说起龙小羽这个案子，姚大维自是感慨良多。自嘲也罢、蹊跷也罢，就着两杯白酒下肚，又开始牢骚他的领导，说这个案子让他在队里威信扫地，丢尽了面子，领导上不承担责任，专家们也不承担责任，责任全往他身上推。姚大维甚至说实在不行他就调离刑侦大队，找个分县局待着去。好多分局的头头和他过去都是一块儿的，刑警队长的位置都虚席以待给他留着呢。韩丁看着姚大维酒后的愁容，有些同情，似乎姚大维的处境全是因他而成的，不免找些话来安慰解脱，同时心里暗暗地有些后悔和姚大维见面，听他的这些牢骚怨言。

吃完了这顿土菜，姚大维要去局里开会，就在那家土菜餐馆的门口与韩丁匆匆分手，开车走了。天依然细雨不停，韩丁撑了那把新伞，叫了一辆出租车，沿着那条熟悉的路径，前往平岭市公安局看守所。在看守所要办的手续就更简单了，二十分钟后，韩丁走出看守所的办公室，走到看守所的后门，站在后门外的一座岗亭里，等着龙小羽出来。

说不清等了多久，细如丝帛的雨不紧不慢地下着，像空气中飘洒着的雾气，把韩丁的视线弄得有些模糊。雨水的阴冷，雨水的苍凉，把韩丁的心绪也弄得有些模糊。

铁门轰隆响了一下，回声持久。门开处，一位民警撑着一把旧伞，陪着龙小羽走出来了。龙小羽依然穿着他在北京五棵松爱群旅馆被捕时穿的那身蓝色衣裤，手里提了一只不大的塑料袋，里面大概装了一些发还他的东西，除此一无所有。

韩丁走出岗亭，他看到那位民警对龙小羽说了句什么，转身回去了，铁门在龙小羽身后轰隆一声复又关上，整个看守所后门便显得格外安静。韩丁打着雨伞站在龙小羽的对面，两人之间已无任何障碍，只有细雨如屏。

龙小羽的目光像火一样燃烧，让韩丁把视线收回到内心。他不想和龙小羽这样对视，那火一样的目光承载了太多的热情和激动，与韩丁心中的愁风愁雨无法相碰，碰则发出淬火般水火相煎的轰鸣。

韩丁侧过脸，他低声说了句："走吧。"他主动走过去，两人近在咫尺，他又主动伸出一只手，这个握手的表示只是一个标志，标志着他大半年来为之努力的这个案件，终在此刻大功告成；这握手的表示也是一种礼貌，礼貌而已。他是第一个迎接龙小羽走出牢笼的人，他理应祝贺他获得新生！

龙小羽没有伸手，他没有如韩丁所想的那样握住他伸过来的手，他做了韩丁没有想到的动作，突然双膝跪地，一头拜了下去。他跪在看守所铁门前湿漉漉的沙土地上，一拜不起！

韩丁愣了片刻，心里忽地一下，被什么东西感动了。他伸手帮龙小羽捡起扔在地上的那只塑料袋，然后扶他起来，把他拉到自己的伞下。他的声音依然低沉，他低沉地再次说了句："走吧。"

他们乘当天晚上的火车往北京去。龙小羽的老家在绍兴，但他们谁都清楚他们为什么要一起到北京去。

清晨，火车开进了雨中的北京。从天气预报的广播中他们知道，这场下了一天一夜的慢雨覆盖了几乎半个中国。他们乘坐的出租车驶入被雨水洗净后显得更加宽阔壮观的长安大道，这坦荡如砥的大道令长久以来拘禁在方寸之地的龙小羽面容激动。出租车在天安门广场的西侧向崇文门的方向拐去，雨中的天安门暗红生鲜，使人目光依依。车至崇文门，至韩丁家的楼下，雨骤然停住，太阳随即破云而出。韩丁付了车钱，他下车前看到先下车的龙小羽正迎着初升的红日，仰头不知凝望着这幢高楼的哪一扇窗户。

韩丁用钥匙打开家门时罗晶晶刚刚起床，刚刚洗了脸走出卫生间，她一见韩丁走进客厅就跑过来抱他，嘴里说着你是出差了吗？你昨天走怎么也不叫醒我之类撒娇和抱怨的话。韩丁轻轻地拍拍她的背，轻轻地告诉她："我给你带来一个人。”说完，他转头去看门口，他用他的视线带动着罗晶晶的视线，向门口移去，他让罗晶晶看到，在门口的暗影里还站着一个人。那人往前走了一步，那张黑瘦的脸孔马上沐浴在清晨金色的阳光中，阳光使那张本来有几分憔悴的脸显得有了朝气，显得特别年轻！

韩丁离开了罗晶晶，他独自走进厨房，在厨房里喝了一口水，然后又走出来，穿过走廊走向门口。他拉开门，步伐迟缓地走出去。客厅虽然开着门，但罗晶晶和龙小羽都没有注意到他走了。韩丁也没有去看他们，他不愿看他们热烈拥抱的情景，不愿让这样的场面感动自己，刺伤自己，留在自己的记忆里。他没有听到他们在说什么，甚至没有听到他们互相叫出对方的名字，但他在走出家门时听到了他们的哭声，听到了他们悲喜交加的抽泣，那声声断断的抽泣和韩丁内心的落泪交响在一起，混成了三个人此起彼伏的呜咽！

三十四

太阳虽然露了面，可天上的雨片刻之后又淅淅沥沥地下个没完。韩丁走出楼门才发觉忘了带伞，他没有停顿，更没回身，就这样一头走进雨里。这也许是夏天里的最后一场雨了，雨丝刮在脸上，带了些秋天的微凉。韩丁走上大街，崇文门的十字路口还是那么热闹，从长安街出来的和从火车站进来的人流车流，朝着各自投奔的方向，急急地流动着。周围的热闹凸显了韩丁的孤独，他的孤独是因为他一步一步地往前走，却完全没有既定的去向！

他去哪儿？

他下到地铁站里，随了人流搭上了一列地铁。他上车时的闪念是到父母家去，但车至复兴门，他突然下了车。他走出地铁站，看到了他们事务所办公的那座国企大厦，他就往大厦那边走，那大厦的尖顶仿佛是一个召唤，可他走近了看不到那灯标似的尖顶了他又茫然止步。他不知他要到所里去干什么，去汇报吗？这案子是他自己揽的事，不是所里交的任务，他请假汇报都是找老林。可他现在不想见老林，不想跟老林说罗晶晶和龙小羽那童话般的重逢，不想让老林关切地询问：“那以后你怎么办？”

他转了身，在这幢大楼的街檐下站着发呆。他呆呆地看着这场漫长的秋雨在午后停歇下来。他走进一家麦当劳，吃了酸甜苦辣的一顿午餐，刚出门就吐在了那位画着大红嘴唇跷腿而坐的木偶前。那小丑无动于衷地看着他笑，绕行的路人也无动于衷地看着他笑。他肚子疼，可能是淋了雨受了寒，他全身无力地和那马戏团小丑并排坐在长椅上，它笑他也笑。在同一张长椅上，两个人一真一假，都是小丑……

太阳出来了，依然带着夏日的猛烈。太阳烘干了他的身体，熨平了他的心情，他想：这都是命中注定的。既然命中注定，那就得挺胸抬头，好好地去过这一关！

他真的镇定下来了，在阳光下步行了很久，然后坐上一辆公共汽车去了老林家。此前他和老林通了手机，老林还在家里收拾他那条回归旧爱的狗呢。

他在老林家吃了晚饭，然后受老林之托，带上他那野性难驯的儿子上国贸地下商城滑冰去。他有将近半年没来这里了，这里的一切依然如故，老林的儿子滑完冰依然钻进那家音像商店试听 CD 盘去了，韩丁依然百无聊赖地在附近瞎转。他看到附近那家中式的家具店依然红火，门前的橱窗里，那个木制的模特依然上红下黑，手中依然持一柄白纱团扇。韩丁站在那橱窗前发了半天呆，直到小林出来喊他了才面无表情地离开。

他们走上地面，走到商场出口，面对着灯光灿烂的长安大道，小林提议：“晚上我没吃饱，你带我去吃比萨饼吧。”

韩丁说：“我吃饱了，你自己去吧。”他掏出一百块钱塞给那孩子，说，“吃完早点回家。”

小林一脸得意地笑着，拿了钱就走。韩丁知道：他才不会去吃什么比萨饼呢，那一百块钱准是去买 CD 或者去玩游戏机了。

韩丁回到崇文门时已迟至晚上十点，他打开家门时故意弄出些声响，以提醒屋里的人他回来了。客厅的灯黑着，他走进去把灯打开，在开灯之前他断定他们不在家。但灯亮之后他看见罗晶晶从卧室里走了出来。

罗晶晶问："你去单位了吗？怎么才回来？"

韩丁看着她，她的声音、表情，都在讨好他，像一个孩子在讨好大人，像一个孩子在大人面前笨拙地装傻。韩丁索性用大人的口气和大人的平静，问她：

"他呢？"

"谁？"

韩丁看她，那意思是这还用问吗。罗晶晶马上聪明地说："啊，他走了。"

韩丁有些意外："走了？上哪儿了？"

"他到外面住旅馆去了。他没别的地方去，所以只能先住旅馆，就在红桥市场那边，是地下室，三十块钱一天。我从咱们家拿了点钱先给他垫上了，以后他会还的。他住两天就打算回老家去看看，然后可能去南方找工作吧。"

罗晶晶一股脑儿地把她要解释的，把关于龙小羽的现在和未来的安排，迫不及待地说给韩丁。韩丁低头走进厨房，倒了一杯凉白开，慢慢地喝。他知道罗晶晶也跟到了厨房门口，往里看他，但他没有回头。他像喝水那样，慢慢地开口问："那你呢，你怎么打算，你是跟他走，还是让他先去，等他稳定了再说？"

罗晶晶站在厨房门口，没有进来。韩丁听到她叫了一声"韩丁"，便回头看她。他看到罗晶晶想咧嘴笑，但那笑容是挤出来的，而且马上有一大颗眼泪随着那让人无比难受的笑容滚了出来，但被她擦去了。她说："韩丁，我和小羽，我们是过去的事了。我们俩今天都说好了，你救了他，他这条命是你捡回来的，你对他的恩情他下辈子也报不完的。我让他去南方找活儿干，多苦多累多危险的活儿，只要能挣着钱，他一定会还给你的。你为他花了那么多钱，他应该还的。他让我留在你的身边，照顾好你的生活……”

“晶晶！”韩丁打断了她，他全身都在发着抖，从心里往外地，发着抖。他心里有很多话，很多感慨，很多愤怒，很多告白，都被止不住的颤抖弄得支离破碎，像发了痁疾，像发了疯癫……他真想用力地将手中的玻璃杯摔在水池里，好把这么多天压抑在心头的全部郁闷，都一下子摔出来！

“……你，你去告诉龙小羽，我为他辩护是因为我是一个律师，我是履行我的职责，也是因为你，是你让我去救他的。你让我救他是因为你爱他，你爱他！难道你到现在还想隐瞒吗！他现在已经出来了，已经自由了，你可以去爱他了。你也是自由的。你过去答应和我结婚，那是因为我答应为他辩护，所以，那不是真的，我也从没当过真。交易出来的婚姻怎么会是真的！这样的婚姻，这样的爱，我是不会要的。你给我我都不要！所以，你不必留下来照顾我好把自己赎出去，龙小羽也不必挣钱来把你赎出去。我知道你从来就是他的，我不想跟你们做买卖！”

韩丁一直提醒自己要沉住气说完这段话，他要求自己必须神色平静，语调冷淡地说完这段话，但话未说完他还是泪流满面。罗晶晶也哭起来了，泣不成声：“不是，韩丁，不是……我真的舍不得离开你，真的！你对我那么好，我怎么舍得离开你呢，我想走我都迈不开腿去，我真的把这里当成我的家了，除了这里我没地方能去！可……可我也爱他，我没法对你说我不爱他，我没法说出这句话！他确实是想和我在一起，他是想带我走，可我告诉他你对我怎么好，我告诉他你怎么去救他，如果我们丢下你自己走了，那我们就太坏了，太坏了……”

罗晶晶声声断断的抽泣让韩丁的心又恢复了本来的柔软，他不恨罗晶晶，一点也不。他只有心疼，他对她充满怜悯。他知道她和龙小羽有过一场生死之情，有过一场生离死别，有过一段刻骨铭心的牵挂和思念；他还知道，龙小羽是个很有魅力的男孩，而且是罗晶晶的初恋，初恋是难以忘记的，初恋是难以取代的！他闷闷地从罗晶晶身边走出厨房，走到卫生间，拿了一条毛巾，递给罗晶晶擦脸。他看着她用毛巾捂住脸，捂住抽泣，捂住泪水，他叹了口气，说道：“龙小羽住在哪儿了，我去和他谈谈。”

这一天的晚上，快十二点钟了，韩丁在崇文门附近的那家小旅店里找到了龙小羽。韩丁在这里等了半小时，才看到他灰头土脸地从外面回来。龙小羽对韩丁在这里等他有些意外，他说他下午到劳务市场找工作去了，今天很凑巧，碰上一家搬家公司过来要人，他第一天上班就跟车跑了大半天，一连搬了三个家。工钱今天刚上班是拿不到的，现在挣的是公司要收的抵押金，要白干一星期挣足了两百抵押金，再干才是自己的。韩丁问他吃晚饭了吗？他说没有。于是他们一道走出小旅馆，就在附近找了个人少的餐厅，坐下来要了些实惠的肉菜，还要了啤酒，边吃边谈起来。

韩丁记不得他与龙小羽这样隔桌而坐的见面交谈有多少次了，但这次和以往截然不同。这次是在自由的天空下，不再有监所民警严肃的旁听，两人举杯把盏，促膝而谈。他们的样子是亲热的，还彼此敬了酒，说了祝贺和感激的话，看上去其乐融融，真诚可感。但两人的内心，其实有着难以言表的隔阂，有着本质的戒心和防范，甚至，还有那么一点点敌意。至少韩丁能感觉到的，这种敌意因为他们之间的救命之恩而掩而不见，但不是没有。要是没有，龙小羽就不会像现在这样，再三口口声声，要用一辈子挣来的钱，来偿还韩丁的这份恩典。

也不会，当韩丁突然借题回应：你要报恩用不着一辈子，其实只要一句话而已时，他却态度暧昧，顾左右而言他，离开这个话题谈起了别的。他的表情依然有些腼腆和木讷，这也许正是他吸引女孩的原因之一——那么一张俊秀的面孔配了那么一副厚道的表情，哪有女孩不爱他！他穿着渍满灰土和汗水的衣服，那衣服有点小，无意中显露出他优美的轮廓。他开始对韩丁谈到他的未来构想，他的构想吓了韩丁一跳。韩丁没想到他竟然匪夷所思地想要重建“保春口服液”的工厂。他说这曾经是一个很有影响的品牌，恢复比新建要容易得多。他还告诉了韩丁一个秘密，那就是，保春口服液的配方还在罗晶晶的手里。罗晶晶只是把那东西当作父亲的遗物而非当作可以东山再起的财富保存着。龙小羽说，他在保春公司工作过，对保春口服液的生产、销售程序大体清楚，罗晶晶是罗保春的女儿，是保春品牌和保春配方的唯一继承人，只要能找到什么人或什么厂家愿意投资或者贷款，先建一条生产线只需五六百万的投入。保春口服液是有些老客户的，那些老客户龙小羽都清楚，靠他们先小批量地重返市场，今后一定可以慢慢做大的。

韩丁相信，这也许是一个不错的计划，尽管，多少有几分狂妄，有几分年轻人的夸夸其谈，但以龙小羽的闯劲和条件，也并非纯是不着边际的幻想。然而韩丁没有做出任何呼应，显然，在这个商业计划中，罗晶晶成了一个不可或缺的角色。龙小羽实施这个计划的前提是得到保春口服液的品牌和配方的支配权，而得到这个支配权最好的方法就是与罗晶晶结婚。虽然，龙小羽始终表示他只是想帮罗晶晶子承父业重振保春，但他展望远景规划和阐述实施细节的那种口吻神情，已俨然是保春产品新的主人。

龙小羽的踌躇满志，终于逼出了韩丁的冷笑，他冷笑着用一种攻击性的锋芒，直刺对方的内心，他说：“好啊，你要真有这个雄心壮志，等我和晶晶结婚以后，我会支持她把保春的牌子和配方委托给你，由你代理经营，如果你真能拉到钱或者拉到合作人的话，一定成功！”

这句话龙小羽当然听得明白，韩丁不是在说口服液，不是在说这个计划，而是在说结婚，在说他和罗晶晶的关系。韩丁的刺探达到了目的，因为他看得出来，龙小羽张口结舌地愣住了，随即收束了自己滔滔不绝的宏论，变得沉默下来。他的沉默让韩丁看到了事情的真相：龙小羽显然不是感恩戴德地主动退出了这个爱情战场，而是权宜之计地暂时撤离。他和罗晶晶之间显然达成了某种沟通和默契——让罗晶晶留在韩丁身边，而龙小羽则利用保春的品牌和配方快速地挣钱，然后再把罗晶晶从韩丁身边赎回去——这是韩丁最容易猜到的路线！

所以，那天半夜韩丁一回到家就对罗晶晶直来直去地发问："晶晶，我想问你一句话，你决定留在我的身边，是因为爱我，还是为了替龙小羽还债？"罗晶晶愣了半天，答不上来。韩丁看清了，事情很明显。但他有点恶意地，继续往下问："如果我现在向你提出来，和我结婚，现在就结婚，你会同意吗？同意，还是不同意？"罗晶晶就像一个被大人逼问得哑口无声的孩子，只顾瞪着一双惊恐的大眼，一句话也答不上来。韩丁自己点了点头，像听到了回答似的："好吧，我懂了。"他说："你去告诉龙小羽，就按他的计划去办吧，我都同意！我唯一不同意的，是他还把你留在我的身边。我早就说过，我不需要你们的这个安排！这个人情太虚伪了，是欺骗！你现在就去找他吧，跟他走吧，跟他重新开始你们盼望已久的幸福生活，跟他去重振你们罗家的事业。你过不下去了就来找我，我还可以帮忙。如果你们挣了钱，发了财，就别再来找我了，别再来！龙小羽跟我说他挨过饿，所以，钱对他很重要。饥饿能产生思想，能产生哲学，他说挨过饿和没挨过饿的人心理上是不一样的，一辈子都会不一样。我现在请你去告诉他，我没有挨过饿，所以，我和他是不一样的。我救龙小羽不是为了钱。你去告诉龙小羽，别再跟我提钱！"

韩丁气宇轩昂地说完了这段话，他把这段话当成一个宣言，也当成了他和罗晶晶的这场于他也同样刻骨铭心的爱情的挽词。他这样告别之后就走出了家门，在跨出家门之前他回过头来，对脸上挂着泪水的罗晶晶说："今天是咱们的最后一天，咱们在一起的时候，我的钱就是你的钱，钱反正都放在书房那个抽屉里了，还有存折，你今天还可以拿。我想，不管钱是什么，现在你们总还需要它。"韩丁半夜三更离开了他的家，再没有回来。

他也没有去父母的家。他在三里屯的一家酒吧里花钱买醉，天快亮时才出来，晃晃悠悠地在大街上走，后来上了一辆出租车，也忘了在哪里上的，也忘了在哪里下的，清晨醒来发现自己歪在复兴门桥下花园的长椅上，离他上班的地方已经很近。上班前他好好洗了脸，刻意做出轻松快乐的样子，他甚至还主动和来晚的老林扯了阵闲篇儿，说了一个黄段子然后放肆地哈哈大笑，笑完他想：真是的，谁离了谁活不了啊！

他过去是不敢在上班时间说黄段子并且扯嗓门笑的，他是新人，不能没有规矩。可龙小羽案在他手上起死回生之后，他在所里名声大振，所有人，连管委会主任老齐在内，对他都换了一副惊奇和欣赏的目光，称赞之声不绝于耳。所里还策划拿这个案子做做宣传，以提高事务所的知名度。老齐还对韩丁表示过这个案子的部分费用所里可以考虑给予报销。当然也只是表示了一句，没有下文。老林对韩丁说："其实你也不亏，钱是贴了不少，但你还出名了呢。从枪口下把人捞回来，这案子够你吹一辈子。当初我要知道是这么个结果我就上了，还轮不到你呢。我做了这么多年律师，做了这么多件案子，还没有一个这么叫彩。你也是碰上运气好，做头一个案子就登峰造极！"

韩丁也就笑笑，说："那我以后算是没奔头了。"

这都是苦笑，韩丁哪有心情享受这份胜利的喜悦！连老林在内，没人知道他其实是一个失败者，这个够他吃一辈子老本的胜利，把他一辈子的幸福都给毁了。

晚上下了班，他走得很晚，就在复兴门附近的街上吃了饭，走出饭馆茫然地站了好久，才慢慢举步往地铁站走去。站在地铁的站台上，他看着由东往西和由西往东的列车同时进站。他犹豫了一下，终于上了由东往西的那一列。他乘这列车从复兴门一直坐到了五棵松。

他很少这么晚了还到父母家来的，所以，父母的脸上都诧异万般："哟，怎么啦，有事吗？”韩丁的回答特别烦：“没怎么，没事就不能来啦。”父母对视一眼，看他一声不响地往沙发里坐，母亲说：“你以前也没这么晚来过呀。晶晶呢？”韩丁闷了一会儿，说：“吹了。”

父母又对视一眼，马上明白了韩丁为什么这么晚过来，为什么情绪不对头了。母亲有点意外，倍加关切地坐到儿子身边：“哟，怎么回事，是你吹的还是她吹的，为什么呀？”父亲则面色镇定，找了支烟点上，在韩丁对面坐下来，态度严肃地说：“你们不是快结婚了吗，怎么闹成这样，是真的吹了，还是吵吵嘴？”韩丁不想多谈，从沙发上爬起来，走到对面那间小卧房里，他说：“别再问了好吧，我困着呢。”

是的，他困着呢，他一天一夜都没好好睡觉了，但这一夜仍然无法成眠。他在父母家住了三天，每个夜晚都是辗转反侧。第四天他想回家，回自己家去，他好像比任何时候都更想和罗晶晶在一起，更想见到她的面。

真的，他想她了，那种思念很挠心的。他甚至低三下四地想，哪怕能做她的情人，一个地下的，需要偷偷摸摸遮遮掩掩的情人，他也情愿。就像祝四萍对龙小羽那样……那样贱！

到第五天他下了班真的回家去了。他从崇文门地铁站出来，往家走，他从来没像今天这样，离家越近越心跳气喘。他设想了许多可能的情形，他甚至做了这样的精神准备——他一进门罗晶晶正和龙小羽亲热呢；或者，正和和美美地吃着晚饭；或者，正挤在一起看电视；或者……然而，他用钥匙打开家门时没有听到他已经准备听到的任何声响，屋子里的空气，以及一切陈设，仿佛都凝固在灰色的尘埃中。夕阳最后的余温正在窗前匆匆收束起暗淡的尾巴，此刻已到了上灯的时辰。一动不动的窗纱，半开不开的门扇，在韩丁心里蔓延开一种旷世的陈旧，他才走了四天，回到这里竟有隔世之感。

他没顾上开灯，从客厅走到卧室，又从卧室走到书房，又从书房走回到卧室。他拉开衣柜往里看，衣柜显得有些空，空空的衣柜让他一下意识到罗晶晶真的走了。

她终于走了，和她的龙小羽一起，走了。

韩丁后退了几步，坐在了床上。他让自己的心慢慢往下沉，带着胸口凝积的心酸和郁闷，沉到底。他站起来，从这间隐约回响着昔日笑声的空荡荡的卧室又走到书房，这时他注意到书房的写字台上，放着罗晶晶留下的门钥匙。韩丁拉开写字台右侧的那只小抽屉，抽屉里的钱，还有存折，都好好地放着，他一眼就能看出来的，他的所有钱财都原封未动地躺在里面。

三十五

从此以后，韩丁每天最害怕的，就是下班。一个对下班没有期待的人，下了班干吗去？

他和罗晶晶分手的事，还是忍不住对老林说了。说了以后他又后悔，说这些有什么用呢，是想得到一点同情吗？是想听到几句感慨吗？人家同情完了感慨完了，还是你自己面对一切。每天回家，面对黑着灯没有声响的屋子，面对枕边那熟悉的香气一点一点地消失，面对客厅里罗晶晶那张大幅的笑脸，那笑容的灿烂让他不忍凝视。

罗晶晶拿走了她的所有照片，唯独客厅墙上的这幅，也许太大了，不方便带走，所以留了下来。这张笑脸占据了整个屋子，无论韩丁坐在哪个角落，都逃不脱她俏皮的注目。

爸爸妈妈到这里来看过他一次，妈妈还在这儿给他做了一顿好吃的饭，他们劝他先去五棵松那边住一阵，等心情稳定了再回来。他没同意。他决定做一个孤独的人，心里难过的时候，就一个人待着。

然而他还是害怕下班回家。回家一个人他真的害怕。

然而他每天下了班，还是无一例外地急急忙忙往崇文门的家里赶。他明知自己应当绝望，可心头总有幻想。他总幻想罗晶晶会打电话回来，甚至，会在某一天夜幕降临之后，突然回家看他。

他每分钟都重复地告诉自己，一切都结束了，但每分钟又都在等着什么。等什么呢？是等罗晶晶回来给他送喜糖还是送喜帖？还是等她和龙小羽一起回来告诉他：保春公司业已重张，保春口服液再造辉煌，罗保春二十年的事业，和大难不死的龙小羽一样，神话般地死去活来，劫后重生？韩丁想，这真是说不准的，也许龙小羽命中注定能够一而再、再而三地绝处逢生，那份龙运拦都拦不住的。何况，这公司的名字也起得好：保春！保着它会有第二春、第三春，永葆青春的！

韩丁在这样的状态下等了整整一个星期，整整十天，或者更久，谁知道呢。日子越过越糊涂。但除了父母外，并没等到任何让人惊喜的敲门声和电话响。他和罗晶晶相识后，一直沉溺于浪漫的两人世界，疏远了以前的同学朋友。现在，罗晶晶走了，他的孤单便显得特别彻底，每天回家除去心不在焉地看书看电视之外，就只有坐在沙发边的灯影下，看着墙上罗晶晶明媚的笑脸，枯坐，发呆。

所以，当某个晚上，四周都静下来以后，他突然听到了几下幽灵似的敲门声，他还真以为是幻觉来了。他坐在沙发上原地未动，竖起耳朵朝自己的心里去听。但那敲门声确实来自屋外，当确信那声音的方向后他自己都没想到他会像箭一样把自己射到门前，在拉开屋门的那个瞬间他几乎脱口而出叫一声罗晶晶！

门外，没有灯，但能看清站着一个女人，也能看清那不是罗晶晶。

韩丁瞪了半天眼，才不得不相信自己从第一眼就看清的一切。他不无泄气地问："你找谁呀？"

那是一个面目苍老的中年女人，操着含混不清的南方口音，她战战兢兢的身子显得格外矮小，她说："我找韩丁。"

"找韩丁？我就是。"

"你就是吗？你就是那个……韩律师？还是他的小孩？"

那女人上下打量他，有些疑惑。也许她想象中的律师不该这么年轻。韩丁点了一下头："对，我就是韩律师。请问您贵姓？"

"我姓张，我专门从绍兴赶过来的。你就是韩律师呀，我找你好辛苦……"

绍兴！多熟的地名！韩丁一听这两个字眼，不知怎么就让开了身子，他说："找我有事吗？请进来说吧。"

那矮小的女人进了门，韩丁把她引到客厅。他让她在客厅里的圆桌前坐下来，自己和她隔了一个椅位，也坐下来，然后发问："你从绍兴来？找我什么事？"

那女人未即答话，先从随身携带的一只不大的旅行兜里，掏出了一沓人民币，放在圆桌上。那是刚从银行取出来还未拆封的人民币。韩丁吓了一跳，他眨着吃惊的眼睛，看着那女人眨眼间从旅行兜里一沓一沓地，拿出了五万元人民币。他愣愣地问："怎么回事，你这是干什么？"话音未落，那女人已经离开椅子，一本正经地双膝跪下，哭腔随即而来的，叩头下去！

韩丁吓坏了，一下子跳起来："嘿，你这是干什么！怎么回事呀？"

女人捣蒜似的叩了两个头，悲腔哀调地说："韩律师呀，我来找你搭救我的小弟弟呀，我小弟弟犯了官司，我求你去救救他呀！"

韩丁明白了。

这女人是绍兴来的，她一定是听到了龙小羽死而复生的传说，所以，千里迢迢跑到北京来找他。看来老林说得没错，这个案子真的让他出名了。

韩丁镇定下来，和颜悦色地对那女人说道："你起来吧，起来吧，你不就是找我帮你打官司吗，你起来说。”

那女人起来了，脸上还一塌糊涂地涂了些泪水。韩丁让她在椅子上重新坐好。然后不疾不徐地，从头问起：“你是怎么知道我的，是谁告诉你到北京找我打官司的？”

女人用粗糙的手掌擦着脸上的眼泪：说：“我是乡下人，不懂法的，听我们那一片都说韩律师是有名的神嘴啊，死人也说得活的。法院判杀头，韩律师讲一句话，就能把落到一半的刀给架住。”

韩丁听了，半天不知该怎么解释，怎么回答，是该客气两句还是该郑重辟谣以正视听。他哭笑不得地未置可否，索性像真的接了单似的问下去：“你弟弟犯了什么案子？”

女子说：“先是讲他倒卖东西，后又讲他杀人。”

“他杀了什么人呀？”

“讲他杀了一个女人。那个女人我晓得的，是个妖精，年纪小小就厉害得不得了。我小弟弟挣了很多钱都让这个女人花光了，他就坏在这个女人身上了，我们家里都晓得的！”

韩丁点点头，他甚至还随声附和了一句：“啊，凶杀案是有过统计的，犯罪动机不外乎两个，一个是为了情，另一个就是为了钱，大多数都是这样的。”

那女人大有同感地使劲点头，连声称是，好像遇到知音似的。她的表情让韩丁发觉自己有些可笑，居然不知不觉地和一个乡下来的法盲交流起犯罪学范畴的话题来了。他收了口，转了话头，说：“这样吧，你明天到我们律师事务所去找我，明天我再详细问你。钱你先拿回去……你别客气你别客气，怎么收费我们都有规定，等明天咱们谈完了再说。”

韩丁给那女人写了事务所的地址，还服务周到地写了乘车的路线。不管那女人怎么坚持要把钱给他留下一点，他还是亲手把那五捆票子统统装回到那只旅行兜里，然后及时岔开了话题：“你弟弟现在关在哪里，他是在绍兴犯的案吗？”

“没有啊，”那女人拎着那只旅行兜，在韩丁引领下向门口走去，“他在绍兴家里一直很好的，他是在杭州犯的案子。现在又被抓到平岭去了……”

“什么？”那女人的口音让韩丁不敢确认他听到的地名，“你说哪里？平岭？”

“对，平岭。”

韩丁蓦然止步，愣愣地问：“你弟弟叫什么名字？”

女人也止了步：“我们姓张，他叫张雄。那个女人姓祝，在我们那边很喜欢搞男人的。你救的那个男孩子也是被她搞，公安局就怀疑了。现在那个男孩子没事了，又怀疑我小弟，我小弟也是被她搞……”

到这句话为止，韩丁才算真的听明白了。他差点拉开门让那矮小的乡下女人马上出去！他早就烦透了，早就烦透了祝四萍，烦透了这个没完没了的凶杀案！

但是第二天一上班，他还是把这件他讲都不想再讲的事向老林讲了。老林又去和老齐讲了。在那位矮小的绍兴女人找上门来以后，是由老林出面接待的。当然，拉上了很不情愿的韩丁在一边陪着。韩丁是“神嘴”，人家就是冲他来的！所里好多资深律师一听这事都忍不住笑了，调侃韩丁：“哟，咱们小韩是中亚律师事务所的招牌了，咱们得靠他吃饭呢。”没错，中亚是民营事务所，“民以食为天”，生存是第一位的，没听说放着挣钱的官司不接的道理。老林对祝四萍被杀案的来龙去脉始末变迁最清楚，他明知道张雄不可能像龙小羽那样咸鱼翻身，但人家肯按最高的收费标准付律师费、代理费、差旅费、通讯费……这么好的生意没有不做的道理。律师是论时或论事收费的，不是论输赢收费的。

但这案子韩丁肯定是不接了。他的理由很充分：第一，张雄杀人本来是他搞出来的，再让他去给张雄辩护，就是张雄的姐姐乐意，张雄也不一定乐意；第二,四萍的案子他搞得旷日持久，已经身心疲惫，毫无激情了，再往下搞效果肯定不好；第三，他为这案子失去的东西太多了，感情上已不能承受。虽然这一条不宜与外人道，但老林是知道的。所以，老林自告奋勇，主动从老齐手里接了这个令箭。老林说这案子倒简单，辩护的重点无非是强调张雄受教育程度低、法盲、当时又醉酒，请求法院从宽量刑。好在教育程度低、法盲、醉酒都不是法定从宽的条件，所以，判他死刑他的家属也怨不到律师头上来。总之，这案子辩护的路数和结果已然清楚，谁去都行，他情况熟点儿，顶多再跑两趟平岭。

老林走了，真的去了平岭。韩丁的心情重新平静下来。老林一走办公室里只剩他一个人了，很清静。工作闲时还可以上网看看新闻、玩玩游戏，甚至到某个成人网站去溜达一下。生活重新百无聊赖，每天下班回家依然是心不在焉地看书、看电视，与罗晶晶的明眸笑眼直直地对视，然后在沙发上枯坐、发呆，麻木地、惯性地期待着电话或房门幻觉般地响起来。

又过了一周，也许是十天半个月或者更久，谁知道呢。这中间老林回来过一次，待了几天又走了。韩丁也不清楚他是又去平岭了还是为其他案子去了别处。他也没问，他怕老林跟他提起平岭的事所以避之唯恐不及呢。他已经习惯并且乐得老林不在身侧的轻松。那些天爸爸妈妈又开始动员他去考托福，或者考研。爸爸说:“还是考研吧，男儿有志，志在学业，志在事业，缠绵于小儿女事，最终误人误己。”妈妈说:“还是出国吧，出国你会忘掉一切，出国才会进入全新的生活。”韩丁知道，父母固然是关心儿子的前途，但实际上，考研和出国都是他们自己的理想，年轻时未能实现的理想自然都寄托在后代身上。骨血延续、事业承传，以及理想的前仆后继，其实都是出自同样的心理。

就在他重新思考未来，校正生活坐标，重新开始为考研或是出国深造而权衡利弊时，在一个阳光灿烂的中午，他接到了一个电话。电话是打到他的手机上的，手机响时他正在饱食之后的困倦中打盹，但他拿起电话仅仅“喂”了一声，便睡意顿消。

他说：“喂，你是……你是罗晶晶？”

对，就是罗晶晶，电话中那清澈无比的声音，让韩丁闭目如见那清澈无比的笑容。他用同样清澈无比的心情，轻轻地问了一句：“你好吗，你现在一切都好吗？”

罗晶晶说：“好，我挺好的。”

韩丁不知该再说些什么，问些什么，电话的那一边也沉默下来。韩丁怕断线似的，赶紧把话语续上：“你，你怎么想起给我打电话？”

罗晶晶接了他的话：“啊，没有，我，有点想你了。”

韩丁想流泪了。幸而，罗晶晶是看不见的。他绝不希望罗晶晶看到他这副儿女情长英雄气短的模样。他以一个男人的姿态，以无所谓的口吻，说道：“噢，是吗？”

罗晶晶说：“你还愿意和我见面吗？我几次想给你打电话，想去看看你，可你说过不让我找你的。”

韩丁说：“对，我说过，你们要是有了钱，发了财，就别再来找我了。你们发财了？”

罗晶晶说：“没有，但还能过。”

韩丁说：“我可能要出国上学去了，如果你愿意，我们就再见一次面吧。不管怎么说，我们曾经是最好的朋友。”

韩丁和罗晶晶就真的见面了，时间是他接到罗晶晶这个电话的一小时后，地点是西单文化广场边上一家清静的阳光茶座。韩丁为他们两人各要了一杯在年轻人中十分流行的大杯咖啡，要了以后他才想起罗晶晶以前喝不惯咖啡。

这是分别之后的第一次见面，互相说出的感觉都是对方没变。其实他们都变了，变得局促和生分，彼此相顾无言。韩丁还是重复了电话中的那句问候：“你好吗？”罗晶晶也重复地做了回答：“好，挺好的。”她对韩丁也表示了真诚的关切，“你真要出国了吗？你不是不想出国吗，为什么又变了？”韩丁转头看远处，远处是一片崭新的广场和鲜嫩的绿地。他答：“是啊，人生就是这样，变化无穷。”

罗晶晶也随着他看远处，她的目光在远处绿地与喷泉的开阔处与韩丁会合，他们在关注同一个方向，但她的声腔字韵在韩丁听来，却特别隔膜。

她说：“我出来的时候，小羽让我问你好。他要我转告你，不管你接受不接受，他今后是一定要报答你的。从小，他爸爸就是这样教他的：滴水之恩，涌泉相报；涌泉之恩，一生相报；一生之恩，以死相报，来世再报……”罗晶晶的视线依然留在远处，说：“我也一样，我也要报答你的。”

韩丁淡淡地一笑：“以死相报？龙小羽肯为我去死吗？”他说完自己都摇头。但罗晶晶却异常肯定地答道：“如果需要，他会的，他就是这样一个男人。”

韩丁再次摇头，更加果断地摇头，他摇着头说：“龙小羽有他的处世哲学，我也有我的人生态度，我为人做事，不需要回报。我对你也一样，只问耕耘，不问收获。你还愿意和我见面，还能说回报的话，对我来说已经是收获了。”韩丁停了一下，问：“你今天来看我，龙小羽同意吗？”

罗晶晶的视线还在远处，她像个侧面的雕像一样纹丝不动，她说：“当然，他本来也想来的，可他今天下午要到郑州去。郑州有一个制药厂想买保春口服液的配方和牌子，他去谈谈。等他回来，我们打算去一趟他的老家绍兴，他说他想去看看四萍的父母。特别是四萍的母亲，过去待他像儿子一样亲，他说将来保春公司要是恢复起来了，真的赚钱了，他一定要给四萍的母亲养老送终。”

韩丁收回视线，他开始关注罗晶晶，那张脸依然美丽，在阳光斜照下就像韩丁在平岭世纪大饭店第一次见到时的印象一样光彩夺目。他说："你们真的要恢复保春公司吗，真的要把药厂重新开起来？"

罗晶晶也收回目光，她的目光充满了幸福感，就像韩丁当初把她从三元桥接到自己家时那样甘甜。她说："小羽已经联系了好几家单位，他们都有兴趣，其中一家还付了定金呢。小羽说还要再选一选，再比比条件……"

韩丁想，他应该为罗晶晶感到高兴。看来，她今后衣食不愁了，她又可以兴高采烈地去逛街去买倩碧、去买香奈儿了。但不知为什么，他高兴不起来。他仅仅是出于礼貌，应景地、凑趣地，说了一句："祝贺你们。"说完之后，他的心绪败坏到极点。他看着罗晶晶感激的笑意，又不无恶意地跟了一句："这一下，龙小羽可以永远不挨饿了，可以永远进入上流社会的生活了！"

这场见面时间很短，一杯咖啡尚未喝完两人已无话可说。罗晶晶没有介意韩丁的嘲讽，或许她根本就没有听懂那是嘲讽。她给韩丁留了一个新的手机号码，她原来的手机因欠费已被停掉了。大概真的有人为保春口服液付了定金吧，韩丁想，他们真的有钱了。罗晶晶除了新入网的手机之外，她走出茶座在路边与韩丁分手后，是叫了一辆出租车离开的。

韩丁没坐出租车，他形单影只地往地铁站走。在地铁站里他犹豫了一下，看了表，决定不去上班了，他搭上由西往东的一列地铁，直接回到了崇文门。

回到家时天还没黑呢，夕阳把客厅的墙壁涂得绚烂耀眼。韩丁搬了一只椅子，登高上去，把夕阳中罗晶晶的笑脸摘了下来。然后，他用钳子拆开镜框，取出照片，凝视片刻，慢慢卷起，卷成一轴放进了衣柜最下面的一个大抽屉里，然后，把抽屉严严地合上。

就在这个夕阳刺目的黄昏，面对着突然变得空荡荡的墙壁，韩丁决定，听他妈妈的话，出国去。去一个陌生的世界，重新开始他的生活。

爸爸原本是主张他去考研的，但听到他出国留学的决定，也表示了支持。不但支持，还主动帮他联系了一家英国的法学院。这家学院的招生考试是在网上进行的，韩丁报名之后，很快从网上拿到了考试的复习范围，还知道了考试的具体日期。时间无多，他只有不到两周的复习机会。

考试尽管就在北京，在网上，但一应程序和判分标准都将非常严格。这家学院在北京是专门聘了监考人的，只有在监考人在场的情况下，在电脑上答题得到足够的分数，才有可能获得录取的资格。

韩丁向事务所请了假，搬到了父母家，开始了突击式的恶补。他每天除了吃掉母亲端进卧室的营养丰富的食物和必要的睡眠外，眼睛几乎没有离开过那些枯燥的英文书本。这样的疯狂只是在几年前考大学时经历过一次，那时也是在这间小屋，父母也是这样甘做后勤全力以赴，小屋的窗帘也是这样始终关着，他的生物钟也是这样晨昏颠倒日月不分。有一天他的事务所好不容易打电话找到他的时候，他都搞不清那一刻究竟是白天还是黑夜。

电话是老林打来的，声音很小，断续不清，听上去他还在外地呢。他问韩丁："你这两天没上班吗？没回你自己家吗，怎么手机也不开？"韩丁两眼昏花，迷迷糊糊地答道："啊，我请假了，我在家看书呢。"老林也没问他请什么假，看什么书，转移了话题急急地说："你能来一趟平岭吗？四萍的案子，又有点新情况了。"

韩丁先是愣了一愣，继而冷淡地说："我不去了。我不想再听这个案子的事了。"

老林说："你最好过来一下，我找到了一个证据，证明四萍最后并不是死在张雄手上的，你来了我跟你说。"

韩丁又愣了一愣，他判断不清自己的神经是否已经麻木不仁："爱谁是谁吧。"他说："张雄自己不是都承认了吗，他用刀捅了四萍。"

老林说：“对，他捅了四萍，但没捅要害部位，三刀都不深，都不致命。所以下一步我要按伤害罪，而不是杀人罪，替他辩护！”

伤害？韩丁似乎清醒了：“那四萍是怎么死的？”

老林说：“是头骨被钝器击碎，她的头部伤是致命伤！我有充分证据证明那天张雄从始至终并没有击打四萍的头部！”

韩丁再问：“那是谁打的？”

老林停了两秒钟，说：“那就只能有一个人了。”

韩丁问：“谁？”

老林说：“龙小羽！”

三十六

在老林半夜三更把电话打到韩丁父母家的第二天上午，韩丁就乘坐飞机匆匆赶到了平岭。他是和父母吵了一架之后丢下那堆让他焦头烂额的书本和笔记离开北京的。他很少见父亲发那么大的脾气，很少见父母在对待他的态度上那么空前一致。母亲一向是护着他的，这次也真的生了气：“你爸把学校都给你联系好了，把监考人也帮你找好了，我也是向单位请了假在家给你做饭照顾你的，你太不懂得尊重别人的劳动了。你要是就这么走的话，以后我们就再也不管你了，我们可是说到做到的！”

父母真的发火了，但韩丁还是义无反顾地走了。他到达平岭的这一天下午在老林下榻的宾馆和老林见了面。老林说：“我之所以让你马上来，是因为姚大维今天下午已经带着人上北京抓龙小羽去了。龙小羽过去是你的当事人，你帮他辩护这个案子现在在咱们这圈儿里也出了名，这个刚刚翻过来的案子一旦再翻过去，对你肯定是有些负面影响的。所以，有关情况你应该早点知道。”

韩丁这时还处于震惊和迷惑的阶段，他还是不敢相信那场已成定局已成历史的案件这么快又发生了逆转。他茫然问道：“到底是怎么回事，是不是张雄死到临头又翻了供？”

老林摇头，说：“张雄没有翻供，这事还是姚大维先发现的，他对龙小羽这案子始终有怀疑。他仔细研究了张雄和那几个同案犯的口供，他们对那天晚上行凶过程的供述基本是一致的。张雄只是用铁锹把儿打了一下祝四萍的腰部，这一下没有对祝四萍构成大的伤害，祝四萍被打倒后还踢了张雄的下部，踢得力量还很大呢，张雄是被踢急了才动刀捅她的嘛。法医鉴定我也仔细看了，那三刀都不是致命伤，只伤皮肉，未及器官，伤口的出血量也不是造成死亡的主要原因。法医鉴定写得很清楚，祝四萍的致命伤在头部，是头部遭受重击后导致颅骨破裂而死亡的。我在与张雄谈话和向其他两个同案犯调查时也着重问了当时他们行凶的过程，他们都否认击打过四萍的头部。现在公安机关根据审讯中发现的这个情况，重新做了现场分析，已经明确认定刀伤在前，棒杀在后。从刀口的情况看，绝不是在祝四萍已经死亡之后才刺的。前两天省公安厅的专家也都来了，再次做了现场实验，认定龙小羽袖口上的那个喷溅血点，完全可以在他用铁锹把儿击打被害人头部时产生。再把龙小羽留在铁锹把儿上的掌纹的位置与张雄留在铁锹把儿上的掌纹位置进行比对分析和力量计算，结果也是肯定的。也就是说，祝四萍头部遭受的致命一击，肯定是龙小羽所为。根据老姚他们分析，龙小羽第二次返回工地办公室时看到祝四萍受伤，他先是想救她，因为从血迹鉴定看，他确实曾经想把她抱起来。祝四萍那时候应该是清醒了，但后来不知什么原因，龙小羽放弃了救助，而且，用铁锹把儿击打了她的头部，把她置于死地了。”

韩丁听着，愣着，他脑子混乱着但还是侥幸地想从老林的话中找出破绽，找出矛盾，找出解释不通的地方，但似乎没有抓到任何机会，他只有哑口无言地听着。

老林说：“情况就是这么个情况。既然是这么个情况，我也只能这么给张雄辩了。如果我的辩护依据成立的话，张雄被判的罪名只能有两个：或者，判故意伤害；或者，判故意杀人未遂。这两个罪名都可能免掉死罪。如果是这样的话，替祝四萍抵命的，只能还是你的那位龙小羽！”

韩丁目瞪口呆地看着老林。

老林喘了一口气，停歇了片刻，不知是想安慰韩丁还是替自己解释，他接下去说：“我这也算成全你了，原来你事业得利，丢了爱情。现在事业上可能算个挫折，但罗晶晶那边你说不定又有机会了。什么事都一样，失之东隅，收之桑榆，鱼和熊掌不能兼得！”

是的，老林的话没错，罗晶晶对他来说，当然要比事业上的一个偶得不知重要多少倍呢。罗晶晶是他的爱情，是他的生活，是他曾经品尝过的幸福。但此刻，不知为什么，韩丁所想的居然并不是罗晶晶，他这时的思绪都集中在龙小羽的身上。龙小羽！他为什么要杀掉祝四萍？

他不是先奸而后杀！他杀她不是为了灭口！

他也不是害怕失去罗晶晶，罗晶晶早已知晓他的这段旧爱，他不杀四萍也不会失去罗晶晶！那他又是为了什么，为了什么非要杀掉祝四萍不可？

这是他和老林最初经常研讨的话题，他刚接手这个案子时一直把犯罪的动机作为一个突破口，企图作为对杀人指控的一个最有力的悖论。关于龙小羽的动机，老林至今也说不清楚，但他提到了一个情节，这个情节也是姚大维的一个新发现。姚大维告诉老林，他最近再次访问了保春口服液的特聘专家梁教授，因为四萍被杀以前，就是从梁教授家去的扩建工地。据梁教授夫妇回忆，四萍被杀的那天傍晚他们夫妇二人吵了一架，起因就是为了保春口服液。梁教授在几次实验中发现，保春口服液中有一种名叫莲硝碱的元素可能会造成长期服用者脑部神经的损伤，她后来又在一份国外的资料中看到了一个因服用含有莲硝碱的药物而致脑瘫的病例。于是她紧急约见了罗保春，向他提出了这个隐患。据梁教授说，那次约见她和罗保春谈了两个多小时，她用大量实验数据和国外病例的事实试图说服罗保春停止保春口服液的生产和销售，迅速调整配方，研制替代产品。而罗保春则以公司的生死存亡和自己的声泪俱下，说服她暂不对外透露这个实验的结果。很明显，梁教授一旦对外公布保春口服液存在的问题，那价值五千多万元的库存产品势必成了一钱不值的废品，在当时保春制药公司内外交困的窘境下，无异于宣布了罗保春的末日。梁教授也深知事关重大，答应回家考虑考虑。当天傍晚罗保春让司机给梁家送去一个厚厚的信封，梁教授又让司机原封不动带了回去。她不用拆也清楚那里头是钱。司机走后丈夫和她发生了争吵，丈夫主张罗保春的钱可以不收，但为了这厂，为了这么多工人，当然，也为了他们自己，暂不公布这个药品的缺陷是可以的。但梁教授认为工厂的存亡固然重要，工人的生计固然重要，但千百万消费者的健康和安全更加重要，她作为一个科学家的道德和良知也同样重要。两人的争吵愈演愈烈，从客厅吵到卧室，虽然他们后来把卧室的门关住了，但不能保证在厨房里干活的祝四萍没有听到。他们以为祝四萍不过是个请来的保姆，一个文化不高的小女孩，也不是制药厂的人，所以，争吵时全都掉以轻心。梁教授夫妇的争执自然没有结果，因为在这场争吵发生的两天之后罗保春死于非命，数月之后保春公司宣布破产，半年之后那几千万积压口服液大多过期作废，余者悉数销毁，仓库里和市场上再也见不到它的影子了，再也不会流毒社会了。梁教授顾及自己的声誉，对莲硝碱的危害，终于隐而未提。

姚大维之所以向老林通报了他调查到的关于保春公司灭亡前的这段秘密，其目的也许正是提供了一种猜测，一个暗示，任何人都可以据此推断：祝四萍听到了梁教授夫妇争吵的内容，当天晚上拿去威胁龙小羽，龙小羽感恩于罗保春，有爱于罗晶晶，得道于保春制药，他未来的生活和事业也许会因祝四萍上下嘴唇的随意开合而毁于一旦。如果这个推断不幸成立，灭口之说还需要更多理由吗？

一切就都顺理成章了。

然而现在，也许一切分析和推测都是不必要的，真相将很快大白，老姚终于坚持到胜利，笑到了最后。他已经带了他的弟兄、带了检察院签出的逮捕令，飞往北京去了。也许龙小羽不日落网便会供出一切，一切内容、一切缘由。这时韩丁想到了罗晶晶，他不知道罗晶晶和龙小羽一直住在北京的哪一个角落，但他知道老姚那帮人神通广大，龙小羽此番插翅难逃。他头脑中立即出现了罗晶晶震惊和哭泣的面容，他难以预测当龙小羽在罗晶晶的温柔乡中被从天而降的警察突然铐走的时候，罗晶晶的精神会不会在同一时刻崩溃掉！

尽管，他完全相信老林对情况的介绍，他也相信姚大维的细心和经验，也相信那些拥有专门技术的专家所做出的法医鉴定和现场试验，但作为龙小羽的律师，他还是负责任地看了老林提供给他的一应材料。那些材料的逻辑是严密的，依据是确凿的。很明显，整个案件的转折就出在大雄和那两个同案人的口供上，原来以为刀刺和棒击都是大雄一人所为，抓到了大雄才知道他们并没有棒击死者的头部，于是，四萍头部所受的致命一击才成了全案的中心，成了逆转的由头。

看完这些材料，韩丁束手无策，他甚至也不再思想自己该有什么举措。他唯一想做的，就是设法在警察到达之前，找到罗晶晶，把她从龙小羽身边领走，他不想让她在不明真相的情况下再次看到龙小羽镣铐加身。罗晶晶这两年所受的刺激已超过了她这么大的女孩子应能承受的界限，韩丁不知道怎么才能让她再次平安度过这道心理上的险隘！

对大雄的审判用不了几天就要开庭了，老林行色匆匆地和韩丁谈完，乘出租车离开了宾馆，到看守所与他的委托人进行最后的会面去了。韩丁就在老林的房间里，用手机拨了罗晶晶留给他的那个最新的号码。

很快，电话通了，传来的声音果然是罗晶晶的，而且，她一接电话就热情地叫出了韩丁的名字。

“喂，韩丁吗，你找我有事吗？你在哪里呢？”

韩丁问：“你在哪里，你说话方便吗？”

“方便呀，怎么啦？”

韩丁说：“你能出来一下吗？你到我爸爸妈妈那里去，你在那儿等我。我在外地呢，我马上回去。我想见你一面，必须今天见你一面。你别跟龙小羽说我要见你，你就说你要去外地演出，然后去我爸妈那儿，今天多晚我都会赶回去的，我有重要事情要跟你说。”

韩丁不停气地把这一大段话说完了，罗晶晶才有机会出了声：“到底什么事啊？我不在北京，我在绍兴呢。”

韩丁砰地一下哑住了，喉咙里哑了半晌才发出了疑问：“什么，你在绍兴？”

“对呀，我陪小羽一起来的，他来看望四萍的爸爸妈妈。”

“你们……你们什么时候去的？”

“我们刚到。刚去了一趟四萍家，她爸爸去广州打工了，她妈妈出去看病了，都不在家。”

韩丁想了一下，说：“晶晶，你听着，我现在马上赶过去，你把手机一定开着，我到了绍兴就给你打电话。另外，你别告诉龙小羽我来了，到时候我再告诉你为什么，好吗？”

罗晶晶有些疑惑：“到底什么事啊？”但在韩丁一再恳切地要求下，她终于答应了，“好吧，”她说，“我不告诉他。”

挂了电话，韩丁立即跑到宾馆的服务台去查询飞机的航班。去杭州的最早一班飞机也要等到后天。韩丁只好急急忙忙赶往火车站。在离开宾馆之前他给老林留了个条子，告诉老林他走了，到绍兴找罗晶晶去了。别的什么都没说。

从平岭到绍兴的火车夕发朝至。绍兴阴着天，韩丁从绍兴火车站走出来的时候，不知是身上一夜未止的虚汗还是绍兴空气中的潮气，他全身内外似乎都被一种难耐的湿闷包裹着。他已经两天两夜没有合眼，思维和步伐一样疲惫不堪，好在绍兴的街市他还记忆犹新，还可以熟门熟路地找到那个简易的埠头，比上次还要顺利地搭到了一只小船。那只小船载着他，摇曳着向通往四萍家那条雾气蒙蒙的河道划去。

在上船之后，他拨通了罗晶晶的手机，问罗晶晶现在何处，是不是正在四萍家。罗晶晶说："我们刚出来，正在船上呢。"韩丁吓一跳，在船上？他下意识地瞻前顾后，前后河道上，目光能及之处，既无先行人，也无后来者。韩丁问："你从哪儿出来的？"罗晶晶说："我们昨天到石桥镇去了，小羽想看看他小时候的地方，那镇上有个旧戏台子，小羽他爸在那里演过戏的。韩丁你真应该也来看一看，我还在那个戏台子上走了一圈猫步呢。石桥镇是很古老很古老的那种小镇子，你在北京看不到的，人也都纯朴极了，这地方要是开发旅游，老外肯定就住下不走了。"

韩丁听她说完，把声音放小，仿佛怕电话里的声音被周围人听去似的，他问："晶晶，龙小羽在你旁边吗？"

罗晶晶的声音则无所顾忌，大声答："在呀，他在划船呢，他说他好久没划船了，想试试。你要叫他过来说话吗？"

韩丁连忙制止："不要不要！"他问，"你们现在到哪儿去？"

罗晶晶说："我们去四萍家。你在哪里呢？"

韩丁犹豫了一下，说："好，那我也去四萍家。"

他的船正是向四萍家划去的。依然是那条曲折的河道，依然没走到曲折的尽头，在那个洗衣洗菜的临河小埠，韩丁弃舟登岸。他穿过一条又一条短巷，又沿着河边的石板路走了很久很久，他看到路边的住家个个炊烟袅袅，看到紧临河汊那个袖珍的集市，早市刚散，午市未张，横卧河汊的短桥上，挤了些扛着菜篓的小贩，不知是刚来还是离去。他在菜篓竹筐中挤过古桥拱起的脊背，走到对岸，在那家理发铺子的边上，拐进那条僻静的小巷，接下来，他就走到了那个天井般的院落。这个院落留给他的印象充满惊惶、混乱和喧嚷，可能与他在这里和四萍的父亲打过一架有关。但此时，在他临近它的这一刻，他听到院内静无一声。这种寂静令他不由自主地放轻了脚步，他一步一步，走进那个又深又暗的门洞，天井里的阳光随着他的脚步在视野中一点一点地扩大，他看到那块方格大小的阳光下，摆着一只矮矮的竹椅，上面坐着一位病弱的妇人，韩丁认出那正是四萍的妈妈。他看到她的膝前跪着一个人，她拉着那个人的手正在喃喃细语，她像爱抚阔别而归的儿子那样，用另一只枯细的手轻轻地梳理着他的头发，苍白的脸上呈现出母爱的慈祥。韩丁看不见那个人的脸，但从他颀长的身躯和宽阔的肩背上，可以认出那就是龙小羽。

韩丁走进院子，他还看到了上次扶四萍母亲到河边旅馆去找他们的那个小姑娘，还看到了站在那小姑娘身旁的罗晶晶。一见到罗晶晶也在场他心中的焦急立刻释放，心悬的石头落在了地上。罗晶晶也看见他了，冲他点头微笑，他也还以微笑。院子里还有一个老奶奶和一个小孙子，他们站在墙根下都不出声，仿佛生怕打搅了这场感人的“母子重逢”。

韩丁走到罗晶晶的身边，他想开口时却看到四萍的母亲从竹椅上艰难地站起来，伏在了龙小羽的背上，让龙小羽把她背起来向楼梯口走去。罗晶晶和那小姑娘都上去帮忙，但龙小羽摇摇头不让。那个女人太瘦小了，她在他宽阔的背上很舒适地匍匐着，脸上挂着安详的微笑。韩丁跟他们上了楼。楼梯很窄，只容一人通过。楼上的房间也很窄，看上去破旧不堪，但破旧中还是透露出一点穷苦的温情。龙小羽把四萍的母亲安置在床上，他的每一步、每一个动作，都是那样的谙熟到位。韩丁听到他管她叫姆妈，那是绍兴人对母亲的称呼。他在问她想吃什么，他去买。那妇人用虚弱的声音，说了一句很清晰的话，连站在门口的韩丁都能听得清晰无误。

“我想吃你做的饭，吃你做的霉干菜烧肉。”

龙小羽笑了一下，韩丁看见的，那是一种很纯朴的、很孝顺的笑，笑得非常动人，笑过以后他说：“好。”

龙小羽转过身，在罗晶晶的耳边说了句什么，罗晶晶点头向门口走过来，那个小姑娘也跟过来，说：“姐姐，我陪你去买，我知道哪里的肉好。”

在门口交臂而过的瞬间，韩丁终于有机会和罗晶晶说了第一句话，他说：“晶晶，我要跟你谈一下。”

罗晶晶没有停下来，她说：“我去买肉，等一会儿吧。”

她下楼去了，让那小姑娘领着，去为四萍的母亲买肉。龙小羽为四萍的母亲盖好被子，从床边直起身来，这时他看见了站在门口的韩丁。

他并不惊奇，显然他已从罗晶晶的嘴里，知道他也来了绍兴。他友善地冲他走过来，像主人那样热情地打着招呼：“韩丁，你什么时候来的？”

韩丁说：“刚到。”龙小羽腼腆地笑笑，有些拘谨似的。他在平岭看守所以阶下之囚的身份和韩丁谈话时，就是这样拘谨的，如今一点没变。他说：“听晶晶说你们上次为我的事来过这里，我听了很感动。我以前就住在这个楼上，想看看我住的屋子吗？来，在这边。”

他主动走出四萍母亲的屋子，领着韩丁推开楼道尽头的一扇小门。韩丁知道，那就是祝四萍的屋子，龙小羽和祝四萍相爱时，就住在这里。

这是一间更小的屋子，地面、四墙、屋顶，都是木板钉的。屋里没有窗，借着门外楼梯上的阳光，可以看到屋里拥挤着床、柜、小桌和许多杂物。木墙已经糟朽，上面挂了很多从画报上剪下的照片：俊男美女都有，更多的却是豪宅和跑车。靠床的那面墙最整洁，只挂了一个镜框，镜框里镶着一张照片，显然是小照片放大的，因而颗粒粗糙，但祝四萍和龙小羽相依而笑的情景，却那样真实动人。

“我就睡在这里。”龙小羽把一张床指给韩丁看。那是个普通的单人床，可能比普通单人床还要小些呢。“太小了吧？”他笑着问韩丁，“那时候我都习惯了，两个人挤着睡，一点不觉得小。”

韩丁注视着他的眼睛，屋里很暗，但龙小羽眼中的光芒足以勾勒出他的全部表情。韩丁问：“你还怀念过去的生活？”

龙小羽没有马上回答，他似乎注意到韩丁的语气，那语气似乎把这句看似普通的话问得含有深意。

“当然。”龙小羽点了头，“过去的生活，无论怎么贫穷，怎么难过，我都会怀念的。我昨天带晶晶去了石桥镇，那是我出生的地方。我还带她去看了那镇上的戏台子，我爸爸就在那台上唱过戏。他就是在那个戏台的后面，第一次教我要懂得报答别人。他对我说：如果人家帮过你，你就一定要记在心里，一定要回报人家。四萍的妈妈待我好，她待我就像待自己的儿子，所以我要回来看望她，我要一辈子感激她。韩丁，你也是我要一辈子感激的人，等我有了能力，我一定会报答你！”

韩丁没动声色，既没有表示拒绝也没有表示接受。他冷冷地问：“那四萍呢，四萍帮过你吗，她对你好过吗，你需要报答她吗？”

龙小羽严肃下来，他显然听出韩丁咄咄逼人的话语并非无心的议论，那几乎是一串严厉的追问，他或许已经敏感地察觉到什么了，所以，他愣了片刻，“四萍？”他说，“四萍也帮过我，可我也帮过她，我已经报答过她了。我以后要报答的，是她的母亲。”

韩丁毫不客气地把话迎上去：“对她的母亲你不仅仅是报答，你应该做的，是忏悔。你今天到这里来，你跪在那个失去女儿的母亲面前，你忏悔了吗？”

龙小羽看着韩丁，韩丁也看着他。这张面孔韩丁真的太熟悉了，可直到现在，直到此刻，韩丁仍然会被它的感觉迷惑。这是一张多么端正、英俊、正派、纯朴、善良的脸啊！这张脸会让每个男人信赖，会让每个女人喜欢，它自然流露的气质，是那些奸猾的人、邪佞的人、猥琐的人装都装不出来的。

龙小羽开口了，他应对的方式与他的气质一样，多了些直来直去的厚道，少了些绕来绕去的矫情。他开口反问道：“听晶晶说，你刚从平岭来，是我那个案子又有什么情况了吗？”

韩丁点了头：“对，又有了新的情况。”

龙小羽也点了点头，心照不宣似的停了一下，他又问：“需要我做什么吗？”

韩丁说：“当然需要。”他也有意停了一下，然后说，“不过你到这里来，已经在开始做了。”

龙小羽目不转睛地问：“我做了什么？”

韩丁不动声色地答：“忏悔。”

龙小羽肯定明白了，不然他的脸色何以会如此苍白！他的声音何以会突然颤抖！那颤抖是从内心深处发出来的，是遮掩不住的。

“我……还需要做什么？”

韩丁长长地出了一口气，然后慢慢地说：“你还需要……请一个律师。”

龙小羽沉默。

沉默之后他说：“如果我还请你……做我的律师，你接受吗？”

韩丁也沉默，之后答道：“我有两个条件，你答应，我接受。”

“什么条件？”

“第一，你要去自首。根据《中华人民共和国刑法》第六十七条的规定，自首，可以从轻或者减轻处罚。”

“第二呢？”

“第二，你要如实告诉我，你对四萍有那么大的仇恨吗？你那天为什么不救她，你为什么看到她奄奄一息了还要一棒子打死她？为什么？”

“就是你们所说的犯罪的动机吗？”

“对了！”

“你为什么那么关心动机呢，是动机能减轻罪名吗？”

“不，我只想知道，被一个那么单纯的女孩爱上的，是一个什么样的冷血杀手，我还想知道，一个看上去那么善良正派的年轻人，怎么就成了这样的冷血杀手！”

龙小羽一动不动。在这间不足十米见方的小阁楼里，在散发着霉味的空气中，在经过反复折射早已失去了本色的阳光下，他的脸和他的身躯依旧是那么完美；他的声音有些哑，哑得也那么完美，他的五官和轮廓，几乎像是一个被自然之手琢成的雕塑。

“你尝过饥饿的味道吗，你尝过贫穷的味道吗？”龙小羽平静地说，“饥饿和贫穷对我来说，是一种心理的压迫，是一种精神的屈辱。饥饿和贫穷让我没有任何快乐，让我一天到晚只是想找吃的，只是想找地方睡，只是想挣钱，只是想怎么活着，只是想……想着第二天上哪儿去，能干上什么活。”

龙小羽停顿下来，韩丁忍不住替他说出了后来的结果：“是罗晶晶让你不再挨饿了，是罗晶晶给了你体面的工作，是罗晶晶让你有了钱，让你像个上流社会的白领那样生活！所以，你要杀死祝四萍，因为她想妨碍你，她要破坏你得到的快乐！”

“不！”龙小羽断然地摇头，他否认了韩丁的推测，“她不是要破坏我的快乐，她是要毁掉整个保春制药公司，毁掉罗保春的事业，毁掉罗晶晶未来的生活！她在梁教授家听到了一个能毁掉这一切的消息，她告诉我她决定把这个消息公布出去，找报纸找记者公布出去！她要让记者去找梁教授，逼梁教授说出保春口服液的问题！她这个人是说到做到的，她说除非我同意离开罗晶晶和她继续好下去！除非我同意……”

是的，这就是动机，这就是结论。韩丁没有感到惊诧，但他的灵魂不知为什么被意外地震动了一下。震动他的不是龙小羽喃喃的自语式的坦白，而是被这个坦白带出的想象。他想象出当祝四萍在看到龙小羽穿好衣服无视她的哀求挽留，执意要离开工地办公室时有多么气急败坏；他想象出当祝四萍发出那个致命威胁后龙小羽的面色多么惨白；他想象出龙小羽第二次返回工地办公室寻找手机时，面对血泊中祝四萍的呻吟求救那一脸犹豫不决的神情；他想象出龙小羽想把她抱起来但抱起来又放下了；他想象出龙小羽放下祝四萍后灵魂的搏斗和抉择；他想象出他终于下决心把那根铁锹把儿举过头顶时那窒息的心跳和颤抖的面庞……也许他是为了报恩，报罗保春的知遇之恩；也许他是为了还情，还罗晶晶的爱恋之情；也许他是为了利己，他不想回到饥饿、无业和低人一等的生活中去……所以，那根木棍在半空停了两秒钟以后，终于狠狠地劈下去……

隔壁，传来四萍母亲的呼叫，那一声呼叫让韩丁和龙小羽都全身一惊。龙小羽转身跑进了四萍母亲的房间，房间里传来那妇人嘶哑的咳嗽和龙小羽关切的询问。韩丁默默缓步走出这间狭小阴暗的蜗室，往楼梯下面的阳光走去，一步一步地，他让自己渐渐走出那些不堪想象的画面，走出龙小羽那些充满乌云的生活，那生活的乌云也给韩丁的心里投下一片阴影，让他对眼前明媚的阳光备感渴望！

他独自走下窄窄的楼梯，走进阳光直射的天井。他闭上了在黑暗中待得太久的眼睛，眼皮在他的视觉中由黑变红，头脑也随着视觉的恢复而渐渐清醒，他想：真是一场噩梦！

他睁开眼，眼睛依然有些酸楚，视线依然有些模糊，他模模糊糊地看到几个男人从暗暗的门洞里走进来，为首的一个煞是面熟。

他看那人，那人也看他。

他怔怔地，喃喃地，叫了一声："老姚？"

他看清了，这魁梧的汉子正是姚大维。他身后的人显然都是他手下的弟兄！

老姚脸上露出淡淡的一笑，他就是这样老练地表现出胜利者的自豪和矜持。他看着对他的突然出现而目瞪口呆的韩丁，没有说话，然后回身向他的手下摆了一下头，那几位精干的便衣立即快步越过韩丁向那个楼梯口走去。

"你们等一下！"

韩丁突然张开双臂拦住他们，有两位便衣同时也反应迅速地一把扭住韩丁。韩丁冲姚大维喊道：

"他已经同意自首了，你们让他自首吧！"

姚大维冷淡地摇了一下头，轻轻地说了句："晚了。"

这两个字如同一道命令，便衣警察们身手矫健地甩开韩丁，迅捷地登上楼梯。姚大维从呆若木鸡的韩丁身边走过，也上去了。那腐朽单薄的木制楼梯也不知能否承载住那么急促密集的脚步声，那轰然作响的脚步声让韩丁惊醒，让他转身跟着他们跑上了楼梯。

韩丁跑上楼梯，杂乱的脚步声仿佛突然消失，楼上竟是一片出奇的安静，反常至极！

韩丁看到，四萍母亲的房里没有人，几个便衣都堵在四萍那间小屋的门口。韩丁挤过去，他第一眼看到的是姚大维向下弯曲的脊背，那宽阔的脊背在这间狭小的屋里几乎堵住了一切视角，直到他直起腰转回身的刹那，韩丁才看到了那张窄窄的床板上，坐着四萍的母亲。这位病入膏肓的妇人直直地坐着，龙小羽背靠她的双膝坐在地上，头部仰面朝天枕在她的手中，双目紧闭，像睡着了一样，任凭那位妇人用细弱的手指轻轻梳理着他的黑发。韩丁挤进了屋子，他心惊肉跳地看到了满地的鲜血，鲜血在光线晦暗的屋里呈现着浓厚的黑色。他的目光终于找到了那血流的源头，他的意识尽管混乱不堪，但还能清楚地告诉他，他的当事人龙小羽已经割腕自尽!

韩丁最害怕最担忧的情形就在接下来的一刻发生了，当他移开满目鲜血的视线回身反顾的时候，他无法阻止地看到了刚刚从外面回来的罗晶晶出现在这间小屋的门口，他无法阻止她那惊恐万状的眼睛，浸染进那片温情的血腥!

三十七

这是韩丁二十三年人生中，第一次目睹血腥。尽管刀痕毕现，尽管血流五步，但他头脑中留下的景象，却真的是一片脉脉的温情。

龙小羽面目安详，像是刚刚睡去，脸色苍白无血，但栩栩如生。他的头部枕着四萍母亲的双膝，任凭那慈祥的妇人轻轻梳理他乌黑的额发。所有人都放轻了脚步，停止了喧哗，就连罗晶晶都压抑了悲声，仿佛生怕把他吵醒。她慢慢地蹲下来托起他的那只手腕，鲜血从深深的伤口里还在若有若无地流着，她对一直用手在龙小羽颈部寻找脉搏的姚大维视而不见，对姚大维宣布死亡的沉闷的话语充耳未闻。她把龙小羽握拳的手掌轻轻拨开，她看到那只沾染了热血的手心里，握着一串莹白中缀连着一点碧绿的冰冷的珍珠！

便衣们上来，七手八脚地拉起了四萍的母亲。这位妇人被背出小屋时神态恍惚，口中喃喃。然后他们搀起罗晶晶，韩丁想过去把罗晶晶接过来，但被一个人高马大的便衣用脊背隔开。这屋子太小了，他和她近在咫尺，但人墙阻隔，他眼看着他们把已经昏厥的罗晶晶抱出了这间血气弥漫的阁楼。他想喊她一声，声未出口却被姚大维从后面拍了一下肩部。

姚大维说：“走吧，现场需要保护。你在现场留了那么多痕迹也不怕我们怀疑你是凶手？”

“凶手？我会是凶手？”

一小时后，韩丁在绍兴公安局的一间办公室里做完了询问笔录，他在笔录的首页签上自己的名字后对询问他的姚大维问道：“如果龙小羽是被杀的，而我又在现场留下了那么多鞋印和指纹，我是不是真的难逃嫌疑呢？”姚大维毫不犹豫地点头：“对，至少你会成为犯罪嫌疑人之一。”韩丁又问：“可你知道我不会杀人，如果你了解我的人格品行，知道我不可能杀人，你还会怀疑我吗？”姚大维笑笑，答道：“没有什么不可能，坏人并不一定毫无人性，好人也不一定没有兽心。好人坏人，以主流区分，好人以善为主，坏人以恶为先。可在一个具体事件上，常常会阴差阳错，主次颠倒。一个好人，善良的人、正派的人，在某一个瞬间，在某一个特定的情况下，也保不准会把自己平时严加克制的邪恶，突然地释放一下……所以，对我们来说，没有什么不可能发生的事情。对事情来说，只有开始和结束。”

韩丁无话可说。

是的，这个案子结束了，无论对姚大维还是对韩丁，都结束了。

韩丁想，结束意味着什么？意味着一个新的过程就要开始了吗？

做完笔录已是下午一点多钟，韩丁赶到了离四萍家很近的一家略嫌简陋的街道医院。他从姚大维口中知道罗晶晶被送到了这里，而且神志已经清醒，老姚还派人跟过来想做笔录，可惜没有做成。罗晶晶只是哭，只是追问龙小羽的情况，她始终不相信龙小羽已经死了，这场翻天覆地的变故来得太快。好在罗晶晶的笔录对祝四萍被杀案的结案无关紧要，可有可无，没有也罢。再加上医生护士拦着那两个便衣执意索要罗晶晶的治疗费——人是你们送来的你们不能扔下不管呀……所以，那两个便衣就真的扔下不管乘机溜了。

韩丁赶到医院时倒没碰上缠着他要钱的，没人要钱是因为罗晶晶已经在一刻钟前自己交完钱离开了医院。韩丁问医生，你们知道这女孩上哪儿去了吗？医生护士全都面面相觑一脸茫然。

韩丁走出医院，眼前行人如织，头上阳光灿烂，道路四通八达，可罗晶晶踪迹杳然。

他拨了罗晶晶的手机，那手机已经关闭。韩丁乘上一辆出租车去了火车站，他在火车站的售票厅和入站口辗转寻找到天黑，也没有见到罗晶晶的人影。他无奈地又打了老姚的手机，问他是否知道罗晶晶的去向。老姚说："不知道，又说正好有个事要告诉你，刚才祝四萍的母亲派个小女孩来找你，让你去一趟，不知什么事，去不去你自己看着办。"

挂了老姚的电话，韩丁站在火车站前的街口，心力交瘁，头晕目眩。他从早上到现在水米未进，思维也变得迟钝不堪。他蹒跚走进路边的一家小饭馆，喝了半瓶啤酒，胡乱吃了点东西，从体内找回些热量，便走出来往四萍家去。他走到四萍家时天色已晚，门洞里早已伸手不见五指，小小的天井没有人迹，也没有人气。也许白天留下的恐慌让邻里们天一黑便关门闭户，压抑了声息。韩丁摸索着走上那条窄窄的楼梯，楼梯木板吱吱咯咯的响声在黑暗中格外地夸张肆意。他走到一半时忽听上面有个声音在问："谁？"从声音上他听出正是那个一直照顾四萍母亲的邻家女孩。

他说："我，我是韩律师。"

"你是韩律师？"

女孩打开了楼上的一扇屋门，用屋里的灯光映亮陡陡的楼梯。她随即认出了韩丁，转头向屋里叫了一声："韩律师来了。"然后把韩丁迎进了屋子。

屋里灯光昏暗，空气污浊，女孩把韩丁引至床前，然后扶起床上的妇人，重复地又说一句："阿姨，韩律师来了。"

四萍的母亲伸出枯瘦的手，示意韩丁坐在床沿。床前光线虽暗但韩丁仍能感觉到她眼中泪水毕现。她费力地咳嗽了一阵，边咳边想开口，开起口来声咽气薄：

“韩律师，我要拜托你，到法官那里替我讲一句话，小羽已经认错了，求法官就宽大了他吧。”

韩丁愣愣地，不知该说什么，不知该怎么回答，不知该怎么安慰这位善良无知一息仅存的女人。

“小羽今天都告诉我了。他就像你现在这样，坐在我的床前，他对我说：‘姆妈，四萍是我杀的，我对不起她，也对不起你。我现在就去找四萍，请你原谅我吧。’然后他就到四萍的屋里去了。他到那里找四萍去了。韩律师，麻烦你去告诉法官，四萍是我的女儿，小羽是我的儿子，他们两个人的事，是我们自家的事，我们可以不要国家管。我是他们的母亲，我已经原谅他们了，他们现在又和好了。你请法官就不要再判小羽的罪了……”

韩丁点了头，他竭力用这个女人能够听懂的言辞，来安慰这番慈爱之心，他说：“您放心吧，法官不会再判他了。法律规定对已经不在的人就不再判了，就让他走了。”

四萍的母亲露出欣慰的神情，不住地说着谢谢的话——谢谢法官，谢谢韩丁……

韩丁离开四萍家是由那位小姑娘打着手电筒送下楼梯的。他走下楼梯后问小姑娘是否知道罗晶晶去了哪里。他是随口问的，他没想到小姑娘的回答让他蓦然止步，浑身一抖！

“是小羽哥哥的朋友吗？她刚刚走掉的。”

“刚刚走？”韩丁的声音急切起来，“走了多久？”

“你来以前，来以前几分钟。我刚送她走，你就来了。”

“她去哪里了？你知道她去哪里了？”

“不知道，就走了。”

“她来干什么，来看四萍的妈妈？”

“不是的，她没进去，她是来看小羽哥哥的小屋子的，她要自己在那屋子里待一会儿，她不让我跟她进去，也不让我跟阿姨说。”

“……她在那小屋里干什么？”

“没干什么……她一个人在里面哭。”

韩丁眼睛湿润了。他明明知道，罗晶晶哭的是龙小羽，但不知道为什么他也想哭!

罗晶晶又回来了，她回来看小羽的小屋，她在这小屋里哭别她的小羽，然后就默默地离开了。

这是韩丁知道的关于罗晶晶的最后的消息。

韩丁回到北京的第三天是托福考试的日子。尽管父母声明早已对他彻底失望，但还是在前一天的晚上把第二天上午考试的时间和地点写了张字条放在他的枕边，第二天早上母亲也还是敲了他的屋门，敲了半天他才迷迷糊糊地应了声。母亲在门外问：“你不起吗？”他懒懒地回了句：“我要睡觉！”母亲默默地走开了，再也没有叫他。

他又搬回了崇文门他自己的住处，屋里的摆设依然是罗晶晶后来布置的样子。他每天上班下班，两点一线或者三点一线，过着无精打采毫无激情的生活。父母气消之后，已经不再关心他的学业和前途，转而为他的心理状态备感担忧。他们有时会小心翼翼地问起罗晶晶来，问韩丁有没有听到她的消息，韩丁总是面无表情地回答一句：“没有。”

没有！他再也没有听到罗晶晶的任何消息，再也没有！他试图明确地告诉自己，他只是做了一个美丽的梦，醒后一无所有，四大皆空。

在如此这般无精打采的生活中，唯一能让他有所期待的事，就是拨打罗晶晶的手机。无数次地拨打！那是他能与她联络的唯一途径。直到有一天，手机中传来的声音已经不再是那句："您呼叫的用户没有开机。"而换成了："对不起，你呼叫的号码没有投入使用！"这时他知道，这条最后的途径也彻底中断了。这个电话号码就像他心里一直飘忽着的一个哆哆嗦嗦的气泡，现在，这个仅存的气泡也终于破掉，在空中幻化为无。

每天，他除了上班和回家以及偶尔出差外，哪儿都不去。去父母家也只是在他们需要帮忙干活儿时才过去一趟。他在事务所的工作依然积极卖力，和老林一起又做了一个跨国跨省的遗产大案，表现和成果也算可圈可点。老林在张雄的案子上抢尽了他的风头，把一个必杀无疑的结局改成了死缓。张雄由故意杀人变成了故意杀人未遂，因而留下了一条性命，这对律师的辩护来说，当然是了不得的成功！老林在事务所的声望因此渐渐提高，生活上也是春风得意。女朋友又换了一个，长得不赖，据说这回老林是认真的。

老林终于认真了，接长不短地派韩丁带他儿子到国贸溜冰，以便给他和他的女友腾出地方。当某一天韩丁终于厌烦了这份"陪太子读书"的差事时，老林又带有收买安抚性质地给他介绍了一个女朋友。那女孩是老林一个客户的女儿，在一家外企当秘书。形象不错，人也文静，而且很有学问，正在考研。那天韩丁和那女孩在老林家见了面，和老林的女友及儿子一起享用了老林的十八般厨艺。饭后老林狡猾地说："这女孩没滑过冰但也想去试试，韩丁你还不陪她去一趟？去的话顺便把我儿子也带上，他好久没滑了馋得慌。"那女孩听说要去滑冰果然做出同意的模样，矜持地点头，韩丁只好带他们去了。那天他们玩儿得也还尽兴，那女孩在冰上歪歪斜斜好几次差点摔在他怀中。韩丁每次想扶都被她礼貌地推开了。她每次推他时全都态度友好，笑意端正，韩丁对那高雅的微笑颇不适应，心想这女孩将来很配做个学者，从现在起连微笑都上档次。滑完了冰小林照例要泡音像店的，那女孩则提议到茶座去喝一杯碧螺春。韩丁只好花钱买了一张小林非要试听不可的CD盘，才算拖着那小子出了音像店。

他们闻香去寻碧螺春，路过那间中式的家具店，店外落地的橱窗前，散漫着三五个围观的人。女孩好奇地过去看究竟，她看到一张红花梨木的官帽椅上，端坐了一位浓妆高髻的女孩子，一件大摆宽袖的真丝红褂，一条千缀百褶的细布黑裙，一把如烟如雾的白纱团扇，半遮了那位盛装少女毫无表情的桃花粉面、柳眉玉颜。那只轻执团扇的纤纤玉手，环绕着一条晶莹冷艳的白色珠链，珠联璧合的一点翠绿，生机勃勃，夺目其间……